大秦宣太后

芈月传

燕燕于飞

伍

蒋胜男 著

作家出版社

# 蒋胜男

知名作家、编剧，温州大学网络文创研究院院长，第十三届全国人大代表，中国作协第九、十届全委会委员，浙江省网络作协副主席，温州市文联副主席。代表作《芈月传》《燕云台》《天圣令》《历史的模样》等。

# 伍 ◆ 燕燕于飞

燕燕于飞，差池其羽。之子于归，远送于野。瞻望弗及，泣涕如雨。

——《诗经·邶风·燕燕》

# ◆ 前 言 ◆

　　新华网西安6月13日电：2009年6月13日，秦兵马俑一号坑第三次考古发掘如期进行。这是其沉寂20多年后迎来的考古发掘。秦兵马俑一号坑是一个东西向的长方形坑，长230米、宽62米，坑东西两端有长廊，南北两侧各有一边廊，中间为九条东西向过洞，过洞之间以夯土墙间隔，估计一号坑内埋有约6000个真人真马大小的陶俑。

　　此前，陕西省考古研究所秦俑考古队在1978年到1984年间，对兵马俑一号坑进行了正式发掘，出土陶俑1087件。其后，考古队1985年对一号坑展开了第二次考古发掘，但是限于当时技术设备不完善等原因，发掘工作只进行了一年。

　　据资料显示，1974年兵马俑出土不久，因其军阵庞大，考古专家推断"秦俑坑当为秦始皇陵建筑的一部分"。此后，各家就以此为定论。

　　但是不久之后，学界就有人提出异议，认为这种先入为主的印象并不准确，而秦俑真正的主人，更有可能是秦始皇的高祖母，史称宣太后的芈氏，芈氏是秦惠文王的姬妾，当时封号为"八子"，所以又称为"芈八子"。

　　后来，在出土的秦俑中发现了一个奇异的字，刚开始学界认为是个粗体的"脾"字，后来的研究证明，另外半边实为"芈"字古写，所以这个字实则为两个字，即"芈月"。据学界猜测，这很可能是芈八子的名字。

# 目 录

# 第一章

# 追遗诏

公元前311年，秦王驷去世，谥号为秦惠文王。秦惠文王死后，由太子荡继位为王。

举国皆丧。

王后芈姝成了母后，依惠文王之谥，被称为惠后。而她刚刚成为母后所遇上的第一件事，就令她的神经高度紧张。

"你说什么？"芈姝的眼神如同刀锋，似要将眼前的人割成碎片，"遗诏，什么遗诏？"

跪在她面前的，便是昔年秦惠文王身边的内侍缪乙，他早于先王病重之时投机下注，来到了当年的王后、如今的惠后身边，如今，更是在她成为母后之时，前来通报这个重要的消息。

"是，先王病重的时候，奴才在一边侍奉，看到先王临终前，曾拿着一道遗诏在看，奴才偷眼扫了一下……"说到这里，缪乙故作神秘地停了停。

芈姝却并不欣赏他的故作玄虚，冷笑一声，道："什么内容？"

缪乙声音压得极低，低得近乎低不可闻："奴才不曾看到……"

芈姝这数日又忙又累，早无心理会这奴才的吞吞吐吐，暴躁地道："不曾看到，你说个屁！"

缪乙横了横心，低声道："惠后难道不怀疑吗，先王临终前，曾经有过怎么样的心思？如今先王虽然已去，但若留着这遗诏在，奴才怕，会对当今大王不利……"

他话音未了，却忽然觉得前面一样东西袭来。他忙将身子偏了偏，一件金属样的东西划着他的额头而过，坠落于地。

原来是芈姝陡然暴怒，顺手拿起一根银簪就掷了过去。幸而缪乙躲了一下，簪子正擦着他的额头而过，顿时一行鲜血流了下来。

缪乙吓得伏地不敢作声，耳听得芈姝气极之声："一派胡言。你当大王是什么样的人？大王心如铁石，岂可轻转，他既传位荡儿，又留遗诏？哈，他是要制造国乱吗？根本就是你这等贱奴，贪图富贵，胡编诏谕，企图制造宫乱，你是想死吗？"她的声音极为尖厉，但又克制压低，更加显得刺耳如枭声。

缪乙也不敢擦拭，直挺挺地道："奴才敢以性命担保，绝无虚言。"

芈姝的脸色更是难看："那这遗诏现在何处？"

缪乙却不敢说了。他当日服侍秦惠文王身边，一日见他正拿着这道遗诏发怔，就悄悄瞥了一眼，随即低头装出若无其事模样。秦惠文王死后，他亦细细找过，却找不到这道遗诏所在。他犹豫了很久，最终还是决定告诉芈姝。他如今已经上了这条船，自然不能看着这条船翻了，教自己没个好下场。当下只道："奴才不知。"

芈姝自牙齿缝中阴森森透出一句话来："给我挖地三尺地找，务必要找到。"

缪乙连忙领命："是。"

芈姝看着缪乙片刻，忽然又问道："你说，大监可知此事？"

缪乙心头一凛，他心中亦怀疑此事。缪监久在先王身边，尤其是临终之时，简直是寸步不离，无事可以瞒得过他。他当日虽匆匆一眼，但也看出那遗诏上字句工整，先王病重之时身体衰弱，他亲自服侍过先王写了几字，都是字迹微颤，恐怕写不得这么工整。若不是早就写好，那便是有人代笔。不管哪一个可能，缪监都不可能不知道。

他看到那遗诏时是在先王临终前两天，那么最终这遗诏是在谁的手里，这两天见过先王的人，屈指可数。而最有可能知道此事的，便是缪监了。

他知道芈姝提到此事的用意，忙磕头道："奴才明白惠后的意思，必会完成惠后的心愿。"

芈姝点了点头，冷冷道："缪监服侍了大王一辈子，如今大王去了，他也应该好好歇息去啦！"

缪乙心头一寒，忙应声道："奴才明白。"


王者之丧，举国皆缟素。

缪监站在宫殿一角，看着人来人往，人人为先王致哀，可是又有几人的悲哀是真正发自心底的呢？

他只觉得累，累得骨髓里都渗出深深的倦意来，累得几乎要站不住。

他当年追随先王之时，在战场上几天几夜不眠不休都没事。他的主子奋战沙场，他亦要跟在他的马后冲锋，主子从战场归来卸甲休息，他还要服侍得对方停停当当，不管怎么样的强度，他都从来没有累过。

这是他生存的本能，已经刻在他的骨子里了。他的存在价值，就是服侍先王、依附先王，为先王做一切他想到的，或者没想到的事情。

可是如今先王不在了，他的存在价值亦已经失去。这个宫殿，也应该是他告辞的时候啦！

他忙碌地处理着各种事务，看上去一切如常，可是他的灵魂却似游离在这个宫殿外，而飘在空中，曾经这宫里发生的一切事，他都要掌握。可如今这宫中的任何事，都已经与他无关了。

他机械地处理着事务，脑子却是空空荡荡的，不觉夜色降临，缪监摆了摆手，同身边的小内侍道："剩下的事，都交由缪乙吧。"说罢，由小内侍扶着，慢慢地走回了自己的房间。

缪乙见缪监从殿内退出之后，忙停下手头事务，不去发作一下难得的威风，反而殷勤地跟在缪监的身后，一直扶着他回了房间后，又恭敬地给他解帽宽衣，飞跑着打水给他洗脸，又亲自端了水来奉上，连声道："阿耶辛苦，阿耶喝碗解暑茶，如今这宫事当真事事离不开阿耶，阿耶也当多加保重。"

缪监亦知他早已经抱上了惠后的大腿，而自己也早知道新君上位，似自己这样的老奴才自当退下了，因此除了给先王送殡之事处处留心，不假手于人，此外一切宫中事务皆撒手给了缪乙。

他素日冷眼，知道缪乙势利，如今见他初得势，并不急着争权，反而对自己更殷勤三分，心中也感满意。他接了茶来，只喝了几口，长吁了一口气，道："你也坐吧。我也是替先王干完这最后一件差事，就要告老啦。我也不挡人前程，以后这宫中，也应该是你们的天下了。"

缪乙便将小内侍们都赶了出去，自己亲自替缪监捶背，笑道："阿耶说哪里话来，这宫里头没有您坐镇，可怎么得了。"

缪监摆摆手，叹道："时移势易。一个奴才，这辈子最多只能侍奉一个真正的主子，多了，就里外不是人了。大王，唉，现在应该说是先王，先王驾崩了，我的余生，也只求能给先王守陵终老罢了。一个老奴才，该退的时候，就应该退得有眼色。"

缪乙眼珠子一转，试探着问："阿耶，我似乎记得，先王暗卫，如今您打算让谁来接手啊……"

缪监正欲喝茶，忽然顿住，看了缪乙一眼，眼神凌厉。缪乙顿时息了声音。

缪监叹了一口气，道："这不是你应该过问的。"

缪乙却记得，当日缪监控制那些暗卫，是出示一面刻有玄鸟的令牌，当下又问："阿耶，那面刻有玄鸟的令牌，您打算交给谁？"

缪监看了缪乙一眼："我是要退下来了，但这大监的位置如今未定，你是觉得必然是你的。所以我从前掌握的一切，都要交给你，对吗？"

缪乙呵呵赔笑，显出讨好的神情来，缪监虽然心中恼怒，但见他如此，倒也心软了，想着他既然认为自己当接掌后宫事务，有些心急也是情有可原。只可惜，嫩了点儿啊，什么事都写在脸上了，却是做不得这后宫的镇山太岁。他只得叹了口气道："那些暗卫自有人管，你就不必问了。如今这东西就算给了你，你也还太浅薄，掌不得它。"

缪乙脸色变了变，强忍怨意，又笑问道："阿耶，我听说先王曾经留下一封遗诏，您老可知……"

缪监闻言大惊，站起来就伸手重重地扇了缪乙一个耳光，厉声道："你好大的胆子，这种话，是你该问的吗？"

缪乙半边脸顿时被扇肿了。他不承想缪监这脸竟然说变就变，不由恼羞成怒，当下背也不躬了，神情也狰狞了起来："阿耶，您自己也说过时移势易，您老还以为，如今还是先王的时候吗？您老还是这官中的头一号吗？"

缪监见他如此，心头大怒，一提气就打算唤人，不料这一提气，忽然只觉得肚中如同刀绞，他按住了腹部，深吸一口气，额头尽是冷汗，心中自知有异，却强撑着气势冷笑道："呵呵，不承想你居然还敢有这样的胆子，敢对我下手。小人得志，能有几时。你以为就凭你，能坐得稳宦者令这把椅子吗？"

缪乙见已经撕破了脸，也冷笑道："只要阿耶把玄鸟令交给我，我就能坐得稳。阿耶您辛苦了一辈子，若能陪葬惠陵，那是何等风光；若是尸骨无存，野狼啃咬，那又是何等凄惨？"他知道缪监心志刚毅，以生死相挟，未必能够有用。两人此刻已经撕破了脸，缪监若是不死，只消喘得一口气来，便是他缪乙死了。倒是宦官因受了宫刑，会格外重视死后之事，因此只是以陪葬惠陵和抛尸荒郊相威胁。

缪监漠然道："人死若有灵，皮囊在哪儿，先王都是看得到的。人死若无灵，何必为一皮囊而屈膝。"缪乙听了此言一怔，方欲说话，缪监已经冷笑道："玄鸟令是先王所赐，暗卫只忠于先王。岂能是你这种下贱之奴可以利用来做登天之阶的？我没资格执掌，你更不配。"

缪乙方欲说话，忽然间觉得一股子腥热之气扑面而来，缪乙大惊，扑倒在地，便觉得后背也尽是一片腥热之气，他抹了抹脸，抬起头来，便见缪监满身是血，已经倒了下来。

仔细看去，却见缪监心口插着一把短剑，原来他自知毒发，不愿意受缪乙折辱，便自决而死。

缪乙大急，拎起他的前襟吼道："玄鸟令在哪儿？遗诏在哪儿？"然而缪监脸上带着一丝轻蔑的笑容，早已经气绝毙命。缪乙气急败坏地将缪监推下榻去，便亲自动手，将缪监房中搜了个底朝天，却什么也都未找着。

无奈之下，他亲自跑到承明殿，将其他侍候之人都赶了出去，自己满头大汗，疯狂地在室中搜找着，将整个寝殿翻了个底朝天，却是也找不着。

正在焦急之时，芈姝却派人传唤于他，问他究竟有没有找到遗诏，缪乙无奈，只得如实相告。

芈姝眉头挑起，神情已经变得凌厉。缪乙暗叫不妙，不敢惹了她的怒火，不免只得自己另想招数，忙道："惠后莫恼，奴才倒有个主意。"

芈姝冷哼一声："什么主意？"

缪乙眼珠直转，道："惠后，在这数千宫阙中，找一道小小的遗诏不容易，可是……"他顿了顿，最终还是狠了狠心道："可若是承诏的人不在了，这遗诏还有用吗？"

他自地下看去，芈姝原来不耐烦地轻击着几案，等他说完这句话以后，手忽然停住了，一动不动。

缪乙伏地在下，心惊胆战地听着芈姝的动静，可停了数下，却不见动静，虽然只是一时半刻的时光，于他来说，却是漫长难熬，汗透重衣。

不料却听得一阵大笑，笑声越来越疯狂。

"哈哈哈……"芈姝忽然狂笑起来，笑得眼泪都出来了，"不错，不错，我竟是魔怔了，如今我还要顾忌这些做什么，是了，是啊，你说得很是啊！"说到最后，已经声转凌厉，"缪乙！"

缪乙心头一凛，忙应声侍立，就听得芈姝阴森森地道："你既然提了此事，那我便把此事交给你了……"

薛荔身着素衣提着食盒，走入常宁殿。

此时门口已经是守卫森严，自秦惠文王驾崩以后，后宫妃嫔皆被看管起来。侍女们便是依例去提食水，也要被重重检查。

守卫查过食盒以后，薛荔方走了进来，心中暗咒，每次这么一来一去，食物便变得半温不凉，实难下咽。更何况芈八子因先王之丧心情抑郁，这几日的食物送来，都是几乎没怎么动就撤下去了。

薛荔走进室内，却见芈月身着单衣，站在窗口，看着外面。

薛荔走到芈月身边，拉起芈月的手，吃了一惊："季芈，您的手好凉，莫非您一直站在这儿？"

芈月神情茫然地看着窗外，喃喃道："这窗外一片白茫茫的，就像冬天的雪一样，让我觉得冷。"薛荔忙取了外袍来给她披上，却听芈月又道："我感觉时光停住了。父王去世的时候，也是这样白茫茫的一片，冷得叫人似乎永远没办法再暖和起来了……"

薛荔只觉得心头发寒，强抑不安，忙劝道："先王是在冬天驾崩的啊。如今还是夏天呢……"却见芈月摇晃了一下身子，她吓坏了："季芈，您的手好凉！季芈，您别吓我……"

芈月见薛荔惊叫，反而回过心神来。她转头看着薛荔，笑了笑，道："你放心，我没这么容易倒下去。"

薛荔劝道："季芈，大王已去，虽是举国同哀，可您还有小公子呢，为了他，您也要保重自己啊！"

芈月心中一凛，问道："子稷呢，你可打听到他在哪儿？"她在这宫中困了数日，都不曾见过儿子了，如今诸公子们都被聚在一起，与生母们隔离了。

薛荔见她忧心，道："公子稷在灵前呢，和其他的公子在一起守灵。季芈您放心，太子在大王面前立过誓言，公子稷一定会无事的。"

芈月苦笑："是，明面上他无事，可是背地里各种手段，甚至都不用太子动手，就有一干会讨好的小人自行动手。子稷，他终究才十岁……"

薛荔见她忧伤，忙劝道："季芈，我怕惠后不会放过您，咱们应该要早作准备……"

芈月点点头，方欲说话，却听得外面守卫殷勤招呼："参见大监。"

薛荔喜道："是大监来了吗？"便站起来转身欲迎上去，不料掀开帘子，却见缪乙身着宦者令的服饰，一脸阴冷地走过来。

薛荔大惊，扔下帘子退到芈月身边，压低了声音道："不是大监，是缪乙。"

芈月点了点头，叹道："如今惠后得势，大监如何还能够安居原位。"

便在此时，小内侍掀起帘子，缪乙迈步而入，朝着芈月施一礼，道："芈八子，惠后有请。"

芈月点点头："容我更衣。"

薛荔便服侍着芈月换上素色外袍，插上几支素色首饰，随她一起走了出去。

芈月走在长长的宫巷中，缪乙带着数名内侍紧随其后，长长的影子笼罩着半条宫巷，几个迎面走来的宫女吓得缩在一边。

进了椒房殿，芈月抬眼看着，芈姝穿着青翟衣端坐在上首，神情中有着得意，也有着仇视和兴奋。

芈月走进来，神情自若地行了一礼："参见惠后。"

芈姝看着芈月，却没有发现自己意料中的惊惶和害怕，甚至连愤怒也没有，鼓足了的气焰有些无处发泄，冷笑一声："芈八子，你倒很镇定。"

芈月却淡淡地笑了一笑，答非所问地道："先王龙驭宾天，万物同悲，惠后也请节哀，宫中内外，还须仰仗您主持大局呢！"

芈姝像是一拳打了个空，说不出的憋闷，忍不住爆发出来："你装什么蒜，当日你借假下毒之事陷害于我，勾结朝臣逼宫，图谋废嫡立庶。哼，可惜老天有眼，如今坐在王位上的，却仍然还是我儿，我仍然还是母后。你阴谋失败，夫复何言？"

芈月淡淡地道："惠后，当日被下毒的是我儿，我原也是受害人。我一个媵女，如何能够勾结朝臣逼宫，更不要说图谋废嫡立庶。若是我有这样的本事，今日又何必站在这里！"她抬起头来，看着芈姝，不知何时起，这个高唐台上无忧公主的面相，变成如今这般写满了刻薄怨恨，不禁轻叹道："阿姊，今天就算我最后再称您一声阿姊。不知道从何时起，你我姊妹竟走到这一步，实是令人可叹可惜。"

芈姝看着芈月，满心怨念，忍不住要发作出来，怒道："那还不是因为你……"是你，先弃了姐妹情义，是你，先背叛了我，是你，逼得我走到今日这一步。

芈月看着芈姝，能清清楚楚地看到她心里的所思所想，可是到了现在，同她又有什么可说的，她永远是活在自己的世界里，并要求别人以她的所思所想行事，否则，就是背叛。可是如今她手握生杀大权，若想保全自己，保全嬴稷，便必须要想办法化解芈姝的怨念敌意，虽然明知十分艰难，却是不得不为，当下又道："阿姊，我知道如今你我之间发生太多事情，已经解释不清。可您仔细想想，试问我若有谋嫡之心，又何必向您进言，为诸公子求封，为子稷求封，为大王登上太子位而铺路。朝中本来就有一股势力，反对你我这些楚女和楚女所生的公子。先王留我在身边，是为您作挡箭牌，所以我更招人怨谤，总有小人到您面前中伤离间。大王封太子时，我也曾为了避嫌，自请离宫。一个人是否无辜，阿姊也当听其言察其行，而不是听信别人的挑拨离间。阿姊，真正遇上事情，谁是帮你的人，谁是害你的人，您这些年难道还看不透吗？"

芈姝脸色变幻不定，有些被芈月说动，又有些将信将疑。她站起来，来回走动着，好一会儿才停下来，似乎已经有了决定。她打开几案上的木匣，拿出一封诏书展示给芈月看："你可知这是什么？"

芈月心头一动，暗忖这莫非就是秦惠文王当年曾经许她的册封嬴稷为蜀侯的诏书？面上却不动声色，只摇了摇头："我不知道。"

芈姝冷笑道："这是先王留下的遗诏，封你儿子为械阳君，封在雍地……"

芈月失声："械阳君？"

芈姝凌厉地看芈月一眼："怎么，不满意？"

芈月摇头，勉强道："我记得先王当日似乎说……"

芈姝立刻紧张起来："说什么？"

芈月苦笑，摇头："如今说这些还有什么用呢？先王曾经与我说，要封子稷为蜀侯！"

芈姝听了此言，不知道是松了一口气好，还是大失所望。她本以为，可以借此事问芈月是否知道遗诏，如今一听却是连这个册封地都不如的地方。她心中不免失望，却仍然笑道："雍地本是我大秦故地，如今连祖庙也还在那儿，这可是诸公子中最好的封地。而且，诏书上还允许他奉母就封。芈八子，你若真的无争，那这应该是你一心盼望的归处……"

芈月听得出她似乎别有含意，却故作不懂，只道："臣妾多谢先王，多谢惠后。"

芈姝冷笑一声，待要将诏书递与芈月，见芈月伸手来接，她手一转，却将诏书举到了烛火边，火苗忽然蹿起，熏黑了一角诏书。

芈月不由得发出一声惊叫，芈姝却又将诏书移开了。

芈月已经知道今日必有意外事端，只盯了诏书一眼，便抬头问芈姝道："惠后这是什么意思？"

芈姝阴沉着脸，问道："我来问你，先王可有遗诏给你，藏在哪儿？"

芈月忽然间听到此言，只觉得耳边一声惊雷响起。她猛地抬头，眼中亮光一闪，随即掩去。此时此刻，她的心里比芈姝更焦急更狂乱，却不能表现出来，只垂下眼帘，淡淡道："先王有什么遗诏，惠后能告诉臣妾吗?"此刻她已经明白,芈姝为什么会召她过来了。她本以为,对方只是怀恨先王在临终之前几次变更心意,迁怒于她,因此来的时候,就怀了如何化解芈姝心结的想法。可是没有想到,真正要命的不是这件事,而是先王的遗诏。

那一刻,心头各种思绪飞来,有怨恨,亦有惊喜,更有复杂难言的矛盾。他一生英明果断,临终前却这么犹豫反复,不懂抉择和放弃。如果说头一次是感动,第二次是怨恨,那到了第三次,她便是无奈和厌倦了。他抉择犹豫,优柔寡断,满足了自己临终时的情感需求,但为他的反复无常而承担痛苦的,却是芈姝和芈月。他若能早早定下储位,芈姝不会恨她至此;他若能早早罢手,她有太多机会可以逃离险境。可他的犹豫反复,却令她和嬴稷如今身陷险境,承受着芈姝的怨恨和杀意。

不,她必须要想办法,在这个节点上,让自己和孩子活下来。她既然没有死在楚宫、没有死在义渠、没有死在过去数次的阴谋陷害之下,那么她便不会死在这一刻。

芈姝不想芈月如此反应平淡,脸色变了又变,又怒声质问:"你敢说,你不知道?"

芈月忽然抬头,眼神激动:"先王当真有遗诏吗?在哪儿,写的是什么?"

芈姝见她神情,心头也是一沉,问道:"你当真不知?"

芈月听得她的声音又尖厉又凶狠,心知有异,但此事她一无所知。她有心探问究竟,又想打消对方的杀意,便道:"此事惠后是怎么知道的?告诉惠后的这个人,可信否?这遗诏中究竟写了什么?如今又在谁的手中?"

芈姝怔了一怔,缪乙此人,当真可信否?这遗诏他只是匆匆一眼,未知内容。遗诏到底是不是给芈八子或者公子稷的?她将信将疑,死死地盯着芈月,试图从她的表情中看出端倪:"你当真不知?"

芈月强抑心头狂跳,只看着芈姝,道:"我真不知道惠后说的这个遗诏在哪儿。试想先王若是真有遗诏给我，我又何必藏着掖着。若真有这遗诏，先王又何必封子稷为械阳君。"

芈姝冷笑一声，却又将诏书移到了火上。

芈月惊叫一声道："惠后——"差点就要跃起，却见两名宫女挡在了她的面前。芈月袖内双手紧握，跪伏在地，看着火苗离诏书只有一线之距。

芈姝却带着猫戏老鼠式的兴奋，一边盯着芈月，另一边拿着诏书在烛火上抖动着，只待芈月开口。

芈月看着芈姝的脸色，忽然明白了，道："其实惠后根本没打算让我拿到这封诏书，对吗？"

芈姝冷笑一声，直接把诏书点着了火，扔到芈月面前，让她眼睁睁地看着诏书化为灰烬，狞笑道："不错，我根本没打算让你们这么舒舒服服地就封。媵的女儿就是媵，生生世世都是媵，这原就是你们生就的命运。从前我少不更事，居然还怜惜你们，觉得母后做得过了。如今自己坐在这个位置，我才明白，原来王后真的不好做，原来忍耐了这么多年以后，终于可以不再忍耐，会这般舒畅开心……"

她越说越兴奋。刚开始的时候她还想，她要问出遗诏在哪儿。在芈月反问之后，她还想，也许真的没有这道遗诏呢？她拿着诏书，本来就是想威胁一下芈月的，可是把诏书凑到火烛边的时候，她听到了芈月的惊呼，看到了芈月焦灼的表情，她忽然升起一股不可抑制的兴奋之情。她想烧了这诏书，烧了芈月的希望，烧了这个女人曾经的无礼和傲慢。她要让眼前的这个女人，险入绝望、陷入痛苦，她要让眼前的人知道，现在掌握生杀大权的是她，而对方，最终只能跪在地上，绝望无助地哭泣和求饶。

这种兴奋，这种冲动，甚至超过了她追索遗诏的欲望，超过了她追索真相的欲望。此时此刻，她才是掌控一切的人，她何必再有顾忌，何必再压抑自己呢？

她想怎么样，就怎么样。

芈月眼睁睁看着诏书化为灰烬，心中一片冰冷，忽然觉得自己所有的努力都是无用的。不错，就算她能减轻芈姝对遗诏的怀疑又如何？就算她想尽办法说服芈姝又如何？此时此刻，其实道理和真相都没有用，决定一切的只有芈姝手中肆无忌惮的权力欲。

她拿什么去克制芈姝肆无忌惮的权力欲呢？如同当年，莒姬和向氏又能够拿什么去克制楚威后的权力欲呢？

她的表情渐渐冷却下来，沉默片刻，忽然冷冷一笑，道："那么惠后是不是要像你母亲一样，把先王宠幸过的妃子，都配给贱卒，虐待凌辱？"

芈姝纵声大笑起来："不不不，我怎么会伤了先王的脸面呢？更何况，像你这样的人，与其让你非刑受苦，倒不如让你眼睁睁地看着你的儿子受苦，却无可奈何，来得更好……"

芈月听到这句话，心脏猛地收缩，她此时已经顾不得在芈姝面前控制自己的表情，惊怒交加："你想怎么样，你想对子稷做什么？"

见芈月的眼神终于露出了芈姝期望已久的惊恐，这让芈姝十分快意。她站起来亢奋地转来转去，盘算着策划着："哼哼，你的儿子可是你的心肝宝贝，让我想想，怎么安排他为好……"

芈月见她如疯似狂，反而冷静了下来，道："惠后，你别忘记，先王有二十多位公子，若是做得太过分，令诸公子兔死狐悲，起了反弹，可是不利大王坐稳江山的啊……"

芈姝暴跳如雷，转身扑上去，便恶狠狠地扇了芈月一耳光，赤红着眼睛骂道："你敢威胁我？"见芈月冷笑，她更加狂乱暴躁，叫道："来人……"

忽然室外有人回禀："禀惠后，大王求见。"

芈姝一怔，看了芈月一眼，慢慢冷静下来，心不甘情不愿地道："把她带下去。"

见芈月出去，芈姝方令人叫秦王荡进来，却见秦王荡步履匆匆，诧异道："大王有何事如此着急？"

秦王荡却喘着气道："母后，樗里疾有急事求见。"

芈姝一惊，当即与秦王荡一起去了宣室殿。樗里疾早候多时，见芈姝母子进来，见礼之后就道："昨日和今日这两天，咸阳内外，兵马调遣甚急，惠后和大王可知此事？"

芈姝一怔，转向秦王荡问道："这是怎么回事？"

秦王荡也是脸色阴沉，问道："是何人调动兵马？"

樗里疾脸色沉重，道："有公子华的人马，也有公子奂的人马，更有……魏冉的人马。"

秦王荡大吃一惊："魏冉不是还在蜀中平乱吗？身为将领没有奉命擅自回京，是当诛杀的大罪。"

樗里疾道："我今天上午才接到文书，蜀中乱象已平，陈庄伏诛，司马错、魏冉已经立下大功。而魏冉这次回京，却是奉司马错之命，先行回京。"

秦王荡倒吸一口凉气："此事王叔您没有事先知道？"

樗里疾道："文书被张仪扣押住了，我今天问他，他却说因逢先王病重又至驾崩，所以不是重要的政事都推迟了。而魏冉虽然奉司马错之命回京，可是他在路上只走了不到五天，乃是日夜兼程赶回的。"

芈姝已经听出究竟，冷笑："他就算赶回来又能怎样。大秦法度森严，就算他是带兵之将，难道他还敢造反不成？"

樗里疾叹气："他不能造反，却可以兴乱。大王可知，唐姑梁这个月上交的兵器，下落无踪？"

秦王荡却不知此事，问道："唐姑梁又怎么了？"

樗里疾便将秦惠文王当日与墨家结盟，并任其为大工尹，负责秦国所有军械之事说了，又说工坊之中每月上交的兵器数量。秦王荡听了倒吸一口凉气："若是如此，则这些兵器岂不是可以迅速组起一师来？"

樗里疾沉重地点点头。

芈姝神经质地尖叫起来："他们想做什么？想谋反吗？"

樗里疾看着芈姝，缓缓地道："臣有一句话想问惠后，惠后将诸夫人扣于内宫，又令诸公子与诸夫人不得见面，惠后想做什么？"

芈姝站了起来，怒喝道："你……"一句话待要斥责出口，最终按捺下心头戾气，缓缓道："此后宫事，不消王叔多问。"

樗里疾却朝着秦王荡一拱手道："当日，臣曾经劝先王，为了大秦的国政不生动荡，要保王后、保太子。而今，臣亦斗胆劝惠后、大王，新王即位，为了平稳地完成王位的交替，当以安抚诸公子为上。"

秦王荡皱眉道："如何安抚？"

樗里疾道："放出诸夫人，分封诸公子，让诸夫人随子就封。"

秦王荡正欲答应："正该如此……"

芈姝忽然暴怒地截断了他的话，怒道："别人可恕，可是魏氏、季芈，我是万万不可恕。"

秦王荡不满地看了芈姝一眼，道："母后，勿为妇人之见，坏了大事。"

芈姝"哼"了一声，冷冷地道："不是我妇人之见，我正是为了你的江山着想。"她转向樗里疾反问，"樗里疾，别人不知道，我想此事，你不会不清楚。当初大王是不是曾经动心，要立公子稷为太子？"

樗里疾眉头一挑，默然不语。

芈姝看着樗里疾的神情，又问道："先王是不是曾经留下……"话到嘴边，她忽然警醒，留心看着樗里疾表情。

却不知樗里疾这种朝堂历练，又如何是她能够看得穿表情的，他听了芈姝话说一半，心中已经警惕，脸上却一副不解地看着芈姝："留下什么？"

芈姝阴沉着脸道："没什么。"她看着眼前这两个男人，忽然一阵恶意涌上心头，"我不妨实话跟你们说。那道封公子稷为械阳君的诏书，我已经烧了。我是断断不能让这么危险的人，封到旧都之地，列祖宗庙所在的地方。樗里疾精通史实，当知道这种要害之地，是不能令他就封的，就如同当年郑庄公不容共叔段封在京城之地一样。"

樗里疾张口想说："郑庄公忌共叔段，乃是有武姜在做内应……"然而见了芈姝神情，最终还是叹道："那惠后打算怎么处置公子稷？"

芈姝看着樗里疾，口气中充满了要挟："如今诏书已经烧了，我跟芈八子的关系，也是不能共存。王叔一向深明大义，国朝交接，当以稳定为上。依王叔看，公子稷应该如何处置呢？"

樗里疾眉头一挑，他听得出芈姝的意思，自己既然选择了支持秦王荡，那么她要置芈八子于死地，自己也要为了防止芈八子母子报复，而要帮助她完成她的私欲，不由得怒气勃发，厉声道："臣的确处处为了大秦的稳定，而做了一些不该做的事，但是，臣问心无愧。臣能够为大王所做的，都已经做得太多了。而今若是为了满足一个妇人的阴暗心思，要臣再助纣为虐，臣做不到。"

芈姝听到这句话，柳眉倒竖，她自觉如今已经无一人敢违她之意，不想樗里疾居然如此大胆，她厉声指着樗里疾道："你……"

秦王荡不得不站出来打圆场道："母后，王叔，凡事以大局为上，不要作意气之争。王叔，母后虽然说的是偏激之言，但是事情发展至此，纵然寡人有心保全，只怕芈八子母子，也未必会相信吧。寡人请教王叔，如何才是最好的办法呢？"

樗里疾看了秦王荡一眼，沉重叹息道："如今，老臣也不知道自己是不是在造孽！既然惠后容不得芈八子，大王也对公子稷心存猜忌。若再让公子稷母子留在咸阳或者就封于富庶之地，恐怕你们都不会放心。但是要杀了公子稷母子，岂不是逼得老臣有负先王了，那还不如先从老臣身上踏过去。"

芈姝阴阳怪气地道："您可是我秦国之中第一聪明人，您老要没有办法，我们可就更不敢出主意了。"

樗里疾沉吟半晌，才道："王之诸子，除了分封之外，还有一种作用。"

秦王荡问道："什么作用？"

樗里疾道："那就是两国交质了，不知惠后以为如何？"

芈姝瞪着樗里疾，冷笑道："交质？"然后她似想到了什么，忽然得意地笑了："好，既然王叔说了，那就依王叔的话。"她拖长了声音道："但不知王叔打算把公子稷质往何地呢？"

樗里疾道："惠后欲将公子稷质往何地？"

芈姝道："我与芈八子均出自楚国，就把他送到楚国为质如何？"

樗里疾却摇头道："惠后，楚国固然是您的母国，可同样也是芈八子的母国。你忘记魏冉如今还是蜀地的将领，而芈八子的另一个弟弟芈戎也在楚国。若是他三人在巴蜀会合，惠后想想会是什么后果？"

芈姝脸色一变，忽然想到了什么似的笑了，道："既然王叔不放心，那我就给他寻个好地方，让他去燕国如何？大公主就在燕国，让他去他阿姊那儿，也好有个照应。"

樗里疾狐疑地看着芈姝，不相信她竟然会如此轻易放过嬴稷。

芈姝见状，把脸一沉："王叔以为我是恶人吗？我若真要与这个小孩子过不去，我就直接把他派到戎狄为质好了……"

樗里疾道："那惠后打算如何如置芈八子？"

芈姝冷冷地道："后宫妃嫔，就不劳王叔关心了。"

樗里疾目光闪动，无言一揖而退后。

芈姝看着樗里疾的背影，冷笑一声："他这一辈子，只会在所有人中间和稀泥，却是谁都得罪了，谁也不记他的好。他以为如今还是先王时代，有个先王那样的兄长，一生一世都愿意听从他的愚话。"

秦王荡不满地道："母后，如今我要倚仗王叔之处甚多……"

芈姝却冷笑道："如今你才是大王，任何事当自己做主才是，有些讨厌的人，你早早将他们清了出去吧。"

秦王荡一怔："何人？"

芈姝站起，冷冷地道："当日何人曾与我母子作对，何人就不能再留了。"

17

# 第二章　别咸阳

芈月被带出去以后，便在偏殿等候，过了半日，才又被带回去见芈姝。

此时芈姝见了芈月进来，却不说话，只拔下一根金簪，挑动着铜灯里的灯芯。好一会儿，她才用悠然的口气说："你想不想知道，你儿子要去哪儿为质？"

芈月摇摇头："不知道。"

芈姝道："燕国。"见芈月露出了惊诧之色，她咯咯地笑了起来："觉得奇怪吗？燕国有孟嬴，可一向与你交情不错？"

芈月缓缓摇头："我的确猜不透。"

芈姝捂着嘴，忽然笑了："说到燕国，我忽然想到一首诗：'燕燕于飞，差池其羽。之子于归，远送于野。瞻望弗及，泣涕如雨……'其实，这首诗，应该是我送你归楚更为适合啊！我想，没有了你，我以后一定会觉得有些寂寞的……"她引用的这首诗原出自《诗经》中的"邶风"篇，据说为卫庄姜送戴妫归国，姐妹情深、依依不舍的情景，此时从她口中说出，却是充满了恶意和反讽。

她幽幽地叹了口气，看着芈月戏谑地道："你以为我会让你也去燕国

18

吗？哈哈哈，怎么可能！是啊，樗里疾倒是维护你们，我自然不能不给他面子。让你儿子去燕国，想必他会放心。可是这一路上冰天雪地，千里迢迢，但愿你的儿子有命能够活着到燕国。至于你嘛，你会永远永远地留在这秦宫之中，还有那魏氏，还有那些曾经得意过的贱人们。你们要每天在这椒房殿中跪在我脚下，看着我贵为母后，看着我儿君临大秦，看着我子孙承欢膝下……而你，会永远无法知道，你的儿子是生是死，是苦是痛，是穷是辱！这样才是对你最大的惩罚。媵就是媵，别妄想爬到正室的头上来，更别妄想翻身。"

芈月面无表情，连眼神都是一片死寂。

芈姝说了半日，见芈月神情冰冷，自己也没趣起来，便挥挥手令人将她带了出去。

四名内侍押着芈月走过长长的宫巷，忽然一阵风起，刮得一名内侍手中的灯笼都熄了。

风刮着几片树叶吹到芈月脚下，芈月俯身捡起一片叶子，轻轻一叹。

一叶落，而知秋至。这个夏天，过得真是漫长啊。

回到常宁殿中，依旧是守卫森严，如今能够进殿在芈月身边服侍着的，便也只有她从楚国带过来的两个侍婢女萝与薛荔了。

芈月一回到房中，便整个人脱力躺下了。

薛荔在室内忙来忙去，借以把风。女萝则拿着帕子为芈月拭汗，借机在她耳边低声道："奴婢已经派人联络上了魏冉将军和巨子，若是八子一声令下，便可将这咸阳城搅得大乱，再加上众公子皆有私心，必可逼使惠后不得不让诸公子就封。"

芈月却长叹一声："晚了。"

女萝一惊："如何晚了？"

芈月冷笑："我所有计划的前提，就是当她是一个正常的人，会为了她儿子的江山稳固而妥协。便是她愚蠢了，至少樗里疾，还有太子荡，还会懂得顾全大局，制止她做得太过。没想到，她和她的母亲一样疯狂，一样没有理性。而樗里疾——他实在叫我失望，我知道太子荡是无法阻止他母亲的，却没有想到，樗里疾竟连昭阳的手段都没有。这个人……所有的聪明才干，都用在了为君王效力上，却没有足够的强横与手段啊！"

女萝大惊："出了什么事？"

芈月叹道："子稷要去燕国为质，明日殿上就会宣布。我不能和子稷分开，因此我也要想办法和他一起去燕国。计划有变。你去通知缪辛、魏冉，当依计行事……"她的声音低了下来。

院子里蝉声鸣叫得欢，掩盖了屋内的絮絮密语。

傍晚，女萝去膳房拿晡食，去了很久才回来，芈月看到她的眼神就知道，她已经把消息传出去了。


一夜过去，这一夜中，咸阳宫内外，不知有多少人在密谋、奔走、策划、调兵。

凌晨，钟楼上晨钟响起。

咸阳殿外，群臣已经聚在一起，随着晨钟响起的声音，一个个走进殿中。

而此刻，常宁殿庭院中，四名内侍走进来，向守卫出示令牌："惠后有令，带芈八子。"

守卫已经对近日来芈月频频被带走的事情见怪不怪见惯不惊了，连令牌也不验看就让开了。

早有准备的芈月看见四名内侍进来，就已经站起来。

原来站在最后面的内侍上前一步，抬起头，正是缪辛，他低声道："八子，咱们走吧。"

芈月眼眶湿润，她借转头拭泪："缪辛，有劳你了。"

今日朝堂之上，芈姝就要宣布嬴稷入燕为质，她必须要赶到朝堂之上，及时在他们说出此事之后，在群臣面前，要求母子同去燕国。否则的话，燕国迢迢数千里路程，没有她在身边，以嬴稷十来岁的年纪，根本逃不开有心人的阴谋算计。

缪辛退后一步，忙道："这是奴才无用，才令得芈八子、公子稷受苦。"

芈月点点头，见他身边这三个内侍均显得身手矫健，她却从未见过，便问："这几位，是大监派来的吗？"

缪辛眼中露出激愤之色，哽咽道："阿耶、阿耶早就死在缪乙这个贼子之手了。"

芈月怔住了，她实在是没有想到，缪监竟然已经死了，那么如今缪乙在宫中掌控了一切，缪辛这次要助她上殿，岂不是要冒更大的风险。她忧虑地看着缪辛，缪辛却是长揖一下，退到一边。

芈月深吸一口气，事到如今，这一步，她是必须要走出去的。如果她走不出这一步来，那么全盘皆输，死的就不只是眼前的这几个人了。

她心头一痛，朝四人敛袖一礼："多谢四位。"礼毕，她昂起首，在四名内侍的陪同下，走了出去。

外头的守卫不以为意，看着芈月走了出去。

长长的宫巷，似乎走不到头，芈月抬头看着日影，只觉得心中焦急，恨不得飞跑起来，然则此时，她却又不得不一步步地保持着距离向前走着，为了避免被人疑心，只能装作是被身边的四名内侍押送一样走着。

长巷尽头，便是一重重宫门，自这里到咸阳殿，要先出了内宫之门，再经过一条宫道，再入外宫之门，再经过一条长长的廊桥，才能够进入咸阳殿后门。

芈月不禁紧张起来，低声问："前面咱们能过去吗？"

缪辛眼中有着隐忧，口中却道："八子放心，奴才都已经安排好了。"

芈月问："这几重门，缪乙都没有安排吗？"

缪辛低声道："这几重门今日值班的人，都是原来阿耶的心腹，缪乙初接手，他也没办法把人都换了的。"

果然，一重重门走过去，那些原来的守卫都似得了眼疾一样，见了她过来，却似乎没有看到一样，不但没有阻止，反而个个转身离开。

芈月来到咸阳殿后门，她的脚步微一停顿，转头看了看身后的缪辛。

缪辛点头："八子放心，奴才一切都安排好了。"

芈月拾级而上，却见守在门口的两名内侍退后一步，让芈月走过。

芈月回头看了看缪辛等四人，似要将他们的脸都记住。最终，她毅然回头，顺级而下，直奔大殿。

把守门口的两名内侍和那四名跟随的内侍交换了眼色，均迅速离开。

芈月奔到大殿外，但听得此时朝上已经是一片寂静，唯有樗里疾一人独自站在殿上，宣读着诸公子的分封："封公子恢为蜀侯，公子稷入燕国为质……"

樗里疾念完，合上手上的竹简，问道："各位卿大夫，可还有什么话说？"

却听得一个声音："我有话说。"

樗里疾惊诧地看向殿外。

芈姝闻声亦是霍地站起。

众人看着殿门口，却见芈月沐着日光，一步步走入。

芈姝惊怒交加，问道："你怎么会来？"她不是被自己囚禁在常宁殿吗？她是如何能够出来，又是如何度过重重门阙，而进入朝堂的？

她自认为已经掌控了后宫，可是此刻，她却发现自己控制的一切，并不在自己手中。刹那间，她心里升起一种恐惧来，更有一种不可抑止的杀意。

芈月走到大殿正中的台阶下，跪下，行参拜之礼，才答道："我是公子稷的母亲，如何不能来？"

芈姝气急败坏地问："你来做什么？"

芈月端端正正地行礼："臣妾请求惠后与大王开恩，公子稷尚未成年，此去燕国，千里迢迢，他独自一人，如何上路。母子连心，臣妾请求允准臣妾与公子稷一起上路，也好照顾一二。"

芈姝冷笑："我若不允呢？"

芈月朗声道:"先王生了二十多位公子,兄长们皆列土封疆,唯有公子稷年纪最幼,却要去那冰雪满地的燕国为质,这公平吗?"

芈姝道:"正是因为公子稷年纪幼小,未立寸功,不好列土封疆。此去燕国为质,乃是他身为嬴姓子孙应尽的职责。"

堂下众臣,顿时议论纷纷,一片嗡嗡之声。

芈月道:"雷霆雨露皆是天恩,臣妾不敢有违,公子稷也不敢有违。只是惠后乃先王正后,请惠后以先王诸子为己子,稚子无辜,请惠后怜惜。"

芈姝道:"无此先例,我不敢开此例。"

芈月道:"母子连心,若惠后不能答应,臣妾唯有一死。"

芈姝冷笑道:"放肆,此乃大臣议政的朝堂,你敢胡来?"

芈月道:"当日惠后身边的女御,也曾经在这朝堂之上,为了她曾经对公子稷投毒之事,为惠后辩诬,而剖心明证。如果惠后不肯答应臣妾所请,臣妾愿意圆满了惠后的心愿,也在此剖心盟誓,与我儿生死同归。"

朝上众臣更是哗然,如针般的眼神看着芈姝,甚至流露出明显的质问。

张仪出列,振臂疾呼:"惠后、大王、樗里疾,您三位当真如此铁石心肠,先王在天之灵,可是看着呢。"

庸芮见状亦上前一步,跪下道:"臣请惠后、大王恩准,公子稷尚未成年,不能无母,若不能免其入燕,当允芈八子跟随照应。"

群臣情绪本已经被煽动起来,见状便三三两两出列道:"臣附议。"

眼见附议的人越来越多,张仪也跟着跪下道:"臣也附议。"

樗里疾看了看左右,叹息一声,也上前跪下道:"臣请惠后、大王恩准。"

芈姝死死地看着芈月,眼中似要喷出火来。

甘茂本欲为芈姝说话,却见大势已去,只得也上前跪下道:"请惠后、大王三思。"

秦王荡本就对母亲的偏执不以为然,此刻见群臣汹汹,只得长叹一声，站起来道："母子天性，岂忍分离。寡人准了。"

芈姝惊怒交加，嘶声叫道："大王……"

秦王荡却是已经一拂袖子，道："退朝。"

见秦王荡已经转身向后走去，芈姝不甘心地站起来，极狠毒地看了芈月一眼，还是心不甘情不愿地走了。

芈月看着芈姝的背影，提着的一口气终于松了下来，整个人差点支撑不住，软了一下身子险些趴倒在地，又迅速用手撑住了。

庸芮伸手欲扶，最终还是克制住了，张仪拍了拍他的手，两人交换了一下眼神。

芈月站起来，挺直了腰杆，一步步走出咸阳殿。

她走出殿外，便见缪乙脸色铁青，亲自带了数名内侍已经候在外面，见了芈月便挤出一丝笑来，口气却是极憎恨地道："奴才奉命，护送芈八子回常宁殿。"

芈月并不看他，一步步慢慢走着。

缪乙跟在她的身后，也只能一步步慢慢走着，却在口中发出低低的咒骂之声。

芈月恍若未闻，却只是仍然慢慢走着，如今这一仗，她已经赢了，但是芈姝必然不会善罢甘休，下一场仗，依旧艰巨。

一直走到常宁殿，果然见原来守在她门口的四名守卫已经不在，如今却是换了十名守卫，全是陌生面孔，想来是办事不力被撤换了。

缪乙阴恻恻地道："奴才奉命，把芈八子送回常宁殿，不知道芈八子还有何吩咐？"

他只道芈月必不会说，不想芈月却点头道："有，请代我问问惠后，我与我儿，何时出发去燕国，以及，可否将公子稷送来，我也好为他准备行囊。他终究是先王之子，大秦公子，总不好让他准备不足上路。"

缪乙的脸都扭曲了，却不得不答道："奴才自会向惠后禀报。"

芈月却又道："但不知惠后准备让我们带多少人上路？我与公子稷素

日用惯的奴婢，可否带走?"

缪乙亦是阴阴地道："此事，奴才亦当禀过惠后。"

缪乙走了，薛荔对芈月低声道："宫中内外的人都被换走了。"

芈月轻叹一声："这一日，迟早都是要来的。"

这一夜，宫中展开清洗，无数内侍宫娥，皆被带走，消失。

这场清洗，其实是迟早要来的，只是缪乙之前毕竟要忙的事太多，也正准备慢慢布局控制宫廷，但白天发生的事情，让缪乙恼羞成怒，终于不顾一切下手了。

霎时宫中人心惶惶，受惊的秦惠文王旧众妃嫔自内庭递出消息来，更令得朝堂也是人心惶惶。

芈姝满心不愿就此将芈月放走，但这种惶恐不安的气氛，最终促使樗里疾再三向新王陈情，而秦王荡亦是不耐烦于这种后宫妇人的纠缠不休，于是下旨，令芈月母子半月内出宫，前往燕国。


秋风瑟瑟，天色阴沉，黄叶飘零，西风凛冽。

秦宫宫门外，几辆简陋的马车，一队肃杀的兵士，一名武将牵马站在马车前，一脸的不耐烦。

宫门开了，一群侍卫押着芈月母子走出宫门，她们身后只有女萝和薛荔各背着一只青布小包袱，再无其他。

缪乙已经在宫门外，对芈月母子拱手，皮笑肉不笑地道："芈八子、公子稷，这位是派驻燕国的杜锦大夫，由他护送您二位入燕。奴才在这里祝您一路顺风、万事如意了。"

芈月转头看去，见那杜锦脸色阴沉，面相颇为不善。

她微一点头，拉着嬴稷登上马车。

缪乙忽然尖厉地笑了一声："芈八子就不问问，还有一个人去了哪儿?"

芈月骤然转头，看着缪乙。

缪乙冷笑道:"缪辛已经被杖毙,芈八子就请放心上路吧。"

芈月心头一痛,她能够从禁宫中脱身,顺利及时地出现于大殿之上,抓到机会而迫使芈姝答应让她与嬴稷一起同往燕国,正是缪辛动用了他在宫中所有人脉。而此时刚好芈姝新接手大权,缪乙一心在找着遗诏和玄鸟令,这才使得缪辛可以助她成事。

只是,终究还是牺牲了缪辛,这个嬴驷送给她的小内侍,忠心耿耿,随侍她多年,却如此牺牲了。由缪辛又想到了缪监,大监于先王之时,在宫中深不可测,先王一去,连他也不能自保。

大厦倾,曾经庇护于这大厦之下的所有人,都将遭受这灭顶之灾,此刻她怜缪辛缪监,但在他人眼中,她又何尝不是一个即将倾覆的牺牲品呢?

薛荔失声惊叫一声:"缪辛……"怒视缪乙,"你这禽兽,是不会有好下场的。"

缪乙冷笑:"这就是不识时务的下场。你们两个,若是后悔了,跪下来向我请罪,我可以免了你们跟着去燕国送死。"

女萝拉住愤怒的薛荔,道:"别冲动,我们一定会有机会为缪辛还有大监他们报仇的。"她抬头看着缪乙,"大监死了,总会有人为他报仇的,缪乙公公,你每天晚上睡觉的时候,可都要小心没头起床。"

缪乙倒吸一口凉气,想要发作,看了看周围,却忍下来,冷笑一声,道:"二位阿姊倒要小心,死在荒郊野外,尸骨无存。"

马车驰出咸阳城。

芈月掀帘,看着渐渐远去的咸阳城。这咸阳城,她曾经是如此迫切地想逃离,甚至准备不再回来。可是她现在改变主意了——

我必会再来。否则,我对不起那些为我而死的人们。咸阳,我今日离开,可我必将再回来!

马车东行而去,此时此刻,有两人站在城头上,看着芈月的马车远去。

樗里疾道："张子既然不放心，为何不下去送她一送？"

张仪长叹一声："我无颜见她。是我将她留了下来，却陷她于如此险境而不能相救，又有何颜相见。"

樗里疾道："你是怪我最后没有站在你这一边吗？"

张仪冷笑："你自问对得起先王便是，横竖是你们嬴姓天下，与我等何干？呵呵。枉我当日，还认为秦国是能够一统天下之国呢。"

樗里疾长叹："我知道张子怨我，可是，我不是你。你能够把天下当棋盘，把秦国当赌注，我不能。秦国可以不是一统天下之国，却不能在我们手中折了。"

张仪冷笑："燕雀贪恋屋檐下的草窝，鼠目寸光，以为保得住这个小窝便是安全吗？却不知风暴一来，唯有鲲鹏之大，方能够乘风而上。"

樗里疾沉默片刻，道："如今事已至此，再说这个，还有何用？"

张仪亦沉默了，他也不想继续说下去，这个话题在今天说，已经没有意义了，只看着芈月马车远去的方向，叹道："此去燕国，千里迢迢，他们母子能够活着到达燕国吗？还能不能活着回来？"

樗里疾亦看着马车的方向，冷冷地道："你既许她为鲲鹏，她若是连这点小关也过不了，那么回不回来，也就不重要了。"

张仪看了樗里疾一眼，叹息："不承想，樗里疾也如此冷心冷意，是了，在你眼中，只有先王，哪有后宫妃嫔。唉，她此去燕国，只有两个侍婢……可惜了缪辛那个奴才，倒是忠心耿耿。"

樗里疾亦叹："缪监一死，他原来的嫡系必然遭受冲击，如今宫中正在清洗。唉！缪乙终究不是个人才。"

张仪看着樗里疾："你知道吗，你一定会为你的选择而后悔的。"

樗里疾点头："或许吧。张相，我今天陪你站在这里，其实并不关心别人的事。我只是想劝你留下，大秦如日中天，你心血付出实多，今日就这么离开，你不后悔吗？"

张仪摇头："道不同不相为谋，纵留下，也是对牛弹琴，又有何益？"

樗里疾上前一步："张子，就当给老夫这个面子，给大秦，也给你自己多一份机会，如何？"

张仪却仍然看着芈月远去的方向，半晌，方叹了一口气，道："我若是留下，并不是为你，也不是为那个蠢货，我只希望我能够等得到她回来……"

芈月却并不知道在她离开之后，咸阳城的动静。

她坐在马车中，一路出了咸阳，入了山道，芈月只觉得道路开始颠簸，她掀开帘子，只看到两边道路渐渐荒凉。

杜锦带着人在前面，见越走越荒凉，当下使个眼神，车队便走得缓慢下来。

芈月母子坐在车内，忽然只觉得车子停了下来。

芈月心一沉，已经有所警惕，道："子稷，你坐到我身后来，不管发生什么事都别离开我。女萝，问问是怎么回事。"

就听着车外杜锦的声音道："芈八子，请您带公子下来歇息一会儿吧。"

芈月按住想掀帘子的薛荔，沉声道："荒郊野外，有什么值得休息的。"

就听得车外杜锦的声音道："臣奉了上谕，芈八子也是明白人，何必难为我们呢？"

芈月的手握紧，冷冷地道："才刚离开咸阳，你们就这么急不可待吗？"

杜锦亦冷笑道："这个时候，急与缓，有什么区别吗？"见马车内没人回答，杜锦便对左右使一个眼色，道："如此，就恕臣无礼了。"就指挥着兵士道："你们上。"

几名兵士登上马车正要掀开帘子，忽然数箭自远处飞来，正射中这几名兵士后心，他们顿时摔倒在地。

杜锦惊慌失措，左右环顾道："什么人？"

忽然一阵大笑，一队铁骑飞驰而至。当前一人，正是义渠王，他手持空弓，显见手中的箭刚刚射出。

另一头魏冉也带着一队人马，与义渠王等人同行而来。

杜锦吃惊地指着他们："你、你们……"

义渠王冷酷地一挥手："统统杀了。"顿时一阵箭雨飞落，刚才还骑在马上的一排将士纷纷落马惨叫。

芈月掀开马车，叫道："住手。"

魏冉当先一骑驰向芈月，叫道："阿姊，你没事吧？"

芈月道："还好。你叫他们住手。"

此时杀伐已息，义渠王与魏冉手下已经控制住了局面，将那些兵士逼到一处去，让他们丢下武器，下马被赶到一处去。

魏冉扶着芈月走下马车，嬴稷刚要探头已经被芈月按了回去："你就待在马车里。"

芈月脚落在实地，悬着的心这才放了一半，刚才若是魏冉迟来半刻，只怕她与嬴稷便危险了。

却听得魏冉指着杜锦问道："阿姊，你说，拿这狗官怎么办？"

杜锦此时已经吓得面如土色，跪下求饶道："芈夫人饶命，臣也是奉旨行事，不敢不从。"

诸侯之妾于内宫或有分阶相呼，但于宫外，却是皆称夫人。杜锦此时危难临头，自然要往好处称呼。

魏冉冷笑一声，道："既然敢做人家的狗，就要有被一刀宰了的准备。"说着一指杜锦："拉下去宰了。"

芈月却喝止道："慢着。"对魏冉说："他亦不过是受人指使，他是此次去燕国的正使，杀了，恐不好办。"

杜锦如蒙大赦，忙道："多谢芈夫人，多谢芈夫人。"

魏冉收刀，一指杜锦："押下去。"

芈月抬头，看到义渠王骑在马上，正凝视着她，芈月敛衽行礼道："多谢义渠王相救。"

义渠王深深凝视着芈月，忽然伸手，将芈月抱起来，一骑飞纵向远处。

杜锦一声惊叫，正探出头来的女萝看到也一声惊叫。秦兵顿时一阵骚动，但魏冉的若无其事和其他义渠士兵的肃穆让所有的骚动都不由沉默下来。

咸阳城外荒郊，黄土飞扬。义渠王挟着芈月，一骑双人飞驰。芈月倚在他的怀中，却只觉得一股强烈的雄性气息扑面而来。数年不见，他似乎又长高了，甚至肩膀也更宽阔了，身上那种男子气息更是强烈到让人刻意忽视都忽视不了。他已经不是初见面时那个犹带三分稚气，却要努力装作大人和王者的少年了。如今他已经成为一个真正的王者和男人。

义渠王带着芈月，一路飞驰。他当时只是一时冲动，见了她，便要将她抓到手中来，就想带着她，和自己一齐走，不管走到哪里，只有他和她。

她的身体娇小柔弱，伏在他的怀中，又轻又软。他骑着骑着，只觉得自己的心越跳越快，快到自己都无法抑制了。

他果断一拨马头，顺着路边的小山坡一直驰到顶上。

山顶上，一眼望去，可见碧蓝的天穹。草木间许多飞鸟被马惊起，棱棱扑翅，直上云霄。

义渠王停住了马，跳下，又扶着芈月下来。

芈月看着一望无垠的天际，沉默。义渠王以保护者的姿态站在芈月身后，同样看着一望无垠的天际。

风吹扬着芈月的头发，义渠王入神地看着芈月的侧脸。

芈月没有说话，义渠王也没有说话。

这一刻，人与天接，心在驰骋，话语已经成为多余，便是开口，也似在破坏这种自然的感悟。

良久之后……

义渠王终于开口："跟我走吧。"

芈月没有回头，仍然看着前面："走？去哪儿？"

义渠王一挥手："回义渠，那儿天高云阔，无人管束，有一整个大漠任你驰骋。"

芈月终于转过头去，看着义渠王，轻叹一声："你知道吗，当日我想离开楚国，我希望有一个人能够站在我的身后保护我。那时候我误以为失去倚仗，觉得前途似乎一片黑暗，我以为世上只剩我一个人了，我不知道自己能干什么……"义渠王知道，她说的是自己头一次劫走她的时候，不由得咧嘴笑了笑，却听得芈月又继续道："可现在，我只想一个人走。"

义渠王一怔："为什么，难道在你眼中，我永远都不是你要的那个人吗？"

芈月摇头："不，你能来，你能说出这样的话来，我真心感激你。其实我一直在想，如果我当初没有拒绝你，我没有回到咸阳，是不是我现在就能够得到更多的自由，更多的幸福。"

义渠王道："你现在仍然可以。"

芈月轻叹："时移势易，我现在跟以前不一样了。"

义渠王道："可我的心还是一样的。我不管你做过谁的妃子。跟我走，我会给你一生幸福，你的儿子，我也会当成亲生的儿子来抚养。"

芈月看着他，这是她第一次如此仔细地看着他，凝视着他，似要把他的音容笑貌都刻在心头："可你还是义渠王。"

义渠王道："义渠王又怎么了？"

芈月道："我不想再跟一个王者打交道，太累了。"她轻叹："天高云阔，那是对你，不是对我。"

义渠王摇头，不解："我不明白你的意思。"

芈月看着义渠王："你一定也有不少的妃子吧。"

义渠王有些着急，有些不解："可她们都不是你。"

芈月摇头："可你还是义渠王，你再爱我，可你还有你的部族，你的长老们，还要面对你的责任、你的王权，为了部族的平衡、为了部落间的合纵连横……就算你一生一世只爱我一个人，你却不能一生一世只有我一个女人。"

义渠王道："你放心，她们影响不了你。如果……"他咬了咬牙："只要你愿意，我可以让她们永远在你的视线之外。"

芈月伸出手来，轻抚了一下义渠王的脸，又垂了下来，轻叹："义渠王，我感激你的垂爱。可是，你我心里都明白，你对我再好，我也只能够成为你后宫女人中的一个。而女人之间为了争夺一个男人宠爱的斗争，我从小看到大，累了，也厌了。我经历得太多，不愿意再把自己的命运依附于一个男人、一个君王身上。"

义渠王道："那你想要什么？"

芈月道："我宁可只当秦公子稷之母。"

义渠王道："一个要去送死的质子之母？"

芈月看着他，笑了，知道他并不明白自己想要的东西，却道："是，再苦再难，我也是自己的主人，我由我自己，来主宰自己的命运，不管成败，我靠我自己的双手，去拼我的命运。成了，是我应得的，败了，是我自己无能，我无怨无悔。"

义渠王却似乎有些听懂了，但他却摇摇头，看着芈月的眼神中充满了怜惜："你以为在这个乱世，一个弱女子，可以与命运拼杀？"

芈月道："至少，我不必寄望于男人的怜惜和宠爱，不必寄望于男人的良心和信用。"

义渠王不禁摇头："你太天真了。"

芈月却坚持道："命运由我自己掌握，跌倒了，我自己爬起来，生死不悔。"

义渠王看着芈月，此刻她身上忽然焕发出来的神采，令她光彩夺目。

他忽然上前，抱紧了芈月。

芈月没有动。

义渠王俯首，轻轻地吻在芈月的侧脸。

芈月伸出手来，抱住义渠王，轻轻地吻了一下他的嘴唇，如蜻蜓点水般，一触即离，她附在他的耳边低语："我这一生都不会忘记，在我最无助最绝望的时候，有一个男人来说要带我走，说要给我一生幸福，要把我的儿子当成亲生的儿子一样疼爱。谢谢你，谢谢你给我的这句承诺，它能够支撑我走好久好久的路……"

义渠王看着芈月脸边一滴泪水，似坠非坠，他没有说话，只松开手，一步步退后："你走吧。"

芈月深深凝望义渠王一眼，骑上马，飞驰而去。

芈月回头望去，义渠王独自站在坡上，如一头孤独的狼。

老马识途，一会儿便飞驰而回，芈月跳下马，拍了拍马脖子，道："去找你的主人吧。"

那马长嘶一声，转头飞驰而去。

魏冉见状，惊疑不定地问道："阿姊，你……"义渠王把你带走，是为了什么？你又如何独自一人归来？

芈月看出他的疑问，却没有回答。

嬴稷听到芈月的声音，自马车中探出头来，怯生生地看着母亲。

芈月看到儿子，心顿时就软了，她快步走到马车边，轻抚了一下嬴稷的小脸，道："坐回去。"

魏冉却已经叫了起来："阿姊，你怎么独自回来了，义渠王呢？"

芈月却扭头道："他很快就会回来了，你代我向他道谢吧。"

魏冉诧异，见芈月正要登上马车，他一把拉住了她："阿姊，你要去哪儿？"

芈月平静地说："去燕国。"

魏冉失声道："你怎么还去燕国？"

芈月忽然笑了，似放下沉重的心思："为什么不去？"

魏冉急了："我跟你一起去。"她才出咸阳，就有人要杀她，此去燕国，千里迢迢，他如何能放心得下？

芈月却摇了摇头道："不，你不用去。"

魏冉急了："阿姊……"

芈月却按住魏冉的肩头，沉声道："记得，你得在秦国，有你在，才有阿姊和子稷的归路。"

魏冉不明白芈月的想法，然而习惯了对阿姊的听从，终于还是低下头道："好，我听阿姊的。"

在众人惊疑不定的目光中，芈月登上马车。

才一进来，嬴稷便扑到了她的怀中，紧紧地抱住了她，甚至手臂都有些微颤，声音中也带了一点哭腔："娘，你刚才去哪儿了？"

芈月轻轻拍着嬴稷，安抚他受到了惊吓的心："娘没事，娘只是去谢谢救我们的人。"

女萝和薜荔目光交错，却最终没敢开口。

魏冉见芈月登车，想了想，还是叫人将杜锦押了下来，他拿起长戈，挑起杜锦的下巴，锋刃离杜锦的咽喉不过半寸，见杜锦吓得面如土色，这才皮笑肉不笑地道："杜大夫，你家中有一妻三妾，三个儿子，两个女儿，还有一个六十八岁的老母，是不是？"

杜锦脸色都变了，颤声道："你、你、你这是何意？"

魏冉故意叹了一口气，道："我亦知道杜大夫也是奉命行事，身不由己，我也不难为你……"

杜锦恨不得自插一刀自证清白，当下忙一迭声道："是啊是啊，下官亦是同情芈夫人，我也是奉命行事，身不由己……"

魏冉沉声道："若我们一走了之，只怕杜大夫会受责罚吧。"

杜锦忙点头："是是是……"一想不对，又忙摇头："魏将军尽管走，尽管走，万事自有下官担待。"

魏冉嘿嘿一笑，道："难得杜大夫如此上道，我们又如何好让杜大夫为难。所以，我阿姊决定，还是遵旨继续去燕国……"他将长戈一扔，跳下马来，拍了拍杜锦的肩头，咧嘴笑着，却露出白森森的牙来，"这一路上，就有劳您多多照应他们了。"

杜锦点头如捣蒜："那是自然，那是自然。"

魏冉一把搂过杜锦，话语中透着森森杀气："有劳杜大夫送我阿姊一起入燕，一路上若是平平安安，大家自然也交个朋友，我是不会忘记杜大夫的好处的。若是我阿姊或者外甥出了什么意外，那杜大夫一家老小，嘿嘿……"

杜锦吓得几乎要跪下："可是、可是……"

魏冉也不理他，一挥手道："就这么说定了。"对着马车叫了一声道："阿姊，走吧。"

芈月道："好。"

魏冉上马，与义渠众人拱手道别。

车队再次上路，魏冉骑着马护卫在芈月马车边，其余人骑着马跟在车后。忽然远处尘土扬起，但见一名义渠兵赶着一辆马车远远过来，叫道："芈夫人留步，我家大王派我送东西来。"

芈月停下马车，掀开帘子，便见义渠兵跳下马车走近，奉上一只木箱子，道："这是大王送与夫人的程仪。"他又跑去掀开马车的帘子，指着里头堆积如山的毛皮道："听说燕国寒冷，这是大王亲手打的貂皮狐皮狼皮等，芈夫人去燕国的时候，好做些衣服穿。"

那木箱子极大极重，芈月一接没接住，幸而魏冉代为接住，送至车内。她松开箱子，敛袖道："代我多谢你们大王。"

那义渠兵憨厚地一笑，便拱手骑马而去。

马车内，那木箱子摆在正中，薛荔打开一看，不由发出一声惊呼。

芈月看去，也是惊呆了，却见那木箱之内，尽是珠宝金玉之器，只见珠光闪耀，夺人眼目。女萝已经捧起上面的珠玉，却见下面是一层层的金块，这一箱子金玉珠宝，价值非凡。

芈月轻叹一声，叫薛荔合上木箱，心中感慨。芈姝放逐她母子出宫，两手空空，是想让她一无所有，饥寒交迫。她虽早已经安排魏冉接应，可是，却不能不感动于义渠王的这份细心周到。

嬴稷看着这一箱金玉，有些不安地问："母亲，他这是什么意思？"

芈月轻抚着他的头，安慰道："没什么，子稷，天底下欠钱的，都是能偿还能解决的。"

嬴稷问道："那什么是不能偿还的？"

芈月叹息道："欠情的。"

她望着远方，这一世，她还欠着这么多人的情，系着这么多人的命，她不能死，更不能输。

# 第三章

# 蓟城寒

行行复行行。

一路上，芈月母子乘着颠簸的马车，也防着芈姝再起事端，便几乎不曾入大城，一路上若遇各处的封臣庄园便投宿一夜，若是没有，就只能在荒郊野外安营扎寨。

犹记当年入秦时，芈姝和其他的媵女叫苦连天，可她并没有觉得行程有多艰苦，也许初时她是怀着飞奔自由的快乐，之后，就是恨……

此后，她亦随着先王出巡各处，那时候，玉辂车行处，有无穷无尽的天地奥秘，让她根本不在乎旅途的艰难，且王者出巡，又能艰难到什么地方去呢？

可是此刻，凄然离开咸阳，这一路的颠簸、艰辛，竟是让她格外难以忍受。也许是她心情的低沉，或许是压在她心头对前途的恓惶，她竟是吃什么东西都吐个精光，整个人迅速瘦了下去。

若没有嬴稷，若没有心系这个小小的儿子，她也许是支撑不下去的吧。

走了二十余日，终于到了秦赵边境，马车停了下来。

芈月掀帘看去，但见一队赵国骑兵站在界碑处，为首是一个红衣的贵公子，旁边还有几辆空着的马车。

赵人尚火德，衣饰以红色为主，又因如今的赵侯雍在国内推行胡服骑射，这些赵兵几乎都是紧身短打，就连为首的贵公子也是如此。与正在朝他们行来的秦国马队基本上以黑色为主、皆是宽袖大袍的样子形成对比。

魏冉驰近，向着当前贵公子行了一礼，道："公子胜。"

那贵公子大约二十出头，见状连忙还礼，道："魏兄。"

此时车队已经停下，魏冉扶着芈月从马车上走下。

芈月头戴帷帽，领着嬴稷走上前去，此时对方亦已经下马，见芈月走来，便行礼道："赵胜见过夫人。"

魏冉忙介绍道："阿姊，这位就是赵王之子，公子胜。"

芈月点头，令嬴稷见礼，心中却已经想起对方的身份来。

赵侯雍心怀大志，是诸侯中唯一尚未称王之人，可这并不说明赵国的实力不如他国。正相反，自赵侯雍继位以后，赵国的实力一直在扩张中。数年前，赵侯雍不顾重臣反对，在国内推行胡服骑射之制，这一场变化对于赵国来说，不亚于秦国的商鞅变法。

赵公子胜，便是赵侯雍诸子中，最具贤名、最受拥戴之人。魏冉便是在秦国派他参加与赵国联兵、送孟嬴与燕王职回燕夺位的战役中，与赵胜结下的友谊。自秦入燕要经由赵国，魏冉的兵马不能入赵境，便只有拜托赵公子胜相助了。

赵胜笑得十分谦和，并无身为公子的傲气，举止皆是彬彬有礼。

魏冉转头向芈月道："阿姊，此处为秦赵边境，未奉君令，不得越界。我只能送你到这里了，幸得公子胜高义，答应接下来把你送到燕国。"

芈月上前敛袖为礼："多谢公子胜。"

赵胜忙拱手："芈夫人，我与魏兄一见如故，君子一诺，我当护送两位到燕国。"

当下便指挥诸人换车。芈月亦知，秦赵车轨不同，不能通用，当下便由薛荔等人把行李搬上赵国马车。

于是，就在这秦赵交界处安营扎寨，魏冉与赵胜一起，一边喝酒，一边叙旧，直至夜深睡去。

夜深了，芈月哄睡了嬴稷，独自走出营帐，却见夜色茫茫，不知方向。

想当年，她从楚国初离开，那时候也是这样的夜色，也是这样的茫然。然而当时她虽然独自一人，却有着对未来的向往。可如今，孤儿寡母，千里家国，她又当何处安身？

天亮了，两边就要辞别。

魏冉与赵胜捧着宿醉的头，各自道别。

魏冉嘱托："子胜，我阿姊和外甥就要多拜托您了。"

赵胜慨然："魏兄说哪里话，令姊与令甥交与我赵胜，你就放心吧。"

魏冉走到芈月面前，跪下，哽咽："阿姊，此去千里，不知何时能够再见。我盼着阿姊能够早日归来，我当率军亲迎阿姊。"

芈月轻抚着魏冉的肩头，叹息："小冉，你放心，我一定尽早归来。"

嬴稷扑上前抱住了魏冉，哭道："舅舅……"

魏冉抱起嬴稷，轻轻地哄着。好不容易，芈月母子才与魏冉依依话别。

马车越过界碑，向东而去。


一入赵地，芈月不再一直坐在马车里。有时候她也会戴上帷帽，一起骑行。

赵胜对芈月颇为好奇，观察了几日之后，见芈月虽然心情抑郁，但为人爽朗，并不扭捏，便也试着与她慢慢接近、交谈。

"刚认识魏冉兄弟的时候，每天听他提起他的阿姊，我一直在想，夫人是如何了不起的女人，将来若有幸，当拜见才是。"赵胜这日，便拿魏冉提起了话头。

芈月轻叹："我对不住冉弟，让他小小年纪便从军，幸而他能够在军中得各方兄弟朋友的帮助，方有今日。冉弟素日寡言，但对公子如此信重，妾当信公子乃当今人杰也。"

赵胜平生听多了奉承，她这话说起来，看似质朴，但听起来反而十分可信，不由笑道："魏将军用兵如神，胜对他十分敬重。能够得魏将军此言，不胜荣幸。"

芈月一路行来，亦见赵兵衣饰与行军队列，与秦兵、楚兵已大为不同。这却令她想起当年入秦之时，看到义渠兵与秦兵交阵的模样，只觉得赵兵举止之间，倒有些胡兵的模样。她心中一动，便想问赵胜究竟："妾亦曾听说，赵王在国内推行胡服骑射，这一路走来，赵国兵士行动矫捷，来去如风。以妾看来，赵国兴盛，当在眼前。"

赵胜听到她夸奖赵兵胡服骑射，嘴角不禁有一丝得意的微笑，口中道："夫人谬赞，您只知其一，不知其二。"

"哦?"芈月不禁问，"难道这其中还有内情不成?"

赵胜道："事实上，为了胡服骑射的事，君父却深受国中宗族和封臣的压力。说什么衣冠尽失，形同戎狄，长此以往，恐国将不国。"

芈月想到昔年在楚国推行改革而失败的屈原，以及死于车裂的商鞅，不禁也轻叹道："是啊，列国要推行改制，都要承受千夫所指。况赵国历史悠久，三晋之中，唯赵人衣冠最有古风，也最得世人崇拜。我听说以前有个燕国人，仰慕赵人举手抬足的风范，特地居于邯郸，学习赵人仪态。结果，没有学到赵人的走路，却连自己原来怎么走路也忘记了……这邯郸学步的故事，其实也充分说明，列国对赵人文化和衣饰的崇拜与追捧。这是赵国的荣光，却也是赵国的负累。如今赵侯推行胡服骑射，连我一个后宫妇人，都可以一眼看出对军队的好处来。可是却也让赵国的诸封臣领主，看到了自己世代相传的权势有削弱的风险。所谓'捍卫祖制'，不过是拿到台面上的理由罢了。"

赵胜亦苦笑一声，赞同道："祖宗的东西，是财富，也是负担。秦国变法成功，实令各国羡慕，却也是秦人尚简朴，没有这么多的繁文缛节，更没有这么多固守繁文缛节的老古板。秦人立国的历史没有赵人这么长，文化底蕴和封臣势力，亦是较弱，所以反而是秦人变法，阻力最小。"

芈月想到昔年与秦惠文王策马同行，亦是讲到这个话题，不禁心头一痛，扭过头去平息了一会儿心情，才叹道："不管国也罢，人也罢，有些病已经生了，便如同身上的瘤子，割了会痛，不割会烂。若是不能自己割一刀，就等着别人来割你一刀了。"

赵胜勒马，凝视芈月半晌，才叹道："多少堂上公卿大夫，不及夫人一介妇人的见识。"

芈月低头："让公子见笑，这也只是我听先王一言半语罢了。"

赵胜亦拱手肃然道："我父侯对惠文王也是十分敬佩，曾叹息说，惠文王虽有二十多个儿子，却无一人能够及得上其父。"

芈月道："先王固然是雄才大略，然则尚有诸子未能成人。子是否肖父，如今尚未可知，赵侯此言，为时过早。"

赵胜看了看嬴稷坐着的马车，微微一笑："近日同行，以胜看来，公子稷倒真是有惠文王之风范。"

芈月微微一笑："多谢公子夸奖，身为人母，与有荣焉。"

赵胜意外地看了看芈月，他以为芈月会谦虚两句，没想到她竟然全盘接受的样子，心中一凛，暗道："只怕此人不凡。"

如此一路走走说说，不觉二十余日过去，他们已经穿越了整个赵国，到了燕国边境了。

赵胜勒马笑道："夫人，明日就到燕国边境了，到时候，你们的马车恐怕还要再行更换。"

芈月见他提到这个，便把存在心中很久的疑惑之处说了："妾当年自楚入秦，心中还甚是奇怪，为什么船行入秦，我们原来的马车都不能用了。后来看到马车入了驰道，才发现原来各国的马车车轨都是不一样的。"

当年自楚入秦，芈姝嫁妆众多，所以在有些路段，甚至都要特意绕个弯，走到铺有轨道的驰道上，这才减省马车，免得耽误行程。

芈月当年看到，便觉得有些奇怪，只是那时候与甘茂不合，不好打听，后来又遇义渠伏兵，经历各种事情，直至脱身，入了秦宫，便也无心问起。这次出宫，又遇上此事，此时与赵胜也熟悉了，就不免将心头疑惑问了出来。

赵胜不以为意，笑着解释道："芈夫人真是细心，你看这一路行来，有些国路上就有木条铺成的轨道，马车载了货物，在特有的轨道驰行，便能事半功倍。"

芈月却问："可是既然是为了方便运输，那为什么列国的轨道都是不一样的呢？"

赵胜微笑不语，此事解释起来，颇为麻烦，而且觉得对方一介宫闱妇人，就算在许多国策大政上听得多了，能够一知半解，但这种细节上，却是未必能够解释得通。

芈月却是当年随着秦王去过墨家工坊的人，当下微一沉吟，便问道："妾见识浅陋。依我看，恐怕是因为列国之间战事连年。这种轨道在战时运送大量辎重，尤其方便。但自己方便，也要给对方造成不便，所以列国不约而同地采用了跟他国不一样的轨道。公子，我说得对吗？"

赵胜大惊，这时候才定睛看了芈月一眼，叹道："能够看出这一点来，芈夫人果然不是常人。"

芈月叹道："虽然如此，终究不便，但愿有朝一日，天下同轨，则东来西往，不必如此麻烦了。"

赵胜失笑："天下同轨，唉，古往今来有多少英君明主有这样的狂想，却终是不成啊。"

芈月不再说话，两人默行一段路以后，她便以马鞭指着前路："自此出关，向北就是燕国，想当年公子胜就是于此处与魏冉一起入燕国的吧。"

赵胜看着芈月，心中暗自思量："不错。"

芈月看着赵胜，忽然转了话头，提起往事来："想当年赵国势力不及韩魏两国，赵侯虽然年轻，但却见识非常，出兵扶助燕易后母子回国继位，经此一仗，既得了燕人的感激，又令得赵国在列国之间声势大张，更加打击了中山国与齐国的气焰。赵侯有如此长远的见识和恢弘的气量，义助孤儿寡母复国，利己利人，这些年来赵国日益强盛，皆是赵侯英明卓识之故。"

赵胜听得她夸奖父亲，也不禁得意，拱手谢道："多谢芈月夫人夸奖。"

芈月看了他一眼，意味深长地道："我母子今离秦入燕，不知何时能够回秦。我但愿将来，也能够有易王后的运气，能得贵人相助。"

赵胜心头一凛，定定地看了芈月一下，他的眼光又转移到马车内的嬴稷身上，忽然笑了，向芈月拱手道："胜愚昧，不懂夫人的深意，但我想，必会有人懂的。"

他一路将芈月等人送出国境，于燕赵国界与芈月母子拱手道别。

芈月道："多谢公子胜一路护送我母子入燕，若有机会，定当还报。"

赵胜道："芈夫人客气了。"

芈月道："请公子胜代我向赵侯致谢。"

赵胜道："胜也代父侯多谢芈夫人夸奖。可惜行程匆匆，父侯不得与夫人交谈，否则定当引夫人为知己。"

芈月道："来日方长，我相信将来一定有机会当面向赵侯致谢的。"

赵胜看着芈月，意味深长地道："胜亦愿有机会能够再为夫人效劳。"

见芈月一行远去，赵胜凝视良久，拨转马头道："回邯郸，我要即刻见父侯。"

他身边的亲信壮着胆子问了一声："公子，您向国君请假说要替朋友办事，国君已经准您三月之假，如今才不过一个多月，何必着急。"

赵胜冷笑："你懂什么，此事，我须得立刻禀报君父。"

当下一行人疾驰而回邯郸。

芈月一行人离赵入了燕，一路直向蓟城进发。

他们出发的时候已经是秋季，这一路行来，进入燕国的时候，已经是进入了初冬。

芈月当年从楚国到秦国的时候正值夏季，这气候变化倒不觉得什么。素日都是在宫中，衣暖食饱，除了觉得吃食上一时难以适应外，其他倒也没有什么感觉。直至那两年随着秦王巡视四畿，这才真感觉到西北之地与江南水泽的区别。这次入燕，轻车简从，一路上并无多少照应，所以只觉得马车一路而来，四面漏风，越走越冷，似一路走进了冰天雪地一样。

一路行来，薛荔已经因为风寒而病倒，女萝还勉强撑着，嬴稷也受了风寒，芈月却是自从咸阳病了一场之后，虽然人瘦了一圈脱了形，但条件越是困苦，她反而越是坚韧。

一路行来，不但他们妇孺之辈，便是杜锦带着的秦兵也病倒数人。

马车进入蓟城的时候，天空已经飘起了雪花，蓟城如同一片冰雪世界。

芈月一行人的马车驰过蓟城街头，便见人们好奇地抬头张望着。芈月掀开帘子，朝车外看去。

与楚国房子以竹木为主、秦国房子以砖瓦为主不同，燕国的建筑更多以石头为主，屋顶上盖着厚厚的羊毛毡。来往的庶民黔首或穿着羊皮袄，或穿着暗色的绨袍。而往来贵人则穿着外罩鲜艳的锦缎，只在领口、袖口和边缘下摆露出毛边的裘服。

蓟城又比其他地方更冷，纵然此时芈月已经穿上了厚厚的裘服，但车外一股冷气迎面而来，还是让她打了一个喷嚏。

嬴稷亦是裹得厚厚的，缩在芈月的怀中好奇地道："母亲，燕国怎么这么冷啊。"

芈月轻抚着他的小脑袋："是啊，燕国的冬天是很冷，我小时候听说，燕国的冬天，是能够冻掉人耳朵的。"

嬴稷吓得捂住耳朵缩了一缩："耳朵怎么会冻掉呢？"

芈月见他如此也笑了："不怕不怕，咱们穿得挺暖和的，不怕冷。"

她轻抚着嬴稷身上的裘服，心中却是暗叹，这次若非义渠王事先送了一车的毛皮，这一路上冰天雪地的就不知道如何过来了。

一路上她和女萝薜荔尽着先替嬴稷赶制了裘服，又依次替自己三人赶制了，还挑了几件给护送的首领，亦是贿赂一下这些人，免得路上为难。

一路进了驿馆，便见一个圆胖油滑的驿丞笑着迎上来，一迭声地奉承："公子请、夫人请、大夫请……"迎着芈月等人进了驿馆，安排了单独小院住下。

那驿丞自称胥伍。当时唯有士人有姓，其下的低阶小吏持贱业者，不过是在称呼之前加个职业罢了。如竖某，便是童仆出身；隶某，便是奴隶小头领；皂某，便是养马出身；黎某，便是黎民之属；胥某，便是胥吏之属；台某，便是台仆之属等……那驿丞想来是胥吏出身。这等人若换了往常，便是连女萝等人也不扫他一眼。此时女萝却要赔着笑，将他拉到一边，给了些赏钱，叫他去好生准备。接下来芈月母子要在这里，不管住长住短，却是要这小吏安排一切了。

杜锦早就裹成一团球似的，熬不得冷，一路上不断嘀咕。此时到了燕国，入住了驿馆，他便跑来向芈月求道："芈夫人，下官如今已经将你们安全送到燕国了，求您一封平安书信，让下官好带回去给魏将军吧。"

女萝眉毛一挑，道："我们如今刚到，病的病，弱的弱。杜大夫，这平安二字不好说吧？谁知道你们拿了书信，会不会又翻脸不认人啊？"

杜锦叫屈道："夫人、公子，如今咱们已经入住燕国驿馆。小臣便有再大的能耐，难道还敢在这里动手不成？难道小臣就不要活了？"

芈月见女萝犹与杜锦争辩，便道："罢了，待明日递交国书以后，我便与你书信吧。"

杜锦忙千恩万谢了，这边殷勤派人去请医者。过不久，便有医者到来，给嬴稷和薜荔都开了药，两人服了，当晚便也安稳。

次日，杜锦便去递交了国书，又引了燕国专司邦交接应的大行人来，芈月便令人以嬴稷的身份递了文书。见燕国官方终于已经接手，芈月亦放下一条心来，见杜锦又来磨回信，也希望把这个不安全的因素早早消除，因此便给了他回信。

次日，女萝欲去寻杜锦，却发现前院的房间内无人，连东西都收拾得干干净净，显然已经是人去楼空。她一惊，一转头便见那驿丞胥伍探头探脑地进来，赔笑道："娘子，可是寻杜大夫？您不晓得，杜大夫已经走了吗？"

女萝镇定心神，笑道："昨日我们夫人已经给他回信捎回，只是我今日忽然想起一事寻他，还以为他没这么快走呢。想来必是因为他怕冷，一路上都嚷着要早早回秦国去呢。"

那胥伍满脸狐疑地看着女萝。这种他国质子进京的，他也见得多了，却从来不曾见过护送质子的官员跑得这么快，质子身边的随从这么少的。他本就是个油滑小吏，当即试探着问："娘子，我说你们是不是得罪了人啊？"

女萝脸色一变，质问道："你这是何意？"

胥伍赔笑道："小人不敢，嘿嘿，嘿嘿……小人在这驿馆倒也见得多了。有些国家的质子啊就是特别倒霉，说是出来做质子是为国牺牲，可只怕自己国内倒比别人更盼着他们死。您说这世道，是不是……嘿嘿，嘿嘿！"

女萝听得出他言语之下的恶毒试探，知道这等胥吏最是势利凉薄，心中既惊且怒，却不敢教他看出来，只顿了顿足，道："原是我前几日病得糊涂，记错了吧。"说完，转身就跑回房中。

芈月坐在门边迎着亮光，正拿着毛皮缝裘服，见女萝匆匆跑回，问："出了什么事？"

女萝话到嘴边，又转了话题，只道："夫人，您说，咱们国书已经递上去好几日了，易王后若是知道我们来了，必不会如此冷落我们。这其中，会不会有什么事？"

芈月停下手，沉吟："杜锦递交了国书以后，她应该知道我们来了。

如今不见，就怕……这其中出了什么岔子。可是，燕国会有什么人从中作梗呢？"

女萝脸色一变，忽然想到了什么似的："夫人，那杜锦、那杜锦原是奉命来杀我们的，因为魏将军的缘故他不敢下手。可是他会不会在燕国有所安排？"

芈月低头想了想，皱眉道："可是子稷是易后的弟弟，就算他们不看在他是秦国公子的分上，又有谁敢得罪燕王的母后？"

女萝想了想，也点头道："是这个理……"转而又恨恨道："没想到杜锦走得如此利落，居然一个侍从都不给我们剩下。夫人，如今只剩下我们四个人了，我们应该怎么办？"

芈月摇头道："惠后是存心要我们在燕国无依无靠，没有任何援助。杜锦走了也好，他终究是个势利小人，他若留了人，我用着还不放心。"

女萝见她如此说，倒是松了一口气，悬着的心也放了大半，一边帮着她收拾针线，一边道："不知为何，如今易王后还没有派人来见我们？"

芈月却是皱紧了眉头，苦苦思索："如今我倒觉得奇怪，惠后为什么会将我们送到燕国来……"

女萝吃了一惊："夫人，怎么，有问题？"

芈月沉吟："她明知道孟嬴与我颇有交情。她若是将我送到齐国，我倒是担心。你要知道，大公主当年便是嫁到齐国去的……"她口中的大公主，自然是指芈姝的嫡姐、当年楚威后的嫡长女芈姮。当年芈姮嫁后，也偶有信回来，但芈姝与芈月嫁到秦国之后，便再也没听过她的消息了。

芈月沉吟片刻。她并非没有想过，只是当时她无从选择，能够让自己从宫中脱身，与嬴稷一起走，便是唯一的目标。接下来的事，只能走一步算一步。

她起初猜想，芈姝派嬴稷去燕国为质，或许是用来应付樗里疾，让他好松口。她若是明着把嬴稷送到险恶的地方为质子，樗里疾必不会答应。而芈姝一开始便打算将她留在宫中，甚至有可能在半路杀了嬴稷，所以，去哪个国家根本不重要。

可是如今她到了燕国，她预料的情况却没有出现。以她与孟嬴旧日的交情，孟嬴不可能不派人来见他们。

要么，就是两种情况，芈姝在这里埋伏了对付她的人，甚至已经架空了孟嬴。

又或者，孟嬴拿他们作了政治交易。

这两种可能，都令她的心沉到了海底。可是，以孟嬴的母后之尊，又有谁能够架空她，强迫她？又或者，以孟嬴的为人，她不相信她真会如此无情无义。

想到这里，芈月便令女萝："你把义渠王送的那木箱子拿来。"女萝忙搬过木箱，拿钥匙打开，芈月便指了那箱中的金玉珠宝道："你去给那驿丞送钱，让他想办法把我们的信送到宫里去。"

想当年孟嬴在韩国那样孤立无援，都有办法通过苏秦把信送到咸阳去。她就不信同在蓟城，她还能与孟嬴隔断音讯不成！

然而，不管送了多少东西，多少信件，一切都如石沉大海。燕宫之内没有任何消息，孟嬴仿佛根本不知道秦国来的人质是芈月母子，也没有派任何人来主动寻他们。

眼见天越来越冷，芈月的心却是越来越焦急。

女萝见她着急，只得又去寻那胥伍打听讯息。这些日子来，或许是觉得他们没有多少倚仗，那胥伍的态度便渐渐有些傲慢起来，叫他打听消息跑腿，便都要财物才能够叫得动。女萝亦知小人不能得罪，只得忍了，态度反而越加和气，手中财物，也是漫散了出去。

这日她又去寻那胥伍，那人却不在。打听之下，才知他早上便出去了。女萝无奈，见天已近黄昏，料得他也不会不归，只得叫人留了话。

她直等到傍晚，才听到消息说人已经回来，忙迎出院去。却见那胥伍挺胸凸肚，打着酒嗝，一摇三摆着走进来。女萝连忙迎上去，却闻到一股酒味迎面而来。她举手挡了挡，脸上不禁露出厌恶之色，却不得不赔笑问："胥伍爷，您把信送了没有，宫中可有何回复？"

胥伍色眯眯地看着女萝，伸手握住她的手："姊姊放心，我已经把书信递进去了，那宫中寺人我也送了厚礼，一有消息，定然报知姊姊。"

女萝心中暗恼，这小吏愈来愈过放肆，竟想占起自己便宜来了。她恨不得一巴掌朝他的脸抽过去，只是不敢坏了大事，只得强忍怒意又递一串钱，笑道："这是夫人所赐，请伍爷多多劳心。"

胥伍皮笑肉不笑地接过钱，道："虽然说夫人已有赏赐，小人实不应该再收。只是姊姊也知道，这官里头的事，小人也要打点打点。"

女萝强笑敷衍道："我知道，总不好让伍爷自己掏钱，这些都是谢伍爷的，劳烦您了！"

胥伍将钱塞入怀中，却又色眯眯地看了眼女萝，笑道："其实，夫人赏的我实在不好意思拿了，只要姊姊说句话，我胥伍也一样会……"

他正说着，但见薛荔蓬着头发自院内出来，一边咳嗽，一边泼辣地上前打断了胥伍的话："钱也拿了，还不快去。"

胥伍见状，只得悻悻地哼了一声，转身而去。

薛荔朝着他的背影狠狠啐了一声，骂道："这饿不死的贼囚，我真想把他一双贼眼给挖出来。"

女萝见她动怒，反来劝她："你风寒还未痊愈呢，就这么迎着风又跑出来，小心又着了凉。那不过是条狗子，你为这种人动什么气。"

薛荔怒骂："拿根骨头喂狗，狗还能汪几声呢。多少东西填了这贼囚，连点回音都没有。阿姊，我看这混账只怕根本没给我们办事，只是来讹钱的。"

女萝心中亦有些猜到，叹息道："可如今我们又能够找谁呢，可恨这杜锦将人尽数带走，我们两人又是无用。送信跑腿，亦只能倚仗此人！"

薛荔叹道："可我们所携财物总有尽日，再这样下去，岂不是坐吃山空？"

女萝见她涨红着脸，忙抚了抚她的额头，道："快些进去，你如何还能迎着风头说话，纵有事，还是请夫人拿个主意！"

薛荔咳嗽了几声，恨恨道："只恨我这病，要不然，也不能只叫你一人劳累！"

女萝打断了她道："别说了，快进去吧。"

两人进去的时候，见芈月正在教嬴稷念书，便不敢说话，只得站在一边。

芈月已经看到两人进来，却并未停下，教完嬴稷，又叫他出去跑一圈，这才抬头问两人："怎么，是不是那胥伍又是不曾使力？"

女萝叹道："正是，夫人，奴婢想，还是等明日奴婢自己出去，把信送到宫里，奴婢不信，便是遇不上易后，与青青、绿竹她们也可寻机见上一面。"

芈月听了她两人的禀报，却摇了摇头，道："你们不成，还是我自己去。"

女萝一惊，跪下道："这等事情还要夫人亲自去，岂不是奴婢应死了，请夫人允准奴婢去吧。"

芈月却摇了摇头，道："我想着此事必然有人从中作梗，你虽然忠心，但许多事历练不够。万一遇上意外事故，你未必能够处理得了。"

女萝只觉得羞愧无地，又道："那、还是让奴婢跟着您一起去吧。"

芈月摇头："薛荔病着，子稷还小，屋里不能没有人看着。"

薛荔却跪下道："奴婢已经好多了，夫人，还是让阿姊陪夫人一起去吧。本就是奴婢等无能了，这天寒地冻，还要让夫人亲自出去。若是再教夫人遇上什么事，奴婢岂不是死也难消罪过？"

女萝也道："夫人，外头尽是些贩夫走卒、奴隶贱役，您尊贵之人，如何能够独自行走，万一被人冲撞了可如何是好？"

芈月心中却是轻叹一声，偏生自己是女儿身，若是换了秦王驷，只怕独自一人，哪里都能去得吧。却强不过两人坚持，只得同意。

薛荔见状，忙脱下身上的皮袍，盖在了芈月身上，道："外面冷，夫人多穿一点，休要受了风寒。"

芈月摇摇头，将外袍披回薛荔身上："我穿着皮袍呢，那些毛皮典当了不少，如今一人就一件皮袍，哪里还有多余的。你若没有厚衣服穿冻着了，我更没有帮手了。放心吧，冻不着我。"

说完，芈月便走了出去，女萝只得跟了出去。她出行本应该有车，只是驿馆里竟寻不出车来了。当初他们是坐了马车来的，自杜锦一走，先把车夫也给带走了。没过几日，胥伍便说"马跑了"。又过得几日，又说那车挡了进出的地方，一推走就不见了。两三下工夫，这马车便连木屑也不剩了。

女萝待要去叫个车来，芈月却道："既然已经来了，我们便出来走走，看看这蓟城长什么样吧。"

女萝无奈，只得扶了芈月前行。

# 第四章 魑魅行

好在蓟城乃是燕京，前往宫门的大道上都扫清了积雪，倒不必踩着积雪前进。蓟城冬日，寒风凛冽。街道上店铺都关着门，街面上也没有几个人走动。

这冰雪世界，昔年她也在秦宫见过。那时候宫中踏雪寻梅，围炉温酒，别有一番情致。任外头如何风雪肆虐，她都能身裹厚裘，手抱暖炉，在温暖如春的室内吃肉饮汤，通身俱暖，从不为饱暖忧愁。可如今她坐困愁城，在这冰天雪地中，眼睁睁看着坐吃山空，费尽财物，却是不能见故人一面，只能独自在这凛冽寒风中艰难行进，实是天差地别。

芈月走着走着，却是停下脚步来。

女萝跟上前，问道："夫人何事？"

芈月指了指前面一座小酒馆屋檐下，却是有一堆壮汉坐在门口，只借得室内一点点的炉火暖意来，道："这些人看着形容不像贱役，何以穷困至此？"

女萝见状，忙过去向旁人打听了，回禀说："夫人，那些却不是旁人，而是落魄的士子。前些年燕王哙让位子之，又有太子平与之相争，几番厮杀来去。国中士子，依附太子平的，被子之追究罪责，削爵去封；依附子之的，齐人来了以后，又被追究罪行。这些旧士人原是奴婢成群，如今一朝获罪，钱财耗尽，便沦落至此了。"

芈月听得怔了一怔，道："原来如此。可见人之贵贱，朝夕相易，何等脆弱。"

女萝却道："此处便是西市入口，市井之地，素来鱼龙混杂。听说那些混杂于西市的人中，不只燕国贵人，也有当年列国士子来投燕国，只是不幸遇上几次变乱，应变无方，新朝建立，又不爱用这些人，钱财耗尽归不得，所以一朝沦落，有些便死于街巷，不得人知了。"

芈月心头一紧，忽然幽幽一叹，道："女萝，你说这些人中，又有几个可能是苏秦、几个可能是张仪呢？"

女萝苦笑："是啊，便是有国士，又能如何？如今的士人，就算可凭着一张嘴游说公卿，只怕先躲不过乱世刀枪。便是有一身好武艺，遇上乱兵溃散也未必能够比别人活得更长。"

芈月沉吟良久，忽然道："女萝，你明日便以秦公子稷的名义，买一些肉食和炭火，到西市来送与这些落魄游士。"

女萝吃了一惊："夫人，这……"

芈月沉声道："钱财乃身外之物，我们若不得门路，见不到孟嬴，难道就要坐困驿馆，任由那些小吏敲诈不成？"

女萝闻言，亦是默然，却仍不解其意。

芈月苦笑："重耳当年虽然流亡各国，却有狐氏、先氏、赵氏等家臣相随，便是秦国的献公当年虽然流亡三十载，但亦有不少家臣。而子稷却因为年纪尚小，未曾有自己的臣属，且因为我母族薄弱，如今孤掌难鸣……"

女萝顿时明白："夫人是要为公子寻找他将来的狐偃、先轸和赵衰吗？"

芈月点了点头。

女萝看着芈月，她这个主人，每一次都能够让她升起新的激动来。

不管到了别人眼中如何艰难的绝境之地，她总有办法找出新的出路、新的力量来。

人人只道她落魄燕国，投奔无门，她却能够在任何最细微的角落处，看到生机来。

想到这儿，她本来有些绝望的心，也多了几分勇气来。不管从哪一方面来说，芈月的能力和才干，都胜过孟嬴，如果孟嬴能够在最绝望的时候，还能绝地翻身，那么以她对芈月的信心，她相信，就算是流亡，她的主人也能够再度创造奇迹。

风呼呼地吹着，吹到脸上，一开始还是寒风刺骨的疼，没过多久，整个脸都吹得僵硬麻木了，口中每喷出一口白雾来，便觉得心口又冷了三分。

芈月裹紧了外袍，艰难地行走着，走了很久，才走到王宫门前。

燕宫巍然屹立，冰雪覆盖，看上去如同一只怪兽伏地，择人而噬。

两人才走近燕宫，远远便有穿着厚甲的卫士上前挡住了她们，喝道："做什么的？"

女萝方欲将来意说明，道："我是秦国……"

芈月忽然心头一动，却打断了她的话："我们是秦国人，与易后身边的女御是亲戚，给她们带了礼物和书信来，不晓得能不能劳烦郎将帮我们转达，必有谢意。"

女萝惊诧地看了芈月一眼。她跟随芈月多年，这点默契却是有的，忙咽下了已经到嘴边的话，只站到一边。

那守卫一怔，对两人换了一副客气的神情，问道："不知哪位女御，与娘子有何亲，要捎什么书信礼物？"

芈月走到女萝身边，低声问："青青与绿竹的名册上如何称呼？"这两个名字，不过是孟嬴拿了《诗经·卫风·淇奥》篇中给她们起的名字罢了，在宫中原始名册上，却不知是什么。

女萝却是知道的，忙上前答道："女御方氏名绿竹、女御霍氏名青青，皆与我主人有亲有故，不知郎将能否行个方便，帮我传个话给她们？"此二女却是如芈姝跟前的珍珠琥珀一般，并非女奴出身，而是有姓的衰落小族所献。

那守卫听了这话，更是满脸堆欢，殷勤笑道："原来您与方女御、霍女御有旧，好说好说，不知道要传什么话？"

芈月便与女萝一点头，女萝取了四镒黄金，芈月又解下素日常用的一块玉佩，将写好的帛书一并由女萝打个小包，交给那守卫道："烦请将此玉佩转给两位女御，就说故人在驿馆等候消息。"

那守卫满口答应："好好好，娘子尽管放心。"

芈月行礼道："有劳了。"她看了女萝一眼，道："我知易后素日有日中之后小憩之习，若是两位女御见信，当于此时有空，我这个侍女这几日皆会于此时到此相候。若能够见到她们，当对郎将另有重谢。"

女萝会意，又取了一串燕国刀币，给了那守卫。

那守卫听她连易后的生活习性也知道，当下眼睛一亮，笑容更灿烂了："好好好，我一定送到。"

芈月见他已经应下，便踩着雪，转身慢慢离开。

女萝连忙跟上，问道："夫人，您方才为何阻止我问秦国质子书信之事？"

芈月摇了摇头，道："我只是忽然想起，若只是那胥伍一人，便是再贪婪再大胆，也不敢吞没了我们的钱财，却不替我们送信。那么燕宫之中，一定有人阻止我们见到孟赢。既然如此，那么只怕问也是无益。你还记得那苏秦当年，每日到宫门问询，又有谁替他传信到大王跟前来？"

女萝恍然："夫人的意思是，便是我们问，只怕也没有结果。所以您打算通过青青和绿竹两人，帮我们找到大公主？"

芈月点了点头："我怕我们这一问，反而打草惊蛇，不如曲而行之。这等小吏贪财攀势，有机会与易后身后的女御攀上交情，又能得我们的谢礼，自会私下替我们送信进去。你这几日便依时间来，看看能不能遇上她们。"

女萝心悦诚服，忙应道："是。"

两人回了驿馆，芈月便打开义渠王所赐的箱子，道："女萝，你去将这箱中的一半黄金换成铜钱，每日去燕宫等候消息之前，买些酒肉柴炭，送与西市那些沦落的策士游侠御寒饱食，若有人问起，你便说，这是秦公子稷的一片心意，余者，便不要多说了。"

女萝连忙应下。

次日便将金子装在较小的匣内，抱着出去兑换了铜钱，又买了酒肉柴炭，每日依芈月所言，送到西市，不久之后，蓟城游侠策士之中，便悄悄流传关于秦公子稷疏财仗义，将来必是一位有前途的公子等传言。

芈月主仆那日出去之后，虽然依旧每隔几日便与胥伍钱财，叫他去送信打听，但明显可以看出急切之心大减了。那胥伍看在眼里，心头便有些慌了。

这日他便躲在暗处，看到芈月走出后，过得不久，又见女萝捧着食盒走出。他知道素日这两人奔忙时，屋里只剩下一个小孩，一个病人，便悄悄地走到芈月房间门口，掀开帘子的缝往里看。

此时嬴稷正捧着竹简在读书："惟王建国，辨方正位，体国经野，设官分职……"忽然感觉到一股细细的风，缩了缩脖子，回头一看帘子开了一条细缝，胥伍探头探脑正往里看。

薛荔这几日已经好了许多，此时便强行支撑着坐在嬴稷身边缝衣服，也陪着读书，见状立刻站起来走到门口，掀开帘子，正见胥伍。

胥伍正打探间，帘子掀开，猝不及防之下，他尴尬地搓着手站在门外道："呵呵，小人是来问问，公子有什么要吩咐的，要不要加个炭火什么的……"

薛荔见胥伍口中说得好听，眼睛却是直勾勾地往室内看去，看到放在嬴稷脚边的珠宝匣子时，更是拔不出来了。她恼得上前一步，厌恶地道："公子在读书呢，就不劳您老打扰了，有什么事，我阿姊自会去找你的。"见胥伍踮着脚尖歪着头，试图再往里看，薛荔索性将毡帘一放，遮住了那小人的眼睛。

胥伍无奈，只得赔着笑退了出去，心中却算计着那箱中钱财。他这些日子也瞧得清了，芈月母子主仆只有四人，虽然独居小院，洒扫饮食都是自己动手，他也轻易不能探知情况。然则芈月一行人来的时候，只有几辆马车，装着行李虽少，但这些日子他探头探脑地窥伺得许多情况，便知她身边财物不少，尤其是在芈月卧榻边的一个箱子，更是被那两个婢女看得十分小心。

他这些日子得了许多赏赐，本当满足，奈何人心却是越来越贪的，又岂有满足的时候。

他一边在心里头算计着，一边走出来，忽然背后有人拍了拍他的肩膀。胥伍吓了一跳，回头一看，却是一名护卫打扮之人。胥伍见了此人，便心惊胆战，连忙点头哈腰谄媚地道："是您老来了，不知'那位'贵人，又有何吩咐？"

那护卫冷冷地看了胥伍一眼，道："贵人要见你。"

胥伍心头一惊，想到又要去见那位可怕的"贵人"，他的腿肚子便打转，却不得不去。当下只得随那护卫出门，一直走到某个传说中的府第，又被人引着，进了一个厅堂。

但见那厅中华贵迷眼，他一进去便恭恭敬敬地跪下，趴在地上的毡毯上，不敢细看，抬起一点眼皮，亦只能看到面前的精美铜鼎里炭火正旺。

他趴了好一会儿，看到一双红色绣履走到他的面前，红衣及地，上面绣纹重重，环佩叮咚。

却听得身边的侍女道："参见夫人。"

胥伍不敢抬头，不住磕头道："小人参见夫人。"

便见那红衣女子坐了下来，胥伍只看到她的腰间，便不敢再抬头，忙把头伏得更低了。

便听得上面那声音娇媚异常，问道："这几日，她们还叫你去送信吗？"

胥伍连忙应声："是是是……"

那红衣女子轻笑："看来，你倒是发财了！"

胥伍吓得不断磕头："全赖夫人提携。"

那红衣女子冷冷地道："她们近日，又在做些什么？"

胥伍便将芈月主仆近日去王宫打听消息之事说了，那红衣女子冷笑道："缘木求鱼，也是枉然，教她天天顶风冒雪地去宫门口低三下四求人，也是挺有意思的。你便不用再管了，那宫中，我自有安排。"

胥伍趴在地下，心惊胆战，却听得那红衣女子道："哼，哼，看她如今懵懂无知的样子，我当真又是快意，又是不悦……你可知道是为了什么？"

胥伍知她性情喜怒无常，哪里敢开口，只得赔笑道："小人不知。"

那红衣女子性情果然是喜怒无常，正笑着说着，忽然又暴怒起来："哼，我要她哭，我要她痛，我要她夜不安枕，食不下咽。可如今，如今……"她暴怒地走来走去，"如今她却是还未真正吃到苦头，我却已经睡不好、吃不好了！不成，我等不得了，我要她现在就痛苦，现在就难受！"说到这里，转而骂胥伍道："你这无用的奴才，过了这么久，还是没能够叫我如愿，我留你何用！"

胥伍上次来，便领教过她的喜怒无常，此时见她忽然又发作，吓得浑身冷汗，忙道："小人还有话说，还有话说……"

那红衣女子冷哼一声："什么话？"

胥伍猛然想起那房中令他垂涎万分的藏金箱子，顿时生了主意，亦想借着眼前之人壮胆撑腰，忙道："夫人有所不知，世间最苦最痛之事，便是叫人衣食无着，挣扎求生。夫人若能够夺了那人的财物，岂不是更好？"

那红衣女子惊道："他还有财物？哼，哼，看来那惠后转了性子，居然如此厚道啊，还能让他们带出这么多钱来？"

便见旁边的侍女赔笑道："听说，是他们出了咸阳之后，有人送的。"

那红衣女子一把抓起一只酒爵，把玩着，忽然笑了起来："这样就不好玩了，既然是做人质，总得让她尝尝苦日子，这才像话。"

胥伍忙道："正是，正是——小人有个主意……"说着便膝前两步，低声将自己的主意说了。

那红衣女子听了十分快意，咯咯地笑了起来："胥伍，你果然是个做小人的材料，不错，不错，你便依此去做吧。"

胥伍却傻了眼："我……"

那红衣女子冷冷地道："既然主意是你出的，自然也当由你去执行才是，怎么，你有意见？"

胥伍苦着脸，只得应声道："是，小人遵命！只是事后，夫人当让小人换个位置才好。"

那红衣女子冷笑："你只要把事情办成，自然有你的好处。"

胥伍忙应声退了出去，那红衣女子看着空落落的大厅，忽然狂笑起来，笑声忽高忽低，十分癫狂。

她身边侍女知道她的脾气，此时俱已经退了出去，只留有一个心腹在，那侍女劝道："夫人，您消消气，如今您亦已经是苦尽甘来，何必再想过去呢。"

那红衣女子的笑声渐渐低了下去，喃喃道："是啊，已经过去了……"那侍女方松了一口气，便听得那红衣女子的声音陡然转高，"可是……我的苦不能白受！我要把我受过的苦，十倍百倍地还给她！"

她冷笑一声，将酒爵中的酒泼入铜鼎的炭火中，火焰骤然升高。


夜深了，黑夜亦是魑魅魍魉出动的时候。黑暗中一个黑影潜入小院之中，悄然摸上走廊，来到芈月所居的房间之前，轻轻推开门，掀开毡帘的一角。

芈月和嬴稷正在榻上熟睡着，铜炉中烧着炭火，发出微光，熏得一室温暖。

一支长戈缓缓地伸进房屋,朝着闪着亮光的铜炉钩去。铜炉被长戈钩住,那人用力一拉,铜炉倒地,却因为地上铺着毡子,只发出一声轻响。

那人缩了一缩,见芈月母子仍然在睡眠中,才松了一口气,又探头进去看。炉中的炭火已经滚落出来,掉在地上的羊毛毡上,灼黑了一大块,将燃未燃。但这天气实在太冷,那火炭亮了一会儿,就慢慢地熄了。

那人怔了一下,见室内的人仍然睡着,终于狠狠心,又拿火石点着了一根火把,扔了进去,整个房间顿时燃烧起来。

那人冷笑一声,便悄悄退了出去。

不一会儿,火光大作。

院外有人立刻尖着嗓子叫道:"走水了,走水了……"

室中火已经烧起,芈月在睡梦中,只觉得灼热逼人。忽然听到外头噪声,她睁开眼睛,见到满室火光,骤然惊起。

嬴稷也被惊醒,见状也吓得尖叫一声,扑到芈月怀中哭道:"母亲,母亲,怎么办?"

芈月翻身坐起,却见火光从门边过来,刚好挡住了逃生之路。眼见室内火起,她不及思索地抱起嬴稷,一把扯起身上的许多毛皮,包住自己母子,向外冲去。

一直冲到门边,却见门上的帘子也起火了,门边地上的羊毛毡更是火光一片。

嬴稷吓得反抱住芈月道:"母亲,火……"

芈月一咬牙道:"子稷,相信母亲,不要怕,抱紧母亲……"

她当即抓起两张毛皮盖住火头,见火头被压下了一些,便用毛皮护住头脸,抱着嬴稷,朝着火光冲了出去。

此时女萝和薜荔也被吵醒,衣衫凌乱地跑到走廊上,却看到芈月房间内已经着火。她两人冲到门边,便见到门口正在熊熊燃烧的毡帘,实是冲不进去。

女萝急红了眼，一转身抱了两大团雪块拍到毡帘上，就要冲上去，不料却正与从里面冲出来的人撞了满怀，三人滚过走廊滚下台阶滚入院子中。

芈月冲过火堆，情知前面着火的毡帘是无法躲过，索性整个人顶着毛皮冲着毡帘扑了出去便一路滚出。幸亏毡帘上的火已被女萝用雪块扑熄了些，芈月冲出去时又用毛皮挡住，火头并未烧到她脸上。但她冲门之时，护住头脸的毛皮已经燎着了，女萝被她一扑，身上的衣衫也着了起来。三人沿着廊上一路滚落台阶，掉到院中积着的雪中，打了好几个滚，才将身上的火头熄灭。

芈月和女萝在雪中对坐，满眼惊恐，颤抖不止。嬴稷"哇"的一声，哭了出来。

薛荔惊叫一声："夫人，公子——"她连忙奔下，拉起嬴稷，拍打着他身上的雪，又将自己身上的外袍脱下披在嬴稷身上，"公子，小心着凉。"

这时候惊魂初定的女萝也扶着芈月站起来，拍打着她身上的焦黑和雪渍。

芈月的头发一片焦痕，脸上也是一道道漆黑，手上脚上更是灼痛入骨，分明已被烧伤。但此刻她却顾不得这些，先拉过儿子来问道："子稷，子稷，你没事吧？"

嬴稷一下扑到芈月的怀中，颤抖了半晌，竟吓得哭不出来了。

女萝犹是惊魂未定。薛荔忙拉着嬴稷全身检查一遍，才道："夫人，万幸，小公子只是手臂上灼伤了。"

芈月松了一口气，顿时跌坐在雪地上，再也站不起来了。

嬴稷这才吓得哭了出来："母亲，母亲，你怎么了……"

薛荔已经看到，尖叫道："夫人烧伤了。"

女萝和薛荔忙将芈月扶起来，眼见火越来越大，忙尖声大叫起来："着火了，着火了……"

只听得一声轰响，胥伍带着一群驿吏们拿着水桶等物冲了进来，见房中火起，高叫道："快救火，快救火……"他这边手舞足蹈地指挥着救火，见了芈月一行四人站在一边，便顿足埋怨道："夫人，你们如何这般不小心，把房子都烧着了。"见女萝还要解释，便一指外头道："这院子狭小，你们这些贵人不要添乱了，快快先到前院去吧。"

薛荔见芈月受伤，早已经慌得不知如何是好，见状忙道："夫人，我们先到前院去，再叫个医者给您治伤吧。"一边与女萝扶着芈月牵着嬴稷走出小院。

此时四人均是赤足，走了几步，薛荔忙欲回头去取鞋子，却见小院入口已经被救火的人堵上了，芈月见状叹了一口气，道："薛荔，走吧。"

薛荔只得扶着芈月慢慢走着，一边道："夫人，您且忍耐片刻，咱们到了前院便寻医者为您治伤。"

女萝却忽然啊的一声，想起："哎呀，我们的东西都还在房间里。"

芈月苦笑："此时也是顾不得了，待灭了火，再去看看吧。"

四人走到前院坐下，女萝忙揭开芈月的裙子，顿时眼泪就下来了，却见芈月的腿上已经烧得皮肉翻转，焦黑血污一片。

嬴稷顿时大声哭了出来："母亲，母亲——"

芈月强忍一口气，到了此时，这才松下，只觉得腿上手上痛得几乎要晕了过去，当下咬牙道："女萝，你去寻医者来，薛荔，你照顾着公子。"

一夜忙乱，到天明时，女萝方寻了医者来，替芈月治伤包扎。此时薛荔方赶去了后面看火势情况。幸而蓟城冬天天寒地冻，火也烧不太旺，快到凌晨时，火就已经扑灭了，诸驿吏们也各自散去。

薛荔赶去的时候，那些驿吏们正三三两两地离去。她进入院中，见后院正房已经烧得只剩两堵墙了，连薛荔和女萝所居的耳房也烧塌了一面墙，地面上泛着抢救后的水迹，芈月房间的门窗全烧光了，只剩下残垣颓墙。

薛荔赤着一双脚，冰寒入骨，想到廊下先把鞋穿上，却见诸人的鞋子被一堆人救火踩踏，东飞一只，西飞一只，早已浸透雪水，污浊不堪，不能穿了。她只得赤了足，在一片焦炭中翻找。

头等大事便是芈月榻边的珠宝箱子，她依稀记得地方，费尽气力搬开倒塌的焦木，却找不到那珠宝箱子。她心里一凉，顿时说不出话来。

她再细找其他的箱子，倒是还在，只是都烧得不成样子，里面的衣服裘皮也大半不能用了。再寻到一个芈月的首饰盒，虽然外头木匣已经焦黑，打开来看，里面的几件首饰倒还是好的。

她再仔细找去，又发现了几个未锁上的箱子，里头都被翻乱，少了东西，有被偷盗的痕迹。几个锁上的箱子，却都还好。唯独那个珠宝箱子，却是连箱子带东西，都消失得无影无踪。

她跌坐在废墟里，惶惑无措，一边哭，一边扒拉出一些鞋子衣服等物，先拿了给芈月等人，又哭着将事情说了。女萝大惊，对芈月道："夫人，我和她一起去看看……"但眼见芈月有伤，嬴稷幼小，还是把薛荔留下，自己再去找。

女萝把房间翻了个底朝天，一脸惨白地回来，全身都是焦黑的炭痕，却是没有找到那个珠宝的箱子。

薛荔边哭边道："夫人，必是那些驿吏们把箱子拿走了。否则就算是木头能烧光，可金子和珠宝不可能烧没了，何况烧得不是很厉害，火扑灭得也很快啊。"

芈月思索片刻，忽然问道："女萝，你们是怎么知道着火了的?"

女萝道："我们是听到有人在叫，走火了……"

芈月道："我也是……"

女萝恍悟："难道是有人放火?"

薛荔忽然想起什么，道："呀，前些日子夫人和阿姊出门以后，那驿丞就站在门外偷看……"

嬴稷也想起来了，添了一句："对，他眼睛贼溜溜的，直盯着那珠宝匣子看……"

女萝将手上的东西一摔，道："我去找他——"说着便跑了出去。

薜荔转向芈月请示："夫人，我要不要去帮帮阿姊——"

芈月摇头道："不必了。"

薜荔急道："可我怕阿姊吃亏。"

芈月却道："你去了也没有用。"

薜荔茫然地看着芈月，不明白她的意思。芈月却心中有数，若是她料得不差，昨夜那火起得必有蹊跷。虽然昨夜她因为受伤而心神大乱，可今日细想来，越想越疑。

她知道自己铜炉中烧的不是明火，而只是以炭取暖。那铜炉底盘甚重，便是嬴稷不慎踢到，也是不会倒的。更何况她母子熟睡，离那铜炉还有一段距离，半夜无论如何也不会把铜炉踢翻。那炉中的火如何能烧到外面去？

她忽然想起，昨夜睡眠之中，似乎做梦听到外头有什么嗒嗒作响。当时自己睡得沉，惊醒后便因为火起，一件件事情接踵而来，不及细思。如今想起来，倒似火石打火的声音。

她闭上眼睛，忍着腿上和手上的伤痛，将昨夜匆匆逃出时见到的景象一点点回想起来。她一眼看到火起的时候，火势最大的是门边，其次才是铜炉边，那铜炉是朝着门边倒的，而她逃出时，室内摆设未变。她虽未仔细看清室内景象，但榻边若是少了一个木箱，肯定会有所察觉。这说明，她逃出的时候，那木箱还在。

那么，很有可能是有人纵火，意在珠宝箱子。昨夜刚刚火起，胥伍便已带着驿吏等着救火，再结合嬴稷与薜荔所言，芈月顿时明白了，必是之前她急于将书信送到孟嬴手中，频频贿赂那胥伍，后来又渐渐冷落他，才引起他的纵火夺财之心。

想到这里，她不禁暗悔，自己只想着在燕国或有幕后之人操纵局势，不让自己见到孟嬴。她盘算着燕国的政局，背后之人的图谋，却不防眼皮子底下的贱役之人，而失了警惕之心。

她轻抚着已经包扎好的腿部伤口处，心中暗自警惕，有时候一件小事，一个小人物，便足以毁掉太多重要的人和事。

却说女萝一想来很可能是胥伍纵火偷盗，怒不可遏，一气之下冲了出去，她跑过积雪的院子，跑到驿丞房间的门口，掀帘进去，就只见几个驿卒围着炉子在喝粥，见女萝进来，却怪笑一声道："好俏的小妞，难道是驿丞的相好吗？"

女萝见了他们，想到被烧过的房间内，许多财物亦是不见，想来偷盗之事，这些人也是人人有份，心中怒火升起，喝道："你们放肆，难道不认得我是秦公子的侍女？"

一个驿吏见她恼了，才哈哈一笑道："原来是娘子你，失礼失礼。这怪不得我们，昨夜你们院中失火，害得我们累了一夜，自然又困又乏，看错了人。"

女萝阴沉着脸问："我且问你们，驿丞胥伍去哪儿了？"

便见之前的驿卒道："你问我，我们还要问你呢！他一大早就不见了。"

女萝诧异道："不见了是什么意思？"

又有另一个驿卒端着碗过来，道："昨晚着火的时候伍爷还在呢，可等我们救完火，回来找他，他就不在，我们还等着伍爷发赏钱呢，就死活找不着他。"

之前那个驿卒便怪笑一声，道："是了，是了，昨天是你们的房间着火吧，我们可是救了一夜的火，如今找不到伍爷发赏，那就找你们发赏吧。"

女萝脸色苍白，看着堵了一房间的驿吏们，心中忽然明白了，一顿足，转身跑回芈月住处，上气不接下气地禀道："夫人，夫人，不好了——"

芈月看到她的脸色就已经明白："是不是人已经不在了？"

女萝忙点头："是。"忽然间醒悟，"夫人您怎么会知道……"

芈月淡淡地道："贼偷了东西，焉能不跑？"

女萝想着那小院中房间烧毁，东西俱无，忍不住哭了出来："那我们现在应该怎么办呢？"

芈月叹道："你们去收拾收拾，看还有什么值钱的东西，凑一凑，把这个冬天先度过吧。"

嬴稷的手臂亦是灼了一串水疱，也包扎了起来，此时怯生生地拉住芈月，含泪抬头问道："母亲，我们这样惨，大姊姊知道吗？她什么时候会来看我们？"

芈月心中一痛，抱住嬴稷道："会的，她会来的，母亲一定会想办法让她见我们的，子稷乖，你忍一忍，等薛荔她们收拾好东西。"

此时他们所居的小院已经被烧，在这前院的厅上虽可暂居，但终究不是能住人的地方。此时驿丞胥伍也已经不见，这蓟城的冬天，若无宿处，只怕不能过夜。薛荔和女萝央求了半日，才又寻到一处院落，却是破旧不堪，整个房间狭窄而且破旧，连门缝里都是挡不住的阴风呼啸。

房间里没有床榻，女萝和薛荔只能尽力用几块毛皮拼起来铺成褥子给芈月母子，自己只能用草席铺在炉火边，又将那烧掉的废墟中能捡的东西俱捡了过来，慢慢收拾。

芈月坐在地板上，把一件件丝绸皮袄烧焦的部分用小刀裁去，嬴稷虽小，却也强忍伤痛，不哭不闹，还把烧焦的竹简一片片捡出来。

女萝心痛如绞，哭道："要让夫人和公子住这样的房间，实在是……"

芈月却摇摇头，叹道："有这样的屋子住，我已经知足了，就怕接下去，连这样的屋子都住不了……"

女萝一惊："夫人，您说什么？"

芈月叹道："我总觉得，事情没这么简单。那个驿丞背后若是无人撑腰，便是再利欲熏心，又如何敢对他国质子纵火夺财，他岂有不怕死之理。"

女萝心惊胆战地问："夫人的意思是……"

芈月看了嬴稷一眼，压低了声音道："我怕那幕后之人，与阻止我们见到孟嬴的，是同一个人。我现在才明白，为什么惠后要将我母子流放到燕国来，想来这个人，便是她准备对付我的人了。"

女萝急了："那，这人是谁?"

芈月轻叹："我也不知道，但愿……"但愿什么，她没有继续说下去。

# 第五章

# 国 相 姜

果然不出芈月所料，过了两日，便有事情发生了。

这一日，一个瘦削阴沉、面相凶悍的中年人在几名驿卒的陪同下走进芈月所暂居的小院。此时女萝正端着木盆走出房间，被那中年人看到，指着她道："你，过来——"

女萝抬头，诧异道："你是何人？"

便有一个驿卒介绍道："那是我们新上任的驿丞，皂臣。"

女萝端着木盆看了他一眼，点头道："皂驿丞。"

那皂臣却与原来一身油滑的胥伍不同，满身的阴气戾气，他直勾勾地盯着女萝好一会儿，才喝问道："你就是秦国质子的侍女？"

女萝点头："是。"

皂臣忽然翻脸，厉声质问道："驿馆的馆舍被你们烧了，该怎么说？"

女萝一惊，心头大怒，反问道："皂驿丞，驿馆被烧，难道不是前任驿丞胥伍为了偷盗我们公子的财物，所以放火烧了驿馆的馆舍吗？新驿丞来得正好，既然寻不到胥伍，便是只能问你了。我们夫人和公子的房间烧了，至今无处安排，只在这种偏僻小院凑合，这一个冬天，总不能一直住在这种地方凑合下去吧。"她本是经历楚宫秦国历练出来的，这等一开口便栽赃恐吓的事，却是并不稀奇的。知道此人来意不善，胥伍的离奇失踪，芈月之前的推测，更令她明白对方来意，当下便口齿伶俐地反驳过去。

那皂臣本就是来意不善，只道她一个小小侍女，便于恐吓，不想对方如此伶牙俐齿，不禁将原来的算计丢开，阴阴冷笑一声，道："混账，本官还未曾向你们追究赔偿，竟然还敢反咬一口，说前任驿丞偷盗，不过是恃着他人不在此地罢了。人说秦国是虎狼之邦，秦人都是虎狼之性，没想到一个小婢，竟然也是如此蛮不讲理。"

女萝早因最近这些接二连三之事，感觉到了幕后黑手的步步紧逼。她自跟了芈月以来，经历事情虽多，但却从未到了这种程度。这几日不但房屋烧毁财物尽失，芈月更因烧伤而病倒。主忧臣劳、主辱臣死，她心中的愤怒已经无以言表，见这皂臣显见来意不善，想要恐吓于她，更是不肯退让，当下冷笑道："我们既入驿馆，所发生的事，便是你们驿馆之责。质子居处忽然失火，财物丢失，前任驿丞便忽然失踪，新任驿丞便要诬陷栽赃。我竟不知，这是驿丞您的意思，还是要让我家主人去问问您上面的掌讶、大行人或者司寇？①

皂臣不想她一个女婢，竟懂得如此之多，当下也变了脸色，本是故作福威，见恐吓不住，当下脸色一变，阴阴地道："一个质子罢了，以为自己是谁，你以为上面诸位卿大夫闲着无事，会理你们？你们若有人倚仗，如何会无人过问？我劝你老老实实的好，否则的话，吃亏的是你自己。"

女萝将木盆往地下一放，冷笑："我们就算老老实实，还不照样是房舍被烧，财物被盗，受人恐吓，皂驿丞还要我们如何老实？又还要让我们如何吃亏？"

---

① 依周礼有秋官司寇，掌邦禁之事。其下有大行人，掌大宾之礼，以亲诸侯；小行人掌邦国宾客之礼，以待四方使者；再下有掌讶掌邦国之等到籍，以待宾客。

皂臣蛮横惯了的人，不妨她如此厉害，被她一句顶一句，竟是猝不及防，反应不过来，当下气得哆嗦，指着女萝道："好、好，既然如此不受我好意，你们自己便看着办。"说着，便率着一众驿吏，拂袖而去。

女萝见他离去，心中不安，端起木盆，匆匆去找芈月，将方才之事说了，又道："夫人，如今怎么办呢？"

芈月听了她的回报，点头："果然是背后有人作祟，接下来，这皂臣必是会处处为难于我们。"

女萝急了："夫人，那咱们怎么办，要不要去找小行人或者掌讶？"

芈月却摇了摇头，苦笑："咱们和燕易后的联系都有人敢截断。我们与这一介小小驿丞纠结，又有何用？莫说是找小行人或者掌讶，如若我猜得不错，便是找大行人或者司寇也是无用。我猜他们根本会对我们避而不见；再者便是见了，也不过当面应承，事后毫无消息；便是我们把事情闹大，逼着他们换了个驿丞，甚至换个掌讶或者换个小行人，最后的结果都是一样。换来的人，只会变本加厉地为难我们。甚至最后落得个秦国质子刻薄寡恩，得罪燕国诸封臣世家的结果。"

女萝倒吸一口凉气，急得险些哭了出来："那怎么办，夫人？都是奴婢的不是，方才不应该逞一时口舌之快，更让他找到为难我们的借口。"

芈月摇摇头："你刚才并没有做错，若是你软弱可欺，他更加肆无忌惮了。"

女萝问："那我们应该怎么办？"

芈月沉声道："先等等，看他们意图为何。"

女萝有些无措地道："那，还有呢，奴婢等还能做什么？"

芈月看了女萝一眼，道："你这两日，可还有去西市和燕宫？"

女萝垂泪："遇上这样的事，奴婢方寸俱乱，如何还能够再去。何况我们财物尽失，如何还能够去西市给那些人送酒肉柴炭。"

芈月想了想，摘下手中镯子，道："你尽管再去，把这镯子当了，再买一些食物送过去，然后把我们发生的事情，悄悄地同几个好事之人说了，再找几个消息灵通之人，叫他们帮我们找那胥伍下落……"她顿了顿，自嘲道："若我所料不差，那胥伍必是已经被人灭口了，只是他所盗的珠宝，却尽可以让人寻找下落，这样，便就是打草惊蛇，那幕后之人藏得再深，他的手底下必有人会露出形迹来。再则，你悄悄收买几个人，盯着那皂臣，看他去了何处，向何人禀报，或许能够查出些什么来。"

女萝不想她这一会儿便想了无数条计来，当下接过手镯，立刻答应了下来。

芈月看着女萝出去，方才脸上镇定自若的神情便塌了下来，她看着四处漏风的破壁，看着天边又开始飘起来的雪花，暗叹一声，这蓟城的冬天实在是太冷也太漫长。这时候她隐隐能够明白张仪当年在楚、苏秦当年在秦时的感受，纵有经天纬地之才，却不得不面对困居斗室、钱粮耗尽、日益绝望的情境，她这一生，虽然历经生死之险，可却不曾沦落到这种衣不能御寒、食不能甘味，甚至病不能请医的境地，照目前的趋势，这种情况只会越来越坏。

就算她有再大的能耐，可是所有一切的布置若不能实现，那么等待她的只有绝望。

此刻，她才真正觉得无比地绝望。在楚国时，纵步步杀机，她有莒姬、有屈原、有黄歇，甚至有宗法为保护。在秦国时，虽然孤独一人，但终究还有秦王驷可作倚仗，还有张仪可为外援。可是在这燕国，她只有一个需要她保护的嬴稷，只有两个婢女。而四周的恶意如同冰雪一样，满城压来。

这个蓟城的冬天，她能熬得过去吗？

天气，一天天地寒冷下来。

自那日新驿丞的下马威不遂以后，芈月所居的小院中，生活一天比一天艰难。

先是驿馆借口天气寒冷，交通断绝，米薪腾贵，所有一应的供应之物便一天天减少，甚至是近乎断绝。而冰雪封了出门的路，芈月母子主仆四人日常的食物和柴炭，女萝只能用高价拜托驿吏帮他们另外购买过来。

蓟城似变成了一座冰封之城，而芈月四人，便被冰封在这驿馆，在这小院中，看着手边所仅余的财物变成食物和炭火，一点点地变少，枯竭，日子变得穷困而绝望。

这个冬天，格外寒冷，外面的雪花飘着，里面火炉中的炭火却快要熄了。芈月坐在几块木板拼凑成的几案上，一边呵着手，一边在抄着竹简，嬴稷缩在芈月的脚边，看着竹简，低低吟诵。

女萝掀起厚厚的毡帘进来，也带着一阵寒风吹入，炉中的微火终于在这一丝寒风中被吹熄了。

芈月抬头问道："女萝，炭火有了吗？"

女萝一边哆嗦着顿着足，一边摇头道："没有，这贪得无厌的驿吏，要吃要喝要炭火，每次都要三催四求，勒索无度。"

芈月放下笔，叹道："一点吃食一点炭火，能够值几何，不想竟成了他勒索无度的要挟……"

女萝恨恨地道："最可恨的就是他坐地起价，平时不下雪出太阳的天气还好，这冰天雪地的，食料炭火驿馆三天一送。他这么压着东西囤积居奇，明明知道我们没钱了，连夫人都……"她的眼圈红了，看向芈月。

嬴稷缩过来，哆嗦着道："母亲，我冷……"

芈月轻抚着他的头，哄劝道："子稷乖，去跑一跑，就不会冷了。"

嬴稷撇了撇嘴，道："我饿，我跑不动……"

芈月眼泪都要掉了下来，她转头，哽咽道："子稷，还记得我给你讲过晋公子重耳的故事吗？"

嬴稷将头一扭，拉着小脸："母亲是不是又要同我说，重耳流亡在外十九年，颠沛流离，甚至衣食不周，最后却成为一代霸主的故事？"

芈月只觉得一阵难堪，只得劝道："记得就好，子稷，你要以重耳为榜样，不管怎么样的逆境，都不能压垮你。"

嬴稷站起来跺着脚哭道："晋文公重耳流亡，尚有狐偃、赵衰等谋臣相随，齐桓公、秦穆公等诸侯争相以女嫁之，我有什么，我什么都没有，我怎么做重耳……这数百年来，有多少质子无声无息死在异国他乡，有几个人能做成重耳？"

芈月听着他这话句句刺心，忍不住一伸手打了嬴稷一耳光，嬴稷一扭头，跑了出去。

芈月打出去便已经后悔，一边叫道："子稷——"一边眼看着嬴稷跑了出去，她腿伤未愈又不好追赶，薛荔见状忙叫着："公子——"追了出去。

芈月看着嬴稷出去的方向，欲待站起，腿上一痛又跌坐在地。

女萝见状吓得忙上前扶住她："夫人，您小心伤势。薛荔已经追出去了，小公子不打紧的。"

芈月怔怔地坐着，忽然间掩面而泣："女萝，我是不是太无用了？"

女萝心头一痛："夫人，您别这样，小公子年纪还小，不懂事，您慢慢教……"

芈月摇了摇头："不是他不懂事，是我太高估我自己了。"她放下袖子，苦笑一声："我不应该打他的，其实我想打的是我自己。我天天跟他讲重耳的故事，其实不是对他讲，是对我自己讲。我要靠着这种虚幻的想象才能够支撑自己继续走下去，要不然，难道要我学市井妇人，哭天骂地吗？可他今天戳破了我的幻影，他说得对，重耳流亡，还有十几个忠心耿耿的谋臣相随，还能让齐桓公、秦穆公争相嫁女为他增添助力。重耳走到哪里，都有名士纳首称臣。可我有什么，我只有你们两个侍女，我连一个小小的驿丞都无法制服，连曾受过我恩惠的孟嬴，都避而不见。女萝，你说我是不是很失败？"

女萝跪在她的身边，哭道："不是的，夫人，大公主一定是有原因的，她一定会来见我们的……"

芈月轻叹道："那只不过是自欺欺人而已。秦国来人递交国书，她能不知道？能不问问到底做质子的是谁，有谁与他同来？"

女萝沉默。

芈月苦笑道："就算她真不知道，那又怎么样。冰雪封城，我们困在此处，一步都走不出去。我们连下一顿吃饭的钱都没有着落，又有什么办法把信送到易后那里去。"

女萝伏地大哭："夫人，是我的不是，您要我做的事，我都没有做成。天寒地冻，路上根本找不到人，什么事也办不了。我去了燕宫无数次，那些守卫的人全部都换了，原来嘱托的那个人，根本就找不到了。夫人，若不是我无能，也不会让奸人有机可乘溜进来放火，更不会让夫人和公子陷入如今的绝境。"

芈月轻叹一声，抚着女萝的头发道："怪不得你。这等事，只能尽人事，听天命。天命在不在我，却是谁也不知道的。"

女萝放声大哭。


嬴稷还是找回来了，母子又重修于好，而芈月房间里一件件值钱的东西，也被拿去交换了柴炭和食物，明天的日子怎么过，他们的路在何方，谁也不知道。

女萝咬着牙，每天冒着冰封的严寒，一次次忍着刻骨的寒风奔波在蓟城大街小巷。蓟城的冬天，对于她这个来自楚国的人来说，如同地狱般可怕，每一口呼吸都如同刀割，每一步行走都如同踩在刀子上，脸上手上脚上的冻疮成片成片已经导致部分肌肉的僵死。她每一次出门，都有一种畏惧，她怕自己很可能在路上走着走着，就此倒地不起，再也回不到驿馆里来。

她不是怕死，她只怕自己死了，其他的人怎么办。

或者少司命开了眼，大发慈悲愿意赐下一点恩惠，这一天，雪下得格外大，天黑得格外早，而女萝回来得格外晚。

一回来，她坐在外面的走廊上，鞋子几乎无法脱下。她的脚僵硬得已经像一根木柱一样，薛荔用了半天才将她的鞋子脱下来，扶着她在廊下顿足半日，才敢扶了她进来。

她的脸已经生了层层冻疮，青紫肿胀，丑陋无比，早无当年的丽色，可是她的眼睛却闪烁着久违了的光芒。她进了房间内，芈月忙递给她一杯热姜汤，道："你先喝了这姜汤，再说话。"

女萝一口气将这姜汤饮尽，五脏六腑在这暖流之下，似活了过来，热量流走全身，只觉得手脚冻僵了的地方开始有一点点刺痛。她歇了一口气，指了指室外，薛荔见状便机智地带着嬴稷到了另一个房间去。

女萝这才压低了声音，道："夫人，奴婢今天打听到消息了。"

芈月眼睛一亮："什么消息？"

女萝道："这些日子奴婢一直在西市打听，今日便有人同我说，他有个亲戚，住在国相府后面的巷子里，我们打听的那几人，他都见过。奴婢便随着他去了那个人的家中，果然那个地方真是在国相府后巷，奴婢还亲自沿着那家，找到了国相府后门。据他描述，他不但在国相府见过皂臣，甚至还见过胥伍，而时间便在我们失火前后。甚至我们失踪的一件珠宝，他还见国相府的亲兵拿出来变卖换酒过……"

芈月震惊："国相郭隗？他为何要与我作对？"

女萝脸上一阵羞惭之色："奴婢无能，不敢走进那国相府……奴婢明日便再去国相府打听！"

芈月摇头："不必了，你且去打听一下，郭隗通常是什么时候进宫，什么时候回府，以及，郭府还有何人。"

女萝点了点头，却又问道："夫人，难道这郭隗，是奸臣不成？"

芈月苦笑："这世间之人，若是一个简单的忠奸善恶就能够说清，倒容易了。这郭隗，是当今燕王的师傅，当日燕国因为子之之乱，齐军入侵，而山河破碎。秦赵两国护送孟嬴和燕王母子回国，是郭隗率群臣前来相迎，才将这风雨飘摇的燕国支撑下来。"

女萝听了此言，诧异道："听夫人之意，那郭隗行事，应当算是个好人了，那他为什么要做这样的事？"

芈月摇头，道："世事难料，未到最终关头，焉知他到底是个贤臣，还是权臣？到底是忠心耿耿，还是想做第二个子之？"

女萝听到"子之"二字，也是倒抽一口凉气："那怎么办？"

芈月沉吟片刻，道："若是郭隗，那就怪不得我的消息到不了易后手中，他在燕国，倒也可算能够一手遮天。只是……我只觉得，我入燕以来遇上种种事，这种软刀子磨人的手段，不似一个手握生杀大权的国相所为。你有没有细问过，那胥伍或皂臣去郭隗府上的次数多不多？"

女萝猛地回想起来："嗯，正是，据那人说，胥伍和皂臣竟是去了好几次。"

芈月的手指轻击着几案："我只是不明白，堂堂国相，会有这么多闲空，隔三岔五地见一个小小驿丞。况郭隗若要对付我，又何必纡尊降贵到去亲自接见驿丞的份上。况我沦落至此，有什么事情，值得驿丞隔三岔五地去回报……除非，有人关心的不是国事，而是生活琐事！"

女萝不解："生活琐事？"

芈月一击案："这人必是个女子……难不成郭隗府中，有惠后之人？"

女萝既惊且怒，骤然明白："是了，必是惠后派人为难夫人。"

芈月冷笑："是了，能够恨我至此，必是惠后。她要不了我的命，便想看我怎么沦为贫困，看我怎么苦苦挣扎，看我熬穷受难……不对，惠后更想要的是我的性命，可是她若想动手，当日火灾便可将我母子烧死，何必这么零零碎碎地折磨人！"想到这儿，她不由得站起来："我要自己去看一看，这郭隗府中，到底是何人作祟。"

女萝惊道："夫人要亲自去？"

芈月道："不错。"

女萝望了望外面冰天雪地的情景，为难道："夫人，如今天寒地冻，您、您如何去得了啊……"却见芈月坚定的神情，改口道，"那，奴婢帮您雇个车去吧。"

芈月摇了摇头，道："不必了，你能去得，我自然也能去得。"

女萝见了她的神情，知道劝说也是无用，只得心中暗暗祈祷，但愿明日能是个大晴天，不会下雪，这样的话，夫人出门也会好些。

也许是女萝的祈祷起了作用，天从人愿，次日早上便红日当头，女萝将所有最暖最厚的衣服都给芈月穿上，然后方陪着她去了郭隗府后巷。

两人正要走过去，却见前面也有一人在走动，女萝眼尖，忙拉了拉芈月，低声道："是皂臣。"

芈月一怔，冷笑："这倒巧了。"

却也是因为连下了数日大雪，皂臣已经好些日子不曾来禀报领赏，见这日天气正好，忙着到此。

芈月与女萝挑了个隐蔽之处观察，却见那皂臣进去不久，便又悻悻出来。这时却是一个侍女送他出来，那侍女看上去颇为颐指气使，那皂臣却是点头哈腰，奉承不已。

那侍女看着皂臣远去，轻蔑一笑，正要转头回府，却听到了一个声音在叫她的名字。

"好久不见了，小雀。"那侍女一抬头，却见一个女人从另一头缓步走来，她看清了对方的相貌，顿时张口结舌，怔在当场。

这个侍女，便是原来芈茵的贴身侍女小雀，芈月在看到她的这一刹那，忽然明白了为什么自入蓟城之后，仿佛有一双看不见的手，在操纵着这一切，要看着她落魄，要看着她受苦，甚至是要以折磨她为乐。

忽然间，她想到了当年在西市，她扶着生母向氏走回草棚时的感觉，有一双看不见的眼睛，希望你沦落，希望你受苦，希望你生不如死，甚至不肯让你轻易死去，那种感觉，会是怎么样呢？

芈月冷笑，如果是她，她会揪出这双眼睛来，她不会承受，不会默默忍耐，她一定会让那个人同样自食其果。

只是她没有想到，她竟然会这么快就揪住了幕后主使的狐狸尾巴。芈茵啊芈茵，你还是这么沉不住气，还是这么手段拙劣。

小雀想不到自己竟会被撞到，她惊恐地看着芈月，扶着门板的手还在颤抖着，但直到看到芈月带着焦痕的破旧衣服，烧焦的发尾，才渐渐找回一丝信心来。

她定了定神，冷笑一声，道："九公主，真是好久不见了，恕奴婢这里有礼了。"

芈月走到她面前，站着不动，微微点头："真没想到，居然在燕国还能见到故人。七姊还好吧？"

小雀看着芈月，她想不到这个人到了如今这个地步，依旧这么气定神闲，仿佛世间没有一件事可以把她打倒，可以让她尝到绝望和崩溃的滋味，忽然间，她完全明白了芈茵为何如此恨芈月至刻骨的境地。想到这些年来与自己相伴追随的主人所经历的一切，一刹那，心头也升上无穷恨意，她阴沉着脸，冷冷地道："七公主很好，比你要好得多。想来九公主来此，是想见我们七公主吧。"她边说边往里头走，"那就随我来。"

芈月微微点头，迈过门槛，走进府里的那一刻，微微转头，与隐藏在远处廊下的女萝交换了一个眼神，走了进去。

在她看到小雀的那一刻，她已经有了应付之方，所以她才会让女萝留下，而自己亲自去见芈茵。

如果她进去之后在约定的时间还没有回来，那么，女萝就会绕道前门，去挡郭隗的轿子，把她嘱咐的话，去转告郭隗。

她瞄了一下四周，郭府便是后门，也是有数名侍卫把守，见了小雀进来，却是颇为恭敬。

小雀在前面引路，带着芈月沿着曲廊向内行去，芈月冷眼打量，见这后门进去，再过了一重门，往来便都是仆妇侍女，再无男仆。这小雀似在府中地位不低，往来之人都对她态度恭敬。

小雀一边走，一边偷偷打量芈月，却见芈月走在这府中，态度依旧如当年在楚官一样，仿佛她如路边的蝼蚁一般，心中一股恨意更盛。

一直走到一处院落，但见雕梁画栋，红泥涂地，布置得甚为豪华精致。小雀直趋正房，在阶下让小婢替她脱了鞋子，便走了进去。那小婢见芈月衣衫破旧，虽着黑貂裘衣，但却烧得半截焦黑，不禁有些犹豫，手已经伸向了她的鞋子，却停在一半。

芈月却不以为意，没有让那小婢替她脱鞋，亦不自己弯腰脱鞋，便直接穿着尽是泥泞的鞋子，登堂入室。

那小婢吓得花容失色，忙趋前两步就想替芈月脱鞋，却已经来不及了。

小雀本是故意不曾吩咐，只想看着芈月是否自己弯腰脱鞋，或者斥责婢女替她脱鞋，自己便可借机取笑，不想芈月却竟是连鞋子也不脱，就径直而入。一时之间，倒是惊得说不出话来。

她怔了怔，冷笑道：“不想九公主沦落至此，竟然着履入室，实是无礼。”

芈月却漫不经心地打量着房间，见房间里陈设华丽，绫罗处处，炉火烧得一室如春。进门的两边，还各摆着两树红梅花。那正房东侧间门外两个侍女侍立，见了小雀进来，早打起毡帘来，里头更是暖香扑鼻而出。

她见了小雀质问，当下淡淡一笑，道：“我是秦公子之母，进一个外臣姬妾之室，着履入室，又能如何？”

小雀脸色骤变，颤抖着嘴角，竟是说不出口了。着履入室，的确在主宾之间，是极为无礼的事。可是芈月这一番话说出来，又是更为无礼，却教人反驳不得。

正在此时，里头却传来一个懒洋洋的声音：“是谁进来了，怎么掀着帘子，人不进来。”

小雀嘴角颤抖，却顾不得说什么，忙疾步入内，方说了声：“是九公主……”便见芈月已经进来，一句话说到一半，张口结舌说不出来了。

芈月走进去，便见室内极暖，暖得那上首坐着的女子只着能充分显示出腰身的曲裾深衣，珠翠满头，她脸上施着极厚的脂粉，高昂着头，看到芈月进来，发出尖厉的嘲笑声："哎呀，这是谁啊？小雀，你怎么带个乞妇进来啊？"

芈月漫不经心地解开披在外面的破裘衣，走到那女子面前坐下："这里的炭火好生暖和，看来郭隗对你这位姬妾十分宠爱啊！"

那女子失声道："你、你怎么知道？"她方才并未听到芈月之言，小雀又是才禀报了一半，因此听到这话，震惊异常。

芈月却笑道："知道？不，我什么也不知道，我只是猜的。"

"猜的？"那女子正是昔年楚宫的七公主芈茵，数年不见，当年那娇艳如花的少女，也变成了一个中年妇人，虽然浓妆艳抹，却掩不住与芈月相比已经明显变得苍老的面容。

芈茵看着芈月，她虽然破衣烂衫，但她的脸上，却没有自己那种经历沧桑的苍老和怨毒，甚至她的眼神依旧明亮，眼角依旧无痕。

她正想开口，却听得芈月叹道："我只是不明白，从小到大，念念不忘要当正室，甚至是要当国君正妻的七阿姊，为什么会背井离乡嫁了一个臣下为妾，甚至还是一个老头为妾？"

芈茵听了这话，竟是完全失控，她尖叫一声，扑上来就想冲着芈月抓过去，芈月闪身躲开，芈茵已经发疯似的推倒了几案，案上的果子糕点、器物摆设，滚了一地。

小雀一跃而起，已经是训练有素地按住了芈茵，熟练地将她的脑袋按入怀中，轻轻抚摸着她的背部，一边柔声劝慰安抚道："夫人、夫人，您莫要生气，您静静心，千万不能再生气了……"

芈茵伏在小雀的怀中，发出几声呜咽之声，好一会儿才渐渐平息下来，她缓缓地抬起头，看着芈月，如同毒蛇盯住了猎物一样，忽然掩嘴，发出低哑的笑声："是了，我是嫁了那郭隗，可他对我言听计从，百般讨好。我在燕国的权势，可谓是一手遮天。我是妾室不假，可你何尝不是妾，而且跟了秦王这么多年，还是个混不上什么好位分的妾。秦王一死，你就被人像丧家犬一样赶出门，差点就人头落地。如今，你像个乞丐一般站在我面前，破衣烂衫，瑟瑟发抖，你说，你可不可笑，可不可笑？哈哈哈……"她越说越兴奋，越说笑声越大，到最后已经是笑得喘不过气来。

芈月站在一边，忽然道："派人去偷我的珠宝，派人烧了我的房间，是你干的吧！"

芈茵的笑声戛然而止，小雀甚至感觉到她的身躯不由得颤抖一下。小雀眼中闪过一丝慌乱，摇头想要否认："不是……"

芈茵却尖声嘶叫起来："不错，是我，我如今要摆布你，易如反掌，呵呵呵……"

芈月淡淡地问："为什么？"

芈茵怨毒地看着芈月，恨恨地道："我要你也尝尝，我受过的苦。"

芈月冷冷地道："你受过的苦，乃是自作自受，与我何干？"

小雀听得怒火中烧："与你何干？九公主，我们公主沦落至此，都是你害的，都是你害的……"

芈茵从小雀怀中坐正了身子，抹了一把脸，冷笑："不错，九妹妹，你害我至此，我若不让你也尝尝求生不得、求死不能的痛苦，我是寝不安席，食不甘味。"

芈月盯着芈茵，问道："我害你什么？从一开始，你便为虎作伥，把我推下河，图谋杀害我，到底是你害我，还是我害你？"

芈茵提起旧事，整个人的情绪便更不稳了，她差点又要向芈月扑去，小雀早训练有素，紧紧拉住她的双臂，不住安抚。芈茵挣脱不得，只得恨恨地道："若不是你，我何以会受到惊吓，甚至被诬为疯子，做不成王后？若不是你勾引黄歇私奔，我已经嫁给黄歇了，怎会独守空房三年？若不是因为黄歇逃婚，我又何以会被当成棋子，嫁给子之……"

芈月恍悟道："你入燕国，原来是想嫁给子之？"她细一思忖，顿时明白，"是了，当日燕王哙传位给子之，子之为了巩固王位，必然向各国求婚。可是他以臣夺君，哪个国家会轻易跟他建交，更别说把公主嫁给他。只有一个利令智昏的你，只有一个鼠目寸光的楚王，再加上把你当弃子的威后，还有一个贪财短见的郑袖……"

芈茵听她说得如同亲见过程，脸色变了又变，恨恨地道："你倒像是亲眼所见……"

芈月冷笑："也许是因为我太过了解七姊你，也太了解威后和郑袖是什么样的人了。是了，你本来嫁到燕国，是指望成为燕王后的，可为什么却成了郭隗的小妾呢？"

芈茵脸色变了一变，这段往事，是她一生之痛，此时提起，心头仍然颤抖，看着芈月的神情，似有了一丝怯意，嘴上却依旧强硬，道："哼，我不信你又能猜到经过？"她一想到当年之事，只觉得天翻地覆、莫名其妙，到现在仍然无法反应过来，她不信远在秦国的芈月竟能够知道这其中经过。

芈月却坐了下来，道："想来你以为既然是燕王哙效法尧舜让位，子之总能够终其一世维持王者之尊，所以你当时必也乐意来坐这个王后之位。可是你却没有想到，齐国人趁火打劫插了一手，你千里迢迢来到燕国，还没做成伪王的王后，却险些成了乱刀下的亡魂。我也听说过那时候的乱象，太子平、子之、燕王哙等人，不是死于市，便是被剁为肉酱。身为后宫姬妾，如何能安？想来七姊一定也曾经历流离失所，缺衣少食，甚至是性命悬于一线的危境，这一定把你吓坏了，是不是？所以当你遇到平乱的郭隗时，这就是你当时能抓住的地位最高的男人，所以你明知道他年老体衰，家有发妻，仍然不顾一切地投入他的怀抱，做了他的小妾，是不是？"

芈茵听得她一一数来，往事在脑海翻腾，已经无法抑制自己的情绪，尖声嘶叫起来："住口、住口，你这贱人，住口！"她激动之下，神情已经变得狂乱，又要站起来向芈月扑去。

小雀大惊，将芈茵抱在怀中不停安抚道："公主，你别生气，别气着了自己，一切都过去了，过去了……"

芈茵扑在小雀的怀中，痛哭失声，像是已经完全无法自控。

小雀看到芈茵近乎崩溃的神情，一边抱住她安慰，一边不顾一切指着门外向着芈月叫道："你滚，滚出去——"

芈月站起来，披上裘袍，冷笑道："希望你们最好记得，每一次都不是我要来招惹你们，而是你们来招惹我的。"

小雀心疼地看着怀中哭得像孩子一样的芈茵，看着芈月仇恨地嘶声叫道："滚——再不滚我杀了你!"

见芈月往外走去，芈茵赤着脚跳下榻去，挥舞着手叫道："不许走，我要杀了你——"

小雀扑上去，紧紧抱住芈茵哭道："让她走，让她走，公主，公主，我们好不容易有了安宁的生活，你不要再为她乱了心神好不好，我求你了，我求你了……"

芈月看着小雀和芈茵两人之间的相处，忽然有了一丝了悟，轻叹道："七姊，你很幸运，还有一个人如此全心全意地待你，希望你不要再自误误人。"

小雀骤然抬头，看着芈月的眼神，露出杀气来，但最终还是什么都没有做。

见芈月走了出去，芈茵的神情更加狂乱，她死死地抓住小雀，嘶声道："小雀，我要杀了她，要不然，我的病永远没办法好，我永远会睡不安寝，食不甘味。我要杀了她，杀了她，我有预感，我若不杀了她，她还会来毁了我的一切，一切!"

小雀本来坚定的眼神，因芈茵的哭闹竟也变得乱了起来，她手忙脚乱地安抚着芈茵，却是毫无作用，眼见芈茵越来越狂乱，小雀咬了咬牙，站了起来。

芈茵忽然失去了她的怀抱，变得有些惊惶："小雀，小雀——"

小雀俯身看着芈茵，目光中无限怜意："好，你说杀了她，我就为你去杀了她！"

芈茵露出孩子般的笑容来："好，小雀，你一定要替我杀了她。"

小雀轻抚了一下芈茵，拔下她头上一根七宝镶嵌的金钗，站起来，追了出去。

# 第六章

# 燕 王 母

此时外面本来侍候着的婢女们，在芈茵闹腾起来的时候，便已经惊慌地退了出来，远远地都跑到廊下跪着等候传唤。芈茵这般的发作，亦不是初次了。头几次，那几个服侍婢女听得她叫闹，赶紧跑进来问她，结果转眼间就被芈茵寻了个不是，或打或逐，因此这些婢女们也学得乖了，一听到芈茵发作，便只需小雀在内安抚，她们就远远地跑到听不见声音的地方去，等候小雀过来叫她们进来服侍。

小雀匆匆追出，却见芈月已经出了院子，急问："方才那人去哪儿了？"

婢女们见芈茵发作病情，早已经缩了，所以芈月走出，也无人敢过问，此时见小雀问起，忙指了指方向道："她往前院去了。"

小雀一喜，此处是后院，芈月若是从后门走了，她耽搁这一会儿，未必能够追上，偏生她要往前院走，前院广阔，一时半会儿走不出去，前门更不是轻易可出，她这可是自己寻死了，当下匆匆往前院赶去，果然追过两进门墙之后，便见着芈月在前院的曲廊上正在行走，当下冷笑一声，叫道："九公主，你走错路了。"

芈月站住，转过头去，看到满脸杀气的小雀，她轻叹一声，问道：

"驿馆前一个驿丞胥伍烧我房间，偷我珠宝，那是你的主意，还是七姊的主意？"

小雀不屑地道："你那点珠宝，我们才没看在眼中，那是胥伍自作主张。但是，公主觉得若是你一无所有、走投无路，也是挺不错的。公主想要的，我就要帮她做到。"

芈月点头："所以你们又派了皂臣来折腾我们？"

小雀道："公主要你像你母亲一样，沦落为市井丐妇，可我现在改变主意了，我想要你死。"

芈月冷笑道："就凭你？"

小雀也冷笑道："若换了从前，奴婢自是不敢。可是经历过子之之乱以后，我已经明白，这天底下贵人死在贱者手中的不胜其数，要看情势在哪一边了。如今这是国相府，我是夫人的心腹，而你只是个闯入的小偷。"说着将手中的七宝金钗扔到芈月脚下，尖声叫道："来人哪，有人偷了茵姬的钗子……"

把守在前院后院门口的两名守卫听到小雀的叫声，飞快地围了上来。

小雀正自得意，不料芈月伸脚一踢，金钗飞起落下，她一把将金钗握在手中，飞快地上前一步，抓住小雀，将金钗横在她脖子上，对守卫喝道："别过来，否则我就杀了她。"

小雀见芈月动手，方欲还手，手臂一麻，便已经落入她的掌中，此时心中暗恨，见状大声喝道："别管我，杀了她，杀了她，茵姬自有重赏。"

那两名守卫面面相觑，虽然听到了小雀的叫声，但毕竟慑于她是宠姬爱婢，她自己这么说无妨，但她若真的死了，茵姬岂不是迁怒自己，当下只能持戟将芈月困住，却不敢再往前一步。

小雀见状，厉声道："你杀了我，也是无法脱身。可你就算不杀我，想要挟持我逃出去，却也是妄想。这国相府中守卫森严，你便多走一步也难。"

芈月却微微一笑，道："挟持你逃走？小雀，你还没有这个分量。你可知道，我为什么要到前院来吗？"

小雀脸色一变，忽然想到一事，尖叫道："你不是走错了路？"

芈月道："我会走错路吗？"

小雀顿时大惊，正在这时候，前面已经传来叫声："国相回府——"

小雀心知不妙，竟是不管不顾，就往芈月的金钗上撞去。芈月猝不及防，只来得及偏过金钗，金钗划花了小雀的脸，一行鲜血流下，但小雀却趁机撞出了芈月的掌握。

小雀扑到守卫当中去，指着芈月尖叫道："杀了她——"

眼看众守卫举起兵器，芈月忽然大声喝道："郭隗，你祸在眼前，可曾知晓？"

众护卫听到这一句话，不禁犹豫停顿。

小雀脸色一变，一把夺过一把长矛就要向芈月刺去。眼见矛尖就要刺到芈月胸口，忽然间长矛停在半空，小雀只觉得一阵力量自长矛中传来，一震之下，她手中长矛脱手，更被这股力量震得摔倒在地。

却是一个高大的护卫，夺了长矛，转身让出路来，向着身后恭敬行礼道："国相。"

众护卫纷纷散开行礼，便见一个老者出现在芈月面前，三绺长须，气宇不凡。

那老者拱手道："老夫郭隗，不知夫人如何称呼？"

芈月松开手，金钗当的一声落地，她却看也不看，只抿了一把弄乱的头发，敛袖为礼："秦公子稷之母，我姓芈。"

郭隗见这妇人虽然一身旧衣破裳，却仍然气度高华，此时便有心腹凑上前，低声将方才的事说了一遍。郭隗迅速地看了一眼小雀，却什么也没有表示出来，只是伸手道："芈夫人，客厅说话。"

芈月点了点头，两人步入客厅，分别坐下。

天色寒冷，婢女以玉碗奉上姜汤，两人对饮罢，郭隗看着芈月，掂量着对方的来意，拱手道："隗无德无能，忝居燕国相位，但不知何时何处做错，以至于夫人特地上门警告，祸在眼前？"

芈月单刀直入道："郭相记得子之吗？"

郭隗不屑地道："祸国罪人，岂有不知之理。"

芈月咄咄逼人："郭相要成为第二个子之吗？"

郭隗心中不悦，觉得芈月只是在虚言恐吓，沉下脸道："老夫从来忠心耿耿，恭谦谨慎，何以会成为第二个子之？"

芈月却微笑道："子之当日亦是燕王之臣，有辅国之功，最后却是臣夺君权，祸乱国家。郭相，你以为你身上就没有这些隐患吗？"

郭隗一怔，看着芈月的神情也有些变化，肃然道："愿闻详情。"

芈月也一拱手，道："燕王尚年幼，燕国的事，郭相能做七分主，易王后总也做得三分主吧？"

郭隗朝燕宫方向一拱手，恭敬道："岂敢，我王虽幼，但聪慧异常。燕国之事，大王做得五分主，易王后做得三分主，大臣们做得一分主，郭隗也仅能做得一分主而已。"

芈月点头："然也，易王后出身秦国，可秦国质子来了将近三个月，何以易王后竟不闻不问。是易王后心中没有母族，还是郭相纵容小妾，瞒天过海？"

郭隗顿时明白原因，抚须苦笑："原来如此！"

芈月看着郭隗脸色，哂笑："我只道郭相为小妾所蒙蔽，不想郭相是什么都知道啊！"

郭隗摇了摇头，叹息："老夫不知，但夫人这般一说，老夫便有些推测到了。"

芈月没有说话，只是看着郭隗。

郭隗在这目光之下，有些心虚，踌躇半日，方开口叹息道："芈夫人，阿茵乃我乱军中所救，当时情形混乱，身份难知。是我怜她孤弱，纳她为妾。等知道她原是楚国公主的时候，已然来不及了……郭某老家，另有原配，堂堂楚国公主，竟然委屈至此，郭某心中实是有愧，虽不能予她名分，但对她素来谦让了些。是我管束不严，但是夫人所指罪名，郭隗却不敢承担。"

芈月不动声色，恍若未闻："那么，郭相想对我解释什么呢？"

郭隗拱手："老夫不想为自己解释，却想为我王和易后解释一二。一应之罪，皆由郭隗，夫人要怪便怪下臣，莫要误会我王与易后。唉，夫人当知，身居高位者，一身而承担国家兴亡，实是有许多不得已的苦衷啊！"

芈月却举手挡下，道："郭相不必说了，我知道你想说什么……"

郭隗欣然："芈夫人能明白我王的苦衷，下臣甚是欣慰。若下臣能够有所效命，夫人但请吩咐。"

芈月站起，长揖而拜道："公子稷困守驿馆，火烧斗室，财物失窃，无衣无食，天寒地冻，穷途末路，只有向国相求助了。"

郭隗倒吸一口凉气，从芈月的话中，他已经预感到一些潜伏暗流，连忙伏地还拜："不敢，此皆隗之罪也。夫人与公子一应事务，自当以礼相待。"

芈月坐起："那么，国相打算何时让质子拜见大王，妾拜见易后？"

郭隗无奈，只得道："隗自当尽心尽责，无愧君王所托。"

芈月直视郭隗："经此一事，我还能相信郭相吗？"

郭隗肃然："夫人请静候佳音。"

芈月点了点头，拱手："告辞。"

她走出客厅，便见一个中年管事恭迎上来，道："下仆舆公，见过夫人，马车已经备好，请夫人上车。"

芈月点了点头，由那管事舆公引她出府，登上马车，又令他唤来女萝，一起驱车回了驿馆。

那皂臣方回到驿馆，他方才去向芈茴回报，不想这日芈茴心情不好，却懒得见他，只让小雀打发了他。他得了一些赏钱，正自动着脑筋如何生事压榨芈月母子，好向国相宠姬献媚，不想却见了国相府的马车停在驿馆外头，舆公正亲自打起帘子，恭敬地迎着芈月下了马车，走入驿馆。舆公不认得他，他却认得这个国相身边的红人，这一吓非同小可，幸而他亦是机变之人，连忙恭敬地迎上去，讨好道："下官见过夫人，夫人回来得正好，下官正要禀报，前日夫人所居院落遭遇火灾，委屈夫人暂居偏院，如今下官已经腾出一间贵宾院落……"

他一边说，一边偷眼窥着舆公神情，瞧他对自己这般安排是赞许，还是不悦，却见舆公垂着眼，只恭敬地侍立在芈月身边，芈月亦是仿佛未看见他似的，只管往小院方向行去。

皂臣一急，忙迎上前，赔笑道："夫人，夫人，新的院落在这边，您要不要先看看，若是满意的话，下官派人今日就帮您搬过来，您看如何？"

女萝扶着芈月往里走，见这个踩低拜高的小人，心中也是气不打一处来，此刻亦是碍于舆公在跟前，不好失了秦公子的身份，只得冷笑："难得驿丞今日终于想到为我们安排院落，不知可有膳食，可有柴炭？只是我们如今财物皆失，所有值钱的东西，亦都在这个冬天向驿馆换了米炭，如今却是无钱了！"

皂臣一脸尴尬，又偷眼望了舆公，只是舆公既能为郭隗心腹，他心里想什么，又如何会在表情上给皂臣暗示，皂臣看来看去，只见他板着一张脸，却是什么也没看出来，这心里更加没底。想了想，终究思忖茵姬不过是国相之妾，国相心腹既然亲自到来，这便代表着国相的意思，那他就兜转脸来奉承芈月一回，也不算什么。若是茵姬不肯，回头他再变脸也不迟，反正他这等小吏，原就是没有什么脸面可言的。

当下心中计较已定，这脸皮自是厚到听不懂女萝讽刺，涎着脸道："都怪下官到任不久，诸事不熟，以至于不能察知一些驿吏的胡作非为，倒让夫人受委屈了。下官回头就罚治他们，给夫人出气。夫人，请，请到后面院落去，下官这就派人去请公子一起过来，有什么行李要搬的，只管吩咐驿吏就是。"

女萝瞪着他，不想这个人表面上看去一脸凶恶，变起脸来，竟是转换自如，连那原来满脸油滑的胥伍与之相比，也是颇有不如。女萝待要再说，手扶着的芈月却按了按她，她便只得息声不说，只扶着芈月，由着那皂臣引路，进了一间与她们原来所居院落差不多规模的小院。

原来这皂臣精乖得很，这边奉了芈茵之命为难芈月一行人，这边又早准备了这个院落，以作受到质问时的抽身理由。这边为难芈月，却从不肯自己出面敲诈钱财，只让底下小吏生事。这边遇上事情，便将自己脱了个干净。

舆公却是一直将芈月送进小院，又等在那儿，见嬴稷过来，才向着嬴稷行礼，呈上郭隗拜帖和礼物，这才离去。

皂臣见状，心中更是惴惴，一边叫人将芈月等人的行李从那偏院搬来，一边却又叫人将缺少的日常用品凑齐了送上。然后一边暗自观察，一边又去郭隗府中打听消息。

他这一去打听，方知素日叫他来府的几个护卫都已经不见了，细一打听，府中却是似乎毫无变化，他欲叫人捎口信要见小雀，但却无人理会。他便知道有些不好，当下对芈月变了脸色，一如侍奉其他贵人一般。

又过了几日，宫中来使，传了诏令，又赐下一应之物。皂臣这才放下心来，当下忙捧了诏令和赐物，去芈月所居小院。

女萝见了他进来，便挡住他喝问："驿丞来此何事？"

皂臣素来讨厌这个过于伶俐的侍女，此时却只得赔着笑道："娘子，宫中有诏令到。"

女萝瞄了一眼他手中捧着的帛书，问："什么诏令？待我转交夫人。"

皂臣如何会让她取了自己这个讨好的机会，当下赔笑道："此乃燕国诏令，当由下官亲交质子才是。"

女萝白了他一眼，道："你等着。"说着便转身入内。

皂臣搓着手，在外头等着，便听得屋里琅琅书声，男童的声音清脆中犹带一点点稚嫩："凡有地牧民者，务在四时，守在仓廪。国多财，则远者来；地辟举，则民留处；仓廪实，则知礼节；衣食足，则知荣辱……"

就听得女声道:"子稷念得很对,继续念下去吧!"

就听得女声低低交谈,过得片刻,女萝便掀帘走出来,道:"夫人有请。"

皂臣满脸赔笑进了门去,朝着嬴稷拱手一礼,道:"小人皂臣,回禀公子。"

嬴稷停住读书,不知所措地望向芈月。

芈月示意地点点头。

嬴稷放下书卷,坐正,小脸板得严肃,点头道:"驿丞何事?"

皂臣便忙将捧着的帛书呈上,满脸堆欢地道:"恭喜公子,恭喜芈夫人。大王和易王后召见公子与芈夫人。"又道:"冠服和鞋履,还有首饰,皆在外头,只要公子和夫人吩咐一声便送进来。下官已经派人烧水准备,以备夫人和公子沐浴更衣。"

嬴稷忙接过帛书仔细看了,惊喜地抓住芈月的手,叫道:"母亲,大姊姊要见我们了,这是真的吗?"

芈月接过帛书看了一看,点头:"三日之后,我们入宫见燕王与易后。"又朝皂臣道:"有劳驿丞了。"

皂臣连忙应声:"不敢当,这是小人应尽之责。"

皂臣退出去之后,便有驿吏送来入宫参见应备的、符合芈月母子身份的冠服、鞋履、首饰等。他们入燕的时候,原也是有数套的,只不过都焚于火灾之中了。想是郭隗亦知此事,所以另又叫人备了一套,特地送过来。

此外,更换的衣服,以及热水、皂角等物也送了进来。

芈月解去衣服,整个人泡入浴桶中,这才舒服地闭上眼睛,享受着自火灾以后将近一个月未曾享受过的热水澡,仔仔细细洗了快半个时辰,这才出浴,伏在新送过来的厚实褥枕上,闭目放松。

女萝与薛荔分别服侍芈月母子沐浴完了,自己亦借这些热水匆匆沐浴完。女萝知道芈月这一段时间来奔波劳碌,不曾养护,如今将要进宫,不免要恢复容貌，便拿了香脂，为芈月全身抹上。芈月身上的烫伤，在这一个多月已经渐渐凝结脱痂，只在手臂和腿部留下几个看上去还甚是恐怖的伤疤来。女萝见状，不由泪垂，忙暗自擦过了眼泪。

然后扶着芈月坐起身来，服侍她穿上新衣，为芈月绾发梳髻，还不时用小刀裁去烧焦的发尾。

直至芈月插上笄钗，穿上翟衣，女萝托着一面铜镜在芈月面前让她自照。

芈月看着镜中的自己，忽然间一阵发怔。

女萝见芈月陷入沉思，轻轻提醒道："夫人，夫人！"

芈月回过神来，自嘲地一笑，看到女萝的神态，忽然道："你想知道我刚才在想什么吗？"女萝见她的神情，忽然有些心惊，连忙摇头，芈月却自顾自地说下去，"我刚才泡进热水的时候，觉得有这么一个热水澡洗了，就算此刻死了也甘心了。"

女萝恻然："夫人！"

芈月摇头苦笑："才一个多月的苦日子而已，我的要求就这么低了。一个多月前，我还雄心壮志地以晋文公重耳相比，以称霸天下为目标。而此刻，我对于生活最大的要求，却只不过是吃顿好的，穿件暖的，能洗个热水澡就足够了。生活之磨砺，对人的心志影响竟有这么大啊。"

嬴稷这时候也沐浴更衣完了，走进芈月房中，刚好听到她这话，却道："母亲这话错了。"见芈月回头看他，便认真地用书上的知识纠正着母亲道："就算是重耳流亡多年，也并非时时念着雄图霸业。他也曾沉醉温柔乡，不肯离开齐国，甚至为了逃避肩负的责任，而拒绝见狐偃、赵衰这些臣子们，以至于到了要文姜夫人把他灌醉放到牛车上逼他离开齐国的地步。所以便是圣贤，也有软弱的时候，可是只有最终不放弃的人，方能够成就大业。"

芈月蹲下身去，将嬴稷抱在了怀中，道："子稷说得不错，母亲不应该自伤自怜，谁也不是天生的圣人，谁都允许有软弱和逃避的时候。就算是晋文公也不例外，就算是你我，也不例外。关键是，有软弱的时候，也有从软弱中站起的时候；有自伤自怜的情绪，便有自强奋进的心志。"

嬴稷有些懵懂地看着芈月。他背书是无意识的，而芈月从中听出来的，却是一种新的感悟。

三日后，芈月母子乘坐马车，终于进了三个月来想尽办法也进不去的燕王宫。

燕宫占地并不如秦宫广阔，亦不如楚宫高台处处，唯有宫城的城墙却比两处更高更厚，亦比秦宫和楚宫更显得质朴高古，在一片白雪之中，显得十分宁静。

芈月和嬴稷穿着礼服，外披狐裘，走下马车。

一阵寒风扑面而来，燕国的冬天，格外寒冷，嬴稷刚从温暖的马车中下来，顿时只觉得寒意袭来，不由得缩了缩脖子。

芈月却是端然而立，仪态丝毫不乱，见了嬴稷这样子，轻声提醒道："子稷。"

嬴稷一震，连忙忍着寒冷，挺直了身子，昂首走着。

此时燕王的宦者令贝锦和易王后女御青青已经等在那儿。

贝锦先行了一礼，道："老奴贝锦见过公子稷、芈夫人，奉大王令，老奴侍候公子稷前往甘棠殿，觐见大王。"

青青手中捧着一个暖炉，见了芈月母子进来，也施了一礼："芈夫人、公子稷，奴婢霍氏奉易后谕旨，侍候芈夫人前往骓虞殿，与易王后相会。"

芈月点头："有劳贝令。"

嬴稷却已经冲着青青打招呼道："青傅姆，我终于又见着你了。"

那时候青青随孟嬴回到秦国，因为姬职被赵王夺去，孟嬴思子成疾，幸而芈月带着嬴稷常去看她，聊作安慰。青青亦是极喜欢嬴稷的，想到自己所闻芈月母子的遭遇，再见到嬴稷，不禁眼圈一红，直想将这乖巧可爱的孩子抱在手心呵护着。看到嬴稷小脸都冻红了，连忙将捧着的暖炉递过去，道："公子稷，天气寒冷，用这个暖炉暖暖手吧。"她善于服侍人，知道芈月母子这一路走进来，必会受寒，早捎上暖炉备用。

嬴稷欢呼一声伸出手去，伸到一半又停住了，却又偷偷向芈月看去。

芈月眼睛直视前方，并不看他。

嬴稷一边渴望地看着暖炉，一边祈求地看着芈月，却见芈月没有任何指示，只得咬了咬牙收回了手，朝着青青礼貌地道："多谢青傅姆，只是我就要去见大王，不敢在君前失仪。"

说完，嬴稷又偷偷地看了芈月一眼，看到芈月嘴角一丝满意的微笑，又把小胸脯挺得高高的。

青青不知所措地收回暖炉，看向芈月。

芈月看了嬴稷一眼，抚了抚他的小脑袋，道："去吧，去见大王，不要失仪。"

嬴稷响亮地应了一声，然后贝锦引着嬴稷，青青引着芈月，分头而行。

甘棠、驺虞二殿之名，皆出自于《诗经·召南》的篇目，甘棠赞颂召公的美德，而定为国君居处，而驺虞以赞后妃，定为王后居处。

燕国尚蓝，崇水德。燕易后孟嬴接见芈月的时候，便穿着蓝色衣裳。她见芈月行礼，便一把拉住了她，方欲张口，已经哽咽，好一会儿才道："你我，又何必讲究这些礼数。"

芈月见她如此，心中怨念稍解，便不再坚持，由着她拉着自己入座，奉汤，一时沉默。

孟嬴看着芈月，似想要表示亲近，又似有什么禁忌。欲言又止好半天，她才终于挤出一句来："好久不见，季芈，你瘦了。"说完，又转身拭泪。

芈月看着孟嬴，也是明显见老，轻叹一声："你也是。"

孟嬴看着芈月，百感交集，种种别来之情想要倾诉，却又面临着国事政事等无数事端，一时竟无话可说。

青青见她们两人竟是沉默无言，连忙奉上一个青铜温鼎，这种小鼎一尺来高，半尺口径，分成上下两层，下面可以打开，青青将一只点烧好的炭盘放入，关上，这却是用来保温的，这鼎中早已经烧着已经滚烫的薄肉浓汤。

青青笑道："夫人，这是您以前最喜欢吃的温鼎烩肉。易后为了您来，特地早了三天就叫人准备您喜欢的东西。"

芈月抬头看着孟嬴，眼中也多了一丝温暖："没想到你还记得。"

孟嬴低下头，轻叹："你，还有子稷喜欢的东西，我一直都记得。"

青青见僵持的气氛已经打开，当下给两人倒上了酒，然后示意左右侍女一起退下。

芈月端起酒盏，敬道："这杯由我敬易后，为了我们在秦宫的过去。"

孟嬴也端起酒盏，神情中带着追思和怀念："是，为了我们在秦宫的过去。"

两人一饮而尽。

芈月又倒了一盏，敬道："这杯酒，可不可以为了我们在燕国的重逢而敬？"

孟嬴沉默了。

芈月慢慢地把酒盏放下，也沉默了。

孟嬴见她把酒盏放下，心中一慌，道："可不可以我们只谈过去，只谈我们美好的过去，让我与你的重逢，有一时半刻的欢快时光。"她的声音中，竟似不觉带上一丝祈求的痕迹。

芈月听出来了，沉默片刻，微笑道："好。"

接下来，两人一边吃肉一边喝酒，没有再提扫兴的事。

芈月说："燕国的雪好大，秦国没有这么大的雪，而在楚国，我根本一年都很少见到雪。"

孟嬴也笑道："我刚到燕国的时候，冬天根本不敢出门，一出门就伤风受寒，直到生了职儿以后，才渐渐习惯了燕国的天气。"

芈月道："我记得你的手一直很冷，以后要多吃点羊肉，也好暖暖身子。"

孟嬴点头："是啊，以前冬天，我总是喜欢握你的手，你的手不管什么时候都是这么热。让我再握握你的手吧。"说到这里，她不由伸手，握住了芈月的手。

孟嬴的手保养得宜，洁白纤细，只是少了一些血色，她握住芈月的手，就感觉到了不对。眼前的手，手指粗大，长满了冻疮。她翻过来，看到手心的粗茧。

孟嬴忽然颤抖起来，最终压抑不住，她忽然站起，暴躁地推开席上的摆设，推开挡在她和芈月之间的障碍之物，踉跄着离席，扑到芈月的席位上，捧着芈月的手贴到自己的面颊上，哽咽着道："对不起，季芈，对不起。"

芈月缓缓地抽回手："易后，你怎么了？"

孟嬴嘴唇颤抖，张口欲言，可是半天却一个字也说不出来，她抹了抹泪，转身从匣中取出一份帛书来，递给芈月，艰难地道："这是，秦国的国书中所夹带着的秦惠后私人信件。"

芈月打开帛书，冷静地从头看到尾，放下帛书，问孟嬴："她要你杀了我们母子。"

孟嬴含泪点头。

芈月道："你为什么不杀我？"

孟嬴失声道："我怎么能够杀你？"

芈月道："然后呢？"

孟嬴扭过头去，好半日才道："难道你还不明白吗？我只有不见你们，就当我没见过这封信一样。"

芈月问："你知道我找你？"

孟嬴点头："我知道。"

芈月道："那既然不打算见我了，为什么还要见我？"

孟嬴沉默片刻，忽然轻笑起来："季芈，有时候我真佩服你，我要在你这样的处境，必是毫无办法的。可我没想到，你竟连老相国都可以支使得动，来为你说话。我看得出来，他明显是不情愿的，却又不得不来。所以，我知道你若是想做什么事，谁也挡不住你。你既然要见我，我是躲不过去的。"

芈月沉默了，好一会儿才道："孟嬴，我不明白，你已经是一国之母，不必再听从谁的意思。你只管听从你的心去做，为什么你要这么畏首畏尾？"

孟嬴回头看着芈月，轻轻摇头，话语中无限凄凉："季芈，别人不明白我，难道你能不明白吗？我这个母后是怎么得来的，我是仗着秦国和赵国的铁骑扶保我上位的。是啊，燕王哙死了，太子平死了，连子之也死了，可是在这世上，易王不是只剩下子职一个儿子了，甚至连燕王哙，也不只有太子平一个儿子。还有许多人，都有争夺燕王王位的资格。大王年纪太小，我和他手中都没有亲信的臣子，朝中卿大夫不服我们，列国也轻视我们。而我唯一的倚仗，是秦国。我不能得罪秦国，不能得罪如今的秦王和他的母后。"

芈月闭了闭眼睛，道："我明白了。"

孟嬴抓住了芈月的手，哽咽道："季芈，若是没有你，也没有我的今天，我永远记得你的情义。可若是只有我一个人，我绝不会如此无情无义。可是我还有我的儿子，还有我们的国家。子职还小，那样颠沛流离的日子，我过怕了，我闭上眼睛都会害怕，我绝对不能再让我们母子分离。燕国刚刚经历一场险些亡国的大动乱，再也经不起任何风吹草动了。季芈，我知道我对不起你，可我只能做一个负心人，我辜负了你，好过辜负一个国家……"

孟嬴扑在芈月的怀中，呜呜而哭。

芈月抚着孟嬴的后背，没有说话。

也许，芈月是来求助的穷途末路者，而孟嬴是这个国家至高无上的女人。但此刻的神情，孟嬴像是一个绝望求助的末路者，而芈月的神情却更像一个高高在上的人。

就因为芈月没有说话，让孟嬴心中更加没底，她不停地诉说着："季芈，你告诉我，你不恨我，你能理解我的，是不是，是不是？"

芈月沉默片刻，沉默到孟嬴越来越不安的时候，她说："不。"

孟嬴惊诧地抬头看着芈月，像是不相信她会说出这个"不"字来。

芈月轻抚着孟嬴脸上的泪珠："易王后，你还记得吗？你姓嬴，来自虎狼之邦的秦国。你是秦国先王的长女，先王曾经说过，你是最像他的女儿。你在家，是大公主；出嫁，为一国王后；生子，成为国君的母后。你为什么这么没底气？这个国家是你的，你要用你自己的力量去掌握。母国、忠臣，这些东西若是倚仗别人才有，那就如同沙上的城堡，风一吹就没有了，你知道吗？只有用自己的力量、自己的双手搭建的王国，那才是你自己的。"

芈月推开孟嬴，轻轻地站起来，轻轻地走出去，她的声音自远处飘来："我很失望，我想你父王的在天之灵，会更失望的。"

孟嬴怔怔地跌坐在地上，颤抖着伸出自己的双手，她看了又看："我做错了吗？那我当如何去做？我的双手，我的双手能够握住什么？"她用力想握紧双手，可是拳头颤抖得厉害，根本无法握紧，握了好几次，终是以失败告终。

孟嬴仆倒在地，纵声大哭。


天空又飘起了雪花，纷纷扬扬地落下。

芈月脚步轻忽，飘飘荡荡似没有办法踩到实物似的，就这么走出了骀虞殿。

她忘记了披上裘服，也不顾匆匆打伞而来的侍女，忘记走没有雪的长廊，径直走下台阶，走向积着深雪的庭院。

她就这样高一脚低一脚地踩着雪走着，走着，轻飘飘地走着，走过了后宫，走过了一重重院落。

眼见宫门遥遥在望，一直跟在她身后抱着裘服的青青也松了一口气，走上前去压低了声音唤她道："夫人……"

此时芈月已经走到内外相隔的门台，一步步走了上去，不料走到最后一步的门槛时，她忽然绊了一跤，整个人翻过去滚下了台阶。

青青惊呼一声："芈夫人……"

"母亲——"却是此时嬴稷也已经从甘棠殿出来，远远地看到芈月倒地，飞快地跑了过来，与青青同时扑到芈月面前，扶起了芈月。

芈月张口，喷出一口鲜血来，晕了过去。

她的眼前一片漆黑，近在眼前的嬴稷，连叫声似从极遥远的地方传来："母亲——母亲——"

# 第七章

# 疯妇人

芈月昏昏沉沉地躺着，整个人似陷入幻觉中，无法醒来。

嬴稷的哭声似远似近，却无法传进她的梦中。

梦中，她独自站在一片黑暗中，似乎变得很小，很小，她好奇地看着这个世界，蹒跚地走着。

一个老人蹲下身子，对她温和地说："鹰飞于天，而鸡栖于埘，盲目地浪费宝贵的时间去学自己一生都用不到的知识，犹如把一只鸡放到鹰巢，让它在高峰上看到远景却没有居于高峰的力量，不是跌落而死就是在风中恐惧痛苦，小公主，你明白吗？"

她摇头，她不明白，她也不想明白："为什么，你怎么知道我就是鸡，难道我不可以是鹰吗？"

老人不见了，眼前的人却变成了她的父亲，慈爱依旧，英武依旧，他蹲下来，解下自己身上系着的和氏璧，递给她，挂在了她的身上。

芈月轻抚着和氏璧，问道："父王，这是什么？"

楚威王道："这是和氏璧，是楚国之宝，一直佩戴在国君的身上。"

芈月问："为什么要给我？"

楚威王微笑："因为那是你的，因为楚国已经没有人可以佩戴它了。"

芈月方要再问，却见楚威王的身影渐渐淡去，她急了，上前想拉住楚威王的衣袖，却扑了个空，眼前一片白茫茫的，只见着人头连着人头，朝着一座山上行去，那山上有一个黑乎乎的大洞口开着，忽然间哭声震天，仪仗成行，一个个跟真人简直一模一样的俑人被送进那个大洞去。芈月忽然想起，那不是楚威王出殡时的场景吗？

她猛地一惊，忽然想起，楚威王已经去世很多年了。可是那个黑乎乎的洞口，深不见底，却有一种莫名的吸引力，吸引着她想跟着走进去。

忽然有人拉住了她，一转头，却是莒姬。

"母亲，"芈月惊喜莫名，"你去哪里了？父王在前面呢，我们快拉住他，快赶上他。"

莒姬却笑了笑，她的容貌美如当年全盛得宠之时，她笑着摇头："不，你别去，你要回去，有人在等着你呢。"

芈月问："那你呢？"

莒姬笑道："我的时候到了，我要跟你父王走了。"说着，一袭白衣飘然升起，飞入了那个黑洞之中。

芈月惊骇莫名，想要去拉她，脚下却是一跤绊倒，眼见着莒姬没入那个黑洞，便连着黑洞与她一齐不见了。

芈月捶地急道："父王，母亲——你们别走，别扔下我——"

却听得空中悠悠一声叹息，芈月诧异转过头去，看到美丽的向氏一袭绿衣站在自己面前，带着忧愁的目光看着她。

芈月见了向氏，顿时把刚才的事全部忘记了，喜得跑上去拉住她道："娘，你去哪里了？你知不知道我找了你很久……"

向氏看着她，忽然垂泪："子戎在哪儿？小冉在哪儿？"

芈月张口想说，忽然间说不出来了："我、我不知道……"

向氏凄然道："我跟你说的话，你都忘记了吧。"

芈月忽然间如头被一盆冷水浇下，她看着向氏，向氏忽然间倒下，倒在她的怀中，浑身是血，气息奄奄："第一，不要作媵；第二，不要嫁入王家；第三，不要再嫁。你还记得吗，记得吗？"

芈月浑身颤抖，双手掩住耳朵，可声音却一直幽幽怨怨，一直缠绕不去。

芈月泪流满面，哽咽道："母亲，对不起，你临终说的话，我大半都违背了，可我是不得已的，不得已的！"

向氏凄婉一笑，眼中流的竟已经不是泪，而是血，她幽幽叹息："我愿我受过的苦，没有白白地受……"

芈月心痛如绞，向氏说过，她愿孩子们这一生能遇上的苦难都由她自己代受了。可是她白白受了这么多年的苦，到头来，自己还是为媵，还是嫁与王者，还是沦落到如她这一般的命运。是她的错，是她不够坚强，她辜负了她母亲受过的苦。

只见向氏忽然惨呼一声，身上的衣服变成一身破衣，却尽是鞭伤，她似被什么力量一把揪起，扔在地上，空中忽然飞舞着无数鞭子，抽打着到处躲避却无从逃脱的向氏。

芈月看得目眦欲裂，朝着向氏奔去，叫道："母亲，母亲——"

向氏却朝她叫道："走，快走。"

芈月跑了几步，眼前忽然出现一个人挡住了她，她一抬头，那人正是楚威后，她冷冷地看着芈月，如同神祇般俯视，如恶魔般狰狞。

芈月叫道："你滚开，滚开。"

楚威后的声音似从极远的地方传来，她冷笑："你想救她？你以为能救她吗？你看看清楚，那到底是谁？"

芈月定睛再看过去，却发现那个承受着命运鞭笞、无处可逃、浑身是伤的人，赫然竟变成了自己，眼看着空中飞舞着无数鞭子，抽打在那个面容与她一模一样的人，另一个自己却在哀号，却在无处可逃。

芈月只觉得喉咙似被扼住，喘不过气来；她想开口说话，却说不出话来；她想上前，四肢却似陷在无穷泥沼里似的，竟伸不出手，迈不开腿，甚至似在这泥沼中慢慢没顶。

不，不，那不是她，她不会这么认命，她不会这么死去。

她用尽全力，挣扎得满头是汗，却挣不脱这一切。

她咬紧牙关，终于在一片泥沼中挣破一线缝隙撞了出去，叫道："不，那不是我……"

芈月用力撞开楚威后，楚威后一个跟跄，倒退两步，她的脸忽然变成了芈姝的脸。却见芈姝一脸怨毒地抓住芈月的手臂，咒骂道："你早就想把我推开，是吗？你一直嫉妒我，一直恨我，所以你什么都要跟我争，跟我抢，是不是……"

芈月摇头："不，我没有恨你，我从来也没有想过要跟你争，跟你抢。我只想过我自己的日子，甲之蜜糖，乙之砒霜，你想抢的，不是我想要的。"

芈姝发出尖厉的笑声，她的笑声忽然变得和楚威后极为相似："哈哈哈，你傻了吗？我就是我母亲，你就是你母亲，你看，媵的女儿就是媵，生生世世都是媵。王后的女儿就是王后，生生世世都是王后。就算贱人想要翻身又能怎么样，到了最后，还是我们的儿子登上王位，而你们，只配流落穷街陋巷，潦倒一生。"

芈月只觉得一股怒气冲天，她用力甩开芈姝的手，叫道："不，人要有付出，才会有收获，如果只凭出身的贵贱就决定一生的命运，那是不合天道的。如果一个人的努力改变不了出身，那这个世间上就没有努力奋斗的人了，那这个世界，就会是一潭死水，一片死寂。"

芈姝讥诮地大笑，楚威后、楚王槐等出现在她的身后，也都在大笑："你是在向我宣战吗？你是在向我们宣战吗？你是在向这世间的王者贵族宣战吗？你是在向天命宣战吗？"

芈月用尽力气大叫："是，我是在向你宣战，我是在向你们宣战，凭什么你们出身高贵就视别人为蝼蚁，践踏别人的尊严和生命？你们祸国殃民，钩心斗角，却践踏别人的努力和鲜血？如果这是天命，那就让这天换一换。有付出者得尊严，有努力者得收获，有智慧者得崇敬……"

忽然间，所有的人都消散了，眼前的人忽然变成了唐昧，但见他披头散发，咬牙切齿，一剑朝芈月劈来："你是天命，你是妖孽，你是祸害……"

芈月眼睁睁地看着唐昧那一剑劈下，就要将她劈成对半，忽然间眼前血光飞溅，一个白衣女子挡在她的前面，被那一剑劈中，倒在她的怀中。

芈月看着那个人的脸，似乎是她自己，又似乎是向氏，又似乎变成了莒姬。

芈月大叫一声，忽然坐起。

忽然间，梦境消失，眼前仍然是驿馆的陋居，一时间，她有些恍惚，脑海中却如跑马似的跑过许多情景来，她见到了芈茵，她与郭隗对话，她搬到了另一个院子里，重新得回华衣美食，然后她见到了孟嬴，然后她终于绝望，然后她见到了许多许多的故人……

这一切，到底哪些是真、哪些是梦？

她是真的经历过那些事情呢，还是自己在这陋居小院做了一个长长的梦，把自己的不如意归咎于某些想象，最终连所有的想象都被自己锁死了呢？

她茫然地看着左右，看着这简陋的空间，脑子还不曾转过来，忽然间，一个小小的软软的身躯扑到她的怀中，又哭又笑又叫道："母亲，母亲，你终于醒了……"

就算她在陌生的世界中迷失，也总会有一股力量把她拉回来，那就是她的孩子，芈月抱住嬴稷，忽然间似飘荡在空中的神魂，慢慢地落回了地面上。

芈月呆滞地看看左右，看着似陌生又似熟悉的布置，心神似在梦中，又似清醒。她欲张口，却感觉有些涩意，吃力地问："我这是……在驿馆里？"

眼前的嬴稷已经哭红了一对眼睛，女萝也是憔悴异常，看到芈月醒来，话语艰涩，连忙转过身去从怀中取出一只陶瓶，递给芈月道："夫人，您先喝口水。"

芈月接过水瓶，喝了一口水，只觉得水太冰凉，不禁打个寒颤："这水有点冷。"她想说，你如何不暖一下，然而转头看了看，发现屋子里一片寒冷，连火炉都灭了，诧异地问："怎么这么冷也不生炉子呢？"

女萝欲言又止："我去厨房拿药。"说罢，缩着脖子匆匆离开了房间。

芈月握住嬴稷的手，正要说话，却忽然吃了一惊，她摊开嬴稷的手，发现上面几条血痕："你、你的手怎么了？"

嬴稷扭过头去，没有说话，芈月再抬头看着室内，发现室内只余下原来他们在小破院落中仅剩的东西，其他的东西都没有了，而室内的炉火也已经熄灭了。

"我们，"芈月想了想，问，"我们又回到原来的院子里了，是吗？"

嬴稷愤愤地道："是，那个狗眼看人低的驿丞，发现母亲吐血昏迷，立刻就变了脸色，不让我们回新的院子，说什么那个院子要翻修，把我们的东西都扔回来了。"

芈月看着嬴稷的手，问："你跟他们争执，把手摔伤了？"

嬴稷摇头："不是。"

芈月问："那是什么？"

薛荔此时正掀帘进来，听到芈月发问，嬴稷却倔强地扭头不答，忙道："夫人，您莫要错怪小公子，小公子是亲自为您劈柴熬药，手被荆柴划伤了。"

芈月一惊："子稷，你去劈柴？"

嬴稷扭过头去，瓮声瓮气地说："这些我都是学过的，士人六艺，不只要能御能射，还要能够独立打猎网鱼、劈柴煮烧，否则一旦战场上与部队失散，岂不要饿死。"

芈月含泪将嬴稷抱在怀中，哽咽道："嗯，我的子稷长大了，真能干。"

嬴稷安抚着芈月道："母亲，我是男子汉，我已经长大了，我很能干的，我能自己动手给母亲熬药。"他虽然说着逞强的话，眼神中的惊恐无助却是无法遮掩的。这几日来芈月的昏迷不醒，让他如同天塌了下来似的，差点崩溃，此时见母亲醒来，更是紧紧抱住不放，以安抚自己的恐惧。

芈月被嬴稷搂在怀中，感觉到小小男子汉的小手掌轻抚着她，孱弱的力量却想为她撑起一片天来，哽咽地道："是，子稷是男子汉，子稷长大了，子稷能够自己动手给母亲熬药。"

女萝掀帘进来，她提着药罐进来，小心翼翼地倒了一碗出来，送到芈月面前："夫人，快趁热喝药吧。"

芈月端起药碗，一股气味让她觉得厌恶，她用力放下药碗，药汤洒出了一点来，却看到嬴稷和女萝用极为珍惜的眼神看着药碗。

芈月顿时明白，忽然想起一事来，她拉过嬴稷，往他肚子上一按，吃惊地道："你没有进食？"她瞄向女萝，也已经明白，道："你必然也是没有，对吧？"她端起药碗问："这炉中的炭火，你们的饮食，都用来换这药了，对吗？"

嬴稷呜呜地哭着："女萝姑姑怕母亲醒来要喝水，可水都结冰了，她把一瓶水放在怀中，用自己的身体把水煨暖，就怕母亲不能喝冰水……"

芈月捂着心口，此刻她虚弱的身体，难以承载这样的情绪："你们、你们……"

女萝一惊，连忙扶住芈月，劝道："夫人，夫人，您刚醒来，不可以太激动。"

芈月指了指药，女萝连忙拿过药碗，试了试温，道："还好，还暖和的。"

芈月接过药碗，不顾这难闻的气息，难喝的口味，一口气饮尽，这才在女萝的搀扶下缓缓扶榻倚下，缓了一口气，压下那股药味带来的恶心翻腾，才问道："我从宫中回来，几天了？"

女萝道:"三天前,您进宫去见易王后,可是回来的时候,就是扶着回来的,说您出宫的时候吐血昏倒了。公子吓得不行,您浑身发热,昏迷不醒好几天,奴婢没有办法,只好去请大夫……"

芈月道:"这个时节的大夫不好请,是不是?"

女萝道:"我们把所有能卖的都卖了,才请来的大夫……"她再也说不下去了,抱住嬴稷抹泪。

芈月沉默片刻,看着整间破旧的屋子,以及完全没有任何值钱的零碎物品,忽然想起一事,问道:"我进宫那套衣饰呢?"

女萝忙道:"还在箱子里,奴婢不敢动,那套衣饰是易后所赐,若是易后下次召见,您没有这套衣饰,如何进得了宫?"

芈月沉默良久。

女萝以为她已经没话吩咐了,忙又转身去收拾东西,却听得芈月长叹一声,道:"把那套衣饰也典卖了吧,我们不必再进宫了。"

女萝一惊,忙转身扑到芈月跟前:"夫人,这如何使得?"

嬴稷亦是听出意思来,急忙道:"母亲,大姊到底说了什么?为什么您会这么说?"他似忽然意识到了什么,气愤地道:"她是不是不肯认我们,不肯帮我们?她说了什么,把您竟气得吐血了?"他说到最后,已不禁带了哭腔出来。

芈月长叹一声,轻抚着嬴稷的头,道:"子稷,别怪她,她也没对我怎么样。你大姊,有她的为难之处,帮不了我们。女萝,我想这套衣饰应该可以撑过这个冬季的。子稷,等开春了,我们就搬出这驿馆,另外找地方住,好吗?"

嬴稷听了这话,连忙点头:"母亲说好就好,我也早想离开这里了。这里的驿丞实在是太可恶了,如果离开这里,我们可以自己去买吃的买炭火,不用受他的气了。"

女萝却是大为吃惊:"夫人,您、您这是当真……"说到一半,她猛然明白了一切,掩住口再也说不出来了,哭着掀帘跑了出去。

入夜了，圆月映着雪地，让这个冬夜也显得有些明亮。

女萝躲在驿馆后院走廊的一角，偷偷哭泣，薛荔掀帘出去，走到女萝身边，压低了声音道："阿姊！"

女萝一惊，连忙擦了擦眼睛："妹妹。"

薛荔看着她，疑惑地问："阿姊，你在哭什么？"

女萝忙掩饰道："没，没哭什么。"转而问薛荔，"你可知道，夫人在宫中，易王后到底对她说了些什么，她为什么会生出搬离驿馆的念头？"

薛荔也吃了一惊："搬离驿馆？"她虽不聪明，也知道这句话背后含着的意味。驿丞虽然贪得无厌，可是住在这驿馆之中，公子到底还是秦公子。如果搬离这驿馆，又能住到哪里去？要知道，芈月在燕宫吐血而归，以她的心性，若不是受到极大的打击，又如何会这般？若是有燕王相请，另赐府第，搬离驿馆那是身份上的更易。可是如果没有这种原因，而自己换离驿馆，以她在燕国无依无靠，甚至是无有钱财的情况下，搬离驿馆，能住到哪儿？那就只能住到庶民市井之地了。

想到这里，薛荔不禁急问："阿姊，这如何使得，难道夫人要彻底放弃了公子的前途吗？"

女萝不闻此言犹可，听到这话，更是心如刀割，抹泪道："像夫人这样心高气傲的人，要她做出这样的决定，比死还痛苦。"

薛荔也哭了："都怪我不好，如果不是因为我生病，你夜里要照顾我。夫人的房间就不会起火，也不会让那个胥伍偷走财物。"

两个侍女正在说着话，却听得背后一个声音长叹道："不关你们的事。"

女萝与薛荔齐呼道："夫人——"芈月掀帘出来，对两人摆摆手，叹道："我没事，我只是做了一个梦，忘记了梦和现实的距离。在梦中，我是鲲鹏，飞越关山，遨游四海，视其他人为燕雀，甚至以为可以挑战天地。是孟嬴让我看到了现实，然后我的梦就醒了。其实这个梦，早就应该醒了，只是我自己不愿意面对、不愿意醒而已。"

女萝连忙站起来，扶住芈月道："夫人，您病还未好，别吹了风，我扶您进去吧。"两人扶着芈月回到漆黑的房中，欲取了火石点亮灯油，只是那灯闪了一下，却见灯油也将枯尽了。

芈月看了看，苦笑："是啊，灯油也快没有了，真正是山穷水尽了是不是？原来什么都没有的时候，我还有一股信念，因为我还没见到孟嬴，我以为我手中至少还有最后一个筹码，只有见到了她，我才死心了。孟嬴失势还可以复国，可我不是她，不会在落难的时候还有身为秦王的父亲用一个国家的力量来复仇。孟嬴帮不了我，我也没有办法能够为子稷再找到一条新的出路。我自然是知道的，为了付不出驿馆的钱而离开这个地方，就等于我们放弃了身为王族的尊荣和未来。可这样至少我们还能继续活下去，想要活下去就只能放弃不切实际的幻想，认命服从，去脚踏实地做一个普通人。大争之世，人命如纸，在这种时候，活下去就成了最大的奢望。"

她看着眼前一片黑暗，两行眼泪缓缓流下，芈姝、芈茵、孟嬴，你们赢了，我放弃了！

燕国、蓟城、西市。

这个时代，每个城市的建筑都是东贵西贱，东庙西市。西边是市井之地，是落魄失意被边缘化的人的最终归宿，是贩夫走卒群聚之地。

脏污和粗野是这里的特色。

芈月走在西市，这是她第一次进入燕国的市井，却是她人生第二次走进这样的市井之地。

走着走着，她似乎生出一种恍惚之感，仿佛又回到了她生命中最黑暗的那个日子。那一年，她扶着向氏从西郊猎场回来，便似乎也是穿过一条条这样的市井小巷，最终走进最绝望、最无助的深渊。

而今，她不再是一个孩子，然而走入这样的市井，她依旧无法摆脱内心的恐惧之感。

女萝扶着芈月，看着前面引道的牙婆，一脸警惕地看着周围。此时天寒地冻，路上的行人并不甚多。这牙婆原说定了今天有三处房子介绍，方才已经看了两处，只是一家大院里都是下九流的卖艺人，另一家鸡飞狗跳都是摆摊贩的，她再三说了要清静，那牙婆亦是保证必是清静的。

可自从转到这条路上，似乎是越走越清静了，清静得叫人瘆得慌。

走了半晌，女萝问道："五婆，到了没有？"

那五婆忙赔笑道："快了，快了，前面就是了。"

女萝只觉得心头有些慌，悄悄对芈月道："夫人，这西市都是下等人才住的地方，又肮脏又粗野，奴婢怕真找不到能住的地方啊！"

芈月面容不改，只淡淡道："舜发于畎亩之中，傅说举于版筑之间……天底下人的贱贵不在于他住在哪里，而在于他的内心。只要内心安定，天下又有什么地方，是不能去的呢？"

女萝犹豫道："可是……"

芈月举手阻止："不必说了，既然已经决定了，我们就要学会面对最坏的事情。"

便看那五婆一路数着门："十四、十五……"便站住了，赔笑道："夫人，就是这一家。"

女萝抬头看这户人家，只见半塌的土墙和破损的木门，不禁皱了皱眉头，问道："怎么这么安静。"

那五婆忙赔笑道："你们不是嫌前两家太吵嘛，这家保准安静。"见芈月点了点头，那五婆上前叫门："贞嫂，贞嫂。"

就这一会儿工夫，一个粗野的醉汉从女萝身边跟跄走过，一只黑漆漆的手差点拍到她的肩上去，女萝侧身躲过，正要喝骂，一个大哭大闹的孩子却撞到芈月的身上来，又被一个穿着破衣的粗胖妇人拉住大声叫骂道："小兔崽子，你撞丧啊！冲撞了贵人，你有几个脑袋赔得起？"

那孩子就势倒在地上打滚号哭道："打人啦，贵人打人啦。"

女萝一个箭步转回来，恶狠狠地道："你们好大胆，想讹诈贵人，找死吗？"她是从奴隶营混出来的人精儿，何尝不知道这些人的心思，必是看她们穿着打扮不似市井中人，必是贵人刚刚沦落，便要来趁机敲诈揩油。

那胖妇人见势不妙，连忙拉着孩子跑了，一边跑一边回头叫道："哼，那家是鬼屋，谁住进去谁死！"

女萝大惊，急问："什么鬼屋？"

正在这时，五婆所敲的门打开了，一个表情木然的青衣妇人钻出头来，呆滞地道："谁啊？"

五婆忙道："贞嫂啊，是我，我是五婆，我带了个客人，来租你的房子。"

便见这贞嫂木然地看着五婆，一动不动，那五婆想来是极了解她的，也不理会她，只推开贞嫂，这边殷勤地冲着芈月道："夫人，大姐，请进去看看吧，这房子绝对清静，绝对宽敞！"

女萝只得扶着芈月走进来，打量着这个到处长草的荒院，疑惑道："你家有几个人，这个院子怎么租？"

贞嫂这时候才微有些反应，迟钝地慢慢转身跟进来，说："我家就我一个人，给我一个住的地方就行，其他房间你们都可以住。"

这时候女萝已经挨个房间打开去察看情况。

芈月问贞嫂道："这么大一间院子，怎么就只有你一个人，你家里还有其他的人吗？"

贞嫂目光呆滞，僵直着抬手，指着一个个房间道："原来这个院子都住满了人。那个房间是我公婆住的，那一间是我大伯的，我大伯是军籍，虽然不怎么回来，但公婆还是一直给他留着房间。那间是我们夫妻住的，那一间是我儿子住的，那一间是我小叔住的……"

芈月看着一间间摆着家具却落着灰土甚至有着蛛网的空屋子，打了个寒噤："他们……"

能言善道的五婆进了这个小院，似乎也感觉到了害怕，竟也不敢说话了，只有贞嫂的声音，响在这空荡荡的小院里："我大伯死在军中。后来，我丈夫被抓去打仗，也死了。我公公为了让小叔留下，就自己去军中，也死了……后来，齐国人打进来，小叔被齐国人杀死了。儿子病死了，婆婆饿死了，我……也在等死！"

女萝惊叫一声，拉住芈月的手，颤声道："夫人，我们走，快走……"

隔着门，市井中小孩哭大人骂的声音隐隐约约传来，映衬着这里的死寂一片，格外令人难以忍耐。

五婆上前勉强笑着劝道："大王继位，天下安定，现在不打仗了。我们跟贞嫂也是邻居，看她可怜，帮着她把房子租出去糊个口。她只是一时脑子转不过来，人还是挺好的，前头孙屠户还托人说媒要娶她呢……"她说到这里，也说不下去了。燕国几场大乱，人命如蚁，侥幸活下来的，哪里有正常的婚配，不过是混混们或恃着力气或恃着无赖，或抢或骗或拐诱些妇人来传宗接代罢了。所谓孙屠户要娶贞嫂不过是说来好听，明摆着是欺她脑子不清楚，打算一文不出骗了抢了她来当成生孩子的工具罢了，若不是贞嫂一出了这个院门便要发疯，早得逞了。

芈月紧紧地捂住嘴，只觉得腹中苦水翻涌，只说得一个字"走……"就急急冲了出去。

女萝叫着"夫人，夫人……"，也跟着追了出去。

见芈月跑出贞嫂家，一口气奔过西市街面，女萝紧跟着追出去。

芈月一口气跑出西市口的大街上，才停下来扶着街边的柱子，大吐不止。

女萝追了上来，抚着芈月后背，急问道："夫人，夫人，你没事吧！"

芈月握着女萝的手，止不住地颤抖："那个院子、那个院子里的人全都死光了，那个贞嫂，身上也都是死气了。"

女萝忙点头："夫人，我明白，我明白，我们不租那间房了。"

芈月摇了摇头，只觉得遍体生寒，浑身颤抖："不是租不租那间房的事，而是……女萝，西市不只是穷困，那个地方尽是绝望。刚才那个孩子，像子稷一样大，居然就这么在一片泥污中打滚而毫不知羞耻肮脏，子稷生活在这样的环境周围，我怕他如果心志不够坚定，就会受人影响。甚至于我怕将来有一天，我保不住子稷，那么，贞嫂会不会就是我的将来……"

女萝吓了一跳："不会的，夫人，公子不会是这样的……"

芈月摇了摇头："可是留在驿馆，我们又已经无以为继了，怎么办呢？"

她看着眼前的一切，忽然只觉得一片茫然，西市熙熙攘攘往来的人，似与她生活在不同的世界，而她此刻似已经抽离魂魄，站在半空，俯视着自己沦落至此。

忽然一个人走到她们面前，问道："在下有礼，敢问二位娘子可是秦质子府之人？"

女萝诧异抬头，上前一步挡在芈月面前，才警惕地道："君子有礼，我们正是秦质子府中人，不知阁下有何事？"

那人听了，忽然深深一鞠，道："在下冷向，原是游学士子，因子之大乱，沦落市井。三月之前寒冬之时，在下已是身无分文，饥寒交迫之时，幸得这位娘子送食水炭火到西市，才让在下不至于殒命。一饭之恩，自当铭记，秦质子有何驱使，冷向及友人愿为质子效命。"

芈月猛然抬头："阁下也住在西市？"

冷向苦笑一声，指着不远处一间低档的酒坊道："正是，那间酒坊，便是西市游侠策士素日聚集之所，这位娘子前些时日赠米赠炭，我相信会有不少人，记得娘子的恩惠的。"

芈月的眼神中似忽然有了些光亮，忽然道："你们沦落市井，可曾想过将来？可否想过跟从一个主公？"

冷向眼神忽然一亮，声音也变得急促："我等虽然落魄，也曾为衣食谋而低头俯就过贱业，但是若能有明主相随，自当求之不得。"

芈月沉默片刻，又问："若是如重耳、小白这般，流落他国，数年不得正位的大国公子，甚至未来也未可知，你们可有恒心追随?"

冷向微一犹豫，低头看到自己腰悬佩剑，想起自己逐代衰落的家族和自幼便有的抱负，慨然道:"世间又有几个策士，能够有运气觅到自己可追随的主公呢? 不管成与不成，这一生总有目标可去追寻，总好过一生就这么沦落市井，乞食豪门，姓名埋于草间吧。焉知我不会是下一个狐偃、先轸、赵衰呢?"

芈月看着冷向，嘴角终于露出自与孟嬴别后第一丝微笑来，敛袖行礼道:"冷先生高义，秦质子心领了。秦质子为寻贤士，欲入西市与诸位比邻而居，日后，当有机会与各位贤士结交，还望先生指引。"

冷向一怔，旋而忧喜交加，当下忙道:"若能与秦质子相交，自当是我等之幸。"

芈月点了点头，便转身而去。

女萝跟在她身后，满心疑惑，一直到出了西市才问道:"夫人，咱们当真要住到西市去吗?"

芈月点头:"是。"

女萝有些犹豫:"那，要住到贞嫂那个院子吗?"

芈月若无其事地道:"看了这几天，以我们手中的这点钱来说，除了那个院子以外，还有更合适的吗?"

女萝支吾着:"可是那儿……"

芈月嘴角一丝傲然:"有人在，是生地，无人住，就是死地。我就不信，我的命，强横不过那些市井之人。"

女萝迟疑:"可是方才，您还……要不，我们再去找找大公主吧，或许事还有转机!"

芈月摇头:"'北冥有鱼，其名为鲲。鲲之大，不知其几千里也。化而为鸟，其名为鹏。鹏之背，不知其几千里也。'以前我以为，鲲鹏代表的是自由，可现在我才明白，鲲鹏代表的是强大。天高任鸟飞，海阔随鱼游，可是真正能够自由飞翔的，只有最强的鸟和最大的鱼，对于其他的鸟和鱼来说，天空只是它们被狩猎捕食的可怕地方，所以燕雀宁可在檐下争食，在笼中献歌，伺人颜色求宠取媚……我一直自命鲲鹏，瞧不起燕雀之流，可是，我若是连驿馆也不敢走出去，我与燕雀之流，又有什么区别呢？"

女萝不解："那，难道市井之地，会是鲲鹏的天空吗？"

芈月点头："正是，我当真是一叶障目了，我只想着自比重耳，又自苦不像重耳这般有着忠心臣下。可是如今是大乱之际，多少策士游侠，何尝不是没有主公可追随，而一生沦落？西市之地，虽然是沦落之地，又何尝不可以是重生之地呢？"

过了数日，芈月雇了辆车，和嬴稷还是搬进了那贞嫂的家中。他们一路上的行李，已经散失典卖得差不多了，只余几卷书简、几件旧衣罢了。

芈月那套入宫的服饰早已经典卖，帮助他们度过了这个冬天，嬴稷的那套冠服却让女萝死活保了下来，终究还是慎重地装在箱子里，送到了那西市院落之中。

那院子多年不住人，自然是尘土堆积，芈月、女萝和薛荔三人便用布包着头发，拿着扫帚抹布收拾出几间屋子来。那些原有的家具本就不堪用，且已经朽坏，便都收拾起来，堆到一处不用的房间去。

如此，除贞嫂自己住的房间不动外，收拾了一间给芈月住，一间给嬴稷住，另一间给女萝薛荔两人住。

大人们收拾屋子，嬴稷自然是插不上手，只有抱着竹简坐在院子里的石碾上看书。

众人忙忙碌碌，自然也是无暇理会嬴稷。那贞嫂缩在墙边，悄悄地看着嬴稷，早已经看了半天。

因无人理会贞嫂，她便慢慢地开始走动，也渐渐消去对陌生人进入的恐惧。

也不知何时起，贞嫂端着一碗水，胆怯地走到嬴稷面前，隔着好远就把水放到地面上，她虽然动作仍然呆滞木然，但看着嬴稷的眼光中却有着爱怜和希望。

嬴稷初时不觉，过了半晌，贞嫂又怯怯地伸手，将那碗往嬴稷面前推了一尺有半，这时，嬴稷终于有所察觉了，他眼睛的余光先是看到碗，又顺着碗，抬头看着贞嫂。

贞嫂像受惊似的往后缩了缩，露出胆怯又热切的笑容："你、你喝水……"

嬴稷一怔，忙放下竹简，朝贞嫂行了一礼："多谢大嫂。"

不想他这一动，贞嫂便已经像受了惊的兔子一样，"啊"地叫了一声，转身就逃进屋子里去了。

嬴稷吓得不知所措，看到芈月，求助地叫了一声："母亲。"

芈月正看到这一切，心中一动，便跟了上去。却见屋子虚掩着，贞嫂蜷在屋子的角落里，手里抱着一件少年的衣服，发出呜咽的哭声："阿宝，阿宝……"

芈月站在门边，看着贞嫂哭泣，已经有所明白，女萝也追上来，看到这个场景，也不禁转头拭泪。

贞嫂被惊动，抬头看到两人，更是吓得往里缩。

芈月轻轻推开门，走到贞嫂面前，蹲下身子，拿出她抱着的衣服，展开看了看，低声问："这是你儿子的衣服？"

贞嫂畏缩地点点头。

芈月看了看："看着倒跟子稷差不多大。"

贞嫂听了这话，忽然伏地而哭，声音呜呜咽咽，却是听不清楚。

芈月轻叹："我知道你现在的心情，最能够保护你的人不在了，你最在乎的人也无法保护，原来是那么幸福和快乐的家，忽然什么都没有了。天塌了，地陷了，无人可倚仗，只有自己孤独地面对痛苦和绝望……"

忽然间，贞嫂痛哭起来。

芈月轻轻伸手扶起贞嫂："可是活着的人，依旧还是要面对，要活着。我们能够活下来，就足以告慰那些死去的亲人。贞嫂，你愿不愿意和我们一起生活？"

贞嫂抬头，看着芈月，惊疑不定。

这时候，嬴稷也跟着走进来："大嫂！"他想说什么劝慰于她，可又一时说不出来。

贞嫂闻声，又定定地看着嬴稷，忽然问："你饿不饿？"

嬴稷一怔，不知所措地看着芈月，见到芈月的眼神，忙点头："我是肚子饿了。"

贞嫂眼中迸发出一丝光亮，像是生命之火又再点燃，她慌乱地道："你、你饿了，我、我去给你做吃的来……"她说完这句话，忽然跳了起来，匆匆地跑了出去。

嬴稷看着贞嫂的背影，小小年纪也感觉到了一些沉重："她真可怜。母亲，我们要帮助她啊。"

芈月缓缓点头："是啊，我们要帮助她。我不能像她那样，无能为力地坐视着自己的亲人一个个离散死亡。我会张开我的羽翼，把我所有的亲人们一个个遮蔽到我的身下，为他们遮风挡雨。虽然我现在还做不到，但总有一天，我会做到的。"

嬴稷忽然道："还有更多像贞嫂那样的人，我们也要帮助他们！"

芈月看着嬴稷，欣慰点头："是，我的子稷，有仁心。"她拉起嬴稷走了出去，一起走到厨房里，却见那贞嫂正在一会儿生火，一会儿又跑到灶头看，弄得手忙脚乱。

芈月推了嬴稷一下，道："你去陪着贞嫂生火。"这边自己走到灶头，开始烧菜。

她当日筹谋过多次与黄歇私奔以后的生活，自然也早学了不少简便易做的菜式，如今便下厨做菜，虽然手艺生疏，但总算没有烧煳。当晚，嬴稷出生以来，第一次吃到了母亲做的饭菜。

西市的生活，便慢慢开始了。

这日的清晨，五婆扛着一个大麻布包笑嘻嘻地走进院子来，贞嫂正在院中晒衣服，见状连忙上前欲去接过，五婆摆手不让："不用不用，你能有多少力气，还是我自己扛着……"又问："夫人在吧？"

贞嫂道："在，她在里面呢。"

五婆见贞嫂如今也多了几分活力，不再是死灰槁木般的模样，拉着她的手叹息："夫人真是好人，看来她待你不错！"见贞嫂点头，她也起劲了，"我就说嘛，你这屋子就是要租出去才好，不但你能得点吃食，这院子有人进进出出，你才会有点活人样子！"

女萝闻声走出来，见状也忙与这个热心的牙婆打招呼："五婆来了。"

五婆爽利地道："来了，来了，我又接了新活计了。夫人近来如何？"

女萝皱眉道："有些不好，前夜不曾休息好，引起风寒，又咳嗽不歇，吃了好久的药也不曾好。"

五婆便关心地道："久咳易成大疾，夫人也要当心才是。"

两人说着，便听到屋内芈月道："是五婆来了，快些进来吧。"

女萝忙使个眼色，叫五婆把包袱放到外头去，自己引着五婆进来，笑道："五婆来看您了。"

五婆细打量着，便见芈月坐在窗边，几案上堆着竹简，墨迹未干，毛笔搁在一边，显见方才是在抄着竹简。见了五婆进来，便笑道："五婆来了，可又有什么新的活计要拿来了？"她说得几句，便一阵咳嗽。

女萝跟在五婆身后，忙悄悄在她背后推了一推，暗示她不要说出来。

五婆微一犹豫，芈月已经看出来了，笑道："五婆，我们都认识这么久了，也劳你帮忙这么多次，有什么话只管说出来，不必有什么犹豫。"

五婆虽然有些不安，但她毕竟是市井之人，刚才扛过来的活计，她虽是助人亦是有所抽成的。何况这次对方这种要求，也只有眼前的人肯答应下来，虽然有女萝暗示，终究还是赔笑道："有的是，只是……"

女萝暗急，方才那个大包袱内的竹简量可不少，忙阻止道："只是夫人身体有疾，所以……"

芈月摆摆手："我身子无妨，已经好多了，咳嗽只是小疾而已。五婆，说吧。"

五婆看看女萝，又回头看看芈月，还是说了："夫人，前几天您抄的那卷《诗经》，陶尹十分喜欢，前日已送了一担粟米来，如今再加许了两匹帛五斤肉为礼，想请您再给他家抄写一篇《士昏礼》，半个月内就要，不知道您意下如何？"

芈月眉头微皱："半个月？"

女萝急了，截口："我家夫人身子不好，而且《士昏礼》又这么长，如今手头也没有原书籍，要夫人一字字地默出来，半个月的时间是万万不够的。"

五婆赔笑："我也说实话了吧，因陶尹是工匠出身，前些年才立功封了官，本不是世家，礼乐典籍都是没有的。因他家儿子近日要跟左大夫家结亲，所以急求诗礼方面的典籍。时间是紧了些，这也没有办法，只好求夫人赶一赶，我同陶尹商量再加些礼物如何？"

芈月轻叹一声："礼乐本是圣贤所传，如今却让我来贱卖换取肉食之物，实是愧对先贤了，再讨价还价，岂非斯文扫地。他既有向礼之心，婚姻大事也是耽误不得，我多花些时间，半个月应该能默出来的。"

五婆大喜，忙道："那就多谢夫人体谅了。"

见五婆去了，女萝有些着急，埋怨道："夫人如何也不顾及自己，如今身体欠安，便不好再接下这些活计才是。"

芈月举手对光，看看自己手指上因为这些日子抄写竹简而长出来的书茧，道："不妨的，再抄几卷，也练练我的记忆力，免得我忘记那些内容，将来不好教子稷。"

女萝垂泪："夫人，您何必如此自苦。冷向先生前些日子不也是送了些米炭过来，您又为何拒绝于他？我们当日助过他们，如今只当他们还报便是。"

芈月却摇头道："不成的。他们虽然沦落市井，但却也有鸿鹄之志。他们欠我们的人情，将来为还报这些人情，或能成为子稷的辅佐之人。我们助他们米炭，然后收了他们的米炭，那便是交易两清。将来遇上事情，再去求于他们，便教他们看轻了。我既然还有能力挣取衣食，便不能让这份人情给这般贱卖了。"

女萝有些着急："可这样凭着您自己日日抄写，也不是长久之计啊。"

芈月自负一笑："自然不是长久之计，可谁又说，我打算以此作为长久之计了？"

女萝诧异地问："那您？"

芈月站了起来，慢慢地道："燕国久乱，如今上位的官员，许多都是暴发之人。而市井之中久困的游侠策士，却又得不到伸展抱负的机会，你可知是什么原因？"

女萝想了想，摇头："奴婢不懂。"

芈月又坐了下来，拿过一卷空白的竹简，写了几个名字，又圈了起来，又写了几个官职名，又圈了起来，皱眉道："燕国的国政出了问题。若是我有机会插手，未必不能让子稷可以找到起步的机会。"

女萝见她专注，自己亦是不懂，忙悄悄地退了出来去整理五婆带来的东西。


此时正是春暖花开的季节，在这个城市的另一头，国相府中，侍女小雀捧着一枝桃花走过庭院，走进房间，笑着对芈茵道："夫人，春天到了，万物生长，我今天看到园子里第一枝桃花开了，就赶紧摘给您。"

芈茵正站在妆台前，转头接过桃花欣赏着，点头道："嗯，这花开得不错。春天到了，我心情也好了很多，小雀，叫缝人绣娘来，我要做几件新衣服。"

小雀捧过花瓶把花插好，讨好地道："是啊，上巳节快到了，今年的宫中春宴，夫人一定又是艳压群芳，无人能比。夫人，您看这桃花颜色正好，就做一件桃色的衣服吧。"

芈茵被这话勾起了回忆："我第一次参加上巳节春宴的时候，就是穿着一身桃色的衣服，嗯，我想再穿一次那件衣服……"

小雀忙笑："奴婢还记得那件衣服的样子，就让缝人们再做一件一模一样的。"

芈茵点头："那一天，我穿着桃色的，八妹妹穿杏色的，芈月穿着雪青色的，我们穿的都是艳色，她穿着淡色，却把我们都盖过了……"说到这儿，她脸上的表情变得有些扭曲。

小雀知道又引起了她的心事，连忙想岔开话题："夫人，我给您梳妆吧。"

芈茵却问："她现在怎么样了？"

小雀忙赔笑劝道："在西市那种地方，能活成什么样啊，不过是又穷又辛苦罢了。我听说她给别人抄书，冬天抄得十指长冻疮，春天抄得整夜咳嗽……"

自那日之后，郭隗大怒，除了看在小雀因自幼服侍才得放过之外，将原来供芈茵驱使的其余仆从尽数更换，且又将小雀警告一番，更是禁止芈茵再有其他的行为。因此这些日子以来，芈茵但有想到芈月的心思，小雀便寻找其他理由岔开。

自然，此事出来之后，芈茵亦是哭闹撒泼过，但郭隗心志坚定，却不是她能够动摇得了的。

芈茵却冷笑道："哼哼，她居然还能抄书，她不应该是求告无门吗？哼哼，从小我就知道，她是那种贱生贱养的，像杂草一样，拔了根踩十几脚，沾点土又能活……"

小雀无奈，劝道："至少，国相也帮您出过气了，您又何必纠缠不休？"

提到此事，芈茵亦是咯咯地笑了起来："是啊，看到她沦落至此，这样我真开心……还是这老竖才是真奸猾，'欲毁其人，先摧其心'，就算让她见着了易后又能怎么样，反而让她更痛苦，更绝望，更失去斗志……"

小雀见她直呼郭隗为"老竖"，吓得忙阻止道："夫人，小心！"说着还探头看了看外面，又劝道："夫人，相国宠爱于您，甚至愿意出手帮您一把。可是以相国的精明厉害，您若太纠缠于此事，只怕相国心中不喜。如今九公主已经沦落至此，再无翻身之地。您……您如今更重要的，是不要失了相国的宠爱才好啊！"

芈茵"哼"了一声，恨恨地道："我绮年月貌，他白发苍苍，他就算待我再好，那也是我该得的，是他欠我的。小雀，你不明白，我看着她这样，心里是有着说不出的快意！可是这一切都不够、不够，还不够！我以前一直想杀了她，可如今看来，杀了她，还是便宜她了，我要让她沦落到泥里，我要让她跪在最下等的匹夫走卒面前，赔笑求饶。她说我是疯子，我就要让她真真正正地变成疯子，疯到再也没办法清醒过来，我要让她最心爱的男人也认不出她来，要让她活得如猪如狗……"

芈茵越说越兴奋，她自那年"疯癫"之症以后，虽然已经算得"治愈"，但终究经历了那种大骇大惊、长期软禁、情感期望都全面崩溃的情况，此后的精神就一直有些不太稳定，若遇大喜大悲之时，便无法自控地滔滔不绝，大叫大闹。甚至入燕之后，又重新复发过一两次。

小雀看着她越说越兴奋，情况却有些类似于当年子之之乱时复发的样子了，只觉得忧心忡忡，心中一酸，忙转头悄悄拭去眼泪，免得教芈茵看见，更刺激病情。她是知道芈茵的恨意有多深，也知道芈茵所受过的痛苦和折磨，更知道她多年来的压抑和疯狂。固然，芈茵的悲剧是许多人和事所造成的，可是她如今唯一能够报复的人，便是芈月。所以郭隗阻止她继续报复折磨芈月，对于芈茵来说，如同在饿了三天三夜的人面前摆上一顿美食，却不让她享用一样，她是会发疯的！

可是，让她继续沉湎于这种执念中，又何尝不是会让她更疯狂呢？

小雀只觉得左右为难，她毕竟只是一个奴婢而已，虽然有足够的忠心和历练，可是她的智慧却不足以让她能够解决芈茵如今的问题。

忽然间，芈茵一把抓住了小雀的手，她的眼中透出偏执和快意："小雀，你是最知我心事的人，也是我最得力的人。你说说，我要怎么做，才能让她这样的人低头、痛哭、哀号、绝望？让她觉得生不如死，让她会崩溃、会发疯呢？"

小雀一惊，无奈地劝着芈茵道："夫人，您如今应有尽有，何必再在她身上浪费时间。她也是公主之身，如今沦落市井，只能用双手换取衣食，贫病交加，已经是生不如死了！夫人，咱们想想宫中春宴，想想今年的首饰衣服吧……"

话犹未了，芈茵已经大叫一声，将妆台上的首饰尽数抹到地上去，她的脸上泪水纵横："小雀，你难道忘记了我们受过的苦吗？我病了以后，那些人是怎么欺凌我、不把我当人看的？我以为可以嫁给黄歇，又养好了病，就算做不成王后，我也安心过平凡幸福的日子。可是黄歇却弃我于不顾，反而追着她去了秦国，那些日日夜夜无望的等待，你忘记了吗？若不是黄歇无情无义，我又如何会听信郑袖的蛊惑，答应嫁到燕国来。结果我不但做不成王后，还遭受兵灾之乱！我也是个公主啊，可我过的日子，比谁都惨。小雀，你忘记我们在子之之乱中如何地凄惨了吗？你忘记那时候所有的仆从都逃离我，只有你不离不弃，可我们为了逃避乱军，破衣烂衫避于难民之中，饿上几天几夜的情景了吗？你忘记那时候你为了抢一个饼子，被那些恶人打得头破血流，我抱着你大哭的情景了吗？你忘记我们遇上乱兵，生不如死的情景了吗？那时候若不是郭隗到来，我们早就死了，早就死了……"

芈茵说到崩溃，扑入小雀怀中大哭。

小雀亦是再也忍不住，抱住芈茵哭道："都是我不好，都是我不中用，是我没有保护好公主，是我没有办法觅到食物……害得公主委身于国相……"

芈茵抬起头来，眼中尽是恨意："小雀，我好恨，我的恨太多、太深，可我最恨的是她，我唯一能报复的也只有她。我若不在她身上把我的气出尽了，我这一生也不会快活。"

小雀含泪跪下："夫人，我知道，我都知道。"

芈茵脸扭曲着："你既然知道，你就要替我去把心愿给偿了，给办到。"

小雀抱住芈茵，安抚着她，如同这些年每一次她精神崩溃之后的安抚："好，我替你把心愿给偿了，你要什么，我便帮你办到。"

小雀自幼就服侍芈茵，平心而论，芈茵并不是一个好的主人，她喜怒无常，最爱将自己的错误推诿给侍女，毫无情义。在当初，小雀对芈茵的忠诚，其实和其他的侍女差不多。可是，当她沦落到无人理会的时候，当她精神崩溃，像个孩子一样拉着小雀，依赖着小雀，当小雀成为她唯一的依靠的时候，忽然之间，小雀对她产生了不一样的感情。小雀知道，这个时候，如果没有自己，她一定会完蛋的。

她的生命、她的精神，在小雀的手中重塑，得救——作为一个像小雀那样从小为奴，不曾自己做主过的人来说，从那一刻起，她的人生忽然就有了新的意义。此后芈茵对于她来说，并不仅仅是名义上的主子，更是她的孩子、她的爱人、她的生命所系。此后，两人相依为命，渡过一个个最危险、最艰难的关头，她们的生命已经融为一体，牢不可分。

"既然你执意要她绝望、痛苦、疯狂，那么再难、再不可思议的事，我也会为你办到的！"小雀低头，在芈茵的额上轻轻一吻，走了出去。

芈茵看着小雀走出去，嘴角的笑意慢慢绽开。她就知道，不管什么事，只要她坚持，小雀就算死，也会为她做到的。

她打开妆匣，里面有一封帛书，那是当日秦惠后芈姝写过来的信，只要有这封信在，不管小雀做出什么事，她都可以在郭隗手下保住她。

她在心中冷笑，想必这位秦国的母后，比她更恨芈月的存在吧。

可是，她知道吗，自己固然恨芈月，可是更恨的还是芈姝。为什么她们几个庶出的公主，个个流离失所，而她如此愚蠢、如此无能的一个人，她的儿子却能够成为大国之君，奉她为母后，任由她呼风唤雨，肆无忌惮?

芈茵的手握紧,尖尖的指甲刺入手心,她拿芈姝没有办法,可是若是有天地神灵,哪里可以诅咒的话,她真想去诅咒一下,能不能让芈姝、楚威后这些一生得意的女人,也从高高的权力巅峰落下,跌得比她们更惨,更痛苦!

此时,被芈茵所诅咒着的芈姝,却并不如她想象中这么得意,就算成了秦国的母后,她也是有一肚子不如意之事。此时她坐在宫中,焦灼地问着缪乙:"大殿上的情景怎么样了?"

缪乙一如既往地赔笑奉承道:"惠后放心,您吩咐的事,大王哪里会不尽心呢,今日朝会一过,那些您不喜欢的人,就统统消失了。"

芈姝神情略霁,却又恨恨地一击案:"只可惜,那些后宫中我不喜欢的人,却还不能统统消失。"

这话缪乙却是不敢接应了,明知道她指的是王后魏颐和先王遗妃魏琰。只是如今王后才是后宫之主,便是惠后再不喜欢,身为母后,虽然尊贵了许多,但后宫之权,却也不得不让出几分来。想到这里,忙岔开话头道:"惠后,要不奴才这就去再给您打听打听朝上之事?"

芈姝勉强点头,道:"去吧。"

此时咸阳宫正殿,一边站着司马错和魏冉,另一边站着孟贲、乌获和任鄙三个大力士,两边气氛紧张。

秦王荡坐在上首,俯视下端,甚为得意:"魏冉将军,你当日说,要寡人将来有本事与你比试。如今你既然不敢与寡人比斗,那就与寡人的力士比试一番如何?"

魏冉铁青着脸,却拱手道:"臣不敢。当日臣年少气盛,得罪大王,大王若要降罪,臣无话可说。"

秦王荡冷笑:"是啊,当日你年少气盛,寡人也还不是大王,若是寡人今日还不依不饶,未免心胸太小,是不是?"

魏冉拱手："大王英明。"脸上的神情却依旧傲慢。

他自是知道，秦王荡母子既视芈月母子为大敌，自然也会视他如眼中钉、肉中刺。若不是芈月临走时再三交代，他早就不耐烦与这等无知竖子周旋。事实上，自秦王荡继位以来，宠信孟贲等三个力士，早令朝臣们不满。

此时官制并不分文武，但多半出自士人阶层，他们自幼学得礼乐书数射御，在自家封地上早已学得治人之术，因此能够上阵杀伐，下马安民。虽然说先惠文王也大力提拔策士游士，但终究是以才智相取，虽然也重用商君之策而提拔有军功的人，但这些人既能够立下丰厚军功，除了悍不畏死之外，多半也是有些行军打仗的能耐或者天赋，能得上司同袍下级拥戴服膺的。

可如孟贲之流，除了一身蛮力之外，又能够有什么才干能力，却无端升居高位，大得宠信，如今甚至在大殿上威胁士大夫，而秦王荡不但听之任之，甚至大有怂恿之意。

想到这里，魏冉心中冷笑，他自然知道秦王荡今日就是准备在这里报当日自己维护嬴稷打了他的仇。如今这小子身为大王，纵然要找自己生事，只要自己一动不动，他便打得一拳两拳，又能如何，只能是自降身份。没想到他却要让那几个如牛马般的蛮力之人来对付自己，一想到此，魏冉不禁双拳紧握。此事，他若是要逃避，只消在此摘冠辞职，便可逃此一劫。可是这样做，却是未战先逃了，徒劳无益。他今日站在这里，便不是这几个蛮夫的对手又能如何，他要让这件事，成为秦王荡羞辱大将的恶行，教秦国大将站在他这一边，就算他摘冠免职，则也能成功将这些大将的心拉到一起，将来复起便是不难了。

果然秦王荡见他态度傲慢，更是恼怒，冷笑道："大将军司马错不是说你战功彪炳，寡人却一直没有给你升迁吗？今日寡人就封你为左庶长如何？不过，是要你先打败了孟贲、乌获和任鄙当中的任何一个人。若是你输了，这个左庶长之职，就要由孟贲来担任了。"

司马错已经怒从心头起，上前一步就想要说话，却被魏冉拉住。

魏冉平静地对司马错说："大将军，算了。大王今日有意与我为难，您就算有什么话，他又如何听得进去？"

司马错却是大怒："这不是欺辱于你，这是欺辱整个军队。将士百战沙场，以功授勋乃是当然，哪能把将士的军功拿来当成蛮夫比力的戏弄赌注？若是每个立了军功的将士都要受这等莽夫的羞辱，这大秦的江山，还有谁会去沙场拼命？"

话犹未了，孟贲已经踩着重重的脚步，像一头大水牛一样踏着重步走到魏冉面前："魏将军，你是不是不敢动手啊！"

魏冉没有看孟贲，只是朝秦王荡一拱手："臣认输，这左庶长之职，就送与孟力士。"

孟贲看向秦王荡，见秦王荡阴沉着脸，并无暗示，心中一喜，忙向上一拱手："大王，臣不服气，未能与魏将军一战，臣不敢受此官职。"

秦王荡闻此言，哈哈大笑："那就打吧。"

樗里疾正站在群臣首位，听到此言，不由也恼怒起来，欲阻止道："大王，不可……"

秦王荡却朝着孟贲一使眼色，孟贲不待魏冉回应，便挥舞着拳头朝他一拳打去。魏冉偏头躲过，后退两步，孟贲却又是一拳挥去，魏冉再躲，孟贲的拳头却险些挥到他身后的魏章身上去，顿时朝上大乱。

樗里疾大急，高呼："不要再打了……"却是无人理会，再转眼一看，只见右相张仪袖手，一脸冷笑，这个素日能言善辩之士，到此时竟是一言不发，樗里疾再看秦王荡，却见他一脸兴奋，挥舞着拳头只差自己冲下去打了。

此时殿上众人都逃作一团，魏冉已经接下孟贲，两人相互交起手来。只是那孟贲皮糙肉厚，被魏冉连打了几拳也恍若无事，可是魏冉被他打上一拳，便要倒退三尺，再一拳，便飞了出去。孟贲仍不罢休，追上来仍然重击几下，魏冉被孟贲用力一拳，口吐鲜血，晕了过去。

司马错见状，愤怒地解冠叫道："臣请解甲归田，免受匹夫之辱。"

樗里疾见状也是怒呼："大王，够了！殿前武士何在，将这搅乱朝堂之人拿下。"

殿前武士听了樗里疾之令冲了进来，却是看着秦王荡，一齐行礼："大王有何吩咐。"

这时候秦王荡才懒洋洋地抬手道："罢了。"

孟贲冷笑一声，回到原位，昂然道："我奉大王之命与魏将军交手，何来搅乱朝堂？左相当着大王的面，令殿前武士拿我，这是置大王于何地？"

秦王荡亦是得意洋洋地道："王叔，你僭越了。"

樗里疾无奈，只得请罪道："是臣有错，请大王恕罪。"

秦王荡嘿嘿一声，道："念在王叔年纪大了，我也不怪你，只是下次不可。"

樗里疾只觉得一口血积在心中，只梗得脸色铁青。却见秦王荡伸了伸腰，道："每日坐在朝堂，听你们啰唆，好生无趣，只有今日方有些意思，可惜这魏冉太过无用，偌大口气，却是不经打的。罢了，退朝。"

司马错脸色铁青，见了秦王荡退朝，反将手中的冠置于地，再解剑，再解腰上符节，将三物一并置地，转身去扶魏冉。他身后的魏章等几名将领，见他如此，亦是解了自己的冠、剑、符，与他一起扶起魏冉，走出殿来。

其他大臣见状，也三三两两地散朝而出，却是斜眼看着魏冉等，窃窃私语。

樗里疾见状大急，忙叫值殿武士捧起冠、剑、符，快步追上司马错，苦着脸劝道："司马将军、司马将军，休要如此。今日之事，我会劝劝大王，你不要做意气之争啊！"

司马错却是神情冷淡，冷笑道："大王如今辱将士，重匹夫，他早就视我为眼中钉、肉中刺，我今日辞官，也只不过是早一步抽身而已。否则下一次……"他一指魏冉，"这般情景，就要轮到我了。"

樗里疾闭目长叹："若是先王于地下有知，若是先王看到今日的场景，只怕是死不瞑目啊！"

张仪走出殿来，先是拿起魏冉的手，搭了搭脉搏，暗道这小子躲得巧，虽然看似口喷鲜血伤得极重，但五脏六腑却没有真正伤到。这边放下魏冉的手，看着樗里疾冷笑道："樗里疾，我只问你一句，你当年对先王阳奉阴违，也要保这个太子，如今这样的大王，这样的大秦，你可有后悔吗？"

樗里疾脸色一变，指着张仪："你！唉，我知道你心情不好，也不与你计较。"

魏冉这时候已经略醒来，听了此言，却冷笑道："可是大王，却要与我等计较。"一言未完，又咳了口血出来。

樗里疾被他这话堵得无言以对。

张仪冷笑："你以为他是大王，可我看在他的心目中，还未曾当自己是大秦之王，仍然当自己是一个与众兄弟争权夺利的公子啊。"

司马错亦是冷笑："他既然容不得我等，我等还是早走为好。"

樗里疾一眼见到乌获、任鄙、孟贲三个蛮汉走出来，举手止住司马错继续说，叹息："唉，大王如此作为，老夫也是无可奈何。"

司马错拂袖冷笑："这个大王，根本不及先王的皮毛。先王谥号曰'惠'曰'文'，就是为了施惠国人，吸引名士，最终为大秦下一步武力扩张打下基础。纵是要武力扩张，那也是要用军功，用谋略，不是拿几个只有肌肉没有脑子的莽夫当宝贝。哼，什么天下无敌的勇士，就凭力气大就要封大将？他以为战场上是拿力气去撞人的？牛马也力气大，只配拉车耕地，只配宰了吃，能争胜天下吗？"

张仪袖着手，阴阳怪气地道："司马将军，你就少说两句，君子不立危墙之下，既然知道他们是牛马一样的人，你若被牛马拱死，这名声若扬于列国，很好听吗？"

樗里疾见他如此，唉声叹气："张子，你就少说两句吧，别火上浇油了，帮我留一留他吧。"

张仪摇头："我不留他，我自己也要走了。"

樗里疾大惊："张子，你说什么?"

张仪嘿嘿一笑，往上一指："我不为这三只小牛马，为的是上头还有一只大牛马，君子不与牛马为伍，我去也。你们能走的，也早早从咸阳脱身吧。"

樗里疾大惊，忙追上张仪："张子，你与老夫说清楚，你到底要如何?"

张仪从袖中取出一卷竹简，扔在樗里疾手中，道："我已经写好辞呈，本拟今日朝上便递交的，如今看来，不如直接给你也罢。"

樗里疾手捧竹简，怔在当场。

不管他如何努力，这日大朝之后，张仪辞职，魏章辞职，魏冉辞职，司马错辞职，朝上文武重臣，数人辞职，顿时朝堂人心惶惶。

樗里疾大急，忙入宫欲劝说秦王荡挽留贤士，不料秦王荡听了这几人的辞呈，反而当即同意，叫道："张仪、魏章之流，母后本就深厌，寡人也早有逐他们之心，如此正好省得寡人动手。"

樗里疾无奈，只得奔走劝说，好不容易劝得司马错虽不辞官，也要入蜀避朝。正要劝说张仪，不料秦王荡却于次日当场宣布，令甘茂为右相，接替张仪之位。

樗里疾只气得当殿摔了笏板而走，却是拿秦王荡无可奈何。

# 第九章

# 莒姬死

数日后，城外长亭，桃花片片飘落。长亭内，地上铺了毯子，樗里疾与张仪对坐。

樗里疾用最后一丝努力劝说："张子真的要走吗？"

张仪嘿嘿一笑："我不走又能如何？"

樗里疾急道："若是为了乌获那三人封大将的事情，老夫可以劝大王收回成命。若是为了甘茂封相，老夫可以让出左相来请张子担任。"

张仪看着樗里疾，摇摇头："得了吧，你能劝他们收回多少成命来？那个妇人到现在也还没有一丝身为秦国国母的意识，一心一意还当自己是楚人，不是忙着要将我送回楚国给楚国解恨，就是要把当初被我骗走的楚国土地还给楚国，甚至在谋划着要把一个个楚女弄进宫来为妃……"

樗里疾也有些无奈，艰难地说："惠后的确是……可是，她说了不算，大王自有自己的主见，从来也不曾真的听过她的话。"

张仪冷笑："那是因为惠后往左蠢，大王往右蠢，蠢得不在一块儿，所以各蠢各的。"听他说得这么肆无忌惮，樗里疾的脸色有些不好看，指着张仪，手抖了抖，最终没有说话，只是长叹一声。张仪继续道："我说错了吗？没错吧！我真觉得他出生的时候是不是忘记把脑子一起生出来了，居然拿几只人形牛马当大将，每天跟他们赛着举鼎，他每天看地图只会看一条线路，就是通往洛阳的那条路。他以为我不知道他想的是什么？他就想带一支人马，直奔洛阳，杀死周天子，然后把九鼎扛回来。他以为他是成汤，是周武王，只要攻王城、夺九鼎就可以完成王图霸业？那是找死！这样的主公，不需要我张仪来侍奉，他也容不得我张仪为臣下，因为我站在那儿，只会显得他像个白痴，只有朝堂上没有我张仪，他才会继续自我得意。"

樗里疾闭目长叹，老泪纵横："先王啊，我对不起你。"

张仪站起来，拍拍樗里疾的肩头："对我张仪而言，天底下没有什么君权神授，君王如天。天底下坐在王座上的那几个人，在我张仪眼中，只有蠢货和非蠢货的区别，运气最好的，是能够遇上一个可以合作的对象。只可惜，这个人被你弄到了燕国。樗里疾，我跟你说，你这个人还算聪明，只可惜脑子僵化，不懂得天底下的事，就是一盘生意，生意生意，就是要生生不息，才有意思。你就是死抱着你自己怀中那堆主意不放手，结果失了生机，人也僵了，道理也僵了。如今的秦国，已经不是昔日的秦国，秦王荡倒行逆施，群臣离心，大祸就在眼前了。"

樗里疾颤声道："可是，你留下来，总能补救啊！"

张仪道："如果我留下来，才一定会后悔呢。道不同，不相为谋，我只是替你觉得累。在将来的日子里，樗里疾，对着一个刚愎自用又愚笨不堪的主君，有你的苦头吃。"

张仪拍拍樗里疾的肩头，迎着夕阳的反方向扬长而去，风中传来他的歌声："坎坎伐檀兮，置之河之干兮……"

樗里疾看着天边，嘴唇颤动，喃喃地道："大祸就在眼前……"他看着天边夕阳，映得云团如同火烧一般，艳丽中却带着一丝不祥，心头一股阴云升腾。

芈姝见逐了张仪，忙写了信去楚国，又将近年来自己在后宫诸事都说了。楚威后接了信，悲喜交加，掩面呜咽。侍女珊瑚见状，忙安慰道："威后，八公主在秦国已经成为母后，尊荣无比，威后当欢喜才是。"

楚威后且喜且悲，叹道："我固然是为姝高兴，却是为了我的姮而伤心。这些儿女中，我最担忧的便是姝，不承想她却一生尊荣，虽经波折，终究安坐母后之位，可我的姮、我的姮却……"说到这里，痛哭失声。

珊瑚见状，也是心中酸楚，却是在芈姝书信未到之时，楚威后先接到了齐国的书信。她的长女芈姮昔年嫁齐宣王为继室，虽然也得了数年荣耀，并生下嫡子。只可惜，齐国早立太子，且太子田地为人暴戾忌刻，不能容人。芈姮虽有手段，然则终究时间太短，不及嫡子稍长，齐宣王便已经一命呜呼。田地继位，不但不曾尊芈姮为母后，反而将她软禁，对外只宣扬说是"芈夫人与先王情深义重，闭门谢客"。

楚威后因数年不得芈姮音信，多方去信，却如石沉大海，派了细作打听，然则芈姮被软禁之后，宫中楚国细作被一网打尽，竟是打听不出消息了。直到数月之前，才得知讯息，却是芈姮已经病死。楚威后得知消息，心痛如绞，更发了狠令细作打听详情。且因芈姮已死，虽然她的近侍亦是被灭口，便终究有些粗使奴婢辗转别处。楚国细作打听了数月，终于打听得内情来，却是祸起萧墙之内。

原来芈姮昔年亦有三个庶妹从小一起长大，除六公主蒽因病耽误之外，三公主菱、四公主荞便作了媵女随她出嫁。芈姮为楚威后长女，深得倚重，自幼便学得了母亲的手段，将几个庶妹挟制得服服帖帖。不料表面上恭敬顺从，却未必见得内心真正忠诚。四公主荞不知怎的，与那太子田地勾搭上，等齐宣王一死，便做了新王的夫人，左手挟制住了新王后愍赢，右手便借田地的手，将芈姮幽禁。自此日夜凌辱，竟将芈姮活活折磨而死。

楚威后听到此消息，捂着心口，痛得晕了过去，及至醒来，捶席凄厉长号，摧心剖肝。她本以为，诸女中长女芈姮最得她的手段，远嫁他国，亦是最令她放心，以芈姮的手段，不愁过不好。谁晓得竟是遇上暴君毒女，绮年玉貌生生被折磨而死。当下她恨得咬牙切齿，便要去寻芈荞的至亲，为芈姮报仇。但寻来寻去，芈荞之母早已经于数年前去世了，那也不过是个小族献女，竟是没有母族之人的，也寻不到人来报仇。

楚威后为了芈姮之事，日夜哀号，已经病了一场，将身边的侍从也迁怒打杀数人。因芈姮之事，更是对幼女芈姝担忧不已。且喜芈姝母女同心，想是知道她担忧，便来了书信，先说了自己诸事皆得意，又说了先王临终前的变乱，自己母子如何涉险过关，自己又是如何最终理解了母亲当年的手段和用意。更得意洋洋，将自己如何令芈茵对付芈月的事也一并说了。

这一封长信，叫楚威后看得既是咬牙，又是悲泪，又是欢喜，最终放下帛书叹道："总算是姝还能够教我放心的！"说着又是切齿诅咒，"这世间的贱妇贱种，皆是忘恩负义之辈，早知道她们要害了我的女儿，我当日便应该教她们都死在宫中才是，如何能放得她们出去祸害！"一想到此，便又诅又骂，没个休止。

珊瑚服侍得她久了，知道她如今越老越是不听人劝，却也是越活越是精神，一骂起人来滔滔不绝，没有半个时辰是停不下来的，而且越劝越是止不住，只得顺着她骂，中间端些蜜汁教她润润口。

正有一搭没一搭地劝着，却见寺人析匆匆进来，手上还托着一卷竹简，珊瑚一喜，正可找些事情来岔开楚威后的骂人瘾，忙道："寺人析，你拿的是什么？"

寺人析却是面有苦相，本是缩在一边的，偏珊瑚心不在焉，不曾注意观察，将他叫了出来，只得上前呈上竹简，一句话也不敢多说。

楚威后方停下骂声，见他如此，又骂了起来："这是什么东西？你拿这个摆到我面前来，难道教我自己看吗？"

寺人析只得跪下，禀道："这是公子戎新立了战功，大王封他舒鲍之地，公子戎就封，请大王允他接莒夫人归封地……"他是深知楚威后性子的，不免越说越轻，越说越是心虚。

楚威后听到最后，却是听不清楚，她性子本就急躁，到老来越发没了耐心，当下直接就拿起竹简，砸到寺人析头上去，骂道："没进晡食吗，这般蚊子似的哼哼唧唧，说清楚些。"

寺人析只得提高了声音，迅速道："公子戎想接莒夫人归封地！"

楚威后却是年迈记性差，已经有些记不清了，迷惘地问："是哪个？"

珊瑚与寺人析对望一眼，情知是瞒不过去的，珊瑚更有一重心事，眼见楚威后因为芈荓之事，已经打杀了数名近侍，若是不能教她移了怒火，自己不免危险。寺人析亦是同一心事，两人在楚威后身边做了这么多年的心腹，自然亦已经不是什么善良之人了。当下两人眼神一对，顿时多年默契油然而生，当下一答一唱把事情都说了：

"威后，公子戎便是嫁到秦国的九公主亲弟。"

"便是那个与咱们公主作对的小妇。"

"如今被赶到燕国受苦的那个。"

"莒夫人便是他们的养母，当年住在云梦台的那个。"

"他们的生母便是那个嫁给贱卒的向氏。"

"如今公子戎要接莒夫人出宫去逍遥自在，威后，咱们不能这么便宜了他们。"

楚威后正是满肚子怨念要找人发作的时候，偏生芈荓母族竟找不到迁怒之事，再听得这两人翻腾起往事来，想到向氏的死，想到芈月的预言，想到自己两个亲生女儿所受的苦，忽然间拍案大哭起来："我岂能教这贱人逍遥快活了去。来人，叫、叫、叫那个……"

珊瑚见她卡住了，忙接口道："莒姬！"

楚威后点头："正是，叫那个莒姬过来。来人，给小童梳妆，小童要教她死得万分不甘，这才是好。"

珊瑚忙叫了宫女进来，与楚威后重新梳妆过了，又依着楚威后的吩咐，取了毒酒来，这才宣了莒姬进来。

　　莒姬此时亦是步入老年了，但她自楚威王死后，所有的争胜斗赢心机手段也无所用处，索性只养花弹琴，怡情养性，反而显得从容自若，举止恬淡，满头青丝中隐隐几许白发，进来行礼如仪，举手投足间，不见衰老，反更显优雅。

　　楚威后却是一直得意处张扬到尽，小不如意时便辗转反侧不肯罢休，大喜大怒，性情躁急，因此早已经满头白发，脸上的皱纹交错纵横。她的年纪本就比莒姬大了十几岁，此时两人一个照面，显得她衰老不堪。

　　因为这些年来，莒姬努力减少自己的存在感，又有郑袖变成新目标的情况下，楚威后几乎已经忘记莒姬这个人物，此时一见之下，忽然间往事翻涌，再见她如今容貌，与自己相比之下，更激起她的杀意来。

　　她年纪越老，行事越是肆无忌惮。她想对谁动手，考虑的不是"有没有惹到我"，而是"能杀"或"杀不了"。后者寥寥无几，只有郑袖等几人。她要杀前者，却根本不会考虑杀了是否会引来利益、名声方面的损伤。因为到她这把年纪，已经是随心所欲惯了。

　　她亦懒得兜圈子，直接道："莒姬，大王同我说，你的养子戎立了功，要接你去封地，你可欢喜？"

　　莒姬在接到楚威后的召见时，心中已经是暗暗警惕，听了这话，心中一凛，然而这是她人生最后一战了，不得不去面对，当下恭敬道："全倚仗威后、大王隆恩，哪有妾身欢喜与否。"

　　"可是我不欢喜！"楚威后霸道地说道，"寺人析，你对大王说，莒姬三天前吃错了东西，上吐下泻，太医说，已经不中用了。"

　　莒姬脸色大变，跌坐在地，脸色变得惨白，她完全没有想到，楚威后竟然是连点借口都懒得找，就这样毫无理由地判了她死刑。她咬了咬牙，不甘心一生的挣扎就这么无望地结束，嘴角勉强牵了牵，挤出一丝笑容来，略带颤声地问道："威后，妾身做错了什么事，求您让妾身死个明白。"

　　珊瑚虽然之前为了自己好过而教唆楚威后迁怒于莒姬，此时见她的神情，也不由同情起来，一边奉承着威后一边暗示道："谁教你的养女，对八公主不忠……"

"是你已经没用了。"楚威后却忽然打断了珊瑚的话，冷冰冰地道，"先王灵前我就想把你如向氏一般处置，念在你代为抚养先王的一双儿女分上，我不想教昭阳闹腾，影响大王继位，因此容忍了你活着。后来你那养女与姝一同出嫁，你们便是我扣在手中的人质，教她不敢对姝不敬不忠，所以你还能够继续活着。如今姝已经成为母后，你那养女与其子流放燕国为质，所以，我没必要再让你们活着。"

莒姬闻讯大惊，顾不得自己安危，扑上去急问："你、你想对我的子戎怎么样？"

楚威后带着一丝淡淡的厌倦，挥了挥手道："他若识趣，我亦懒得理会于他。若是不识趣，自然有人收拾于他。"

莒姬忽然状若疯虎，欲扑上来却又被寺人们按住，只嘶声问："你想对子戎怎么样？昭阳答应过先王，不会容忍你对先王子嗣下手的，他不会让你得逞的。"

楚威后微闭了下眼睛，看了一眼寺人析，寺人析会意，一招手，便有粗壮的寺人拿了只金壶来，强按着莒姬，将一壶的毒酒尽数灌进了她的嘴里，莒姬被灌得整张脸都憋得铁青，待一壶灌下，侍人便拿手捂住她的口，拉着她的头发迫使她微仰着头，捏着她的喉咙迫使她将毒酒尽数咽下，不能吐出，然后才将莒姬放开。

楚威后眼看着莒姬腹中毒发，捂着肚子在席上翻滚嘶叫，微闭双目似欣赏她的惨叫，又似完全不把她的惨叫当回事，这毒本是极烈的，过得片刻，莒姬便七窍出血，抽搐着再不能动，寺人析伸手探了探她的鼻息，只觉气息微弱，却一时未死。寺人析却是极有经验的，知道毒酒虽烈，真叫人完全断气却不是一时一刻的，便伸出手来，将莒姬脖子一扭，便让她断了气，才禀报楚威后道："禀威后，已经死了。"

楚威后闭着眼睛，轻轻地"嗯"了一声。

寺人析便教人将莒姬抬了出去，这才想起自己的任务来，惴惴不安地问："大王已经答应了公子戎，如今，该怎么办……"

珊瑚见楚威后眉毛微挑，赶紧先竖了眉毛代她斥道："能有什么怎么办的，她都这……"她本来一句"她都这把年纪了"的话到了嘴边，猛然醒悟楚威后的年纪更大，这话说出来简直自己找死，忙改口道："人吃五谷，哪有不病不死的。威后，您说是不是？"说到最后一句，忙转了腔，一副请示的样子。

寺人析苦着脸："可是，若是公子戎不肯罢休……"他毕竟是个奴才，楚王槐已经答应的事，忽然间一个公子的母亲就这么死了，楚威后自然是想杀就杀，可芈戎毕竟也是个公子，他要是不肯罢休，那么他这个奴才会不会变成替罪羊啊。

楚威后玩了一辈子权力，这点子事，倒真不在她的话下，当下懒洋洋地道："那小子若是闹腾，便叫大王处置他一个无礼之罪，贬他到云梦泽那边去平乱。"说到"平乱"二字，莫名多了几分杀意。

寺人析也听出这种杀意来，当下又小心翼翼地问："可是，令尹那边……"有令尹昭阳在，要除去公子戎，恐怕不那么容易吧？

楚威后冷笑一声："昭阳已老，且这次平乱的主帅，不是昭雎吗？"

寺人析恍然大悟，昭阳已老，如今许多事，已经没有精力去管了，而昭雎正是昭氏下一代接替昭阳的人。此人贪财刚愎，能力却远不如昭阳。有昭阳在，一般人是不敢冒着触怒昭阳的危险对先王公子下手，可若是收买昭雎下手，难道昭阳还会为了替公子戎报仇去杀了昭雎不成？当下心悦诚服地行礼道："威后高明。"

次日消息送到芈戎处，果然芈戎不服而到楚王槐面前争执，楚王槐却是先得了楚威后派来之人的说辞，虽然心中恼怒，但也只能自己替母亲善后，当即翻脸问了芈戎冲撞之罪，又教他去云梦泽平乱，将功赎罪。

凄风苦雨间，芈戎只能葬了莒姬，与向寿一起，率兵前往云梦大泽，平定蛮族之乱。

而远在燕国的芈月，还对楚国发生的事一无所知。

她自在西市安居下来以后，开始以抄书而取得了一些收入，而慢慢过上了教养儿子的平静生活。

在这样的朝代，知识总是宝贵的，列国婆嫁，最宝贵的嫁妆不是珠玉，而是经卷典籍。燕国大乱方定，许多家族破灭，典籍被焚，几户因军功而暴发的人家，也需要经史典籍装点门面。便是西市之中，少数沦落的策士游侠也多半只是阅读家中旧藏，或者拜师访友看得一二珍藏，通常也只精通得一家一论，却不及芈月自楚宫到秦宫，阅遍王家典藏，看遍诸子策论，所记得的典籍之多。

所以，数月过去，她不仅能够维持生计，手头也积蓄得一二钱财，虽然不能够与昔日富贵生活相比，但终究已经摆脱衣食不济的困境了。

她一边默写经史，一边也用来教育嬴稷，此外，她更是领着嬴稷，在西市上观察世相百态。

这日，她与女萝又领着嬴稷，走在西市之中。

燕国的市集与她记忆中的楚国市集比起来更加破落，却是因为战争过去没多久，人气还未恢复，通常初一、十五，才会有野人郭人担了货物进城集会交易，那时候便显得人气充足一些，平时则更十分寥寥。

燕赵多豪侠之士，所以市集上，也常有市井无赖游侠儿游荡着在等待机会。

芈月与嬴稷走过那间素日都是游侠儿聚集的低等酒肆，见门口几个游侠儿正说得口沫横飞。

一个说："想当年子之之乱的时候，我就是在这儿亲手砍下这逆贼的脑袋……"

另一个却嘲笑道："拉倒吧，你那时候跑得比兔子还快……"随即自夸："那日齐国人打进来的时候，我就在这西城墙上，砍了十三个齐国兵呢!"

另一个就戳穿道："我记得当日说也就砍了三个齐国兵，如何现在倒吹成十三个了。"

另一个也嘲笑："哼，齐国人来时，要不是老子替你挡一下，你小子的脑袋早就没有了……"

嬴稷一路上左顾右盼，好奇地看着这一切。

女萝听得那几个游侠儿说着说着，话语粗俗起来，不免有些难堪，对芈月道："夫人，这里又脏又乱，咱们还是走吧。"

芈月不理她，却问嬴稷："子稷，你可看出什么来了？"

嬴稷认真地想着，道："母亲曾教我背《老子》，上面说：'江海所以能为百谷王者，以其善下之，故能为百谷王。'又记得书上说想当年重耳逃亡时，饥而从野人乞食，野人盛土器中进之，重耳不敢怒，反而要纳而谢之。母亲带我入市集，是要我听得进粗俗之言，受得了嘈杂之音，从而自身养性，懂得放低身段，谦虚待人。"

芈月低头看着儿子，笑了："不错，能够想到这些，已经不错了。但是，你只知其一，不知其二。子稷，我带你来市集，不仅仅只是让你懂得放低身段，谦虚待人。江海能纳百川，是因为善于容纳与自己不同的水源，才能够成其大。不管你是做君王还是做平民，都是和人打交道，要知人懂人，就要学会看人。这市井之中的人所求的，其实和庙堂之中所求的并没有多少区别。无非就是争名争利，食色，性也。区别在于庙堂中人更懂得隐晦曲折，用子曰诗云来作烟雾，而市井中人则更直接更粗野罢了！你现在能懂得这市井之道，将来就更容易知道庙堂之道。"

嬴稷似乎有些懂了，点头："好像是有些道理。"

芈月又问："刚才我叫你看那个大婶买菜与菜贩讨价还价，你可看出些什么来了？"

嬴稷想了想，数着手指道："我看那个大婶买菜，菜贩说是两文一斤，那大婶说旁人都是三文两斤，那就是'无中生有'，又说前日的肉贩被别人骂了价高质次，那就是'指桑骂槐'，那菜贩就'假痴不癫'任其说三道四，那大婶后来答应买两文一斤，但要多给一把葱，就是'以退为进'，后来等买完菜以后又多拿了一把葱，那就是'顺手牵羊'。后面那个姊姊，等大婶买完菜以后，再要求和那大婶一样的价格买菜，那就是'隔岸观火''以逸待劳'。"

芈月摸摸嬴稷的头，欣慰地道："子稷真聪明。"

嬴稷脸红了："是母亲每日拿着兵法教我用兵法来看世情，我才慢慢学会……"

母子俩一个低头，一个抬头，正自说得认真，却没有注意到忽然发生的变故。此时那个小酒馆中，却有一人，已经注视着芈月母子许久，见她正低头与儿子说话，便将葫芦里的酒咕噜噜喝了几口，扛起剑就走了出来，醉醺醺地朝着芈月飞撞而去。

女萝发现的时候，已经来不及了，只惊叫一声："夫人小心。"

芈月只觉得一个黑影迎面而来，只来得及将嬴稷往女萝的怀中一推，自己却被那大汉撞倒在地。

芈月飞扑出去，在地上打了一个滚，她抬起头，右手臂已经撞破出血，她左手按住右边肩膀，脸上不禁露出痛苦的神情。

女萝见状大惊，冲上前扶起芈月："夫人，你怎么样了？"

嬴稷也是惊魂未定，见那大汉转身要走，冲上前挡住他大叫道："喂，你把我娘撞倒了，你不许走。"

芈月见嬴稷冲了上去，吓了一跳，急忙叫道："子稷快回来……"

那壮汉撞了那一下，正自惝惝，不知道下一步应该如何是好，见了嬴稷冲上来正中下怀，顿时眼睛一瞪："黄口小儿，你敢对我无礼！"说着伸手就冲着嬴稷一巴掌打过去。

女萝急忙冲过去挡在嬴稷前面，直接被那壮汉一巴掌扇飞出去。

芈月见状大急，扶着肩膀忍痛上前，挡在嬴稷面前斥道："大丈夫征战沙场，与人斗胜，都是男儿豪气，壮士何必对妇孺逞暴，岂不叫人笑话?"

那壮汉的手已经举起正要落下，听到这话便顿了一顿，有些不知所措。他眼神游移了一番，忽然拔剑指住芈月大喝一声："呸，你这妇人，挡我道路，分明是要惹我晦气。明日大王亲去招贤馆招贤，我必当中选。可是今日被你这妇人惹了晦气，乃是不吉之兆，必是要以尔之人头，洗我晦气。"

似这等游侠儿，市井杀人，乃是常事，通常杀人之后便逃走，只要无人报案，无人追究，便过得几年又大摇大摆地回来。通常沦落市井之人，也没有什么人帮助他们出头罢了。

芈月看着指在眼前的剑，倒吸一口气，顿时只觉得一股杀气扑面而来，市井游侠意气杀人的传闻，也涌上心头，情知此时一言不慎，就可能招致杀身之祸。她虽然会得一些武功，骑射尚可，像这样面对一个明显是以杀人为常事的武艺高手，况且对方手中有剑，她却是赤手空拳，身后还带着一个孩子，如何能敌。

她自出世以来，经历过许多危险，却只有这一次和上次唐昧之事，才会直面锋刃。情知生死关头，若想脱险，一则是向那些酒肆中的其他游士求助，另一种办法如同唐昧那次一样，就是瞧破对方的弱点，打击对方。

芈月一眼扫去，看那壮汉手持一把旧剑指着自己，再细看他虽然一身新衣，脚下却是破布鞋，背着青囊，扛着一个酒葫芦，满身酒气，可眼神虽然佯装醉酒，却不是那种喝醉了目光直直的，反而是眼神闪烁中透着些狡诈又带着些残忍，虽然竭力装出蛮横的神情来，但脸色却透着营养不良。

那壮汉在她的打量下，竟有些心虚起来，眼神却有些游移，不敢直接面对芈月的眼神，反而有些退缩。

芈月眼睛的余光看过周围，看到人们虽然一脸气愤，但却更多是带着看客的漠然。

嬴稷见芈月危险，惊叫一声："母亲。"女萝一惊，忙按住嬴稷。

芈月转向那壮汉："身佩有剑，囊中有书，想来阁下是个士人了。"

那壮汉不禁有些得意地道："不想你这妇人倒有见识。正因如此，你冲撞于我，坏我气运，我便要杀你祭剑。你可休要怪我，这本是此处规矩。"

女萝见芈月有危险，大急，将嬴稷掩在身后，质问道："什么规矩？颠倒黑白的规矩是吗？"

那壮汉顿时大怒："放肆，你这妇人胆敢出言不逊，我便先砍下你的一只手来，看看你还敢不敢这样嘴硬。"说着就要朝芈月一剑砍去。

女萝不想他骂着自己，却要对芈月下手，惊叫一声推开嬴稷，便扑到芈月面前，替她挡了一剑，顿时倒在血泊之中。

芈月本拟慢慢套问对方，再击中对方心理薄弱之处，不料事起突然，变生肘腋之间，女萝已经倒在自己面前，不由惊叫一声："女萝……"她抱着浑身是血的女萝，失声痛哭。

女萝在芈月怀中艰难地抬起头来，只吃力地说得一句："夫人，小心，这个人一定是……"便一口鲜血狂喷而出，显见这一剑已经深深伤及她的内腑。

芈月含泪点头："我知道，我知道。"

嬴稷哇的一声大哭起来："你杀了女萝姑姑，你杀人了！"

众人顿时议论纷纷，围观着的人都不由得向当中聚拢来。

那壮汉本拟去砍芈月的一只手，不想却砍伤了女萝，也有些意外和惊恐，想到背后之人的嘱咐，还是壮了壮胆，指着芈月喝道："哼，不过是伤了个奴婢，别以为这样我就会放过你。你若是怕了，就跪下来给大爷磕三个响头，我砍你一只手就算了。"

芈月缓缓地放下女萝，站起身来，眼中已经怒火熊熊："哼哼，怕，我是怕了，我怕的是天下的士人都要杀了你，你一条性命怎么够偿还？"

那壮汉见她如此，竟也有些恐慌："你、你胡说什么，你想恐吓大爷不成？"

芈月冷冷地道："你虽然满身酒气，面露凶气却眼神游移，分明是借酒装疯。你穿新衣，着破鞋，面有菜色却喝酒吃肉，分明是暴得财富，为人驱使，是不是？"

那人听了这话，不禁倒退两步，瞧着自己手中的剑，再看眼前妇人空手弱质，不禁又壮起了胆，喝道："你这贱人，胡说八道，看来真是不见棺材不掉泪了。"

芈月声音越发激昂，指着他斥道："你虽然佩剑革囊，窃取士人的装束，却不配称为士人。士人朝食市井，暮登朝堂，可以凭着一席话、一把剑而得到君王的信任与倚重，凭的是文才武艺，也凭的是士人们以性命共同维护的节操品性。张仪片言可惊天下，是士人的才能；豫让吞炭而刺智伯，是士人的品行。"说着，将手往酒肆方向一挥，指向那人道："而今我面前的这个人，为贪图一些钱财酒肉，就贱卖士人的品格，听从奴仆之流的指使，盗用士人的名义来做替人行凶的事情。各位，我知道你们流落西市，待的是有朝一日可以登庙堂，指点天下。可如今这个人，把士人的节操给贱卖了，这样的人，你们能容许他在光天化日之下继续行凶，败坏士人的声誉吗？"

那酒肆本是策士游侠们素日的聚集之地，这乱世，人命如同草芥，他们日日瞧得多了，本不以为意，多半漠然旁观，可是听了芈月这一番话，却不禁激起了同仇敌忾之心。

当下就有一人叫出那壮汉的名字来："冥恶，你敢败坏我们士人的名声，今日便是我们的公敌！"

那冥恶闻言大惊，不想面前这妇人片言之间，就将自己置于绝地，不禁面露凶光，举剑朝着芈月砍去："你这贱妇，我先杀了你……"

他本得了嘱咐，要断芈月一臂，教她成为残疾，生不如死。此时头一剑伤了女萝，再见情势顿转，也顾不得许多，直朝芈月劈来。

芈月早有防备，顺手抄起酒肆门口的木板抵挡了一下，便见酒肆之内一人站出来，叫道："冥恶，你还敢行凶，各位，我们都是心怀天下的男儿，如何见着恶人欺负妇孺而置之不理？"

女萝用尽全力，挣扎着支起身子，厉声叫道："诸位若记得秦质子冬日送米炭之恩，何以对秦质子与其母遇险而袖手旁观？"

她这一叫，顿时有人认出她来，叫道："正是这位娘子在冬日送我们米炭，诸位，果然是秦质子与其母，我们不可不救。"

顿时众人蜂拥而出，那冥恶见势不妙，一伸手抓住嬴稷，将剑架在他的脖子上，叫道："谁敢过来，我便杀了他。"

芈月大惊，叫道："住手。"

众人已经纷纷拔剑冲出，却被这变故所惊，见芈月一叫，当下虽然不再逼近，却是分散开来，将冥恶去路也一并堵住。

嬴稷虽被制住，却是丝毫不惧，叫道："我是秦国质子，你若敢伤了我，秦燕两国都不会放过你的，你就死定了。"

冥恶刚才已经有些心虚手软，抓住了嬴稷，这才稍加安心，见嬴稷这般说，心中大怒，狞笑道："小子，你还是先想想你自己是不是死定了吧。"

芈月摆手，示意众人不要靠近，对冥恶道："你放了我儿，今日便放你离开。否则的话，你若伤了我儿，莫待秦燕两国，今日就休想离开西市。"

"对，"游士中便有一人叫道，"你若不放了秦公子，今日就休想离开此地。"

芈月细看，这人却是那日所见过的冷向，听这声音，方才也是他在人群中及时振臂一呼，煽动众人，当下朝他微微颔首，转对冥恶道："你放开我儿，我放你走，我也不追究你受人雇佣所图谋之事，也不追究你伤我婢女之事。否则的话，你若伤了我儿，今日便不能生离此地。"

冥恶的心中已经怯了，口中却仍不认输，道："哼，我才不相信你呢，若要我放过他，便让这小子先陪我离开市集吧。"

芈月眉头挑起："你想以我儿为质。"

冥恶道："正是。"

芈月冷冷地道："我不信你。"

冥恶大怒："你敢！"

芈月道："你若离开市集，再杀伤我儿，我何处寻你？"

冥恶威胁道："那我便杀了这小子。"

芈月冷冷地道："那你便死定了。"

她虽然口中强势，内心却是冷汗湿透重衣。嬴稷在这恶人手中，她如何不急不惊不惧，可这恶人摆明了是欺软怕硬之辈，她若是软弱下去，他便要挟持嬴稷离开，谁知道他在离开之时，会不会恶念再起，伤害嬴稷。只有立刻逼得他放了嬴稷，才能够保得嬴稷安全。

越是这般轻贱他人性命的人，越是将自己性命看得极重，她只能赌人性，赌他这等贪财无行的卑贱之人，不会将伤害嬴稷的重要置于他自己的安全之上。

冥恶额头已经见汗，手中也是汗津津地险些捏不住剑柄，芈月见他的脸色，正想再以利诱，忽然听得不知何处一声暴喝："冥恶，你还不收剑！"

那冥恶手一颤，剑身一抖，忽然间，剑光一闪，鲜血飞溅，一人惨呼一声，扑通倒下。

第十章

# 西市居

一声暴喝，剑光一闪，鲜血飞溅，一只手臂带着血光飞在半空中。

那手臂上还带着剑，手臂飞起时，那剑也从断臂中滑落，掉在地上。

冥恶捂着手，倒在地上，翻滚着惨叫不已。

那人一声暴喝，乱了冥恶心神，右手手起剑断，已经砍断冥恶手臂，左手疾伸，已经将嬴稷拉离冥恶身边。

芈月惊呼一声，急忙上前，拉过嬴稷抱在怀中，只觉得心口扑通乱跳，如同擂鼓一般。

母子两人紧紧抱在一起，听着对方紧张至极的心跳，这一刹那，恍若隔世。

嬴稷忙抬起头来，去寻那救命恩人，却见一个中年人手执剑指住冥恶，喝道："冥恶，你行为卑污，滥伤妇孺，我乐毅今日断你手臂，乃是出于义愤，你若不服，只管来找我。"

众人欢呼起来，争着叫嚷："乐大哥说得对。"

"你还不快滚，真丢我们游士的脸面。"

冥恶脸色惨白，晕了过去。

乐毅收剑，向芈月行礼："夫人、公子，你们没事吧？"

芈月惊魂方定，连忙还礼："多谢乐壮士相救。也多谢各位高邻仗义执言。"她朝众人团团一揖，从袖中掏出一把刀币递给酒肆老板："烦请老爹拿十坛醪糟，去孙屠户那里切一刀肉来，我请乐壮士和大家用些酒肉，感谢大家今日出手相助。"

乐毅惊异地看了芈月一眼，没想到她刚经历大变，居然就能够有如此手段，却不多作表示，只道："多谢夫人与公子。"

正在此时，却听得嬴稷哭出声来："女萝姑姑……"

芈月一惊，急忙奔过去，却见嬴稷跪在女萝身边，放声大哭，芈月扶住女萝，一搭脉息，心中一凉，再看她的眼睛，却是瞳仁已散，不由失声哭叫道："女萝，女萝……"

女萝却是静静地躺着，一动不动，她方才被冥恶一剑刺穿内腑，拼将最后的力气唤来支援，却是这一强撑之下，脏腑之伤迸裂，就此死去，死时犹睁着双目，望着嬴稷的方向。

芈月含泪伸出手来，将女萝的双目合上，她抱起女萝想要站起来，却脚步一软，差点跌倒。乐毅走过来，从芈月手中接过女萝抱起，道："我送你们回去。"

芈月低声："多谢。"

原本欢呼的众人也沉默下来，冷向上前一步，朝着女萝躬身一礼，叹道："在下昔日亦受过大姑酒食，如今眼睁睁看着大姑遇害救援不及，实是惭愧。"

他这一站出来，便有十余个昔年受过女萝酒食的游士也站了出来行礼，皆是面有愧色。

当下诸人一起护送着芈月母子回了那贞嫂的小院，薛荔贞嫂见状，皆是吓得魂飞魄散。

将女萝放下之后，众人皆欲告辞而出，芈月却是未及更衣，仍着染着女萝鲜血的衣服，站在院中，朝诸人施礼，并一一相送，到冷向时，只看了他一眼，不再说话。

及至诸人散去后，冷向却去而复返，朝芈月一礼："夫人可有事要用到在下？"

芈月见他已经会意，敛袖行礼："先生果是才慧之士。"

冷向叹道："今日我在酒肆之内，却是有事，闻声而出之时已经太迟，还请夫人原谅。"

芈月想起女萝，心中黯然，道："这也是司命之安排，由不得人。"

冷向便问："不知夫人叫我回来，有何事吩咐？"

芈月叹道："不敢当，先生请坐。"

当下两人于院中铺了席子对坐，芈月道："我只是想问问，以先生之才之志，屈曲市井，想是不甘？"

冷向轻叹："正是。"

芈月朝内一指："秦公子稷，是先王爱子，因夺嫡失势，为质燕国。身无陪臣谋士，求才若渴。先生若能够为公子稷之宾客，此时虽不能予先生以荣华富贵，但却可以许先生一个未来。先生可愿意陪我母子，赌将来的一座江山？"

冷向怔住，他看着芈月，一动不动，良久，才长长吁了一口气，摇头道："想不到，实是想不到啊！"

芈月问："先生想不到什么？"

冷向叹道："在下想不到，夫人还有此志。实不相瞒，冷向自忖非国士之才，却又不甘碌碌，因此奔走列国，谋求一个前程。可是辗转数年，钱财用尽，身边尽是如我这般的失意之士。也曾经亲眼目睹无数前辈，奔走劳碌一生，最终死于荒野沟渠。心中亦是知道这条道是越来越难，可是若要放弃，却是再无其他谋生之路，更是……心有不甘啊！"他说到这里，朝着芈月长揖而拜、再拜、三拜，方直起身来，肃然道："我知道，把将来押在一个质子的身上，未必就有前途。可是，总好过我如今茫然无绪，不知方向，不知前途如何。至少，公子能够许给我一个未来，而我自己、而我自己……"他说到这里，惨然一笑："而我自己却是连自己的未来何在都不知道。"

芈月端坐，受其三礼，并不谦让，等冷向说完，方道："孟子曰：'舜发于畎亩之中，傅说举于版筑之间，胶鬲举于鱼盐之中，管夷吾举于士，孙叔敖举于海，百里奚举于市。故天将降大任于是人也，必先苦其心志，劳其筋骨，饿其体肤，空乏其身，行拂乱其所为，所以动心忍性，曾益其所不能。'我虽沦落市井，却从来不敢失了初心，愿与君共勉之。"

冷向朝芈月一礼："记得当日初见，夫人便问我，若有晋重耳、齐小白这样的主公，我可愿追随，可愿效法狐偃、先轸、赵衰等，想来当日夫人便有此意了。"

芈月脸色沉重："这也算得我的一个妄念，明知我母子沦落至今，衣食犹艰，故不敢直言，只待时机。不想今日变故突生，我孤儿寡母，若无倚仗，恐自身难保。故而只得放肆了，幸得先生不弃，小妇人在此多谢先生高义了。"

说着，亦是朝着冷向深深一礼。

冷向忙避让还礼，道："夫人说哪里话来。臣今日既已奉夫人、公子为主，何敢当主公之礼。不知夫人还有何吩咐？"

芈月道："今日所来诸位贤士，不知姓名、出身、才德、志向如何。我欲先与今日诸贤结交，还望先生相助。"

冷向微一沉吟，道："恕臣直言，如乐毅等人，心气甚高，恐不会能为公子纳入门下。"

芈月点头："我亦不敢如此狂妄，若能为我所用，当拜各位于宾客。若不能为我所用，我亦当助其在燕国早得重用。"

冷向心头一喜，又是一悔，他是前途渺茫，方投一个不知未来的质子门下，奉妇人孺子为主。眼前之人若能够有助人在燕国得势的门路，他入其门下，反而白白错过机会，岂不可惜。转念一想，她既然能够有把握荐人入燕为官，还要收贤纳士，却是心中有极大的图谋，那么只要自己忠心耿耿，建功立业，未必就没有前途可言。且自己已经认主，若是言行反复，岂是君子之道？想到此处，他反而平静下来，恭敬道："臣明白，当从夫人之言。"

芈月观其神情变化，直至平静，心中也是暗暗点头，眼前之人虽有名利之心，到底亦是有君子本性，自己招揽的第一个手下，终究是没有看错人，当下点头："有劳先生。"

等到冷向终于离开，芈月这才站起来，只走得两步，只觉得眼前一黑，整个人身子一软，便倒了下来。幸而站在一边的薛荔连忙及时扶住她，惊呼连声："夫人，夫人，你怎么了？"

芈月却是这一日惊险迭起，先是自己命悬一线，然后又是嬴稷受人挟持，再加上女萝之死，既伤且痛，既惊且吓，整个人的精神已经几乎崩溃，却在这种危急关头，脑子里忽然有了更大的图谋和主意。还要强撑着精神，硬要与冷向、乐毅等人周旋，脑海中想方设法，直到此时冷向离开，这提着的一口气才松了下来，顿时整个人就再也支撑不住了。

她扶着薛荔的身子，只觉得头如炸开了似的，所有思绪全部溃散，只挣扎着问道："子稷呢？"

薛荔道："贞嫂带着他去沐浴更衣了。夫人，您这一身的血，要不要也去更衣？"

芈月强撑着道："我，我要再去看看女萝。"说完，便晕了过去。

及至悠悠醒来，已经是天黑了，嬴稷伏在她的身边，见她醒来，忙跳了起来："母亲，母亲，你醒了，你怎么样了？"

芈月惊起，问道："女萝呢，她在哪儿？"

嬴稷眼睛一红，哭道："女萝姑姑已经……"

芈月扶着头，只觉得头嗡嗡作响，脑子却慢慢沉淀下来，将所有的前情经过一一回想，方叹了一声，道："想不到……我与女萝从楚国到秦国，从秦国到燕国，这么多年来相依为命，如今她却为了救我而死。是我对不住她……"

薛荔正端着水碗走进来，听了此言，跪下泣道："阿姊若有知，一定不希望夫人这么想。我们与夫人这么多年相依为命，如今夫人无恙，阿姊在地下也是安心的。"

芈月轻抚着薛荔的头发，叹道："我们要好好送了女萝，带着她的骨灰，将来一起回去。"

薛荔含泪点头。

次日，西郊堆起了柴堆。芈月和薛荔为女萝整理着衣服，梳着头，一样样地打扮整理了，再将她送到柴堆上，哽咽着祝道："女萝，你安息吧，你放心，杀你的人，我一定不会放过的。害你的人，终有一天，我会给你申冤。我答应你，有朝一日我会圆你的回乡梦，带你回楚国去，把你葬回你的部族，葬回云梦大泽。"

冷向等昔日受过酒食之人亦来相送，朝着女萝拱手，这些士人本是不会把一个女奴放在眼中的，然则大义之人，却是人人敬重。女萝曾经助过他们衣食，又大义救主，他们自也甘愿前来送别行礼。

冷向默默地把火把递给芈月，芈月流着泪，把火把送到柴堆上，但见火光熊熊，将女萝身形淹没。

薛荔失声痛哭，嬴稷大哭起来。

芈月流着泪，却没有哭出声来，只是哽咽着念着招魂之诗："魂兮归来！北方不可以止些。增冰峨峨，飞雪千里些。归来兮，不可以久些……"

嬴稷和薛荔渐渐止了哭声，也跟着轻声念着："魂兮归来，君无上天些。虎豹九关，啄害下人些。一夫九首，拔木九千些。豺狼从目，往来侁侁些。悬人以嬉，投之深渊些……"

送了女萝之后，芈月又紧接着数日内，与乐毅、冷向、起贾、段五等十余名游侠策士一一相会，探讨才干，察知志向，心中略确定了几个分类。一种是如乐毅等本身才干亦足，自信亦有，不愿意投身妇人孺子门下，作将来投资的，芈月便应允有机会当助其在燕国得志，留一份人情在；另一种如冷向、起贾之类，流离多年，才干亦有，但自忖不能够让一言动君王的，再加上有感恩之心，愿意对嬴稷作未来投资的；再一种，如段五这等真正的市井之徒，则是能够以部分小恩小惠，留着在此帮助的。

此后，又叫来嬴稷、薛荔，吩咐道："子稷，这些竹简是母亲这些日子默写出来的，以后你就要自己好好学了。"

嬴稷不安地问："母亲，你去哪儿？"

芈月没有说话，又将一个木盒推给薛荔："这里是这些日子我抄书换来的钱，你先收着。西市的游侠儿得了我的酒食，会帮助我们一二的。"

薛荔吓了一跳，她跟着芈月时间最长，自然听得出她话中之意，忙问："夫人，您要去哪儿？"

芈月道："去解决问题。"

薛荔不解："解决问题？"

芈月苦笑道："我本以为，我现在沦落市井，凭自己的双手挣取衣食，那些人也应该会心中痛快了。没有想到，我低估了人心的恶毒和无聊，前日那个叫冥恶的无赖，就是被人收买，要置我们于死地的，甚至比杀了我们更恶毒……我们该怎么办？这次幸好有人出手相助，若是下一次呢，我们未必会有更好的运气。"

薛荔也不禁拭泪，劝道："如今您结交这些游侠策士，也算是有所保障，我想他们不敢再来了吧。"

芈月苦笑摇头："你太天真了，若是再来一个冥恶，他们倒能阻挡得住。若是真正燕国权臣与我们为难，他们又有何用？"

薛荔本以为芈月这几日结交游士，是为防身，听了此言更是惊恐，劝道："要不然，我们逃吧，逃离这燕国。回秦国，甚至是去义渠。"

芈月摇头："我们能逃到哪儿去，子稷是质子，如果没有燕王的许可，根本过不了关卡，无法离开燕国。便是离了，也回不了秦国啊。"

薛荔急了："那怎么办？"

芈月站起来："我只能赌一把，我要去见郭隗，彻底解决芈茵的事情。"

薛荔不能置信地问："他能听您的吗？"

芈月看着嬴稷，问："子稷，你还记得母亲给你背过的老子吗：'将欲歙之，必固张之……'"

嬴稷点点头，虽然不解母亲的用意，却仍然接着背下去："将欲弱之，必固强之；将欲废之，必固举之；将欲取之，必固予之……"

芈月点头："对，子稷，你要记住，这世上你若要得到什么就得先付出。如果你只是乞求于人，是得不到别人理会的，但是你对别人有价值，则别人才会愿意理会你，帮助你。"

嬴稷听得似懂非懂，却乖乖点头："嗯。"

芈月的眼光悠悠越过长空，望向天际："鲲鹏能够得到自由，是因为它足够强大。这个世界是弱肉强食的，如果你放弃了自己，那么再多自我宽慰也不能解决现实的痛苦，如果不能战胜这个时代，就只能被时代所吞噬。如果你想要得到真正的公正，只有用自己的手，去涤清寰宇，才能够见到朗朗晴空。"

薛荔听得似懂非懂，却能听得出芈月的信心来，心中略略放心，但看着手中的东西，却又悬起了心。

次日，芈月便起身，换了一件稍好的衣服，便托了冷向和起贾照顾嬴稷，在薛荔陪同下，去了国相府，正式递了嬴稷的名谒，求见郭隗。

郭隗却有些诧异，那次与芈月在府中相见之后，他便知此妇心志坚毅。老实说，秦惠后的书信，他是看过的，在此燕国势弱之时，他也不愿意得罪强秦，所以劝说燕易后两不相助，又怕易后心志不坚，所以出手隔绝芈月与燕王宫的信息。

可是他没有想到，自己的宠妾居然背地里暗中算计秦质子母子，他倒不是同情芈月，而是不愿意脏了自己的手，污了自己的名声，所以芈月当着他的面揭露此事，他当真是又惊又怒，一边亲自派了心腹送芈月回驿馆以示自己的态度，另一边就质问芈茵。

芈茵自然是不肯甘休的，不免又哭又闹，话语之间，被郭隗察知她的旧事后，又闹腾着必要拿芈月出气，甚至不惜绝食相胁。郭隗从乱军中纳她为妾，后来才知她的身份，又对她迷恋，自觉有些对不住她，素来是诸般迁就的。但军国大事当前，他毕竟是燕国国相，爱惜羽毛，又岂肯教小妾胡为，坏了自己名声。当下为防止芈茵生事，将她身边侍从均换了个精光，只剩下小雀一人。

又安排芈月与燕易后会面，教她们自己澄清，自己不出面做这个恶人。果然芈月见了燕易后之后，大受打击，心志溃散，竟迁出驿馆，搬到了市井之地。他知道后，便不再过问，又因终究还是宠爱芈茵，将她放出来之后，将芈月如今情况说了，哄劝几句，叫芈茵息了生事之心。

他自然是知道，芈月落到如此境地，是芈茵所陷，但他却不愿意多加过问，漠然置之。似他这等老政客，这等起起落落的事见得多了，贵者为贱者所辱，亦不是什么特别的事，何必多管。没想到今日芈月居然又寻上门来，他便是一惊。他是与芈月交谈过的，知她心性，这番上门断不是为了什么衣食吃亏的事，应该是又有什么事情发生到足以让她上门来与自己当面质证了。

当下忙命了心腹去查验芈茵与其侍婢这些日子有什么异动，这边便请芈月入府相见。

两人对坐。

郭隗先开口问道："不知夫人来此何事？"

芈月道："五日有人买通一名游侠儿，在西市向我行凶，若不是我的婢女舍身护主，我如今已经不能坐在国相面前了，甚至连秦质子都有可能受害。纵容姬妾对他国质子再三出手，不知道国相如何对天下人交代？"

郭隗一惊，长身直立："竟有这种事？"

芈月端坐不动："国相若是不信，可去问问茵夫人。"

郭隗脸色一变，又坐了下来，缓缓道："若当真有此事，老夫必会给夫人一个交代。"

芈月点头："多谢。"又转口道："国相能够在乱世中重新收拾局面，我相信必不是那种惑于内宠、任由姬妾操纵之人。燕国如今元气大伤，正应该招揽人心为己所用，倘若有失道义的行为一再发生，恐怕会令天下人失望吧。"

郭隗脸色变了变，却敷衍地笑了笑："夫人说的是。"他已经忕忕义一次被芈月质问了，心中有些倦怠地想，看来这次要将芈茵身边所有能够助她为恶的人都换了去，下次这个妇人若再上门来，便叫舆公去接待她吧，无非是又被欺负了，又投诉了，无非是赔个礼补偿一些金银罢了。

芈月听得出郭隗言中的敷衍之意，淡淡一笑，道："我曾经问过国相，不怕子之之祸重演吗？看来国相是一点也没把这句话放在心中。"

郭隗微愠，这种事，提一次算是警示，一提再提，便叫人生厌了："夫人此言何意？"

芈月看得出郭隗的神情冷淡，然则上一次她点到即止，看来这号称重扶燕国的擎天之臣，并没有完全明白其中含义，那么这一次，希望他能够有足够的头脑去明白，当下从容道："子之之祸在哪里？因为燕王的手中没有权柄，土地人丁和钱财在各封臣手中，而列国朝堂的走向在国相手中。燕王哙无能，想倚仗子之的强势，把权力收拢，所以才有让国之举，却造成燕国内乱，外敌入侵。今，国相无子之之能，坐上子之之位，有子之之独断专行，却不能为燕国建国立业，这是连子之当日也不如啊。"

郭隗听了此言，脸色变得极为难看，他正要说话，芈月却一口气继续说了下去。

"如今燕王依旧无权，封臣们依旧各据势力，而外面还有齐国在虎视眈眈。现在齐国没有行动，只是和列国没有划好势力。一旦齐国与列国谈判好了，联结其他国家来瓜分燕国，而各地封臣或拥兵自重，甚至投效列国，到时候，燕国还能保得住吗？国相是不是要成为一个比子之更祸国的奸臣？"芈月说。

郭隗越听脸色越是难看，声音也变得喑哑难听："老夫自知是坐到了火山口，可是此刻老夫不出来坐这个位置，难道要让其他有私心的人来坐这个位置吗？到时候只怕大王母子更没有说话的余地了。燕国国势如此衰败，我郭隗虽然没有管仲那样改天换地的才能，只能是勤勤勉勉、糊东补西，疲于奔命。可我敢对天地宗庙起誓，我郭隗一腔忠心耿耿，上不祚天，下不愧地，有我一日，便有燕国一日，就有大王母子一日。若有变故，我当挡在前面，以死捐躯。"

芈月轻轻拍掌，颔首："国相高义，令人敬仰，可是乱世之中，仅凭高义却是不够的。老国相，燕国需要的是周召再世，管仲重生，而不是伯夷、叔齐。"

郭隗看着芈月，冷笑："夫人既这样说，莫不是有以教我？"

芈月直视郭隗："燕国缺的，是管仲，老国相既然明知道自己做不成管仲，为什么不做推荐管仲的鲍叔牙呢？"

郭隗愤然道："就算老夫愿做鲍叔牙，可管仲又在哪儿呢？"

芈月伸手画了一个大圈："天下滔滔，皆是管仲，只要燕国打开大门，就可见到管仲。"

郭隗虽不将芈月放在心中，终究见她大言不惭，对她的话还抱有一两分期待，见她如此回答，不禁颓然："说了半天，夫人还是空话。就算天下滔滔，皆是管仲，可是又有哪个管仲，会到一个明知必败的燕国来送死呢？他们只会去秦国、齐国、楚国，甚至是魏国、赵国、韩国！"

芈月却并不退缩，反道："譬如一个人要找主家，东家肥鸡大鱼，西家只有青菜萝卜，那似乎都要往东家。可是若是东家只当他是个奴仆一样看待，而西家却将传家宝给他为聘，他会去哪家呢？"

郭隗眼中光芒一闪，表情却不变，只问："若是当真有人才，老夫何惜此位相让，可老夫如何能知道他胜任此职呢？"

芈月反问："那么国相眼中，什么叫胜任？'舜发于畎亩之中，傅说举于版筑之间，胶鬲举于鱼盐之中，管夷吾举于士，孙叔敖举于海，百里奚举于市……'只要燕国有一个姿态，让天下策士知道来到燕国，不是被人家挑挑拣拣，而是被礼敬得重用，又能有谁不来呢？"

郭隗问："可老夫如何能够让世间策士相信燕国之诚意呢？"

芈月道："妾身以前听说过有个君王想得到千里马，却终于没有求到，这个故事我记不起来了，国相还记得吗？"

郭隗不解其意，却是记得这个旧典故的，当下道："那个国君让人以千金去买马，但去买马的内侍，却用了五百金买回了死掉的马骨头。国君怒而欲治其罪，那内侍却说，若是天下人知道国君愿意以五百金买马骨，还怕不把千里马送来吗？果然不久以后，那国君就得到了千里马……"他说到这里忽然明白，抬头一看，见芈月微笑。

郭隗顿时有所悟，行礼："多谢夫人！"

芈月敛衽为礼："告辞！"

见她不再多说一句，径直站起来走出去，郭隗看着芈月离开的背影，陷入沉思。

好半日，管事舆公悄然走进来，见郭隗沉思，不敢打扰，忙垂手站过一边。郭隗从沉思中惊醒，见了舆公，点点头，扶着舆公的手慢慢站起来。他毕竟年纪大了，这样跪坐的方式坐久了，腿不免有些酸痛，一时僵麻。

他扶着舆公的手，慢慢走在廊下，走了好一会儿，才松开了手，自己慢慢负手走着。舆公见他走的方向却正是芈茵的居所，心中已经有些明白，他方才正是去打听此事要来汇报，当下忙低声道："国相，茵姬她……"

郭隗抬手，阻止他继续说下去："我已经都知道了。"芈月卖了他一个大人情，他就必须要解决掉这件事。否则的话，他堂堂国相，一而再、再而三地管教不了自己的小妾，那么这个女人下一次出手，就没这么简单了。

芈茵根本不是她的对手，而她无法对芈茵出手，是因为碍于自己这个国相，可是，她却绝不是一个可逆来顺受、忍气吞声的女人。她已经让步两次，如果芈茵再度出手，只怕会出现教自己都无法收拾的局面的。

他能够从她的眼睛中看出来，她有着那种无法无天的气场，现在只不过是心有顾忌而已，若是教她连这层顾忌也不愿意守着，则事情将会坏到不可收拾的局面了。

他走了几步，慢慢道："你去送千金与芈夫人，谢她的高义。"

舆公心头一凛，应了一声就要转身而去，郭隗忽然道："慢着！"

舆公停住，郭隗沉默半晌，又道："还是罢了。"这件事，就算是千金相偿，还是解决不了啊。

他又慢慢地走着，一直走进芈茵的院子，侍女给他脱了鞋子，郭隗走了进去，舆公留在门外相候。

郭隗进了内室，芈茵正坐在窗前对镜梳妆，陶瓶中插着几枝桃花，映着窗外春光。芈茵见他来了，并不起身，只斜看他一眼，妩媚一笑，又对着镜子整理妆容。

人比花艳，宜嗔宜喜，见此情景，郭隗这颗权谋中泡了多年的铁石心肠也要软上一软，本是阴沉着脸进来欲质问的，此时也息了怒气，坐下来倚着隐囊，看她梳妆。

两边侍立的婢女忙上前为他送上蜜水，郭隗接过，只喝了一口便放在一边。

芈茵在小雀的侍候下慢慢地梳着妆，从铜镜中察看着郭隗脸色，见他始终没有更多的表情，最终还是站起身来，撒娇着扑进郭隗的怀中叫道："夫君，你看我今天美吗？"

郭隗扯了扯嘴角："甚美。"眼光却缓缓转到她身后的小雀身上，小雀在他这样的眼光下，不禁缩了一缩。

芈茵心中暗叫不妙，还未来得及继续撒娇，就听得郭隗问道："昨日有人买通一名游侠儿故意在西市之上对秦质子行凶，还杀了人，这件事是不是你们干的？"

芈茵僵了一僵，扭头："没有。"

郭隗看向小雀，小雀在郭隗的严厉目光之下瑟瑟发抖，终于跪倒在地，却一个字也不敢说，只偷偷斜视芈茵。

郭隗哼了一声，道："来人——"

两名护卫应声而入："国相。"

郭隗喝道："带下去。"

两名护卫立刻抓起小雀，小雀求助地看向芈茵，低声急唤："夫人，夫人……"

芈茵想说话，看了看郭隗脸色又放不下面子，扭过头去。

郭隗微闭了闭眼："杖毙。"

小雀绝望地叫着："夫人，夫人……"

芈茵却尖叫一声，扑到小雀面前："不许带走。"

护卫看向郭隗，郭隗表情不动。芈茵顿了顿足，扑到郭隗身上撒泼叫着："是，是我干的，那又怎么样？我才是你的夫人，你管她去死。我看，你是不是看上她了，是不是，是不是？"

郭隗按住自己的头，有些头疼地道："唉，你啊，你啊！"

见他如此，两名护卫很有眼色地退了出来，小雀也悄然退下，室内只剩下他们二人。

芈茵一把揪住了郭隗闹腾道："你若不是看上了她，你就别管我的事。这是我们女人之间的事，我不许你袒护她。"

郭隗摇头叹道："我何尝是袒护她，我是袒护你啊。这个女人有眼光、有手段，还有胆量，你以为就凭你，能够斗得过她吗？"

芈茵眼睛一亮，扑到郭隗的怀中撒着娇："是啊是啊，凭我是斗不过她。可我有你啊，我的好夫君，你一定能帮我的是不是？"

郭隗沉着脸推开芈茵，道："不，她现在很有用。她为我献上一策，若是献给大王，可保我大燕霸业重兴。"

芈茵看着郭隗的脸色，心中一沉，慢慢地从他身上退开，顿足嘤嘤而哭："所以你就不在乎我的感受了？所以你要为那个贱人撑腰了？"

郭隗稳坐不动："国事为重啊！"

芈茵疯狂地扑到郭隗的身上撒泼："国事为重，那我呢，那我算什么！你若是让芈月得了翻身，我是宁可去死！"她说着就要去抽取郭隗身上的剑，做出要自尽的样子来。

郭隗按住芈茵，头疼地道："好了好了，别闹了。"

芈茵越发得意起来："你叫我不闹，行啊。可是，秦国的惠文后，你打算怎么交代？燕国不想要秦国的支持了吗？没有秦国压着，齐国马上就会发兵来攻打，我看你这个国相之位能坐多久？"

郭隗闻言脸色变了变："老夫当日惑于秦国的压力，在易王后面前封死了她的路，就已经对秦国有所交代了。难道还要为你们这些妇人的意气之争，一而再，再而三地做这种有失道义的事吗？"

芈茵笑得疯狂："妇人的意气之争？我的夫君，你可不要低估了我们这些妇人的意气之争。我敢保证，你若是让那芈八子出头了，我那八妹妹、秦国的惠文后，绝对会比我更疯狂。"

郭隗哼了一声："那又如何？国家大事，不是你们这等妇人能够胡闹的。"

芈茵看他脸色已经缓和，撒娇道："反正你已经做过一回恶人了，再对她好，恐怕她也未必会领你的情。"

郭隗闭了闭眼："老夫何尝不明白，这也只是权宜之计。"

芈茵眼睛一亮："权宜之计，好夫君，这么说，你是不会庇护她到底了？"

郭隗哼了一声，道："老夫要上书大王，修高台，招贤士，这段时间，燕国声誉不可败坏。"

芈茵笑得甜甜地道："那过了这段时间呢？"

郭隗嘴角一丝冷笑，忽然站起来，走了出去。

芈茵跌坐在地，却也不恼，只得意地笑了起来。

郭隗走出芈茵的院落，舆公忙迎了上去，郭隗没有说话，只慢慢走着，與公亦是一声不吭地跟着。

郭隗走了一段路程，方道："你送千金给芈夫人，说老夫多谢了。"

與公应了一声。

郭隗又道："再送一块入宫的令符。"

與公眼中有一丝惊异，却没有发问，只忙应了，又道："那么原来宫中禁卫之事……"

郭隗摇了摇头："都不必了，易后要找她，她要找易后，都由着她们自己罢了。易后是个聪明人，知道分寸，芈夫人是个有手段的人，她若想达到目的，谁也阻不住她。老夫以前错了，以为自己是为着国家大局出发，所以许多事擅作主张，如今想来，呵呵，为了几个妇人的意气，老夫倒做了不识趣的恶人，这又何必。"

與公一惊，又向后面院落看了看，低声道："那茵姬这边……"

郭隗道："那个侍女，打二十杖。"與公应下，却听得郭隗又淡淡加了一句："打断她的一条腿，教她这几个月不能再乱跑乱动。"與公一凛，忙应下了，却有些欲言又止。以芈茵的性子，她的心腹婢女被打断腿，她是无论如何要不依不饶的。

郭隗亦知其意，捶了捶胳膊，叹道："老夫老了，经不起她闹腾啊。"一边唉声叹气，一边却道："前日赵国不是送了一些美女来嘛，你去挑几个送进府里来吧。"與公心念电转，已经会意，忙又应声。

以郭隗的身份，不管国内权贵还是国外使者，要送礼物和美姬，他自然是头一位。只是郭隗也许是年纪大了，又或许是独宠芈茵，这两三年都不太收美姬了。如今这轻描淡写的一笔，又岂是好色，不过是挡不住芈茵闹事，故而找事来拖住她的注意力罢了。

次日，郭隗上书燕王职，招天下士子，列国才子纷至沓来。邹衍自齐国来，剧辛自赵国来，苏秦自东周来……

群贤毕至，蓟城一时繁荣。

郭隗本以为赠芈月千金，当会令她母子迁出西市，因此也不再过问。但芈月却从西市中发现更多的机会，并不就此离开，而是置酒肉招揽门客，依旧留在西市，令嬴稷与这些人朝夕相从，学文习武。

乐毅自去了黄金台，受了燕王招揽，拜为将军，已经离开了蓟城，前往燕齐交界。而燕国驿馆中，亦是策士云集，成高谈阔论之地。

这日西市却来了一人，背着青囊和剑，一路打听秦质子住所。便有热心之人，指点他去了芈月住处。

他敲了门以后，却是薛荔开门，两人相见，都是一怔。薛荔认出来他，诧异道："您、您是苏秦先生？"

苏秦却不认得她，倒怔了一怔，道："你是……"

薛荔笑道："苏子不认得我，我是服侍芈夫人的侍女，当日曾在咸阳城外，有缘得见先生一面。"

苏秦脸一红，想起前事，那日他一心躲避着孟嬴，他的眼中也只见了孟嬴，然后才是见了芈月，其余侍婢等人，如何能够分辨明白，当下拱手道："惭愧，惭愧。"

薛荔一笑，忙迎了他进去。

芈月于廊下煮茶，亲奉苏秦："苏子，好久不见。"

苏秦接过茶谢道："多谢夫人。"

芈月道："听说苏子自秦国回去以后，悬梁刺股，苦读经书，如今出山，必当震惊天下。"

苏秦道："惭愧，夫人是我所见最令人敬佩的女子，若换了其他人，早就沦落无助。数月前西市遇险之事，我亦听说过了，本是为夫人忧心，没想到夫人单凭自己一人之力，就已经改变环境。想苏秦在秦国，十上奏议而不用，回到家中，嫂不为礼，父母不认，人生之拼搏输得一塌糊涂。哪里像夫人不管走到哪里，都能够绝地重生，苏秦自叹不如。"

芈月道："苏子谋国，妾身谋身，怎么能与苏子相比。苏子的才华不鸣则已，一鸣惊人。"

苏秦苦笑，摇头："我如何敢当夫人这般赞誉，若论才华，谁又能够与张子相比。"

听到张仪之名，芈月不禁关心，问道："我离秦日久，消息不通，苏子可曾听过张子的消息?"

苏秦的神情忽然黯淡了一下，半晌，才道："张子……已经去了。"

芈月惊呼一声，长身而立，急切地问："张子，他是如何去的?"

苏秦叹道："我曾经去拜见过张子，当时他已经病得很重了，那时候，他在魏国。"

芈月微一思索，已经明白，苦笑："他离开秦国了?"

苏秦亦苦笑："是啊，秦国新王继位，不容张子。其实秦惠文王去时，张子便想离开，是樗里疾苦劝他留下。他也不忍秦国连横之策就此告终，还是多留了一年，可惜终究……"他叹息一声，"张子离秦入魏，魏王便要拜他为相，只是张子当时已经是心灰意冷，也就徒挂了一个虚名而已，不久便生了一场重病，就此而去。"

芈月怔在当场，忽然间，当日与张仪结识之事，一幕幕重新映上心头。楚国的相识，秦国的相知，他挡住她离开的脚步，他劝她进入宫闱，他鼓励她勇敢参与政事，他在她最艰难的时候大力相助。想到昔年，他与她相嘲相讥、唇枪舌剑的情景，忽然间潸然泪下。这个世上，再也不会有一个人，能够与她进行如此毫无忌惮、直抒心意甚至是直面灵魂的对话了。

此生知己已逝，竟来不及告别。

芈月掩面，泪水湿透了袖子，却是不曾哭出声来，好半日，她才哽咽问道："你见着张子时，他说了什么？"

苏秦亦是黯然，道："我见到张子的时候，他已经病得极重了，与我也没说上几句话，只是将公孙衍的著作给我，说连横之术，在他手中已经用尽了。我若想再有施展之处，当在合纵。公孙衍虽然与他做了多年对头，但却是互相钦佩。公孙衍当年死在魏国，他此番到了魏国之后唯一做的事就是收罗了公孙衍的著作正准备细细钻研，却是天不假年，我若是有心，也可多去揣摩其中奥秘。"

芈月带泪，且哭且笑，道："他必是一脸不耐烦地说，这玩意儿你若要就拿去赶紧走人，你跟他不是一路人，学他的也没用。是不是？"

苏秦也苦笑："夫人仿若亲眼所见一般。"

芈月只觉得眼前依稀出现张仪的样子，还是那样狂狷不羁的样子，心中却已经有些明白："苏子此来，可是因为张子……"

苏秦点头，道："张子确实提到了夫人，他同我说，若要出仕，当去燕国。燕国，有易王后，也有夫人。"

芈月沉默片刻，苦笑道："燕国有易王后，便已经足够，何须要我。"

苏秦却摇头道："张子说，易王后并不够坚强，若无夫人，恐为人所制。"

芈月骤然一惊，一股无名的冲击打中心口，只觉得心头一酸，眼泪差点又要出来。张仪于千里之外能够预料到的事，自己却是困在局中，白白耗费了这许多时光啊。张仪、张仪，人生知己如你，竟是已经不在了，教我以后遇上困惑犹豫之时，又去再问何人？

芈月沉默良久，将方才张仪之死带来的心灵冲击缓缓平复，才对苏秦道："所以，苏子来了蓟都，可是，你为何不直接去黄金台呢？"

苏秦犹豫片刻，忽然苦笑："不错，我是为此而来。可是，我实在是有些畏惧。所以我千里迢迢来到蓟城，却不敢走进黄金台，不敢走近宫墙。"

芈月明白他的心思，点头："苏子岂畏君王，苏子畏的是……"

苏秦脸一红。

芈月曼声吟道："子惠思我，褰裳涉溱。子不我思，岂无他人。狂童之狂也且。"

苏秦脸更红了，向芈月一拱手："如今时移势易，求夫人不要再说了。"

芈月正色道："你错了，如今才正是时候。"

苏秦口吃起来："这这这，不不不行！"

芈月直视苏秦："窈窕淑女，君子好逑，这是天经地义的事。你助她的儿子江山稳固，帮她圆满心愿，有何不可？你若建下不世之功，谁还敢多说什么？"

苏秦没有说话，但眼神却发亮了，他忽然转头，疯狂地拉开自己的背囊，近乎粗暴地捧出几卷书简递给芈月："请夫人指正。"

芈月接过竹简，打开第一卷来看，看了几行，便立刻就被吸引了，也顾不得理会苏秦，入神地看下去。

苏秦带着一种自负又不安的神情，观察着芈月的表情，却见芈月只入神地一卷卷看下去。

但见树梢的日影变幻，渐渐拉长，阳光也渐渐变成橙红，然后渐渐暗下来。

芈月揉了揉眼睛，这才不得不抬起头来，一看天色，这才醒悟过来："来人，掌灯！"她看了苏秦一眼，忙道歉，"哦，请苏子用膳。"自己却卷起竹简道："苏子，这些竹简我要继续看完，还请苏子自便。"说着就向内行去。

薜荔连忙赔礼道:"苏子,我们夫人失礼了,还请苏子勿怪。"

苏秦却忙摆手,带着一种解脱和快意的笑容,已经是激动不已:"不不不,夫人这是对我苏秦最大的礼敬,最大的礼敬啊!这说明我快成功了,不,我已经成功了!"

苏秦大叫一声,扔下帽子,大笑三声。

薜荔吓了一跳,见他又慢慢平静,方上前笑道:"苏子可有住处?若是不曾有住所,我们隔壁还有空屋子,奴婢带苏子去。"

芈月自得千金,便又将隔壁租了下来,收容了些士子平日聚会谈论,也令嬴稷日常均在那儿。

次日,芈月便拿了令符,递与宫中,求见易后。

不久,宫中传讯,便令芈月入宫相见。


芈月带着苏秦,走过燕国王宫重重回廊。

苏秦带着如同朝圣般的神情,看着走过的每一处景观,一个内侍手捧着苏秦的竹简,跟在芈月身后,这是在宫门处便交与他的。

芈月走进骆虞宫中,只留下苏秦一个人在外面,惴惴不安地等着。

芈月袅袅行在回廊,内殿门口,侍女青青向她行礼:"夫人,易王后早就等候您多时了。"

燕易后孟嬴居处,铜炉内青烟袅袅。

孟嬴与芈月对坐,两人自那年冬日会面之后,再未曾相见。

但孟嬴也渐渐知道了芈月的处境,知道了她驿馆失火,知道了她受驿丞之困,也知道了她搬到西市。她曾经为此辗转反侧,寝食不安,她处置了驿丞,亦派人寻回了芈月所失去的东西,然而她只能悄悄地派人送回给芈月,却不能再公然召她入见,与她交往。

然而,当她接到芈月递进来的令符时,她惊异了,她无措了,她犹豫再三,不知所措。最终,她还是敌不过内疚,更有对于芈月的信任。

当她对芈月剖白过自己的不得已之后，她相信以芈月的傲气，如果不是走投无路，或者没有想到解决的办法，是不会再来寻找自己的。而这两种情况，她都必须见到芈月。

然而这一次芈月进来，却是什么也没有说，只令内侍将竹简奉上，方道："我有一个稀世之宝，呈于易后。"

孟嬴诧异地看着眼前的竹简："季芈，你所谓的稀世之宝，难道就是这堆竹简？"

芈月指了指竹简，笑道："你先看一看这竹简，就知道我说的是不是真的了。"

孟嬴捧起竹简，迎面而来的却是熟悉的字体，她慢慢看着竹简，手却越来越抖，最终她合上竹简，抬头急问芈月："他在哪儿？"声音中透着无法压抑的急切和兴奋。

芈月笑了，一指门外，道："就在宫外。"

孟嬴放下竹简，却并未与芈月所想宣人进来，而不顾身份仪态地提起自己的裙子，就往外跑去。

芈月先是愕然，然后笑了。

原来侍立在孟嬴身后的侍女青青擦擦眼泪，郑重向芈月跪倒行礼："奴婢拜谢夫人，为我们公主所做的一切事。"

孟嬴提着裙子，飞奔在回廊上，她顾不得两边内侍惊骇跪倒，也顾不得自己满头的簪环在飞奔中跌落摔碎，只径直冲了出去。这压抑了多年的渴望，此时忽然再现，让她连一刹那的时刻也不愿意再等。

此时，苏秦正叉着手等在宫外，他神情紧张，不时地整整衣服，又踱来踱去，忽然听到匆匆跑来的脚步声，苏秦抬起头来，看到了孟嬴拎着裙子飞奔而来。她见到他的那一刹那，已经完全失神，脚步却仍未停，正一脚踩上门槛，差点向前跌去。

苏秦吓得飞身而上，伸手扶住了孟嬴，急道："小心——"

他的动作太过迅速，连两边的内侍想扶都来不及扶住，便让易王后跌入了这个陌生男人的怀抱之中。更令他们诧异的是，尊贵无比的易王后竟不曾斥喝他的失礼，反而紧紧地抱住了对方，发出呐喊似的声音："苏子——"

那种声音，似从深渊中发出，似从枯井底发出、从所有的绝望中发出来的新生之力。

"苏子——你终于来了——"


夜幕已经降下，芈月已经离开。

易后内室。

孟嬴与苏秦席地对坐，席面上放了酒壶和酒爵，还有铜盘盛的肉炙鱼脍等。

孟嬴向苏秦举起酒爵，道："苏子，请。"

苏秦道："易后，请。"

孟嬴含情脉脉地道："小儿年幼，欲拜苏子为傅，不知苏子能否应允？"

苏秦目不转睛地看着孟嬴道："易后有命，敢不从命。"

孟嬴道："苏子的策论我看了，真国士也。燕国欲拜苏子为国相，不知苏子能否应允？"

苏秦道："易后有命，秦唯听从。"

孟嬴在自己的膝头展开竹简，道："苏子，这份策论我还有些不解之处，可否详解？"

苏秦道："愿为易后讲解。"

苏秦伸出手，指点着竹简。

孟嬴含笑看着苏秦道："苏子，我似乎有些不太明白呢，苏子可否坐近些指点？"

苏秦犹豫了一些，慢慢向前挪了一点，又挪了一点。

窗外，孟嬴和苏秦的头越挨越近，直至重合。

几声轻响。

酒爵骨碌碌地滚了出去。

竹简落在地下，一声轻响。

烛光悄然而熄。


宫中消息，自然瞒不过有心人。

郭隗下朝回府时，舆公便来回禀："相国，前日秦质子之母将一士子苏秦推荐于易王后，听说……"他压低了声音，"当夜此士子便宿于驹虞宫中。"

郭隗脸色微怔："原来是她？"

舆公一惊："国相已经知道了？"

郭隗摇了摇头，冷笑："老夫今日入宫，易后同老夫说，要让大王拜那苏秦为傅。"

舆公低头："那国相答应了？"

郭隗轻抚长须，叹道："老夫如何能不答应。老夫劝大王起黄金台，引荐天下贤士无数，可苏秦一篇策论，便教老夫无话可说。燕国当兴，燕国当兴啊！"

屏风之后，忽然一声冷哼，舆公辨其声，当是芈茵，忙看向郭隗。

郭隗挥了挥手，舆公忙率人退下。

芈茵便妖妖娆娆地从后面走出，伏到郭隗怀中，昵声道："夫君，莫不是此人会对您有威胁？依我之见，还是先下手为强……"

郭隗沉下了脸："胡说八道，苏秦乃是天下大才，他若能够入我燕国，实乃我燕国之幸。我不但不能对付他，我还要将国相之位让与他。"

芈茵大吃一惊，整个人都蹦了起来，先是顿足，又伸手去摸他的额头："夫君你怎么了，是不是发烧了，怎么会如此说话？"

郭隗拂开她的手，斥责道："妇人之见。若是燕国弱小，老夫有什么利益可言，若是燕国强大，将来的燕国，是易后说了算，还是大王说了算？这一二十年，老夫让他苏秦一步又有何妨？"

芈茵失声惊叫：“一二十年，夫君能有几个一二十年？”

郭隗却是捻须微笑：“为臣者谋国，谋家，谋身，若得国家强大，家族得到分封世代相传，老夫当不当国相，倒在其次。你看张仪在秦国为相，对樗里疾是有利乎，有害乎？”他说的倒是真话，外来的策士再怎么兴风作浪，也不过是一朝而止，真正得益的，反而是那些历代在国中有封爵、家族势力与国同长的权贵们。所以国兴则族兴，对于他们来说，一个国相之位，暂时相让又有何妨。不管是楚国的昭阳，还是秦国的樗里疾，甚至是魏国的惠施，都不止让过一回相位。

郭隗不在乎，芈茵却是不能不在乎，郭隗若不是国相，她的权柄风光就要黯然失色了，不禁尖叫起来，捂着耳朵顿足：“我不听，我不听，反正你说什么我也听不懂。”她抓住郭隗拼命摇晃，“我只问你一句，若是那芈月得势，必会向我寻仇，到时候你是不是也要舍了我啊？”

郭隗沉声喝道：“胡说，你是我的爱姬，有我在，何人可以动你？”

芈茵狞笑，她美丽的脸庞此时扭曲得厉害：“哼，哼，夫君你倒想得美。女人可素来都是记仇的，到时候只怕夫君舍了我，也未必能够让人家消气。你以为她推荐苏秦是为了什么，难道不是冲着你来的吗？”

郭隗一怔，忽然间陷入了沉思。他可以不在乎苏秦一时得势，不在乎让出国相之位，因为他对自己在燕国的掌控力深有信心，他对燕王职的影响力、控制力深有信心。

可是，看到芈茵如此疯狂的模样，他忽然对自己原来设想的一切，有了一丝怀疑和动摇。

芈茵在他原来的印象中是玲珑聪明的，最善于趋吉避害，虽然有些虚荣，有些势利，有些跋扈，但这些都是小女人都会有的弱点，他是不在乎，甚至有些纵容她。唯其软弱无能，缺点多多，才值得男人去包容，去宠爱，甚至愿意为她惹出来的祸去收拾善后。

可是在秦质子到了蓟城之后，她所表现出来的疯狂、歇斯底里、不可理喻甚至到了为了出气为了报复不惜触怒到自己这个夫君和主人的份上，依旧百战不殆，依旧偏执入骨，依旧撞墙不悔。

如果一个女人的复仇心有如此之强盛，如此之不死不休，那么，秦质子之母，作为她的姊妹，在那个女人的心中，会不会也怀着这样的执着？会不会也因此对他郭隗有此恨意？

若是她也如眼前这个女人一般，不顾一切地心怀破坏，那么她如今将苏秦送到易后身边，又会不会还有其他目的呢？

想到这里，郭隗悚然而惊，他看着眼前的芈茵疯狂地又哭又闹，忽然间就产生了一种淡淡的厌倦之意。

他终于开口，长叹一声："罢罢罢，你若不了了心愿，只怕至死不肯罢休吧！"

芈茵正又哭又闹间，听到郭隗此言，度其意思，顿时惊喜交加，颤声问道："夫君，您的意思是……"

郭隗微闭双目，淡淡地道："再过两个月，老夫会与大王巡边，到时候，大王亦会奉易王后一起出行。老夫去后，这府中之事，便交与你，舆公也留与你。老夫书房中的符印，你要好生看管，不得有失。"

芈茵大喜，捧着郭隗的老脸亲了一口："多谢夫君。"

郭隗闭上双目，心中沉重一叹。


而此时，孟嬴和芈月正走在燕国王宫后山。

看着红叶飘落，两径各式菊花夹道，孟嬴俯下身子，采了一朵菊花递给芈月，叹道："燕京的秋天是一年中最好的季节，可惜再过不久，就是可怕的寒冬。所以，应该趁着美丽的季节，好好把握，好好珍惜。"

芈月微笑道："易后指的是苏子吗？"

孟嬴脸微一红，却毫不羞涩地道："季芈，你助我良多，你若有需要，我也自当义不容辞相助于你。如果你愿意，我可以给子稷一块封地，你可以把你三个弟弟都接过来。至于这块封地将来如何，就看你们经营得如何，或者你弟弟们为燕国建立多少的军功。"

芈月没有说话。

孟嬴问道："你还在犹豫什么？"

芈月却道："燕国虽好，终是寄人篱下。"

孟嬴急了："寄人篱下又如何，难道你还能回秦国吗？如今秦国惠后当权，岂容你回去？"

芈月却摇头道："这些日子，我老是梦见母亲，梦见子戎，梦见夫子……若是能得自由，我倒真想先回楚国看看。"

孟嬴皱眉："你想回楚国？楚国有什么好，楚国能够给你和你儿子的，能比我燕国更多吗？再说你别忘记了，两国交质，质子焉可随意离开？"

芈月笑着摇头："我知道，我也没想回楚国。我如今好不容易在燕国驻足，回楚国我又能够有什么赢面。我只是想回楚国看看罢了。"

孟嬴沉默片刻，摇头道："你能走，但秦质子不能离开燕国。季芈，事关国事，就算我也无能为力。两国交质，燕国现在也有一个质子在秦国，若是燕国失去了秦国的质子，那……"

芈月苦笑："芈姝恨不得我死，难道燕国以子稷为质子，能起到作用吗？"

孟嬴也苦笑："燕国派到秦国那个质子，其实也是一样。只是，此事涉及军国之政，除非……你有足够的筹码，让我可以说服满朝文武，放秦国质子离开。"

芈月没有说话，默默地走着。

孟嬴有些不安，问道："季芈，你为什么不说话了？"她自嘲道："是不是觉得我很冷酷，很薄情？可这是你教会我的。而且，以你的能力来说，如果归楚是你无法遏制的渴望，那你会用尽你的全力去达到这个目的，你会付出足够打动燕国君臣的价码。但你没有……没有足够的力量，像你在生死关头，拿出与郭隗孤注一掷谈判的力量一样！"

芈月轻叹一声，道："不错，甚至我还在犹豫……"她忽然想到了黄歇，如果此时黄歇在，那该有多好。他一定会帮助她解决所有的问题，而她就可以安心地放下所有的事，头也不回地跟着他离开。

她当日离秦之时，曾经雄心勃勃地想做晋文公重耳，可是如今辗转经历了这么多事情之后，她忽然只觉得好累好累，若不是嬴稷还需要她支撑着，她早就想倒下不再起来了。

可是，黄歇在哪儿呢？天之涯、海之角，他可知道她在期待他的到来？连苏秦都能够找到孟嬴，黄歇，你为何还不来？

归楚，不只是她挂记着莒姬、挂记着芈戎，挂记着屈原、挂记着向寿，她更牵持着的人，是黄歇啊。

孟嬴却是知道她的心意，叹道："季芈，就算我愿意放你走，可你回楚国怎么办？我记得，你当日也是想逃离楚国的，那里可是有一只吃人的豺狼。你所能够倚仗的人，只怕不足以遏制住她，不足以保护你。你一直在犹豫，就是这个原因吧。"

芈月沉默不语。

孟嬴按住了她："季芈，你相信我。现在秦国没有机会，那你们就先留在燕国，帮助我，也帮助大王。若是秦国有机会，相信我，我会如当日父王送我回燕一般，送你们回秦。你的弟弟在楚国虽是公子，但离王位太远，有楚威后在，也不会给他什么机会。你倒不如接了他过来，相信我，燕国将来建功立业的机会，会比他在楚国更多，得到的回报，也会更多。"

芈月看着孟嬴摇头笑道："孟嬴，我很欣慰，你现在才真正像你父亲的女儿，像一个成功的燕王母后。我的弟弟们来燕国，对你的好处更大吧。"

孟嬴看着芈月："但对于我而言，他们加起来都没有你重要，有你，他们的才华会如虎添翼。"她忽然道："我知道你们在驿馆中受了亏待，你们也不能在西市长居。我已经下令在王宫附近建造一座秦质子府，等我们巡边回来，估计就能够造好了。到时候你就搬回来吧，这样我就可以与你朝夕相见，许多国政上的事，你也可以帮我。"

芈月看着孟嬴殷切的目光，点了点头。

两月之后，燕王奉母巡边，郭隗与苏秦随侍，离开了蓟城。

而芈月此时，正已经准备作迁入秦质子府的准备。

薛荔一边做着收拾东西的计划，一边问："夫人，我们快离开这儿了吗？"

芈月点头："嗯。"

薛荔叹息："易后她……唉，当日夫人如何帮她，如今夫人落难，她却非要得到夫人的利用价值，才肯施以援手。"

芈月淡淡笑道："这个世界就是这么现实。所以，一定要努力让自己变得有用，而不是依靠别人，或者说怨恨别人不能帮你。你再怨天尤人，别人也听不到。"

薛荔忽然又问："您说，七公主她……会不会再生事端？"

芈月冷笑："自然是会的。"她顿了顿，又道："所以我不相信郭隗，宁可助苏秦以限制郭隗。只要郭隗的权势有所减弱，那么芈茵纵然想作恶也是无可奈何。"

薛荔"哼"了一声："她那种人，除非死了，才不会作恶。"

芈月道："如今只能走一步算一步了。但这一步，我却不得不走。芈茵先放火，后杀人，我若是再一味退缩，只怕她更会步步紧逼，不到我死是不会罢手的……只要过了这一关，我能够在燕国稍有立足之地，就不是芈茵这种姬妾之流能够作践得了的。"

薛荔点头，兴奋地道："我相信夫人一定能够重新得回属于我们的荣耀。"

芈月叹道："这倒是后话，我如今只愿平平安安地守着子稷长大。"

这时候却听得贞嫂在帘外道："夫人，小公子在里面吗？"

芈月一怔："怎么，小公子去哪里了？"

贞嫂掀帘进来，道："夫人，天黑了，快用晚膳了。小公子还没回来，不知去了何处？"

芈月一怔："怎么，子稷去哪儿了？"

薛荔想了想，道："不是在右边院子里吗？"嬴稷素来是喜欢到右边那间院子里同那些策士们一起玩的。

贞嫂摇头："今天他们人都不在，公子也不在。"

薛荔数了数，恍然道："今天是十五，想是招贤馆中又有辩论。"

芈月道："子稷还听不懂这些呢，平日他早回来了。"

薛荔也犯了难，道："奴婢也不知道。"

贞嫂却有些犹豫，芈月见状，问道："贞嫂，你可知小公子去了何处？"

贞嫂犹豫着道："昨日我服侍小公子睡下的时候，他很兴奋，说今日要去拜一个武艺高强的师傅。"

芈月摇头笑道："这孩子……不知是拜了何人为师。罢了，天色不早了，我去把他找回来吧。"

薛荔忙道："奴婢去吧。"

芈月暗叹自女萝去后，身边只有薛荔一人，实在是不够用，想了想，自己也站了起来，道："等一等，我与你一起去吧。"

两人去了市集打探，一路问来，嬴稷常在市集与那些游侠策士们玩，众人虽不知他秦质子的身份，但他衣着气质与市集中的男孩子大不一样，因此识得的人也是极多的。一路问来，便有人说，好像看到嬴稷与一个叫段五的混混进了一条小巷。

那段五虽然混在游侠堆中，素日名声却不甚好，芈月顿时觉得不对，忙问道："他们去了何处？"

那人指了，芈月便让薛荔叫了几个素日有些相识的人，一起往那人指的方向而去。

那条小巷果然是极偏僻的，众人走了半晌，却有人忽然道："这不是那冥恶的家吗？"

芈月大惊，急忙前行，走了几步，却听得巷底传来一个男童惊恐的尖叫之声，芈月听得明白，正是嬴稷，心中大惊："子稷——"连忙向前狂奔，众人也听得这个声音，一齐朝那声音方向跑了过去。

那男童的尖叫之声忽然似被什么打断，然后听得一个粗汉的狂吼之声，乃至寂静无声。

芈月听得那声音，果然与那日冥恶被砍断了手之后的叫声极为相似，这时候已经到了巷底，但见大门紧闭，芈月顾不得许多，用力一踹大门，那门晃了一下，却是未开。幸有跟随过来的几个闲汉，见状忙上前一齐踹门，那门本来就是朽木，经不起如此大力，顿时破裂，众人推门而入，一见情况，都惊呆了。

只见一个破旧院落，黄昏夕阳斜照，地面上血流一地。院中有一人横躺于地，心口一个血洞正在流血，已经一命呜呼，此人面容凶恶，右臂残缺，正是曾经在市集上杀了芈月侍女女萝，又被游侠一剑断了手臂的混混冥恶。

而另一边，一个男童正缩在角落中吓得直哭，手中却是握着一把短剑，短剑不住颤抖，剑上犹在滴血，芈月见了那男童，尖叫一声："子稷……"便扑了过去。

嬴稷正吓得魂飞魄散，却听得一声熟悉的呼唤，泪眼蒙眬间见是母亲来了，忙丢了短剑，扑到芈月怀中大哭："母亲——"

# 第十二章

# 阴谋施

时间要拉回到稍早的时候。

嬴稷自那日在市集中见了乐毅一剑断了那冥恶的手臂，男孩子崇拜英雄的心，就此萌发。虽然他也明知道，如张仪这样的策士，一言能够胜过万千将士，可是终究这还需要时势造就，背后有大国支持。人若是落了难的时候，有一张利舌，实不及三尺青锋、一身武艺。

他虽然目睹过母亲一言煽动诸游侠的本事，但终究以为，母亲只是妇人而已，无法有高强的武艺，而单凭言语的能力，遇到事情，却是缓不济急。

尤其是在他入秦以来，接二连三，看着自己一行人遭受火灾，被宵小欺凌，甚至流落西市，若是他不是这么一个弱小的孩童，而是一个有着高强武艺的男子汉，那么这一切都不会发生，不会敢有人欺负于他们，不会让母亲受这多苦，更不会让女萝姑姑无辜惨死。

这个念头死死地缠绕在他的心中，纵然芈月有所察觉，用了许多的例子去劝说他，他只是表面上听从了，内心却是不曾改变过。

他这种心思，自然也是被那些游侠儿看出来了，而且他也是不断地向那些游侠儿请教武艺。只是那些人若当真有军旅中进身的本事，就不会混在西市了。要么如段五冥恶之流，凭着一身蛮力和不怕死的性子，在游侠群中自小打到大，练出几分"实战经验"之类的，又或者似乐毅这般，心怀大志，视这等武艺为下，而视策论为上的人。

所以他在游侠当中混了一年多，虽然也学了一些皮毛功夫，练得手脚灵活，也长了几分力气，但终究与那些武艺高强之人不能相比。

前些时间，便有一个叫段五的游侠，同他说自己知道西市中隐居着一个高人，武艺极高深，却是不与人交往，若是向他学习，必能够进步神速，说自己当日只被那人指点一两下，便受用终身。又说自己出身卑微，不敢去求那人，似公子这等身份尊贵，若去拜他为师，他岂有不肯之理。

一来二去，嬴稷被他说得心动，这日段五又说，自己已经说动那高人，今日就带嬴稷去见他。嬴稷毕竟年少，经事不多，听了他的煽动，连芈月也不敢告诉，便仗着脸熟，去那肉铺中赊了一刀肉，去酒馆中赊了一斤酒，提着那酒肉同段五去找那"世外高人"。

眼见着段五引了他走进小巷中，嬴稷看着地方越走越是偏僻，诧异地道："段五叔，那位高人真的住在这里吗？"

段五转头笑道："是啊，那位高人平时不太与人来往，他就住在里面的一间房子里。"见嬴稷有些怀疑地看着他，段五故意道："算了算了，那人脾气又怪，你若不愿，不如找别人吧。"

嬴稷见状急了，认真地道："我就想拜他为师，他不收我，我就用诚意打动他。"

段五嘿嘿一笑："嘿，你这小孩，还真有点血性呢！到了，就这家。"此时已经走到巷底，大门虚掩，段五推开门，指了指里面，道："估计这会儿他不在，你要不先进去把酒肉放下。"

嬴稷点了点头，应了一声，走进门内，放下酒肉仔细打量，却犯了疑心。但见这小院甚是破落，家什物件丢了个乱七八糟，旧衣裳挂在树权上，也似好几日未收了。

他虽然年纪尚小，却有些见识。若说是世外高人，再怎么不理俗务、与人不相往来的样子，这屋子可以空旷积尘，却不能肮脏邋遢。

世外高人的院子，可以是落叶不扫，青苔淹阶，却不能是破凳烂桌、食物残渣堆积；世外高人的院子，可以是炉香袅袅辨不出是哪几种香合制的，绝不能是无名恶臭不知从何处来。

嬴稷见状，顿时顾不得许多，将酒肉一扔，就想离开。不料他方一起念，便见那段五早已经不知何时溜走，却听大门啪的一声已经关上，一个大汉站在门边，拴上了门闩，朝着他狞笑着走来。

夕阳斜照，拉得他的身影又长又恐怖，嬴稷认得出他的脸、他的狞笑，这曾经是他好些日子以来的噩梦，这人便是那日在西市上杀了女萝的冥恶。

嬴稷见此情况，便知道自己已经上当，只是自己身小力弱，却被他引诱至此，关上门来，只怕是叫天天不应、叫地地不灵了。此时情景，却比当日西市之上，更险了三分。

嬴稷一步步后退，只是他毕竟年纪小，步子慢，只退了两步，便被冥恶一把揪了过来。

冥恶用左手将嬴稷提到空中去，狞笑道："小兔崽子，想找人学功夫，不如某家好好教教你什么叫功夫吧！"说着狠狠地将他掷到地上，再踢上一脚，嬴稷被踢飞出去，撞在土墙上，跌落地下，土墙上的黄土瑟瑟抖落，嬴稷缩成一团，嘴角鲜血流了下来。

冥恶瞧着嬴稷缩在墙角，整个越缩越小，似觉得这样就可以躲过灾难似的。他心头大为快意，摸了摸空落落的右臂，心头仇恨涌上，他自没了右臂，养伤养了数月，日子越发艰难。再去寻那个当日指使他的人，却被逐出门外。他当日仗着蛮力欺凌弱小，如今残疾了，当日的仇家也一并报复，他被人毒打了数次，更是生不如死。

偏生机会又再度降临，如今自己既可以报仇，又可得到利益，岂不快意，想到这里，更露出残忍的笑容来，叫道："大道三千，你偏寻进此死路来。小子，到了黄泉别怪我，要怪就怪你自己投错了胎……"

说着，他又上前揪起嬴稷，待要慢慢折磨，不料手才触到嬴稷，却见嬴稷直接向着他扑上来，一把抱住他，他虽然身高力大，但吃亏在只剩一只手了，正想去揪嬴稷，忽然只觉得心头一凉，低头看去，却见胸口插着一把短剑，剑柄却正握在嬴稷的手中。

他一只手已经揪住了嬴稷后心，却痛得无力再将他掷出去，只痛得大吼一声，待要用力。嬴稷见他相貌狰狞，吼声恐怖，心头一慌，手中短剑却不拔出，而更用力插入，双手握着短剑转了一圈，绞了一绞。冥恶心口插了一剑，本还残余的一口气，被他这样一绞，顿时死得不能再死，整个庞大身躯就此歪歪斜斜地倒下。

嬴稷虽然已经吓得魂飞魄散，却死死地握着短剑，连滚带爬地躲开冥恶倒下的身躯，只觉得阳光刺目，缩到阴影角落里，只顾瑟瑟发抖。

虽然听得踹门声呼叫声一声高过一声，但脑海里只余一片茫然，耳边只有嗡嗡作响，竟是一点反应也没有了。

直至芈月冲进门来，冲到他的面前，他听到母亲熟悉的叫声，虽然泪眼蒙眬，但母亲熟悉的气息和手臂还是让他终于恢复了神志，丢了短剑，扑到母亲的怀中，号啕大哭："母亲，母亲……"

芈月心疼地抚着嬴稷的头，安抚着："子稷不哭，子稷不怕，有母亲在呢，子稷不怕……"

嬴稷抱着芈月，纵声大哭。

众人看着冥恶的尸体，亦是猜想出发生了什么事情，想着这少年中了陷阱，却居然还能够杀了冥恶，不由得啧啧称奇。

芈月扶起嬴稷，正欲离开，忽然间人群喧动，两个胥吏打扮的人从外面挤进来，手中还拎着枷具铁链。

便有人惊呼道："是廷尉府的人。"

那两个胥吏走上前来，看到地上冥恶的尸体，惊呼道："果然有血案，是谁光天化日之下，竟然杀人？"

嬴稷惊魂甫定，听到吓得惊叫一声："母亲——"便缩进芈月的怀中发抖。

那胥吏一眼看到嬴稷面前扔着的带血短剑，便走到跟前来，拾起短剑，喝问道："这是谁的？"

人群中便有一个叫道："是那个小儿杀了人，匕首就是他的。"

芈月循声看去，那人却是躲在人堆之中，只说了一声，便躲了个没影。芈月心一沉，知道这必是有人设套。

果然那胥吏拿着短剑对着冥恶胸口比了比，便对着嬴稷喝问道："这短剑可是你的？"

另一胥吏便已经同时问出："可是你杀了此人？"

嬴稷已经吓得晕晕沉沉，听了这两声喝声，更是混乱，又点头，又摇头哭道："是我的……是他要杀我……"

那两个胥吏交换了一个满意的眼神，便甩出铁链，叫道："带走。"说着上前就要带走嬴稷。

芈月听得这两人同时喝问，便知不妙，这般淆乱恐吓的问法，便是大人也要入其套中，何况嬴稷这个已经被刚才局面吓坏了的小儿，果然看那两人神情，显示这不是普通公案，来得这般迅速，只怕也是早已安排。她紧紧抱着嬴稷，一边退后一边叫道："慢着，我儿是歹人骗到此处，差点被恶人打死，众人皆可做证，他乃是出于自卫。"

那两个胥吏交换了一下眼色，一个神情凶恶者就要开口，却被一个神情狡诈者阻止，后者上前嘿嘿冷笑一声："其中情由经过，你自上公堂与廷尉讲去，我们只管捉凶。"

芈月瞋目裂眦，厉声高叫："我儿乃是秦国质子，要带走他，须得行文与秦国交涉。"

那凶恶之胥吏不耐烦地将芈月一把拉开，芈月待要抗拒，竟发现此人孔武有力，远胜普通胥吏，自己也算有些武艺，竟被他扼住手腕不能动弹，那狡诈之胥吏趁机从她的怀中揪走嬴稷。

那凶恶之胥吏将芈月一把推倒在地，冷笑："你说你是质子就是质子吗？谁人相信，堂堂一国质子会跑到这种贱者居住的西市来？杀人凶手还有何话可说，带走。"

便见那狡诈胥吏就扛起拼命挣扎的嬴稷扬长而去。

众人见状，也想阻止，不料忽然间外头又冲进许多校尉，叫道："廷尉府执法，谁敢阻挠。"顿时将众人都惊吓住了，这才撤离。

芈月听着嬴稷被扛着一路大叫着："母亲，母亲——"声音只叫了几声，便似被捂住了嘴，再也不闻其声。饶是她再镇定，再深沉，当此刻也不禁如普通妇人般疯狂大叫："子稷，子稷——"顾不得一切，踉跄追了上去。

她追得披头散发，不慎踩着裙角摔倒在地，又爬起来继续追击，甚至追得鞋子都掉了一只，赤着一只足追了半日，追得脚下尽是鲜血，却终究不及对方早有准备，如何能够追得上。

便纵追得上，她一个孤身女子，又能将这些训练有素的胥吏如何？

芈月跌坐在地，泪眼已经模糊，她重重地捶了一下地面，想要站起来，爬到一半却又无力地跌坐下去。

薛荔气喘吁吁，追了几条巷子，终于追上芈月，喘着气要扶她起来，边惊恐叫道："夫人，夫人，您没事吧——"

芈月的脸色变得铁青，声音也变得冷厉，她的话语像是从齿缝中一字字挤出："我没事，我们去找子稷，我不会让任何人夺走我儿子。"

她扶着薛荔，慢慢地回了住处，贞嫂慌忙出来，见了芈月惨状，惊呼一声，忙去拿了伤药，将芈月的伤足清洗包扎。

芈月一动不动，怔怔坐着，任由贞嫂与薛荔摆布，洗了脸，换了衣服，重绾头发。直到冷向等人闻讯回来，她才忽然惊起，指派了众人去各处打听嬴稷的下落。

人一散去，她又变成怔怔的、茫然不知所措的样子。

薛荔自服侍她以来，竟是从未见过她如此模样，不禁伏在她膝上大哭。

贞嫂端了粟米糊进来，半日不见她动，只得劝道："夫人，您吃一点吧。"

芈月摇头："我吃不下去，一想到子稷今夜不知道要受什么罪，我根本没办法有一刻安宁。"

薛荔哭道："可您这样也不是办法啊，公子被抓走，冷先生他们已经去打听了，您这般不顾自己，可怎么救公子呢？"

芈月抬头看了看天色，此时天色已黑，叹道："已经宵禁了，他们也不能再走动了，否则必是要被拿住当成犯夜之人的。可是子稷这一夜，他该怎么过啊。他会不会吓坏了，他们会不会打他、欺负他，会不会给他吃东西，他可有地方睡……一想到这些，你教我怎么可能有心思自己先吃，怎么可能有心思休息？"她声音越说越是凄凉，薛荔和贞嫂两人听了，也不禁垂泪。

芈月的声音在夜色中听来，寒浸浸的："有时候觉得这世间的难关，一关又一关，你觉得已经过了一关，转眼又有更坏的情况发生。我明明在努力了，是不是？我们活着从秦国到了燕国，我们从大火中活着出来，我们没有被杀死、被烧死，没有冻死，没有饿死，我只想平平安安地抚养子稷长大，我什么都不要，什么都不争了，为什么她们还不放过我……"

薛荔上前抱住芈月泣道："夫人……"

芈月木然冷笑："我以前以为我死也不会走上我母亲这条路的，结果，我也住进了市井陋巷，靠一双手为人做佣。我曾经看不起芈茵，她为了生存委身为妾，可我呢？却连她的掌握都逃不出去。我以为我对付她并不难，难的是她身后的郭隗，是她身后的权力。所以我找了郭隗，给了他招揽天下的计谋；我找了孟嬴，给了她苏秦。我以为我可以凭自己的能力逆转局势，可是别人轻轻一挥手，就能够置我于死地。"

薛荔哽咽道："夫人，您千万别这样，您要想想小公子，要想想他啊！"

芈月的声音很轻很轻，轻得似乎再多不出一丝力气来："薛荔，我觉得真是好累，累得都不想动弹了。我用尽全力，生死闯关，却只不过是别人的指掌翻覆间，就如同戏耍一样的事。薛荔，我没有力气了，我真没有力气了……"

薛荔骇极，抱住芈月用力摇晃："夫人，您不能没有力气啊，您还有小公子啊，还有我们啊！"

芈月轻轻地道："我还有子稷要救，我不能倒下，可我真没办法了，没有办法了。我有一种预感，这次的灾难，会是前所未有的……"

薛荔与贞嫂交换了一眼，当下硬了硬心肠，道："夫人，得罪了。"

当下就拿起汤匙，与贞嫂硬是一勺勺将米糊喂进她的口中，芈月一动不动，任由摆布。薛荔又脱了她的外衣，扶着她躺倒，芈月亦是一动不动，可是她的眼睛却是无法闭上，只直愣愣地看着门口方向。

贞嫂看着芈月如此模样，竟似自己当日看着全家老小一个个饿死的模样似的，不由得勾起心事，悲中从来，捂着脸哭着跑了出去，回到房间，抱着亡子的衣服，哭了半夜。一大早便起来，烧了早膳，拉了薛荔来，将自己的担心说了，薛荔也是一惊，反驳道："不会的，我自认识夫人以来，她心志坚定，就算是一时失神，也断不会就此心神全溃的。"

她心中着急，一大早便跑去寻冷向等人，那几人却是也早已经不在租住之所，亦是一大早就出去打探。

直至正午，才打探得消息，赶来回报芈月。

而芈月一夜伤神之后，次日清晨，忽然变得精神起来，也是一大早就梳洗更衣，叫了车，赶入王宫，不想王宫之中却是孟嬴与燕王均已经离京巡边。她又赶往郭隗府，但临进郭府，还是有些犹豫，只叫薛荔又去找那熟识之人打听，方得知郭隗亦是与孟嬴母子一齐离京了。

芈月心头冰凉，知道早入别人算计之中，当下赶回西市，才得了冷向回报，说是嬴稷如今被押在蓟城西市的典狱之中，这典狱便是廷尉府下所治，因为西市市井之地，鱼龙混杂，这典狱便建得十分牢固，看守森严。

这西市众人，却是极熟悉这典狱，一讲起来，都是咒骂极多。原来这西市之狱是由廷尉右丞管着，此右丞姓兆，人品亦是极为恶劣，举凡勾结无赖、敲诈勒索、诬良为盗、制造黑狱，乃至于强迫良家妇女等不堪之行，皆有苦主。

芈月越听心中越是暗沉，只是事到临头，嬴稷在他们手中，她却是不能不去救的。当下只得在冷向与起贾的陪同下，来到西狱。

她在外站了半晌，方见一侧木门开了，一个狱吏钻出头来喝问道："谁是秦稷之母？"

芈月忙应声道："是我。"

那狱吏道："右丞答应见你，进来吧。"

芈月忙走进门中，冷向等人想要跟着走进，却被狱吏挡住，喝道："闲人免进。"

薛荔忙上前道："我是夫人婢女……"

那狱吏冷笑一声，道："右丞只见犯人之母，到了西狱，还摆什么架子，带什么婢女。"说着，将薛荔推了一个跟跄。

芈月心中隐隐不安，只是心系嬴稷，便纵是刀山火海，也要闯上一闯，当下阻止了薛荔道："罢了，你们……"她眼光扫过冷向，道："先留在外面等我吧。"

她按捺住心神，微昂起头，走进这西市人人恐惧的监狱之中。

虽然外头正是春日，艳阳高照，然而这西狱之中，却似永恒的阴寒，光线也是阴暗不明。那狱吏在前面走着，芈月跟在身后，脚下时不时地要绊到什么东西，令她不得不扶着墙走。

在阴暗的光线下，只映得土墙色彩斑驳，芈月觉得手触土墙的感觉有些异常，抬起手一看，手上却是沾了一些暗紫色的粉末。

那狱卒忽然回头，朝着芈月阴森森一笑："那是血。"

芈月一惊，只觉得一阵恶心，收回手，纵便走得踉踉跄跄，也不敢再去扶那土墙，手于袖中暗暗用力搓着，想要把手中这种黏糊糊恶心的感觉搓掉。

忽然风中隐隐传来几声惨叫，芈月站住，左右张望。

便听得狱吏阴森森地道："秦氏，往这边走。"

芈月便问："兆右丞在哪儿？"

狱吏不说话，只闷头走着，一直引着她走到一间屋子前，这才推开门，恭敬地道："兆右丞，秦氏来了。"

芈月硬着头皮，推门走进去，却见那屋中，一个尖嘴猴腮的人跪坐在几案后，几案上正是一卷摊开的竹简，他见了芈月进来，发出一阵令人毛骨悚然的笑声，道："芈八子，请进来吧。"

芈月镇定了一下心神，走进室内，跪坐下来，与那兆右丞对坐，道："右丞既知我的身份，当知我儿乃是秦国质子，昨日被胥吏误抓，还请右丞高抬贵手，彼此方便。"

说着，从袖中取出一个布包，推到兆右丞面前来。

兆右丞一伸手，打开布包，见里面却是几样首饰，一堆金锭。

兆右丞笑了笑，道："夫人出手倒是大方。"

芈月苦笑："我乃一妇人，小儿乃性命所系。为救小儿，便是倾家荡产，也是在所不惜。"

那兆右丞看着这堆珠宝金子的眼睛，似要掉了进去拔不出来，好半响，才恋恋不舍地收了目光，将这布包一推，冷笑道："夫人爱子之心，令人敬重，只是送到下官这里，却是送错了地方。下官只是一个小小右丞，只管捉拿犯人，查案的事，自有司寇府去做。什么秦国质子，两国邦交，也与我无关。上头若说要放，我便放，上头若说要扣押，我便扣押。"

芈月强笑："但不知这个案子是谁在审理？还望右丞告知。"

兆右丞奸笑道："案子谁审理我不知道，不过如今蓟城乱得很，天天有案子，若是被人一拖两拖的，唉，夫人只怕是……"

芈月明知道他故意要挟，仍镇定强笑："我儿乃是秦国质子，而且还是易后的亲弟弟，若是有人胡作非为，只怕易后问罪下来，累及家族……"

兆右丞却是嘿嘿冷笑："夫人何必诓我，若是易后有庇护之心，夫人如何会差点被火烧死，以至于沦落到西市为人抄书，甚至被无赖寻衅杀人，也无可奈何？夫人，你也知道，不是卜官为难你，是你自己得罪了人，如今在这燕国，谁都可以为难你，谁都可以拿捏你，可谁也不会救你，谁也帮不了你……"

芈月如坠冰窟，嬴稷昨日被抓，只一夜时间，他居然将自己的底细完全了解清楚。她已经知道这一场飞来横祸，背后主使之人，果然便是芈茵了，心中忽然升起对郭隗的怒火来，郭隗不是不知道芈茵对她一而再、再而三怀着杀意，而自己亦是数次以建言交换，以让郭隗约束芈茵。

而此时，郭隗奉燕王母子出巡，芈茵忽然发难，若说这背后郭隗丝毫不知，简直是笑话。可是他这么做，却又是为何呢？难道他竟老迈昏聩至此，为讨宠妾欢心，而宁可将秦质子母子作为礼物奉与小妾吗？

还是……他另有图谋？这图谋是针对谁，是对着孟嬴，还是苏秦？

她昨日受此打击，本是心志溃散、六神不属之时，可是她的性格却是越挫越强。昨日茫然不知所措之时，神志溃散，此时想明白了敌手，反而激起心头的战意来，当下脸色一变，露出色厉内荏的神情，试探道："那我现在就去找易后，求她的诏书。到时候兆右丞当会知道，在这燕国是不是谁都可以为难我……"

兆右丞嘴角一丝奸笑："夫人不必去了，昨日大王奉母北巡，如今已经不在蓟城了。"

芈月整个人忽然僵住，忽然间扶着几案慢慢站起来："看来，连兆右丞也是局中人了……"

兆右丞见她欲转身而去，阴笑着问："夫人莫不是打算去追易后吗？"

芈月侧身，冷冷地道："是又如何？"

兆右丞摆了摆手，阴笑道："没什么……"他拖长了声音，慢慢地道："下官只怕你们这些贵人，不晓得这西狱之中的规矩。"

芈月听了此言，浑身一震，再也顾不得掩饰，扭头颤声问他："什么规矩？"

兆右丞的神情越发显得猥琐起来，叹道："我这西狱，是专门收容西市那些作奸犯科的混混游侠，甚至是杀手刺客，他们一个个好勇斗狠，死有余辜。所以这西狱之中，收容那些犯人，大多数是没打算让他们活着出去的。所以狱中私刑私斗，自是每日都有……"

饶是芈月心志再强，听到这句话，也不禁脸色发白，厉声道："右丞这么说是什么意思？"

兆右丞奸笑一声："没什么意思，下官只是出于好心，提醒夫人小心这狱中的风险罢了。"

芈月扶住柱子，强自镇定心神："多谢右丞好意提醒，我意欲保得小儿安全，不晓得当如何回报右丞？"

兆右丞呵呵一笑，道："好说，好说。上天有好生之德，下官虽然官微职小，没有放人的权力，但是在这西狱之中，用心照顾一两个人的能力，还是有的。"

芈月忽然动了，她推开柱子，走到几案前坐下，冷静地道："兆右丞要什么条件，只管说出来便是。"

兆右丞见状，心中大定，伸出猴爪似的手掌，色眯眯地伸手抚上芈月放在几案上的玉手，轻轻抚摸。芈月忍着恶心不动，兆右丞越发胆大，直起身来，朝着芈月俯近，猥琐地轻声说道："孤阴不生，独阳不长，听说夫人当年宠冠秦王后宫……"

芈月忽然大笑起来，她笑得如此放纵，如此疯狂，惊得兆右丞的手缩在半空，忘记收回。

芈月放纵大笑，笑了半晌，站起来，居高临下看着兆右丞冰冷地道："右丞好大的胆子，不怕倾家之祸吗？"

兆右丞脸色变了又变，先是不由得有些畏怯，旋即想到了什么似的，又壮起胆子，哈哈一笑："男欢女爱，你情我愿，有什么罪过？难道下官还敢强迫夫人不成？夫人寡居，难耐寂寞，与下官有了私情，下官自然也是却之不恭的，啊，哈哈哈哈……"

随着他的笑声，便拉了拉柱子边的一条绳索，那绳索似连到外面的一个铜钵，便听得"当"的一声，传了开来。

忽然远处传来嬴稷的一声尖叫："母亲——"

芈月脱口而出："子稷——"扑向门口，左右观看，欲找出嬴稷在何处。只是嬴稷却只叫得那么一声，又再无声息了。

听得室内那兆右丞拿起一片刀币，轻轻地与另一片刀币敲击着，玩得饶有乐趣。

芈月茫然地看着阴暗的监狱院子，她用力扼住门柱，渐渐平静下来，转头看着兆右丞，声音沉沉地道："兹事体大，你且容我考虑。"

兆右丞看着芈月，此时终于放下心来，眼睛放肆地将她从头到脚，一寸寸地看过来，口中笑道："夫人果然是聪明人，这决心嘛，还得早下啊，否则的话，时间拖长了，下官也不晓得会发生什么事呢！"

芈月木然而立："放心，三日之内，必会给你一个答复。"

兆右丞冷酷地道："一日。"

芈月瞪大了眼睛，怒道："你说什么？"

兆右丞扶着几案站起来，将那布包内的金饰重新包起，塞在芈月的手中，伸手又想朝芈月脸上摸去。芈月往后一退，冷冷地逼视着兆右丞。

兆右丞见了她的眼光，不敢再行逼迫，只做了一个下流的动作，笑道："下官知道夫人想要施缓兵之计，只不过下官也不是傻的，明日这个时候，下官就要一亲香泽，否则的话，小公子会出什么事情，下官就不敢保证了。"

芈月从牙齿缝中逼出一个字来："好。"她只觉得待在这恶心的地方再多一刻，便要再也控制不住自己要爆发出来，当下只转身愤然而去。

兆右丞看着她的背影，得意地笑了。

# 第十三章

# 劫 西 狱

芈月一路狂奔，一直出了西狱，走出门来，便见冷向等人迎了上来，担忧地问道："夫人……"他看看芈月身后，并无嬴稷，便将其他的问话吞了下来。

芈月阴沉着脸，一言不发，径直往前走去。

冷向与起贾面面相觑，不敢再问，只得跟了上去。

芈月神情木然，似游魂般往前走着，走了十几步，忽然停住，冷向忙跟上前来，就听得芈月低声道："后面有没有人跟着，若是有人跟着，便打晕了，或者杀了。"

冷向听其最后四字，杀气毕露，心中一凛，忙应了一声是，就匆匆走开，转了一圈，再暗暗跟在后面。果然见了两个獐头鼠目的人暗暗跟踪，他见芈月亦是朝着小巷拐弯，便到了一个小巷处，将两人打晕，这才又匆匆跟上，低声说了经过。

芈月点了点头，忽然道："冷先生，烦请今日黄昏之前，将你所有认识的人，都约到西市那个酒馆处，我想请大家喝杯酒，共同商议救小儿之事，可好？"

冷向忙点头："在下自当义不容辞。"又忙低声道："已经有人找到那个段五，问出他也是被冥恶收买，把小公子引到小黑巷，我们这些街坊都是见证，愿与您去廷尉府见证。"

芈月苦涩地摇头："不必了。"

冷向诧异，道："夫人不必灰心，我们这么多人，不会眼睁睁地看着小公子被人陷害。西市的典狱我们也是很熟悉的，那些人不过是死要钱罢了，大伙儿先凑点钱，去打点一二，必不叫小公子受苦。"他说了好一会儿，却发现芈月表情呆滞，似听非听，心中暗道她素日纵使再厉害，终究也是妇人之身，如今见了儿子有事，便是全无主意了。忙叫了几声试图唤回她的神志来："夫人，夫人，您有听到我们在说什么吗？"

芈月摇了摇头，此时已经拐出巷子，但见酒肆正人来人往，她不再行走，只径直走进。

昨日之事，亦有许多人目睹耳闻，见到芈月走了出来，酒肆中正在喧哗的人们顿时安静了下来，看着她游魂般地进来，怔怔地把手中的布包放在案上，布包散开来，里面的首饰和金锭便跌落下来。

芈月扯了扯嘴角，想说什么，忽然口中艰涩，难以出口，此时酒保正端了一瓶酒不知要送与谁人，正经过她的身边，芈月忽然一把抓过那酒瓶，拔开塞子，仰头咕噜噜地喝了几大口，也许是酒精刺激之下，她忽然张口，嘶哑着声音道："我母子居于西市，一直多承各位高邻照顾，今日这些钱就请大家喝一顿酒，各位不必客气，尽管放开了喝。"她忽然坐下，一拍几案，叫道："店家，再去买两只羊，烤了，我请大家吃。"

众游侠听到她这么一说，高兴地击案："多谢芈夫人。酒保，快上酒来，上肉来。"

众人上了酒，高兴地喝了起来。

冷向看到芈月的神情，有些吃惊地退后一步，忽然想起芈月方才说的话，心中一凛，忙转身离开依令去召集素日相熟之人。

薛荔跟在芈月身后，看着这一举一动，看到芈月似神魂出窍般坐在席上，脸上带着诡异的微笑，心中更是惊骇莫名。

此时周围聚拢的游侠儿越来越多，都在大碗喝酒，低声交谈，小酒馆中越来越热闹起来。

薛荔压低了声音，推了推芈月，唤道："夫人，夫人，您怎么样了？您别吓我！"

芈月却笑道："我很好，薛荔，你不必担心。我现在有事吩咐你，你立刻回去把我们所有值钱的东西都拿过来，全部请大家喝酒。"

薛荔吓得一颤："夫人——"

芈月忽然高声道："今日我广交朋友，请大家共谋一醉，各位若识得有游侠豪客，均可相请至此，统统由我来请客。"

薛荔吓坏了，看着芈月的神情畏怯又吃惊。

芈月看了薛荔一眼："快去拿吧，否则就不够酒钱了。"

薛荔想劝又不敢，只得恍恍惚惚地向外行去，耳中只听得众游侠举杯大声叫着："干！"

不一会儿，人越聚越多，小小酒肆已经不够座位了，众人或站或倚着墙，或站在酒肆外头，却是人人都端着酒碗，啃着羊肉，吃得欢快，喝得尽兴。

天色渐渐近黄昏，太阳西斜，街市上的人渐渐走得少了，只有这些游侠混混等人，尽数为酒食所吸引，都聚到了这间小酒馆里来。许多人已经喝得脸色通红，酒气上涌。

见着冷向最后也挤了进来，走到芈月身边低声道："夫人，我已经把我认识的人都叫了过来。"

芈月点了点头，低声道："还喝得不够，再喝一会儿吧。"

过了半晌，便见那酒馆主人走到芈月身边，低声道："夫人，小老儿酒肆中的存酒都已经拿出来啦，若要再喝只得要出西市去买了，马上就要宵禁了，便买了来，今日也是来不及吧。"

芈月点了点头，道："把所有的酒都倒上吧。"

见酒保已经将酒倒空了，便摇摇晃晃地站起来，捧着酒碗大声道："各位侠士，酒还够吗，肉还够吗？"

冷向丢个眼色，便有一名游侠走到芈月面前，长揖到底，方起身道："我等居西市，久受夫人恩惠，今日又承夫人馈我等酒肉，我等性情中人，不敢白受恩惠，但不知夫人有何差遣，还请明示。"

芈月放下酒碗，扶着薜荔勉强坐直，端端正正地伏地行了一礼，才站起来，大声道："未亡人在此给诸位侠士见礼，我母子受仇家陷害，我儿身陷囹圄，求救无门，不愿受辱，唯死而已。既已决定赴死，空余钱财亦是无用，诸位英雄皆是当今人杰，却沦落西市，衣食不周，若今日妾身倾余财，能令诸位英雄尽兴畅饮，亦足慰平生。若是酒肉尚有不足，妾当剪发换酒，不令诸位扫兴。"

说着，芈月取下头上的木簪，解开发髻，长发如云委地，她手执匕首，削下自己的一大截头发来，双手呈上："酒家，请以此发，再换美酒，尽大家酒兴。"

顿时就有游侠跳了起来："夫人，是何等人逼得夫人至此，我等当为夫人扑杀此獠。"

芈月掩面泣道："罢了，是妾身母子命薄，想西狱之中，冤魂处处，又何止我一家。只可怜小儿方才垂髫之年，要受此凌虐，我这做母亲的只能怀白刃而独入虎穴，拼一个同归于尽罢了……"说着放下袖子，神情凛然："若是诸位高义，请明日于西狱之前，为我母子收尸，便足感大恩。"

这些游侠皆已经喝了有七八成酒意，闻言顿时有人把酒碗往地下一摔，血气上涌，拔剑叫着："各位，自廷尉府在这西市特意设这典狱以来，不知道将我等多少兄弟滥设罪名捕杀。芈夫人区区一妇人，尚知不愿受辱，宁怀白刃而入虎穴，我等男儿，岂无血性，眼睁睁看着孀妇孺子受人陷害，袖手旁观吗？芈夫人，今日某家就随你一起前往典狱，拼一个你死我活罢了！"

许多游侠本来就已经喝高了，再加上平时的怀才不遇意气难申，顿时酒作胆气，也纷纷掷碗而起："芈夫人，某家也愿随你一起去救人！"

芈月哽咽伏地："多谢各位英雄大义。"

冷向见状，顿时站了起来挥手向外走去："走！去西狱，劫狱去！"

众人也一起高呼："走！劫狱去！"众人一声呐喊，顿时一起向外走去。

薛荔伸手去扶芈月："夫人！"

芈月却已经站了起来，拔出了长剑，剑气森然，映着她的脸也是一片寒气逼人。

她冷冷地道："既然忍气吞声亦是没有退路，那我们今夜，便大闹蓟城，拼个鱼死网破吧。"说到这里，高叫一声："劫狱去！"

蓟城当日自子之之乱，到齐人攻城，再到秦赵两个拥立新王之战，这些游侠儿杀过人，平过乱，守过城，混过战，蓟城安定之日，有兵马镇压，分而治之，便已经叫人头痛，遇事只能挑拨离间，眼开眼闭。如今芈月这顿酒肉，却是已经将西市的游侠儿聚齐了，又岂是简单之事？这些人喝高了酒，又加上素日积愤已久，顿时冲进那西狱之中，砍开那木门，将里头的犯人都放了出来，与那些狱卒一起厮杀起来。

那西狱虽然把守森严，但毕竟也就是这么一些狱卒，且天色正晚，许多人都已经在宵禁之前归家，只留了些值夜之人。那兆右丞正做着美梦，却忽然听得一声巨响，无数游侠儿闯入西狱，劫囚闹事，杀人放火，只惊得目瞪口呆。

芈月持剑冲进西狱，见院中已经是杀声一片。

她急忙问迎出来的冷向道："子稷何在？"

冷向满头大汗地迎出，却艰难地道："夫人，小公子他、小公子他……"

芈月急问："子稷怎么样了？"

却听得一声刺耳的尖厉笑声："呵呵呵，贱人，你的儿子，在我的手中——"

芈月循声看去，却见兆右丞把剑架在嬴稷的脖子上，一步步走出来，众游侠一步步后退。

兆右丞看到了芈月，恶狠狠地道："你这泼妇，老子不过想占点便宜，你便敢杀人放火。老子是看走了眼，但你也未必就能够得逞。如今你毁了西狱，老子就要倒大霉，你也别想好过。"

他倒不是未卜先知，能够想到这番变故是芈月所为，但他素来狡诈，知道西狱火起，自己必当倒霉，眼前这一关自然是先避为上。只是若这般空手走避了，回头追究起罪责来，不免要丢了官帽。因此临走之时，便想抓个最值钱的东西一起跑，而此时西狱之中最值钱的莫过于嬴稷这位秦质子，且这个人犯，又是有贵人托他行事，他抓了嬴稷去那贵人处，说不定还能够脱险为夷。

因此便带着两名狱卒，先冲进了嬴稷所囚的房间，将嬴稷抓了起来，押着嬴稷就想往外跑，恰是冷向带着两名游侠，依着芈月所嘱来救嬴稷，见了兆右丞押着嬴稷出来，恐混战之中伤了嬴稷，忙出声提醒旁人，这一提醒，却是让兆右丞有机可乘，当下以嬴稷为质，一步步冲了出来，正见芈月，这才明白真相，心中又惊又怒，当下大声斥骂起来。

芈月站住，一扬剑，问道："你想怎么样？"

兆右丞怨毒无比，眼中似要飞出箭来，喝道："贱人，为免上峰问罪，老子要借你人头一用。对，就是这样，把你手上的剑，如老子这般，架到你的脖子上，就这么一拉，你自己把脖子抹了，免得老子动手，大家爽快。"

芈月僵立，一动不动。

兆右丞听着耳边厮斗越来越厉害，知道游侠们已经占了上风，自己情势危急，叫道："快点，要不然就……"他手一动，嬴稷脖子上出现一条血痕，嬴稷痛呼一声。

芈月惊呼："子稷——"

嬴稷本是忍着不敢开口，免得叫母亲乱了心神，此时见母亲慌乱，急叫道："母亲，不要屈从于他，我宁可死，也不要你受他要挟——"

兆右丞大急，扇了嬴稷一个耳光，顿时将他脸上扇出五道掌痕来，骂道："小子，你若是活够了，老子成全你。"说着，将剑又是一划，将嬴稷脖子上又划了一道血痕出来。

芈月失声叫道："子稷——"见状银牙暗咬，对冷向等人道："你们且往后退——"

兆右丞恶狠狠地叫道："老子没有多少耐心，若是数到十，你还不动手，老子就杀了这小子。一、二、三——"

芈月忽然道："兆右丞，你在城南老宅中有一个六十七岁的老母，还有一妻二妾、三子一女，其中长子今年就要议亲了，是不是？"

兆右丞的脸色也变了，手也不禁有些发抖："你、你这贱人，好大胆子！"

芈月冷冷地道："己所不欲，勿施于人。兆右丞，你也有骨肉至亲，如今也知道被别人要挟的滋味如何。在乎我儿性命的人，只有我一个，若我死了，你以为他们会放过你吗？你还能够再以我儿的性命要挟他们吗？你放开我儿，我保你平安离开这里。想来这些年你敲诈勒索的钱财，足够你打点上司、官复原职的了！如何？"

兆右丞的手在颤抖，心在犹豫，一时竟陷入了僵局。

忽然外面一声惊呼："官兵快来了……"

兆右丞立刻变得兴奋起来："哈哈，我倒要看看你如何要挟于我。我现在就杀了你儿子，我倒要看看今晚你如何能够逃脱性命！"

说着就要朝着嬴稷一剑刺下。

芈月当机立断，举手一扬，手中剑已经飞射向兆右丞面门，冷向亦是出手，一剑射向兆右丞右手，与此同时，一支飞箭不知从何处来，正射中兆右丞的咽喉。那兆右丞不过是个拍马之徒，身手既差，反应亦慢，这三处杀招齐来，他竟是连反应也来不及，已经砰然倒下。

嬴稷也不禁被他带着倒地。兆右丞身后的狱卒正要上前去抓嬴稷，冷向身后的游侠已经上前接住那两个狱卒打了起来。

芈月冲上前去，一把抱住了嬴稷，一手拔起兆右丞身上之剑，却见那咽喉小箭格外眼熟，不由得怔了一怔，又想去拔那小箭。不想旁边又有一名狱卒不知被何处冲击过来，眼见她杀了兆右丞，又扭头不曾注意到自己，当下举着刀恶狠狠向她砍去。

芈月方觉杀机，正要回头接住，忽然又是一剑挥过，那狱卒的刀离她只有半尺，已经颓然倒下。

芈月转头，刹那间顿时周围的环境虚化，万物一片模糊，世间只剩下眼前之人，心跳顿时停住，脑海中一片空白，摇摇晃晃地只说了一声："子歇……"脚下一软，差点跌倒。

黄歇一把抱住芈月，哽咽道："是我、是我，皎皎，我来迟了。"

芈月握住黄歇的手，露出一丝恍恍惚惚的微笑："不，子歇，你来得正好，一点也不迟。"

夜深了。

国相府邸，宠姬深闺，珠帘低垂，暗香袅袅。

小炉上烤着肉，芈茵倒了一杯酒慢慢品着，露出惬意的笑容："小雀，我今夜很是开心，你可知道为了什么？"

小雀一边为她捶腿，一边讨好地说："夫人，您终于得偿夙愿，一定是非常欢喜了？"

芈茵咯咯地笑着："欢喜，我自然是欢喜之至。"她笑得越是甜美，口中吐出来的字眼越是恶毒："这一夜，她必然是辗转反侧，无法入眠吧。一想到天一亮，她要不就得委身于那个猥琐的兆右丞，要不就要看着自己的儿子被折辱至死。你说，我那个好妹妹，会如何选择呢？呵呵呵呵……"

小雀看着近乎疯狂的芈茵，脸上露出畏惧之色，她畏的却不是芈茵的阴毒行事，而是她看着芈茵的样子，已经越来越像她昔日病发的样子了，可是她却只能眼睁睁看着，不敢相劝。此时的芈茵，心志已经走向疯狂，神志却是无比清醒，听不得人劝，更不许大夫去替她诊病，否则就会大发雷霆，甚至要拿无辜的下人鞭笞出气。

小雀心中暗叹，却更恨芈月的存在，令得她的主人无法抑止疯狂，只是却不敢开口，只能低下头，继续捶腿。

芈茵甜甜地笑着，眼神却愈加狂乱："咯咯咯，一想到这世上有个人如今在痛苦煎熬，绝望无助，我这心里真是欢喜得不得了。我要把她的心握在手中，剁上一百刀，我要把她的脸踩在地下，用我的鞋底子狠狠踩碎她……告诉兆右丞，他一定得照我的话去做，我要她觉得活着就是煎熬，求死反而是解脱，可是就是要拿捏着她，叫她不敢去死、不敢反抗、不敢逃脱，只能活受、活受……哈哈哈！"

她正笑得得意，却听得似有声响，有侍女低低地道："舆公来了。"

小雀见芈茵喝得眼睛都有些赤红，忙站了起来，道："我去看看。"

见芈茵点头，她垂首后退几步，出了内室，便有侍女上前来接过她的位置，继续为芈茵捶腿。

芈茵不以为意，继续喝酒，那侍女却听得外头小雀低声惊呼，虽然压低了声音，说话却也变得又急又快起来。

那侍女心生警惕，她素知在这位宠姬身边的侍女动辄得咎，易被迁怒受到鞭笞，当下便留了心眼，见了小雀急急掀帘进来，连忙把自己一缩，缩到角落里去了。

却见小雀急急地走到芈茵身边，按住她继续倒酒的手，低声道："夫人，西狱有急报来。"

芈茵晃着铜爵，已经喝得有些醉意："怎么这么快就有消息了吗？我那个妹妹，是疯了，还是死了，还是从了？"

却听得小雀轻叹一声，道："夫人，芈八子劫狱了！"

"吭当"一声，酒爵落地，芈茵赤着足，披头散发地跳将起来，疯狂地揪起小雀，正正反反地打了她好几个耳光："你胡说，你胡说。"

小雀嘴角见血，捂着脸含泪回答："夫人，是真的，如今西狱已经是一片火光，狱中的犯人都被放了出来。"

芈茵将小雀推倒在地，用力将几案上的酒菜、铜炉统统推翻在地，嘶声怒吼："不可能——她已经山穷水尽，她已经什么都没有了，她只能走投无路，只能屈服，只能下跪，只能绝望！她怎么还可能逃出我的手掌心？她哪儿来的能量翻转命运？她怎么还能得到帮助，得到支援？是谁，是谁？为什么，这是为什么？"

她疯狂的样子，与其说是质问小雀，倒不如说是像是在质问自己，质问那冥冥中看不见的命运。她拿起几案上的酒爵、盘盏，疯狂乱扔，几个侍女躲避不及，被这些铜器砸在脸上，痛得眼泪汪汪，立刻跪了下来磕头不止，却不敢呼痛，否则更会招来迁怒捶楚。先前那侍女缩在角落，心中暗呼自己机灵，躲过一劫。

小雀见状吓得扑过来抱住芈茵的脚："夫人，您千万别冲动，千万要保重身体，太医说您不能大喜大悲，否则就会……"

芈茵一脚踢开小雀，嘶吼着："滚开。"她踉跄着扑到板壁上，拔出挂在那儿的宝剑挥舞，道："你们都是废物，都是废物，我要去杀了她，杀了她！"

她说着便提着剑冲出门去，小雀挣扎着爬起来，拿着芈茵的披风追出门去："夫人，夫人——"

芈茵赤着足一路急走，也不理会还站在院中的舆公，径直冲到郭隗书房，翻箱倒柜地寻出郭隗的令符来，冲着随后跟来的舆公挥舞嘶吼着："你可看见了，这是国相的令符，国相的令符！"

舆公心中轻视，然则此时也只能恭敬行礼道："是，夫人，老奴明白，夫人有何吩咐？"

芈茵狞笑，此刻她的笑容如此扭曲，瞧在舆公眼中，真是素日的美丽已经一分不剩："叫长史来，速去调集兵马，务必要将芈八子等一干人抓到，生要见人，死要见尸。"她赤着足，叫道："小雀，小雀，取我的披风来，取我的靴子来，我要去前厅点将，我要亲自率众武士，我要亲手抓到她。"

小雀应声匆匆而来，一手抱靴一手抱着披风，匆忙将披风给芈茵披上，一边熟练地带着侍女匆忙将芈茵的发髻绾起，这边为芈茵着了靴子，舆公亦早领了令符，去前厅召集了武士，听候芈茵调遣。

此时西狱之中，芈月见了黄歇到来，一时恍惚，黄歇亦顾不得再说什么，只抱起嬴稷，带着芈月冲出重围。他的随从早在外接应，与冷向等人杀开一条血路来，一直冲到西城门边，却见西城门竟是虚掩未关，众人又惊又喜，当下一声呼啸，一齐冲了出去。

那西城门的几个守卒，这日预先得了好处，傍晚时便装作关门，实则留着门闩未上，见天色已黑，互相打个眼色，一拥而散。

燕国自兵乱之后，吏治本就涣散，更何况这等守城小卒，本就是西市的混混充当，他们本以为是今夜有什么偷鸡摸狗走私盗运之类的事情，见得的好处甚多，哪有不应之理。不承想今日却是出了大事，西市游侠劫营杀人，冲破西门而去，次日这些人自然是被上官抓着，吃了不少苦头。

此时城门打开，游侠们一哄而散，人群中，黄歇护着芈月和嬴稷向外逃去。

过得不久，芈茵率着人马，亦是追出西城门，撒布天罗地网，追索芈月行踪。

及至抓了数名游侠，问得与芈月一起相逃之人，竟还有一名叫"黄歇"之人，芈茵更是妒火中烧，直欲疯狂，赤红着眼睛，便不肯歇息，一定要将芈月三人追捕回来。

舆公无奈，这边暗传郭隗令符，将各处关卡均加重兵把守，务必不能让芈月等人逃过关卡，这边继续派兵遣将，慢慢围剿过来。

天上圆月高挂，月光如水，照得荒野人影可辨。

黄歇和芈月、嬴稷在荒野里奔跑，方才头一批追兵追出的时候，黄歇反身夺了一匹马，三人共骑，又多逃了一段路，只是那马夺来时已经受伤，最终越跑越慢。

三人正焦急时，听得后面的追兵越来越近，忽然前面一条小河挡住了去路。

黄歇催马正要过河，那马却是见了水，死死不肯过河，黄歇催鞭甚急，那马忽然一声长嘶，便趴倒在地，再也不动了。

三人见状，只能相视苦笑。

黄歇咬了咬牙，道："这小河未必就能够阻得住我们，子稷，你到我背上去，我背着你过河。"

芈月听着马蹄声已经越来越近，叹道："只怕我们来不及过河了。"

黄歇苦笑："前有阻碍，后有追兵，皎皎，等后面兵马到了的时候，我去抢下一匹坐骑，你带子稷先走，我来掩护你们。"

芈月摇头，却将嬴稷推向黄歇，道："芈茵要的是我的命，我带着子稷，怕是逃不过她的追杀。还是你带子稷走，我留下来掩护你们。"

两人正推让间，嬴稷忽然道："母亲，你听，什么声音？"

芈月抬头看去，却见对岸传来阵阵水声，但见月光下，河对岸一队骑兵举着火把而来。

黄歇看着越来越近的骑兵，忽然说："若是燕军，不会反应这么快，预先在前堵住我们，也许天无绝人之路，事情或有转机。"

芈月又惊又喜，问道："你说不是燕军，却又是何人？"

黄歇侧耳听着蹄声，一指方才趴地之马，道："燕人不惯马术，这马见水而惧，对岸马群却能够渡河而过，断不是燕军，待我想来，必是戎狄之人。"

当时列国之马，多数是用于车战，或者是用于少量侦缉之用，似后世的骑兵之术此时刚刚在赵国以"胡服骑射"的方式艰难推行。像燕国今晚这样，派出人马来单骑追击，若与敌相遇，也不是在马上击战，而是下马之后，以马为盾，在马身后面用箭射击，或者是下马之后，与人搏击。所以这些马匹负重能力甚强，但野战能力与胡人相比，却是远远不如。

故而黄歇见了河对岸的骑兵泝水而来，便猜不是燕军。

眼见身前骑兵、身后马蹄都在逼近，黄歇忽然用东胡语问："请问对面的是哪路豪杰？"

对面亦是有一个粗豪男声用不甚准确的东胡语叫道："你们又是什么人？"

芈月忽然道："这声音好耳熟，好像在哪儿听过。"

黄歇问："是敌是友？"

芈月脸上有了喜意："应该是友非敌。"

眼见对岸的骑兵已经越来越近，月光下隐约可见服饰模样，芈月忽然叫了一声："是虎威将军吗？"

对面那大汉声音传来，隐隐有兴奋之声："是芈夫人吗？"顿时水声更急，对方行进也是加速起来。

对面那人，果然是虎威，他听着芈月之声，一夹马加快了涉水的速度，很快就已经过河，站在芈月面前，见了芈月形容狼狈，他也不禁吃了一惊："你们怎么会在这儿？"

芈月也是吃惊："怎么会这么巧，你们怎么会在这儿？"

虎威便道："大王不放心你，他又不可久离王庭，便叫我来看你。我们走错了路，绕行个大圈子，再加上入了燕国之后，燕人盘查甚严，因而晓宿夜行，好不容易到了蓟城外，却又入不得城，因此这几日闲着无事便出来狩猎，刚想回营，就听得蓟城火光一片连绵出城，就好奇带人上来看一看……你们这是怎么一回事？"

芈月一指身后："实不相瞒，我们是在逃亡，后面是追杀我们的人。"

果然听得后面马蹄声越来越近，甚至隐隐听到芈茵的狂笑之声。

虎威抬头，见追兵已到，忙叫道："闲话少说，你们快上马，马上有干粮和食水，我来挡他们一挡。"

芈月深深地看了虎威一眼，拱手："多谢。"

虎威这边就叫了两人下马，让出两匹马来，教芈月和嬴稷合乘一匹马，黄歇上了另一匹马，涉水而去。

眼见三人涉水疾驰，虎威怪叫一声："弟兄们，让这些燕国人看看我们义渠男儿的厉害！"一挥马刀，便率兵冲着越来越近的追兵迎上。

芈月与黄歇三人骑马涉过小河，那河道却是甚深，到了中间时，已经没过了马腹，甚至是没过了半个马背，那马最后竟是泅水而过。

芈月恍然，道："怪不得方才燕国那驽马死活不肯过河，果然这河水甚深，不是这等训练有素的良驹，想来也过不得河去。我们过了河，瞧燕军也是追击不上了。"

黄歇沉声道："就怕天亮之后，他们绕道过来。若是快马在前头设下关卡，只怕我们接下来会更艰难。"

芈月护着嬴稷，低声安慰，此时他们骑在马背上，水方淹到他们的腰部，却已经淹到嬴稷的胸部了。嬴稷咬紧牙关，忍着畏惧，不敢出声累得母亲分神。

当下在黑夜深水中艰难跋涉，好不容易上了对岸，却听得对面箭声、马声、刀剑相交声、惨呼声传来，芈月回头忧心道："不知道虎威他们会不会有事。"

黄歇按住芈月，道："不必担心，这些人虽然可能被牵连，但此事闹大，对郭隗更加不利。郭隗若是要杀这么多人，那才真是发疯了。"

芈月刚要说话，嬴稷却忽然打了个喷嚏，她一惊，忙道："我看我们先找到一处地方歇息一下吧。这条大河阻住了他们，一时未必便能够赶到。"

此时天边已经蒙蒙亮了，黄歇看了一下星辰，便换了马，沿着东边疾驰而行，不一会儿，便见了一座大山，林木茂盛。三人骑马入山，虽然林间道路崎岖，但却刚好可以遮掩行踪。

天色渐渐发亮，一会儿又黑了下来，最终再度渐渐变亮。

三人出了密林，黄歇一路观察，见到一座草庐，便道："前面有个草庐，应该是山中猎户所居，我们进去歇息一下。"

黄歇下马，先扶着嬴稷下马，再扶着芈月下马，走进草庐。

芈月走进草庐，脚下似绊到了什么，忽然摔倒。

嬴稷吓得扑上来叫道："母亲，母亲，你怎么样了……"

芈月勉强支撑着身子，衰弱地微笑着安慰儿子："子稷，我没事。"

走在前面的黄歇转头扶起芈月，嬴稷连忙铺开草垫，挽着芈月躺下。

嬴稷抹了一把眼睛，哽咽道："母亲，都是我不好，是我连累了母亲……"

芈月道："你是我的儿子，说什么连不连累。"

黄歇咳一声，道："闲话休说，子稷的衣服都湿了，我去烧个火烤烤衣服。"说着，就向外走去。

嬴稷疑惑地看着黄歇，问道："母亲，他是谁?"

芈月看了黄歇一眼，犹豫一下，道："他……叫黄歇，曾和母亲一起在屈子门下学习，我们从小一起长大。你叫他——叔父吧。"

嬴稷乖巧地叫着："叔父好。"

黄歇点头，转过脸去，道："子稷先脱了衣服，这庐中有些干草，正可遮掩，我去劈柴生火，待会儿叫你便出来。"说着，又咳一声，道："你也一样，待会儿叫子稷把你的衣服递出来。"

芈月见他耳根微红，忽然想想当日两人亦是在楚宫之时，渡河湿衣，亦是相对烤衣，回思少年之事，便是满腹心事，也不禁温馨一笑。

当下见黄歇已经出去，嬴稷一身湿衣，已经泡得脸色发白，当下不顾嬴稷抗议，便将他的小身子扒了个精光，拿了一堆干草顺手胡乱地编串一下，遮住了他的下半身。此时这孩子已经开始发育，也知害羞，虽然勉力抵抗，终究不敢母亲积威，只得快快地抱了湿衣，出了草庐。

见着草庐中亦有干草编的席子，虽然粗糙不堪，幸而看上去不甚肮脏，此时也顾不得讲究，忙将自己的衣服脱了，叫嬴稷进来捎了出去，自己围了草席暂作遮掩。

过得半晌，嬴稷已经换上了干衣，抱着已经烤干还带着暖意的芈月衣裙又钻进草庐里来，低声道："母亲，方才他都是用衣服在中间遮着，他拿了我的衣服去他那边烤，叫我烤你的衣服……此人甚是君子呢。"

芈月嗔怪地弹了一下他的额头："人小鬼大，他是不是君子，母亲还要你来告诉我吗？"

嬴稷又道："母亲，他说昨夜浸水，身上带了寒气，叫我烤干衣服以后，带母亲出去烤烤火，驱走身上寒气。"

芈月点了点头，走出草庐，却见庐前火堆上，正烤着自己的外袍，黄歇却是不在了。

芈月诧异，问道："他去了何处？"

嬴稷道："他说母亲要早些出来烤烤，所以他去了远处烤衣服了。"

芈月点了点头，知道他是当着孩子的面，要避些嫌疑。

嬴稷扶着芈月坐下，一边烤火，一边挥着树枝打散直升的烟气，道："叔父说，莫要让烟直上，容易教人看到。把这烟气打散，混在晨雾之中，便教人不会远远看到就认出来了。"

芈月点了点头，甚是欣慰："子稷，你叫他叔父了？"

嬴稷点了点头，道："母亲说让我叫他叔父，我便叫他叔父。对了，母亲，他与你是旧识吗？"

芈月看出嬴稷的疑惑，解释道："母亲与他本是同门学艺，俱是拜了楚国屈子为师，后来……"她顿了顿，这后来两字，实是感慨良多，看着儿子天真无邪的脸，将其中艰辛苦涩俱都咽下了，只道："母亲生你的时候被人下药，提前难产，那时候你父王在东郊春祭，医挚也被人绑架，是黄叔父救了医挚，又跑到东郊及时给你父王传信，你我母子才能够保全。子稷，你能够得保一命，全赖你黄叔父。如今他又及时赶到……他救我母子非止一次，你以后，听叔父的话。"

嬴稷连连点头："我一定会听叔父的话。"

两人静静地烤着火，一会儿，芈月便觉得身体慢慢暖和起来，不禁连打了三个喷嚏。

嬴稷急问："母亲，你怎么样了？"

却听得脚步声传来，他忙回头，却见黄歇手中提着一些植物类的东西走来，道："无妨，寒暖相交，她这是暖和了，才会打喷嚏的。"说着又将手中一团根茎状的东西递给芈月，道："却是运气好，我在路上发现这些野姜，你先生吃几块救个急，余下的我瞧草庐里似有个瓦罐，去煎些姜茶来，大家都喝上一些，也好防止寒气。"

芈月接过，见这野姜已经洗净，却未见动过，嗔怪地白了黄歇一眼。自己先掰了一块塞进嬴稷口中，嬴稷一口咬下，只辣得满脸是泪，苦着脸嚼了几下，硬生生直着脖子，将这辛辣无比的东西勉强咽下。

却见芈月再掰一块，又递到黄歇口中，黄歇张嘴，将野姜咬入口中，再看芈月也已经将野姜送入口中，两人相视一笑，同时咀嚼起来，同时被刺激得泪流满面，忽然间，又同时笑了。

第
十
四
章

# 山
# 中
# 夜

　　不提芈月三人在山中艰难逃避追杀。蓟城西市发生的事，当夜就由舆公紧急传信，送到郭隗面前。

　　此时郭隗正陪着十三岁的燕昭王姬职巡边，指点此番有数名将领皆是出自黄金台所招贤士，赞道："大王自起高台，天下才子自此登阶而上，指点江山，笑傲王侯，谁都会为了这一刻而舍生忘死。如今天下才子蜂拥而来，再过数年，必是齐国不敢侵犯，封臣不敢倨傲，人心在大王手中，燕国自大王而兴。"

　　燕昭王的小脸兴奋得发红，向郭隗一揖："寡人必不负先生期望，不负列祖列宗托付。"

　　这时候一个侍卫匆匆而来，走到郭隗身后低语了几句，郭隗脸色一变，向燕昭王拱手："大王，蓟城有公文来，臣去处理一下。"

　　燕昭王点头："先生自去，寡人还要在这里看一会儿。"

　　郭隗匆匆而去，到了行馆，拆开帛书一看，顿时大惊，将帛书一拍，问来人道："这是怎么回事，如何事情竟会演变至此？"

　　那侍卫苦着脸跪地，只得将详细情况一一禀上："国相，是茵姬自国相离京之后，便寻人设了圈套，令秦质子误杀游侠，关入狱中，又令兆右丞逼迫芈夫人委身于他……"

郭隗听到此，已经大怒，击案道："这妇人、这妇人……"他是因芈茵与芈姝的偏执，不想留下芈月为后患，便有意眼开眼闭，放任芈茵对芈月出手，临行前亦是再三叮嘱，出手置于死地即可，休要再多折辱，免得后患无穷。不想芈茵竟做出这等龌龊举动，令他只觉得羞辱满面，怒火涌心。

他强自镇定心神，又问道："那又如何？"方说完，联想起方才帛书所言，顿时明白，道："贱人误我。那芈八子在西市结交游侠甚多，岂会甘心就死……"

那侍卫道："是，芈八子不肯受兆右丞要挟，出了西狱便去了酒肆，剪发卖产置酒宴请西市所有的游侠剑客，席间煽动诸人，随她去劫了西狱。"

郭隗坐下来，慢慢平定心神："当真没有想到，当真没有想到啊……一介妇人，竟有这样的胆子，竟有这样的才能！好、好一个有血性的妇人，西市游侠，齐人犯境时只怕我等也无法把他们这般组织起来吧，她居然有这般的手段和这样孤注一掷的赌性，当真颇有当年秦惠文王的几成风采啊！"

那侍卫禀道："国相，如今西市监狱被劫，里面的犯人全部放了出来，整个西市的游侠剑客都已经失控。若不及早采取措施，只怕整个蓟城都要大乱，还请国相定夺。"

郭隗沉声问："廷尉何在？有没有派人追击过？"

侍卫道："当夜他们烧了西狱，还打开了西城门，茵夫人拿国相的令符调用了相府卫队，亲自率兵去追击……"

郭隗心中更恼："这贱妇居然还敢亲自去追，这是生怕旁人不晓得我国相府出了如此丢脸之事吗？"心中却是大悔，早知道此妇行事疯狂，当日便不应该将令符留在她的手中。

他这边懊恼，却听得那侍卫又道："……不想中途有人接应……"

郭隗一惊，问道："有人接应，是什么人接应？"

那侍卫道："是一队胡人。"

郭隗疑惑："胡人，她什么时候又勾结上胡人了？嗯，那夜劫狱，她身边还有没有其他人？"

侍卫道："小人捕捉得几名游侠，问出她昨夜劫狱之后分别逃走，如今已经不知去向。她身边除了其子公子稷之外，似乎还有一个叫黄歇的人。"

郭隗沉吟："黄歇？我似乎听说过，此人游学列国，颇有名气，似乎此番是楚国使臣的随从，怎么又与她在一起？"

那侍卫小心翼翼地提醒："夫人和芈八子也都是楚人。"

郭隗点头："我知矣。"

那侍卫待要说些什么，却见郭隗沉吟出神，不敢打扰，忙又息声。

这时候忽然听得外面护卫禀道："国相，大行人自蓟城来，有急事要报国相。"

郭隗脸色一变，大行人掌与诸侯往来之事，列国事务第一时间先到大行人手中，此番出京，大行人留在蓟城，并不在随行之列，此时星夜从蓟城来，莫不是昨天之事，还引动外交纠纷不成？

当下按下这侍卫的禀报，叫道："请。"

却见大行人匆匆而入，满脸仓皇憔悴之色，显见一路赶来，也是走得甚是辛苦，到了门槛之时，竟是心神恍惚，脚下一绊，却是被门槛绊了一跤，险些跌倒。那侍卫本退在一边，见状忙扶了大行人一下。

郭隗也是一怔，本欲坐下，见状不由得迎了上去，急问："出了何事？"

那大行人须发皆颤，一把将手中攥住的帛书拍在郭隗的手上，抖着声音道："可了不得了，洛阳传来的急报，出大事了！"

郭隗展开帛书一看，也是大惊，迅速将帛书收在手心，叫道："来人，备车马，备卫队，老夫要立刻回蓟城。"

那大行人见他拿了帛书就走，颤巍巍地追上来："那大王和易后处……"

郭隗已经是急忙向外行去，只丢下一句话："老夫自有交代。"

郭隗一路狂奔回蓟城的同时，芈茵也在一路狂奔向着东边赶路。

她戴着帷帽，眼神疯狂而炽热，一路发着指令："你们分头行事，一定要抓到芈八子和黄歇，绝不能放过他们。"

便有一名校尉问："夫人，这天地茫茫，何处追寻？"

芈茵冷冷地道："他们这个时候，一定是想尽快逃到楚国去，哼哼！你带国相的公函先往齐国，请求齐国协助我们追捕人犯，我必有厚报。再带我的信去楚国，告诉威后守在楚国边境，见了芈八子，就得赶紧动手杀了她，别让她有喘过气来的机会。"见那校尉一一应是，吩咐派定，芈茵狞笑一声："至于我，就到边境等着她。"


就在芈茵调兵遣将之时，芈月与黄歇在山中，烤干衣服，吃了黄歇打来的猎物，天色已近黄昏了。

嬴稷毕竟年纪尚小，这几天又累又怕，到了此时放松下来，不一会儿就睡着了。

黄歇把嬴稷抱进草庐，道："你们在里面休息吧。"

芈月见他往外走去，忽然叫了一声："子歇。"

黄歇脚步停住。

芈月道："都是逃难的时候，不必计较太多，我们都要保重身体，才能够走更长的路。如今夜深寒重，这里到底还铺些稻草，有个遮蔽，你在外面，又能怎么办？"

黄歇停住不动，好一会儿，才道："子稷昨天受了惊，今晚怕是要人照看，我在这里不方便。你放心，我不是那种迂腐之人，我会将柴堆烧过之后，再去睡上，那样能隔绝寒气，我上面再加些树枝遮蔽，不会有事的。"说着，他俯下身，从地上抱起一捆干草，走了出去。

芈月看着他走出去，再转头看着熟睡的嬴稷，万种心事纠缠连绵，竟是不知如何才好。

辗转反侧了许久，这才慢慢睡去。

她才刚刚睡着，忽然一声惊叫吵醒了芈月。芈月一惊翻身坐起，先去摸身边的嬴稷是否安全，不想这一摸之下，却感觉嬴稷缩成一团，正在发抖。

芈月一惊，连忙打亮火石，却见着嬴稷满脸是泪，紧闭双目，似陷梦魇之中。她连忙上前抱起他，轻轻拍着他的背部轻唤道："子稷，子稷，你怎么了，你没事吧？"

好半日，嬴稷才从惊恐中睁开眼睛，看到了芈月，他一下子扑到芈月的怀中，紧紧地抱住芈月一动不动。

芈月轻抚着他的头，却感觉到他在颤抖："子稷，你怎么了？"

嬴稷没有说话，他似乎在努力克制着自己的颤抖，却没有成功，他似乎不想回答，想回避这个回答，可是在芈月的轻轻安抚下，他过了好一会儿，才答道："母亲，我做了一个噩梦。"

芈月没有追问，也没有开口就劝慰，只是一下下地抚摸着他的背部。

好半日，嬴稷才开口道："我梦见那个恶人了……"说到这里，他不禁颤抖了一下。

芈月心头揪痛，她不知道那一个下午，嬴稷经过了多可怕的事情，她还年幼的儿子被逼杀人，而旋即又被投入黑狱，他还是个孩子，在那样的日子里，他是经历了多少恐惧和绝望，以至于刚救出来的第一夜，他就开始做噩梦。想到昨天一天一夜，他强撑着跟他们一起逃亡，努力不让自己成为负累，甚至在安全以后，还怕她担忧而努力强装坚强和欢笑，可是他却是在睡梦中仍然在恐惧，仍然在发抖。

芈月轻抚着嬴稷的背部，一次次地安慰他："子稷不怕，有母亲在，什么恶人也不怕。有母亲在，子稷不怕……"

嬴稷慢慢地平静下来，忽然抬起头，看着芈月："母亲，我杀人了！"他脸上的表情令人心碎，他在害怕这件事，却强撑着自己去面对这件事，甚至是勇敢地准备承担这件事所有的严重后果。但他的表情中却有一种畏惧，他畏惧的是她这个母亲，怕她对他失望，怕她对他责怪。但他虽然害怕着，却硬着头皮强撑着，不愿意后退，也不愿意再撒娇。

芈月心头一痛，将他搂在怀中，抚着他的脸，看着他的眼睛，一字字对他说："不，子稷是好孩子，你杀的是恶人，如同杀一条狗。你没有错，是母亲没有保护好你，让你受了伤害。"

嬴稷急了："不是，母亲，是我不听话，是我擅自跑出去，才中了奸人之计，还害得母亲……"他说到这里，难过地低下头去。

芈月没有想到，这孩子的心思竟然已经这么重了，她安抚着嬴稷："子稷，谁都会犯错的，母亲也会犯错。这世界上没有人不会犯错，摔倒了爬起来就好。不会摔跤的人，永远也学不会自己走路，不是吗？"

嬴稷脸上的急切之情慢慢平静，可是他从刚才那种愧疚的情绪一走出来，又陷入了另一种恐惧之中，他拉住芈月，支吾好半晌，才道："可是，母亲，我、我害怕……"

芈月柔声问他："你怕什么？"

嬴稷忽然打了个寒战，喃喃地说："血、好多的血……"他的眼中有着惊恐，说到血的时候，不禁闭上了眼睛，扑在芈月的怀中，紧紧抱住她："我这几天闭上眼睛就感觉到那些血流在我的身上，那个人的眼睛一直瞪着我，瞪着我……母亲，我是不是很没用，我是不是太胆小？"

芈月低低的声音，在草棚微弱的火光中，格外坚定："子稷不是没用，也不是胆小，只是你还太小，就面对这一切了。大争之世，每个男儿都有可能走上战场，与人生死相搏，每个人都要经过这一关，你父王、你的先祖们，也都要经过这一关。他们也同你一样，恐惧过、害怕过，历代英君明主，不是没有害怕过，而是哪怕他们害怕，仍然继续面对，直到战胜恐惧。"

嬴稷抬起头来，脸上还挂着泪珠："真的吗？"

芈月点头："母亲不会骗你的。"

嬴稷似乎放下了沉重的心事，露出天真的笑容，却还有些不好意思：

"可是，都是孩儿鲁莽行事，才害得母亲……"

芈月摇头："不，子稷还小，如今有母亲在，一切都由母亲做主，好吗？"

嬴稷点了点头，但又摇了摇头，努力地抬头挺胸："不，母亲，我是男子汉了，我可以很勇敢的，您说过，父王和先祖们都要上战场呢，我如今可以保护母亲了。"

芈月见他如此，欣慰地笑了，轻抚着他的头："好了，小男子汉，如今可以睡了吗？"

嬴稷羞涩地一笑，又钻回自己的草窝中，闭上了眼睛。

芈月吹熄了火把，轻拍着嬴稷，慢慢地哼着儿歌，不知不觉，小小男子汉就在母亲的儿歌中睡着了。看着他的睡颜，芈月轻叹一声，爬起来走出草庐。

但见月光似水，洒落一地，芈月抬头，见黄歇站在面前，满脸关切之色："子稷没事吧？"

芈月摇了摇头："没事，只是做噩梦了。刚才把你也吵醒了？"

黄歇摇头："我还未休息呢！"说着指了指火堆："你若不睡，也来烤烤火吧。"

芈月点了点头，坐到火堆边，自昨夜开始与黄歇重逢，这一天一夜，都在逃难之中，竟是来不及多说一句话，不曾问过他为何会如此凑巧，来到蓟城。

只是，毕竟相隔多年，两人对坐在火边，待要开口，一时竟不知道如何开口才是。

沉默半晌，芈月方欲开口："你……"

恰在此时，黄歇也同时开口："你……"

黄歇的手轻轻放到芈月的肩头，轻叹："皎皎……"

芈月的精神在他这一声叹息中崩塌，扑到黄歇的怀中无声哭泣。

黄歇轻叹一声："你能哭出来，就好了。"

芈月苦笑道："子歇，我万没想到，你我会在这种情况下见面。"

黄歇看着眼前的茶碗水汽氤氲，好一会儿才用有点低沉的声音说道："这些年来我一直游历各国，不敢回楚国，也不敢去秦国。直到听说秦王驾崩了，我以为你一定随子去了封地，于是我觉得没有什么可牵挂的了，就回了楚国。"

芈月急切地问："楚国那边，母亲怎么样了？子戎怎么样了？"

黄歇脸一沉，看着芈月叹道："你、你要节哀……"

芈月浑身一颤："你、你说什么？谁出事了？是子戎，还是……"

黄歇长叹一声："是莒夫人！"

芈月站了起来，失声道："母亲，她怎么样了？"

黄歇沉声道："我去了楚国之后，才知道你竟然、竟然……随子去了燕国为质。而楚威后亦是接到了这个消息，秦惠后给她送了一封信，将你与她之间数年的恩怨尽数说了，再加子戎因为立功，得了大王一块封地，想接莒夫人到封地安享天年。大王本已经允准，不想此事又触怒威后，她又将惠后之事迁怒于莒夫人，便派人赐了她一壶毒酒……"

芈月泣不成声："母亲，母亲，是我害了你……"莒姬这一生，步步为营，为的只不过是谋一份晚年的安稳日子。她抚养了自己兄妹长大，自己还未还报，她却因为自己的牵连而被杀，思想及此，怎不深恨。

黄歇轻抚着芈月，让她在他的怀中，哭了个痛快。

好一会儿，芈月才渐渐止住哭泣，又问："子戎呢？他怎么样，他可有受我之累？"

黄歇安慰道："放心，威后再狠毒，却不好对公子下手。只是子戎因闻听莒夫人之事，与大王吵闹，触怒大王，更兼威后挑拨，便让他去云梦大泽平定蛮族之乱。"

芈月一惊："子戎……云梦大泽上千里地，地形复杂，便是老将也有所折翼，他如何能够……"

黄歇轻叹一声："子戎终是公子，只是……"他叹息一声："他毕竟没有倚仗，现在在军中过得也是艰难。舅父向寿如今是他的副将，他们一直在打仗，却总是派到最坏的环境中，胜一仗就被人坑一次，记一次军功就被罚一次过。他听说秦王死了，要我打听你的下落，想把你接回楚国去。魏冉和白起也在拼命立军功，你三个弟弟，都想在战场上拼命能把你接回来。"

芈月苦笑："小戎是楚国的公子，他只能留在楚国。冉弟阿起在秦，已经建功立业，子稷更是秦国的公子，可我如今却不得归秦，归秦就是死路一条。苍天为何如此折磨我，将我的至爱至亲四分五裂，不得团聚……"她愤怒昂头，声音直传天际。

黄歇轻抚着她的背部，抚慰着她，让她的情绪慢慢平息："我知道这件事以后，就想来燕国接你回去，谁知道，却遇上了这种事……唉，我应该早点到的，若是我能够早点到，就不会让你孤身一人，承受这么多……"

芈月叹道："天有不测风云，人有旦夕祸福，这种事或早或迟，谁能够知道呢？只是……"她苦笑，"连累了你和你的朋友。"

黄歇轻抚着她的头发："你我之间，难道还分出隔阂来了吗？"

芈月忽然哽咽："我一直以为，我可以撑起子稷的一片天，可是……可是……"她说到这里，再也说不下去了。

黄歇轻轻地抚着她的后背。

芈月像是独自背负了很久的重担，久到她以为要被压垮的时候，忽然有人移过了她的担子，她伏在黄歇的怀中，不住地问他："你说，我是不是做错了？"

黄歇问："你做错了什么？"

芈月有些茫然，过了好一会儿才慢慢地说："我若是不自逞聪明，要求去燕国，也许我和子稷现在还安然在秦国。"

黄歇又问："那你当日为何要去燕国？"

芈月没有说话。

黄歇叹道："离开秦国，是避开近在眼前的危害，去燕国，是面对未知的危害。你于当时情势下，能够做此决断，本就是你的聪明和魄力。后面的事，又有谁能够料得到。人生在世，我们也只能于斯时做最好的选择，谁又能知道下一步会如何？"

芈月看着自己的手，火光映着她的手，似有血色透过："其实，要救子稷，未尝不可以有其他的办法，我却用了破坏力最大，也最无可挽回的一个办法。"

黄歇柔声问："是吗，你真的这么认为吗？那你为什么没有选择那些办法？"

芈月捂住了脸："因为我是一个母亲，一个母亲遇上儿子的危难，是没有理性可言的。我只想用最快的办法救出子稷，哪怕叫我粉身碎骨，哪怕叫我去灭了蓟城，也在所不惜！"

黄歇轻抚着她，安抚着她，让她平静，柔声道："你救出了子稷，那就是对的。老实说，若是换了我在当时的处境，我也只能去找燕国，去找郭隗，去找兆某人，却没有你这样孤注一掷的勇气，也没有你瞬间挑起人心的能力。而子稷在那样的环境中，要救人只能是越快越好，而且不能顺着别人给你设下的陷阱走。皎皎，老实说，没有人能够做得比你更好。"

芈月终于扑到黄歇怀中，放肆地说出心底所有的忧虑和恐惧，在此之前，她只有一个人担着、压着、害怕着，如今，终于可以一倾而出了："可现在呢，我们要面对的，却是整个燕国的追杀。"

黄歇微笑道："你逃过了楚王母后的毒害，又从秦王母后的手中逃脱，如今再一把火将燕国的国相得罪，也算不得什么！"

听了此言，芈月终于扑哧一声笑了。

黄歇凝视着芈月，缓缓地道："你终于笑了。"

芈月伏在黄歇的膝上，仰头看着他："我现在得罪了三个国家，你居然还敢来找我，你的胆子不小。"

黄歇笑道："我漂泊十余年，终于可以这样坐在你的面前，握住你的手，让你倚靠在我的肩膀上。纵然得罪了三个国家，那又如何？便是将七国一齐得罪，我也不怕。"

芈月眉头一挑："要是我真的将七国一齐得罪了呢？"

黄歇却笑得恬淡："若是这样，倒也方便，列国争斗多年，总不至于为了一个女子联成一个国家了吧？到时候纵横反复，自有比你更重要的事，可以挑动他们的相争，只要有相争，就有输赢，有了输赢，总有人要为失败负责，到时候王位变换，权力变更，那些能够追杀你的人，总有一二落马吧。"

芈月终于被他逗笑了："若是这样，我岂不是祸害了许多国家，岂不成了夏姬这样的妖孽了？你就不怕别人将你比作申公巫臣？"

申公巫臣原是楚国一名极为难以评价的名臣，他出自屈氏，封于申，有通巫之灵，故称申公巫臣。三百多年前，楚庄王伐陈，获绝色美女夏姬，本欲自己纳入后宫，不想巫臣见了夏姬美色生了觊觎之心，他一边正色劝说楚庄王以及群臣不可纳此妖姬，一边趁楚庄王许配给夏姬的丈夫襄老死后，劝送夏姬归郑，自己却在中途带着夏姬逃走。楚国君臣恨透了他，誓要追杀于他，他却带着夏姬逃到吴国，教授吴人征楚之法，使得吴国就此崛起，迫使楚国扶植越国对付吴国，而致使春秋末年天下之争，竟集中在吴越之地，凭一人之力，改变了春秋进程。

见芈月以申公巫臣打趣自己，黄歇笑道："我倒是羡慕申公巫臣的勇气和才智，为了救自己心爱的女人，不惜毁家灭族，不惜兴一国，灭一国。"

芈月看着他，却摇头道："你做不到。"

黄歇沉默良久，也叹道："是，我做不到。人世间总有一些东西，比情爱更重要。我可以为情爱而死，却不能为了情爱而不顾天地伦常。"

芈月见他神色黯然，安慰他道："放心，就算你想做申公巫臣，我也不想做那夏姬呢。"

黄歇凝视着芈月半晌，忽然也笑了："是，你不是夏姬。夏姬虽然美丽，却如浮萍逐水，不能自主。但你不一样，就算你落到夏姬的处境，你也不会任由命运的拨弄，而只能等待男人的相救。"

芈月拿起一根树枝，放到火堆上，那是一片银杏树的树叶，上面的扇形叶子，格外熟悉。

芈月一片片把叶子揪下来，轻叹："我在秦宫住处的庭院里就长着一棵银杏树，每到秋天银杏叶子飘落的时候，子稷那时候还小，总喜欢跑到落叶堆中打滚。"

黄歇轻叹："当日你我若不是遭遇横祸被拆散，今日也许孩子也有子稷这么大了。"

芈月手一颤，凝望黄歇："子歇……"

黄歇身子前倾，握住芈月的手："皎皎，以后，就让我来照顾你们母子俩。"

芈月嘴唇颤动，想要答应。

黄歇低头，缓缓吻下。

芈月却在最后一刻举起手挡在唇边："不，子歇，别这样。"

黄歇诧异地问："你不愿意?"

芈月转头，轻轻拭泪："不，子歇，我历经沧桑，心已苍老，我已经不是过去的我了……"

黄歇凝视芈月："皎皎，不管你经历过多少，在我心中，你永远还是当日的九公主。我后悔那年赶到咸阳的时候，不能把你带走。我原以为，你已经结婚生子，我这一辈子浪迹天涯，远远地知道你在天地的另一头活得很好，就已经足够了。可是没有想到，列国之间音讯不通，等知道你的消息时，我穿越千山万水才找到你，如今，我是不会再放开你了。"

芈月转头看着黄歇，嘴唇颤抖："子歇，如果我只是一个人，可以不顾一切地跟你走。可我现在是一个母亲，我的一切，只能为了子稷而存在。子稷他再落魄，也是秦王之子，有朝一日他要回到秦国，得回他应有的一切。而我的存在，就是为了圆满他的人生。但是你，你还有你自己的人生。"

黄歇激动地道："子稷还是一个孩子，他的将来有无限的可能，你为什么要为他划定这样一个目标，逼得他不胜负荷，也逼得自己无路可走。皎皎，你是一个母亲，我相信你会懂得，怎么样去呵护自己的孩子。"

芈月苦笑一声："子歇，你实在是很有说服人的能力。"

黄歇亦是苦笑："我这一生，不求功名富贵，唯求随心所欲。如果爱不能爱，家不成家，那我这一生，真是太过失败了。"

芈月有些动容，她没有说话，只是沉默着。

火苗跳动，映得她的脸阴晴不定，此时万籁俱寂，只有树枝燃烧的噼啪之声。

良长，芈月长叹一声："不，子歇，你的话看似很有说服力，可是孩子需要的不仅仅是呵护，不仅仅是遮蔽风雨。他是秦王之子，他身上负有王者血脉，这就注定他要背负起他的血统，而不是托庇于他人之下。如果仅仅只要一个遮蔽风雨的地方，当年离开咸阳的时候，我早就答应义渠王了……"

饶是黄歇一腔柔情，听了这话脸色也变了："皎皎，我竟不知道，在你的心中，我和义渠王是同样的分量。"

芈月急道："对不起，子歇，我不是这个意思。"

黄歇见她神情，顿时后悔，忙道："不，是我的不是，你曾经属于我，可是我没有保护好你，我失去了你，就注定我要再找回你不是这么容易的事。"

芈月本以为可以打消黄歇的执念，她初见黄歇，惊喜不胜。可是回过神来，再看到嬴稷，她是一个母亲，儿子更是她一生不能摆脱的负荷啊。她看着黄歇，努力劝说道："不，子歇，我的一生已经结束，而你的一生尚未开始，你应该有你自己的家庭，自己的子女。"

黄歇摇头："我和你在一起，便是一个家，你的儿子，一样可以成为我的儿子。皎皎，我不明白你还在犹豫些什么？"

芈月摇头："不，我已经爱不起了。"

黄歇执着地道："你既然可以把苏秦带给燕易后，为什么轮到自己，反而犹豫不决？"

芈月无奈道："子歇，孟嬴可以给苏秦以爱情，更可以给他以席卷风云的权力，而我却什么也给不了你。"

黄歇冷笑："难道我会在乎什么席卷风云的权力不成？"

芈月见他如此，心痛心软，只觉得已经无法再坚持下去了，她咬咬牙，终于说出一句话来："可我已经不爱你了。"

黄歇一把抓住她的肩头，看着她不能置信地叫道："你再说一次？"

芈月看着黄歇，含泪摇头："子歇，对不起，时光如梭，人心易变，什么样的感情也经不起时间。是，我是曾经爱着你，甚至曾经可以为你而死。可是，在我以为你已经死了以后，我遇上了先王。他对我很好，在他面前，我得到了才华上的肯定，身份上的荣耀，还有别人的尊崇，这些是我自父王去世以后，再也不曾得到过的东西。他给予我的，不仅仅是这些外在的东西，还有心灵上的关心，他鼓励我寻找自我，他鼓励我自由飞翔……子歇，这些是你所不能给予的。更别说，我还跟他有了我们共同的儿子，我爱他，胜过世间任何人！"她一边说，一边落泪，她知道这样的话，是在往黄歇的心口插刀子，更是在她自己的心口插刀子。可是，她却不得不这么做。这一生，她只能亏欠他一次又一次。可是亏欠他再多次，都好过拖着他下水、拖累他一生来得好些。

黄歇看着芈月，眼神忽然变得无限怜惜："皎皎，可怜的皎皎……"

芈月浑身一颤，忽然间只想扑到他的怀中，放声大哭，为什么她对他说了这样残忍的话，他还是这样毫无怨念，毫无离开的意思，他看着她的眼中，只有疼惜，只有呵护，只有爱怜。

黄歇看着芈月，他知道她为什么这么说，他也知道自己接下来的话，对她会更残忍，可是只有如此，才能够打破她自己筑就的樊篱，打开她的心门，让她面对现实，而不是被那个男人继续圈在他的谎言中。她要的，不是替那个男人继续他儿子的帝王梦，而是找到自己的人生，活出自己的人生来。

他看着芈月，缓缓地道："皎皎，我明白，对你来说，这个世间有多残忍，所以每一个对你好的人，你都珍惜。可是你的夫君，不仅仅只是你一个人的夫君，他更是一个帝王，帝王的宠恩像草上的露珠一样，看上去慷慨无比，到处挥洒，可是要消失却是更快，我很感激他能够欣赏你，呵护你……"他说到这里，一股恨意涌上心头，语声也不由得尖锐起来，"可我却更恨的是，他曾慷慨赋予，最终却挥挥手无情收回所有的一切，把你当成一粒尘埃。让人最绝望的不是让你得不到，却是让你得到又失去。你甚至不敢怀疑他为何如此残忍，最终只能变成怀疑自己，甚至憎恨自己。"

芈月听着他一句句的话，忽然间曾经的绝望和愤怒再度涌上心头，她不想再提起那段绝望的往事，不想再面对这样的难堪之境，她浑身颤抖，尖声叫道："你别说了，你别说了……"

黄歇却没有停下，反而厉声道："你若是直面了他的无情，就等于是直面自己的绝望。所以你只能苦苦思索，自己到底错在何处，为何竟失去天降的宠恩，这必是你自己的错，是不是？"

芈月掩耳："不，你不要再说，不要再说了……"

黄歇抓住芈月的手，直视着她："是，你只能怀疑自己，憎恨自己是否犯下过可能的错误，你若是直面他的残忍，就等于明白你的命运完全没有任何出路。你只能借由责怪自己，或者迁怒别的女人。后宫的女人，就是这么宁可自相残杀，或者自我憎恨，只因为这样，你们才会自欺欺人地想着，只要再努力一点，再忏悔一点，也许你们的命运就会有转机，而不敢直面君王的无情，不敢直面不管你们怎么做都无济于事的事实。"

芈月一把甩开黄歇的手，尖叫道："你走，你走……我不要再听到你说这样的话。"

黄歇却握住芈月的手："皎皎……"

芈月一甩手，转身就走，却扑倒在地，一口鲜血喷出。

黄歇惊呼一声："皎皎……"抱起了芈月。

第十五章 破——樊——篱

草庐中，芈月仍在昏迷不醒中。

嬴稷一夜醒来，却发现母亲已经昏迷，急得冲到黄歇面前带着哭腔怒吼道："你把我母亲到底怎么了？"

黄歇蹲下身来，搭着芈月的脉搏，缓缓道："子稷，你别着急！"

嬴稷虽然乖巧，此时也不能再保持素日的懂事了，他焦急地揪住黄歇，叫道："你说，我母亲到底怎么样了？"

黄歇轻抚着嬴稷的头，安慰道："你放心，你母亲没事，她只是一时急怒攻心，醒过来就没事了。"

嬴稷看着芈月的睡颜，黄歇再安慰，他心底仍有一种说不出来的恐惧："她、她到底怎么了？"

黄歇收起手，轻叹一声，道："你母亲素日来积郁过甚，这口瘀血积在心口甚久，此时吐出，未必不是好事。只是她此时心神失守，神魂未聚……"

他说到这里，说不下去了。

嬴稷却是听不懂，只专注地看着芈月。

黄歇走了出去，一会儿，端了水来，扶起芈月想喂下去，却被嬴稷推开。嬴稷自己拿着水，一点点地喂入芈月的口中。

两人就这么守着芈月，直到黄昏时分，嬴稷忽然见芈月动了一下，喜道："母亲，母亲醒了。"

两人忙围过来，却见芈月眼睛眨了眨，睁开，却是表情一片木然。

嬴稷拨开黄歇蹿上前去，焦急地喊道："母亲，母亲——"

芈月木然而卧，一动不动。

嬴稷惊恐地拉着黄歇："子歇叔叔，我母亲怎么样了？"

黄歇搭着芈月的脉，好一会儿才放下来说："放心，她没事。"

嬴稷急问："那为什么她会这样？"

黄歇叹息："这些年，她心里积了太多的东西，有许多事，她明明看到了，却装作看不到，这种情绪压在心底，抑郁太久，这口瘀血积在心口甚久，此时吐出，未必不是好事。"

嬴稷似懂非懂："这么说，她不会、不会……"他压低了声音："不会真的有事吧……"他到了嘴边而没敢问出来的话是："她会不会像父王那样离开我？"可这样的话，他只是想一想，都不敢再想下去。

黄歇将嬴稷拥入怀中，摸摸他的小脑袋："放心，有我在，一定会保护你们。"


天上一轮圆月，映得草庐外银光似水。

黄歇倚在树下，举起手中的竹笛在唇边吹奏，一曲楚音悠悠飘扬。

嬴稷从草庐里探出头来，忧虑地看着黄歇，又缩了回去。

笛声悠扬，吹进草庐。

芈月倚着草棚，一动不动。

嬴稷怯生生地叫了一声："母亲……"

芈月木然的神情，慢慢地转过来，看着嬴稷，嬴稷心头一喜，方要说话，可是芈月的眼光落在他的身上，却又闭上了。

嬴稷想说什么，最终还是想起了黄歇对他叮嘱过的话："你母亲如今只是在想事情，子稷，你不要惊动她，等她想清楚了，她就会和你说话了。"最终，还是低声说了一句："母亲，你睡吧，我也睡了。"

说着，他把黄歇递进来的外袍盖在了芈月身上，自己蜷在她的脚边，他想要闭上眼睛，却没办法睡着，只能睁着眼睛，看着芈月，心中想着，我要看着母亲，我要看着母亲。可终究是个孩子，不知不觉，竟睡着了。

草庐内，芈月仍一动不动地坐在榻上，呆若木鸡，眼睛茫然地望着空气中的某一处，一动不动。

笛声依旧幽幽地飘着，浸润在她身边的每一寸空气中，像月光、像远处的水声一样无处不在，像在与天地共鸣，向她诉说不便出口的劝慰。芈月头微微转动，凝神倾听着笛声，慢慢合上眼睛，陷入安静。

她阖目坐在那儿，看似一动不动，可是她的内心，却从来不曾平静过。嬴稷在叫她，她知道。黄歇在为她着急，她亦知道。

可是，她不想回应，因为她实在已经没有力气回应了。她的灵魂似脱离了身体，飘荡在半空。她的思绪已经脱离躯壳，沉浸于自己的世界中，无法指挥自己的躯壳作出回应。

她坐在那儿，一动不动，往事历历，在眼前闪过，所有的事，都与秦王驷相关。

她回想起那年的楚国山道，她与秦王驷的初次相见，那时候，自己拿着小弩弓冲向满脸络腮胡子的他发射，却被他手一挥，弩弓飞起落入他的手中。那时候，自己是多么骄傲，多么地不知天高地厚啊！那一个隐藏了身份的君王，看到这样的自己时，心里在想些什么呢？

自己嫌弃他满面大胡子，管他叫长者，像他这样被美女追逐惯了而自负的人，一定是很生气、很在乎吧，所以下一次见面，就看到他刮了胡子。细想起来，他此后只留着更文雅的三绺长须，果然再也没有留过那样的大胡子了。

她回想起承明殿初次承欢，自己跳着山鬼之舞，与他共度良宵，这一夜，她从一个少女，变成了一个妇人，他对她说的话，他说从今以后，他就是自己头上的一片天，自己从此以后就是安全的、自由的，不必再怕有飞来灾祸，也不必怕言行上会出什么过错，只管无忧无虑、言行无忌……

她回想常宁殿里，他说，他带她去骑马、去行猎、一起试剑、共阅书简，让她去结交张仪，就是为了不让她成为那些浅薄妇人，为了让她按自己的心愿活得多姿多彩，不必活得战战兢兢，如履薄冰……

他说了，他也做到了，至少，大部分的时候，他是做到了的。

她对他一直是疑惧着的，当她知道他的身份时，便是看着他如何轻而易举地迷惑了芈姝，在楚国搅乱了屈子的布局，而轻松离开。那时候她也想如屈子一样，希望把他抓住，因为这个人玩弄了一个少女的感情。然后，是她跟着芈姝进了秦宫，那时候她满怀复仇之心，而他却是那个明知道凶手是谁，却仍然庇护凶手的可恶之人。再后来，她在后宫步步危机的时候，无奈委身于他。然而他与她之间，忽然就有了一种新的开始，她的天性在他的放纵之下得到舒展，她的天分在他的挖掘之下展现出令她自己都不能想象的才华，他放飞了她的心，让她真的以为自己是鲲鹏，让她以为凭自己的努力，可以得到一切。可是，他又无情地碾碎了这一切。

那时候她是绝望的，她是怨恨的，怨恨的不仅仅是感情，而是她与生俱来的自负，她的骄傲，她对人的信赖，都在他这种帝王心术中，被碾成粉末。

她想过逃离，她想过把这一切当作不曾发生，可是他带着黑甲铁骑将已经逃离咸阳的自己拦下，他说："你有听说过棋局还未结束，对弈者还在继续下，棋子自己可以选择退出吗？"

可是，她还来不及怨恨，来不及抗拒，甚至来不及报复，那个霸道到要把她的天空、她的心灵全部占据的那个人，就这么忽然间倒了下去。他去得这么快，快到让她还没来得及细细回想，自己与他到底是怎么一回事，快到让自己的恨意还未发酵，快到让自己捂着血淋淋的伤口还来不及回醒，他就这么倒下了。

如果不是他的霸道，他的执念，她曾经有两次的机会可以逃离。她已经为自己安排好了退路，她可以早早地去巴蜀，布置下一片新天地，她也可以去洛阳，退身于安全之所。可这两次的机会，却因为他的私欲，而将她一而再、再而三地陷于这重重危境之中，让她失去了所有的自我保护，失去了所有的反应手段，而落在了芈姝的手掌中，落在了芈茵的利爪下。

她想着自己从变故之后，眼睛就只落在了嬴稷身上，忘记了魏冉，忘记了芈戎，忘记了白起，她只想着要当"重耳"，要回到秦国去。她只记得她是嬴稷的母亲，是秦王的遗妾，只记得秦王灌输给她的王图霸业……不，她不是忘记了自己的亲人，而只是把"自己"给忘记了。因为她若是想到自己，想到自己的天性和情感，想到自己的爱和恨，那么她会痛苦得无法再活下去。

她有多逃避，她就有多恨。恨那个摧毁了她骄傲和信赖的人，恨那个断绝了她归路的人，恨那个自家撒手尘寰了事，却教自己和儿子为他的随心所欲而承担苦难的人。

她回想起芈姝在她的面前烧毁掉的诏书；想起咸阳殿上的孤注一掷，想起出宫之际的生死两难，回想起女萝惨死在西市，想到嬴稷年幼杀人而入黑狱，想到如今自己有家归不得，有国不能投，无尽的逃亡生涯……

忽然间，她想起当时在商鞅墓前，他说的那句话："……有些人活着你恨不得他死，可他死了又希望他还继续活着……"

黄歇说过的话，似又在耳边回响：

"帝王的宠恩像草上的露珠一样，看上去慷慨无比，到处挥洒，可是要消失却是更快……"

"让人最绝望的不是让你得不到，却是让你得到又失去……"

芈月痛苦地缩在角落里，似乎在努力让自己缩得更小。

外面的笛声不知何时停住了，黄歇在低声吟哦，似近在身边，字字入耳："苏世独立，横而不流兮。闭心自慎，终不失过兮。秉德无私，参天地兮。愿岁并谢，与长友兮……"

芈月的眼泪渐渐流下，这首辞，是屈子当年写的吧，那一年，她和黄歇在屈子府中庭院的大橘子树下，看着屈子负手吟诗："秉德无私，参天地兮……"

屈子的声音未去，却与外面黄歇的声音渐渐重合："愿岁并谢，与长友兮……"

芈月的眼泪渐渐流下，忽然间，她长长地呼出一口气来，手脚动了一下，又动了一下。

那飘荡在躯壳外的灵魂，终于归窍，那曾经被禁锢于樊篱的自己，终于回来。此刻，她是芈月，她不只是秦王遗妾，也不只是秦质子嬴稷的母亲。

她是她自己，听从自己的心而行，为自己而活。

芈月扶着支撑草庐的木柱，慢慢站了起来，她的手脚有些酸麻，但是，这不要紧，因为她已经重新站起来了。

她慢慢地走出草庐，黄歇惊喜地迎上去。

芈月看着黄歇，忽然泪下："我想去看看夫子。"

黄歇连忙点头："好、好，我陪你去看夫子。"

芈月道："我想能够再一次在汨罗江上泛舟。"

黄歇道："我陪你。"

芈月静静地偎入黄歇的怀中："你答应我，这一生你不会再离开我。"

黄歇轻抚着她的背部："我答应你，这一生我不会再离开你。"

芈月长嘘了一口气，整个人身体一软，就要倒下，黄歇连忙扶住了她，两人一齐坐在了地上，忽然间，一起笑了起来。

夜深了。

这一夜，人人都不能平静。

芈茵被义渠兵马这一阻滞，直到天亮，方才绕道过了那条小河，四处搜寻，却是不见芈月等人下落，气得她暴跳如雷，当下以郭隗令符，传令各城池严加防守，务必不能让芈月逃出燕国。

她自己思忖了半晌，猜到芈月可能借道齐国，返回楚国，但为防万人，她派重兵去燕赵边境守着，自己一路疾行，人马换乘，日夜兼程赶往燕齐边境。

而当郭隗离开之后，孟嬴在边城也收到了蓟城变乱的信息，她将手中的竹简重重掷地，气得脸色通红："来人，速宣郭隗进宫，我倒要问问他，意欲何为？"

侍女忙依令而出，正在此时，苏秦迈进门来，见状忙问道："易后，出了什么事情？"

孟嬴指着竹简，愤怒得说不出话来："你自己看。"

苏秦拾起竹简，迅速地看了一下，顿时怔住："芈夫人出事了。"

孟嬴指着竹简，手指都在发抖："这分明是蓄意谋算，等我们一离开京城，就出这样的事情。郭隗这老匹夫，这件事必是与他有关。"

苏秦轻叹："不错。"

孟嬴一拍几案："他早不动手，晚不动手，偏偏要在季芈推荐你入朝以后动手，分明是冲着你我来的。"

苏秦问孟嬴："易后打算怎么做？"

孟嬴勃然大怒："难道不是立刻质问郭隗，然后回京去调查此事，接回季芈吗？"

苏秦劝道："易后息怒。芈夫人被诬陷这是无疑的了，只是郭隗既然动手，他在京城预先布置好的人一定会湮灭证据，等我们回去再查，只怕是来不及了，顶多只是寻几个小喽啰顶罪罢了。郭隗在燕国根深叶茂，又扶助大王登基，只怕纵然我们回到京城，也只能是对郭隗小惩大诫，更无法让芈夫人翻案。"

孟嬴不服，问苏秦道："为何不能为季芈翻案？"

苏秦叹道："西市游侠暴动劫狱，是何等重大的事情，便是秦质子当真是受人诬陷，也敌不过芈夫人煽动叛乱之罪更严重。到时候就算易后出面，只怕也无法顶住朝臣们的压力，更会让郭隗将罪责推卸。"

孟嬴急了："这，难道就没有办法了吗？"

苏秦拿起竹简，劝道："所以，不能顺着别人的思路走。"他细看竹简，边看边叹道："我倒是佩服季芈，把事情闹到如此极端，反而留下生机。若当时易后在京，或者她有办法让郭隗放人，那又怎么样？她若不能借此翻身，谋得高位，便纵避过这一次两次，也难避人家无时不在的陷阱。做人宁与虎狼为敌，休向鹰犬低头。事情闹得越严重，就会让她的对手越被动。别人只能选择要不与她为死敌，要不就是举她为座上宾，不可轻贱，不敢小视。"

孟嬴听了此言，怒气慢慢平息，再问苏秦："你可有办法？"

苏秦沉吟不语。

孟嬴拉住苏秦的袖子，急道："苏子，我有负季芈良多。她在最危险的关头，选择了来燕国为质，就是以为我能够庇护于她。我迫于局势，不敢出手庇护于她，她若安好，我还可以安慰自己说为了避免得罪秦国，我不得不袖手旁观。可是若是她母子当真在我燕国受害，那我还视若不见的话，我就当真成了忘恩负义的杀人凶手！"说着，她流下泪来。

苏秦也不禁唏嘘，他拿出绢帕，擦去孟嬴的泪水，道："季芈亦是对我有恩，就是因此我们才不可轻易冲动，反把对我们有利的局面恶化了。"

孟嬴道："以你之意呢？"

苏秦慢慢地说："易后回到蓟城，不可提芈夫人，只管以西市游侠作乱之事，问罪郭隗治理朝政有失。"

孟嬴问他："若是他还是将罪责推到季芈头上呢？"

苏秦笑了："堂堂国相，治理不好京城，却将责任全部推卸到一个弱女子身上，岂不可笑？这分明是西市游侠素日受到欺压太多，所以用连

233

秦质子都逃不过冤狱为借口，而发起的动乱！如此，芈夫人之案，不用易后翻案，自然平冤，而郭隗也逃不过追责。"

孟嬴顿时明白了："所以，不提季芈，反而使我们更掌握主动。"两人正商议间，却见贝锦匆匆而入，禀告："禀易后，国相向大王请假，离开了碣石宫赶往京城。"

苏秦一惊，击案道："这下不妙。"

孟嬴一惊："怎么了？"

苏秦叹道："想不到郭相竟为此事而匆匆回京，他对此事如此看重，只怕会抢在我们前面布置。为免被动，臣请易后赐与令符，让臣可以尽快赶去相助芈夫人。"

孟嬴点头："好。有劳苏子了。"她眼望长天，叹息："希望季芈能够撑到你去救她。"

清晨，鸟鸣声把嬴稷吵醒了，他看到芈月正坐在他的面前，叫他："子稷。"

他兴奋地跳了起来："母亲，你好了。"

芈月笑着点头："是。"

他又问："母亲，你不会再生病了吧。"

芈月点头："是。"

嬴稷又道："母亲，那我们接下来去哪儿啊？"

芈月微笑："去楚国。"

嬴稷怔了一怔："去楚国？我们不去秦国了吗？"

芈月摇了摇头，歉意地道："子稷，如今的秦国……我们还回不了。"

嬴稷也知道芈月说的是实情，这孩子的情绪只低落了一会儿，立刻又打起精神来："母亲，我们去楚国去多久啊？"

芈月答："不知道，看情况吧。"又解释："楚国有你另一个舅舅，还有舅公，还有母亲的夫子——"

嬴稷忽然道："还有子歇叔父，对吧？"

芈月直视嬴稷，点了点头："是啊，我们以后要和子歇叔父住在一起，你……愿意吗？"

嬴稷沉默了。

芈月不安地道："子稷……"

嬴稷低头："若是孩儿不愿意呢？"

芈月沉默片刻，久到让嬴稷有些不安了，她忽然道："如果你不愿意，那母亲就只与子稷一起生活，离开他。"

嬴稷诧异地抬头："你舍得？"

芈月苦笑："我是你的母亲，我只能选择你。"

嬴稷扑到芈月的怀中，顿时心生歉疚："母亲——我不是这个意思，子歇叔叔很好，我也喜欢他。"

芈月轻轻地抚摸着嬴稷的背部，心中酸楚之意，渐渐平复。

嬴稷抬起头来："母亲说过，要我做重耳，那我现在呢，还要做重耳吗？"

芈月道："如果你要做重耳，母亲就帮你做重耳。如果你要过另一种人生，母亲也一样会如你所愿。"

嬴稷忽然问："他会一直像现在这样待我好吗？"

芈月一怔，还是回答："他是个至诚君子，他爱母亲，也会一辈子视你如己出。"


却听得外面黄歇叫道："快些出来用朝食了。"

芈月和嬴稷起身走出草庐，见黄歇已经打了几只鸟雀回来，正烤着，见他们母子出来，便递给他们。

芈月接了，又照顾嬴稷吃了，自己才吃。

两人坐在火堆边，商议着下一步的方向。

黄歇看了看嬴稷，道："燕国是不能待了，你意欲往何处去？"

芈月拿着树枝，在地上画着地形图，叹道："秦国也是暂时回不去了，子歇，你说我们下一步去哪儿？"

黄歇一指方向："往西走是赵国和中山国，往南走是齐国。你们若要回秦，就要经过赵国，若要回楚，就要经过齐国……"

芈月看着地图，忽然道："子歇，我们去齐国如何？"

黄歇诧异："不是说好了去楚国吗？"

芈月一觉醒来，只觉得神采奕奕，又充满了信心和战意，她抬起头看着阳光自树梢中射入，灿烂一笑，道："我不去楚国了。我们在楚国并无机会，楚威后还在位，她在楚国的权势让她能够一手遮天，如今去楚国，不过是转了一个圈又回到原点，还是在她的手底下战战兢兢地求生存。子歇，这种日子，在我十五岁以前，可以熬，因为我相信我还有无穷的未来。但我现在，却是一天也不能过了。我若要回到楚国，必是有把握要取那恶妇性命的时候。如若不能，我宁可——"她在地下画了一条线，道："去齐国或赵国。"

黄歇一怔："齐国、赵国？"

芈月点头："不错，其实曾经有很长一段时间，我都把去齐国当成我的目标，那时候你与义渠人交战落马，我找不到你，以为你不在了……"她看着远方，有些出神。

黄歇听到此处，亦是心酸，握住了芈月的手，叫道："皎皎，是我对不住你。"

芈月回过神来看着黄歇一笑，拍了拍他的手以示安慰："都过去了。后来，我又想经韩国去洛阳，去周天子住的地方，以观察天下。可我现在却不能去那儿了。据列国传来的信息，似乎我们的新秦王，也意在洛阳。我现在才知道，他为什么把那几个大力士当宝，原来他是想入洛阳，倚仗武力，夺九鼎，以求挟周天子而震慑诸侯得以称霸……"

黄歇听了此言，诧异："这么说，果然是真的？"

芈月问："什么真的？"

黄歇道："我在楚国，亦曾听过新秦王有此图谋，我还以为是信息误传，这世间哪有如此简单就能称霸，若是可以的话，当日魏国之势最盛，洛阳就在他们边上，取九鼎还不是探囊取物，可魏国为何不取？"

芈月慢慢地道："九鼎不过是个物件，时势到了，霸业成就之日，那自然是想取便取，若是时势未到，以为可以用小聪明取九鼎而获霸业，实是本末倒置，贻笑天下。"她的眼中忽然有光芒一闪，冷笑道："若是子荡只有这样的心术，那么，子稷归秦之日，也是屈指可数了。"她忽然兴奋起来，将树枝横一画、竖一画，道："若是往西，可去赵国，赵侯雍素来野心勃勃，对燕国对秦国，都有着极大的野心；若是往南，可去齐国，我如今结怨燕楚两国，而齐国恰好在这两国中间，图谋扩张，所以我想，我和齐王应该有共同的利益所在。"说着她抬起头，问黄歇："子歇，你觉得我们是入赵好，还是入齐好？"

黄歇看着芈月的神情，有些怔住了，好半日，见芈月抬头问他，长叹一声："皎皎，你变了很多。"

芈月知道自己刚才有些失态，然而她不打算回避，岁月已经将她打铸成如今的芈月，她也无法掩饰矫情，只是灿烂一笑："是吗？"

黄歇凝视着芈月："我想郭隗一定很后悔错把你当对手。如今，这个世界上没有人可以让你屈膝安分，你是一息尚存，都能够生出无穷事端来啊。"

芈月看着黄歇："你后悔了吗？"

黄歇叹息："我只后悔，不能早些来接你，来照顾你。"

芈月将树枝往地上一掷，笑道："那我们还等什么，去齐国吧。"

三人上马，晓行夜宿，一路上绕着城池走，或潜行于山林，或乔装宿于农家，一路上果然见芈茵派来的追兵处处，关卡重重。

一行人小心翼翼地直到了边城，却是面临无法回避的问题，那就是要出燕国，去往齐国，必须要经过这个边城。

而黄歇亦是打听得明白，"国相夫人"就在这座边城之中，久候多时了。

三人双骑，遥望边城。

黄歇问："怎么办?"

芈月叹道："绕不过去，便只能冲了。"

黄歇一惊："冲过去? 这重兵把守，你我只有三人，如何冲得过去?"

芈月点头："自然是冲不过去的。"

黄歇一怔："那你……"

芈月遥指边城："你还记不记得，昨日在那农家打听，他们说，两月前，大王派了一支军队，入驻这边城，以抗齐军。我却是记得，昔日我在西市之时，曾经结交过一名游士，名唤乐毅。前番郭隗于黄金台招贤，乐毅受其重用，正于两月之前，领兵到燕齐边城驻守。"

黄歇问："你猜那驻守之将，便是乐毅?"

芈月摇头："也许是，也许不是。但是，乐毅一定会在附近的边城之中。"

黄歇问："那，我们要找乐毅，请他助我们出关吗?"

芈月道："只怕不行，有芈茵在，乐毅就算想帮我们，只怕也没有办法。而且此时到处是侦骑，我们又如何能够找到乐毅呢?"

黄歇心中隐隐觉得有些不妙，问道："你的意思是……"

芈月道："我的意思是……若是我们能够顺利先找到乐毅，那自然是最好。但如若被芈茵手下发现了我们，那就要预先想好方案了。"

黄歇心一沉，问道："什么方案?"

芈月道："芈茵要的是我，若是被追兵发现，那便只有我先吸引他们的注意力，等我引开他们，你就去找乐毅，将子稷先送出关去，然后和乐毅再来救我。"

黄歇失声道："不行，那女人如今已经是个疯子，我如何能够让你落在她的手中? 到时候她若发起疯来伤了你，我不可以让你冒这种危险。"

芈月淡然一笑，在黄歇的眼中，她这笑容却显得有些凄然："子歇，大争之世，谁不是无时无刻不落在刀口舔血的日子中，必要的险，是要冒上一冒的。如果可以，我当然想和你一起共赴天涯，如果我们注定无法越过这道关卡，那我希望你能够带着子稷顺利去往齐国。"

黄歇一惊，握住了芈月的手："不行，我绝对不会再丢下你的。我宁可自己有事，也绝对不会让你有事。"

芈月抽出手来，微笑："你放心，我很惜命，如果你们能够安全地离开燕国，那我就算落到芈茵手中，她也一定不敢杀了我，到时候你再与乐毅想办法救我。"

黄歇厉声道："不行，我岂能让你冒险？"

芈月又摇了摇头，道："若往最坏的可能想，就算是你找不到乐毅，或者乐毅无法相救于我。那你就速去齐国，我记得你曾经在齐国的稷下学官游学，你去游说齐王兴兵伐燕，一定会更容易取得成功。若是兵临城下的时候，就算是郭隗，也不得不妥协。"说到这里，她自负一笑："你放心，正因为芈茵是个疯子，所以她才舍不得杀我。但只要我不死，那最后赢的人，就会是我。"

正说着，忽然一声疾风划空之声，芈月转头一看，却见远处一队人马似已经看到了他们一行人，正在包抄过来。

芈月疾道："别说了，我们就此分道扬镳，我去引开他们的注意力，你带着子稷赶紧逃离。"

说着，芈月上马，冲着黄歇的马挥了一鞭子。

黄歇与嬴稷共乘一骑，猝不及防顿时被马带走，风中只传来他凄厉的叫声："皎皎……"

嬴稷亦在大叫："母亲……"

芈月凄然一笑，一行泪落下："子歇，子稷就交给你了。"她一挥鞭，向着反方向跑去。

# 第十六章 风云变

半个时辰以后，燕国边城城守府前城，芈茵站在台阶上，看着被押在台阶下的芈月，得意地大笑起来："九妹妹，没想到我们又见面了。"

芈月此时的样子有些狼狈，不但灰头土脸，而且双手被缚，只是神情依然骄傲："是啊，真没想到，七姊姊舍得离开那锦绣堆中的国相府，千里迢迢到这边城来，我实在是荣幸。"

芈茵见她居然还如此嘴硬，却是见不到自己一心盼望让她跪下求饶的样子，不由得大怒："死到临头，还敢顶嘴，我真想看看，什么时候你才会嘴软呢！"

芈月笑道："天生如此，您就别勉强自己了。"

芈茵咬牙切齿："好、好，我看你这铁嘴，是不是跟着你一起葬进坟里头去。"

芈月冷笑："原来七姊姊还打算给我留坟啊，我还以为您打算让我曝尸荒野呢。"

芈茵气得发抖："好啊，我看你是不见棺材不掉泪。"

芈月再度嘲讽："哦，居然还有棺材，那当真是要谢谢七姊姊了。"

芈茵指着她："你、你——"指了半日，再也说不出话来，忽然感觉到不对，左右一看，喝问："她儿子呢？"

那侍卫头领便道："禀夫人，抓她的时候就只有她一个人，没有其他人。"

芈茵顿时明白了，冲下台阶，揪住芈月急问："你那个儿子跑哪儿去了？"她猛然想到一事，心头狂跳，"你、你、你是不是见到子歇了，你儿子是不是和他在一起？"

芈月微笑："你说呢？"

芈茵一想到那人，只觉得心头绞痛，几乎发狂，她想杀了眼前的芈月，想拿剑把她截成血窟窿，想把她剁成肉酱，可是……可是她更想，见到那个曾经扎根在她心底，让她如痴如疯的负心人。她想，不能冲动，不能冲动，她要用这个女人，钓到那个男人上来。

她捂住心口，踉跄着退后，嘶哑着声音指着芈月道："把她关起来，我要等着黄歇来。"


夜深了，城守府中一片寂静，只有最深处那座小院，仍有灯光。

镜台前，小雀给芈茵一边卸妆，一边低声问："夫人，您既然已经抓到九公主，为什么还在这边城停留不回。若是国相问起，可怎么办？"

芈茵对着镜子一边照着，一边冷笑："我要她的性命很容易，可是我若就这么杀了她，反而如了她所愿，让她赢了。不过，当日我留着她的性命慢慢折磨，果然是有好处的，她把我这一生最爱的男人带过来了，我现在就要借她这条命，圆满我的心愿。"

小雀听了此言，她是晓得郭隗厉害的人，吓得脸色都变了："夫人，您、您到现在还没对公子歇断了心思吗？"

镜子中，芈茵脸扭曲着："为了活下来，为了活得好，我把许多宝贵的东西都扔掉了，我跪着、爬着，走到了现在。如今我已经锦衣玉食，那我就要把那些曾经失去的，一件件捡回来。"

小雀还要再言，芈茵把镜子一拍，厉声道："你不必再说了。我自有主意，多说无益。"

小雀不敢再言，服侍芈茵歇息之后，她退出房间，想了想，还是不能心安。于是摸了摸袖中的令符，这是她刚才从芈茵梳妆台上悄悄拿过来的，犹豫片刻，还是下定决心，走出房间，一路直奔关押芈月的小院。

这城守府却是有一处专门关押犯人的石屋，此处与齐国交邻，细作自然也是免不了的。有时候抓到可疑之人，一时未能判定，对方身份又不便直接下到普通犯人的监狱中，便暂时关在这间石屋中，倒是比普通监狱还稳妥些。

小雀拿着令符，去了石屋，开了门走进去，却是里面分成两半，中间还有一层栅栏，里面关着犯人，外屋却还有几案，便于来人审问。

小雀便令其他人出去，自己走近栅栏，见芈月端坐在地上，见了她来，倒也不吃惊，只抬头道："你是那个……芈茵的婢女？你来找我何事？"

小雀也坐了下来，隔着栅栏，叹道："你和七公主之间，难道是天生冤孽，不能共存吗？既然如此，你何不早早遂了她的心愿，这般执迷不悟，岂不是教自己受苦？"

芈月笑了："你想劝我向她屈服，这样就能够让她心满意足。是不是因为我不肯屈服，便让她难受了？"

小雀看着芈月，恨恨地道："是。"

芈月点头："我倒是能够明白她的。"

小雀诧异："你能明白？"

芈月点头道："一个人如果跪下来，骨头折了，行为卑污下贱过了，就算在人前荣耀无比，可是午夜梦回，她自己知道自己永远都站不起来了。所以她一定要找回一些过去的东西来欺骗自己，当中间的那一段历程不存在。可是，不是所有的人都会像她那样没有底线的。所以，她就希望让别人跪下，因为别人还站着，她就会发现自己一直是跪着的。"

小雀听到这样的话，心中更恨："你不知道她受过的苦，她这样做有什么不对？"

芈月看着这个犯妄大胆的婢女："你不觉得你说这样的话很可笑吗？你要我屈膝填补她的卑贱，你以为你是谁，敢对我说这样的话？"

小雀扑在栅栏上，嘶声叫道："可是这样死了，你甘心吗？你跟七公主不一样，你还有一个儿子，难道你不想看着他长大成人，难道你这一生这样颠沛流离受尽苦难，就没有一个结果？好死不如赖活着，九公主，我怜惜我的主人，可我也不忍见到你死，更不想见到你们姐妹相残。你们从小一起生长在楚宫，同样在楚威后的淫威下求生存，也同样被她所害，命运多舛。哪怕你骗一骗她，也不行吗？"

芈月看着她，忽然间有所了悟，轻轻一叹："你来找我，她不知道吧？"

小雀黯然道："她不知道，可我不得不来找你。你知不知道她虽然被威后赐婚黄歇，可是她根本没有和黄歇拜堂，甚至没有见到黄歇一面。是我找了医者为她治病，她才慢慢地好了。可她不能再受刺激，不能再发病啊，否则就会……"

芈月忽然笑了："这么说，你的意思是，我只要骗骗她就可以？因为她是个不正常的疯子，你怕她因为我而执着，所以她陷害我再多，我也必须忍气吞声，否则，她有可能会被我刺激到发疯，是吗？"

小雀脸上的神情有些惊惶，又有些疯狂："你、你胡说，她很好，她比谁都好，比你、比任何人都好！我不许你说她是疯子，不许，不许！"

芈月看着她，忽然说："你爱她，是吗？"

小雀脸上的神情变得极为慌乱，她后退一步，惊恐地看着芈月："你、你胡说些什么？"她定了定神，又厉声道："你若再胡说，我便杀了你。"

芈月轻叹一声："真是没有想到，连她这样的人，也能够有你这样死心塌地爱着她的人。"

小雀的神情变得又愤怒又疯狂："你、你闭嘴，别让我想杀你。"

芈月忽然不说了，她的眼神飘向了她的后面，但此时小雀却没有发现，见芈月忽然不再说话，以为自己的话已经奏效，上前又求道："九公主，就算我求你了，反正害你最深的人，又不是她，你就算向她低头，又能怎么样，这样她好，你也好啊！待得你让她安心以后，我便放你出来，好不好？"

芈月忽然问："你今夜为何来找我？她如今已经抓住了我，我屈不屈服，她都是赢家，你又何必来找我？甚至许下放我出来的诺言，你可知道，这是对她多大的冒犯？"

小雀怔了一怔，忽然道："这你别管，这是我的事情。"

芈月忽然道："可是她又要做出一些在你眼中，会危害她自身的事，所以你才会害怕，才会今夜来找我。让我想想，会是什么样的事情呢？莫不是黄歇知道我被抓，要来救我。而芈茵对黄歇还未死心，你怕这件事会让她失去郭隗对她的庇护？"

小雀倒退两步，惊恐地看着芈月，如同看着一个魔鬼，嘶声道："你、你怎么会知道？"

芈月嘴角挂着一丝冷笑，道："你对她当真情深义重，把她的一切都安排好了，你这样忠心耿耿，她可知道？"

小雀一怔。

忽然暗处传来一声阴森森的冷笑。

小雀整个人都僵住了，她缓缓转过头来，脖子似乎都在咔咔作响。

芈茵铁青着脸，从暗处走出来，看着小雀，眼中像要喷出火来："贱婢，亏我一直以为你对我忠心耿耿，没想到在你的心里，居然一直在耻笑我、轻贱我，我真是看错你了！"

小雀跪倒在地，蜷缩成一团，泪流满面地求道："夫人、夫人，奴婢愿意为您而死，奴婢一心只是为夫人着想……"

芈茵怒不可遏，剑刺向小雀："那你就去死……"

小雀胸口中剑，不置信地看着芈茵，她一张口，口中鲜血涌出，却仍然在说："公主，我是怕你出事，我怕国相会……"她朝芈茵伸出手，却够不到芈茵，就这么定格倒下，眼睛却仍然看着芈茵没有合上。

芈茵退后一步，看着小雀的眼神有一刹那的后悔，却又硬起心肠，染血的剑锋指向芈月："我的耐心可没有多少，你若不说出黄歇的下落，我现在就杀了你。"

芈月冷冷地道："你不会杀我的，因为你不甘心！"

芈茵已经有些疯狂："我现在没有耐心再听你胡扯，要是黄歇不来，我就让你知道什么叫生不如死。"

芈月看着芈茵的眼神，摇头："你疯了，你真的疯了。"

芈茵狞笑："我疯了吗？哈哈哈，你要不说，我会让你尝尝世间最痛苦的事，让你尝尝变成疯子的滋味……"

芈月镇定地道："你不会的。"

芈茵叫道："你真以为你这个质子之母的身份能保得住你吗？你以为有燕易后庇护你，我就不敢动手吗？哼，我杀了你，正合了八妹妹心愿，难道燕易后还会把你的性命，看得比她儿子的王位还重要吗？"

芈月摇头："不，你会让我活下去的。"

芈茵失笑："我？哈，你以为我会对你手软？"

芈月看着芈茵，道："你为了活下去，抛弃了太多的尊严和人格，做了太多扭曲心志的事情。只怕午夜梦回，你连自己是谁都不敢面对了。虽然你今日锦衣玉食，可是你已经不知道这一切到底值不值得。所以你想从我身上找到平衡，从我的落魄中得到满足，从折磨我中得到对自己的肯定。如果我不在了，你找谁去抒发你的张扬，你找谁去映衬你的得意呢？"

芈茵点头："你说得不错，既然知道你的命对我来说是什么意思，为什么不求求我，说不定我开心了，一脚踩在你的脸上，会踩得轻一点呢？"

芈月看着死不瞑目的小雀，轻叹："从小你的为人就是欺软怕硬，趋奉起强者来没有底线，作践起弱者来没有怜悯，求你除了让你更得意、更恶毒以外，只怕没有什么别的用处。杀死小雀，不是因为她今日自作主张，而是她看过你最卑微、最不堪时的样子，哪怕她对你忠心耿耿，哪怕她对你有救命之恩，可是你对她却是早就恨不得除之而后快了。只可惜，你却不知道，你杀死的，是这世间唯一挚情待你、疼惜你、对你不离不弃的真心人……你杀了她以后，你在这世间，可真的就成了孤苦伶仃的疯子了……"

芈茵被她说得简直要发狂了："好、好、好……本来我今天并不想动你，可是这是你自己招我的……"

芈茵上前一步，剑指芈月，正想动手，忽然一个侍女捧着帛书匆匆而入："夫人……"却看到小雀的尸体，吓得失声惊叫："啊……"

芈茵没好气地道："嚷什么，我不是吩咐过，谁也不许进来吗？"

那侍女战战兢兢地捧着帛书跪下："有人送了一封信来。"

芈茵接过帛书展开一看，得意地笑起来，把帛书抖开在芈月面前一晃："你知道这是谁给我的信吗？是子歇写给我的信呢。哈哈哈，你说我是孤苦伶仃，我告诉你，我有子歇了，我会比你们都幸福。我怎么可能孤苦伶仃，这世间为我所拜倒的男人，不要太多，哈哈哈……你才是孤魂野鬼，你才会孤苦伶仃……"

她纵声狂笑，笑得那侍女吓得魂不附体。

她一边笑着，一边扬着帛书，手握着剑，就这么走了。

众侍女随着她匆匆而去。

地面上，只剩下小雀扭曲僵直的尸体，一动不动。

过得片刻，来了两个杂役，将小雀抬了出去。

芈月看着地上的血，轻叹一声："芈茵，已经彻底不可救药了。"


芈茵回了房间，扔下剑，将帛书握在心口，甜甜地入梦了。

直到次日清晨，侍女跪在席前，轻声呼唤，她才伸了个懒腰，睡意蒙眬地半闭着眼睛伸着手由着侍女服侍着，给她净了脸，扶她起身，穿上衣服。

只是今天这侍女服侍得不管哪儿都让她有些不顺，不由得半闭着眼睛，不耐烦地甩了甩手，口中喃喃地道："小雀，你今天怎么这般不经心，水不够温，衣服也没焐暖？"

她正说着，忽然室内寂静无声，正在侍候着她的侍女都没有继续动作了，她睁开眼睛，前面跪了一地的侍女，仔细看去，却哪一个都不是小雀。

她皱眉问道："怎么回事，小雀呢？"

伏在她面前的侍女颤抖着答道："小雀姐姐……昨夜，已经被夫人您亲手处死了啊！"

芈茵忽然只觉得脑袋被什么劈中了似的，头顿时一阵抽痛，她捂着头，跌坐在地，一时头痛得无法回应，好半晌，才慢慢平复下来，昨日之事，一点点想起。她只觉得整个人都在颤抖，张了张口想说什么，往日她若是冲动做错了什么事，当她后悔的时候，总有小雀会安慰她，劝说她，告诉她都是对方的错，她做得完全对，不必把这件事放在心上，要放宽心，别想太多，一切都由她来料理后续之事。

可是，如今，她不在了。

不，她想，她并不感觉到伤心，只是有些茫然。她并不为小雀的死而痛苦，她只是觉得遗憾。小雀的存在，于她来说，如同空气和微尘一样，如同手边的工具，如此理所当然地存在，如此顺手适用，让她忽然感觉，小雀其实还有继续留下的作用的，少了小雀，她的生活会有些麻烦。

可是很快，她就感觉到，失去小雀，并不仅仅只是麻烦了。紧接着，小雀用朝食，发现朝食不合口，若换了往日她必要发脾气，而小雀必会想办法，可是她不在了，想想也是自己控制不住，无可奈何之下，她也忍了，只随意吃了几口，便放下了。

然后，她决定不再想这个人，只不过是个侍女而已，要多少有多少，瞧瞧跪在她脚边的那些侍女，她只要随意一指，就会有人用尽全力来奉承她，讨她喜欢，小雀也不过是运气好，得她赏识得早，让她习惯了小雀的存在罢了。

她决定去想更令她高兴的事情，她再拿出那张帛书，今天下午，黄歇会来，他会为了芈月而来，而向她低头，而由她摆布。一想到这个，她又不禁兴奋起来，想着如今要在他面前，显示自己的美，显示自己的威风。她要让芈月眼睁睁看着她得意，看着她把她的男人抓到手心里来。

她又顿时来了精神，高叫着吆喝着让侍女们给她拿衣服来。不知道是不是因为她来得匆忙，这一趟出来，虽然紧接着也有两个衣箱和一堆侍女随后运到，但是她却挑不出合心的衣服来。侍女们来回多次，把她所有的衣服都翻遍了，她一件件地试，却是哪一件也不合适，她大发脾气，把衣服都砸在侍女们的头上、脸上，可是这些愚蠢的侍女，真是没有一个合她心意的，一点建议也没有，只一味地说好，明明每件衣服都有不足，但在她们眼中，都是一样地好，根本就是在说谎。

她只有忍着气，自己勉强挑了一件，又叫侍女给她梳一个漂亮的发髻，可此时才是最令她恼火的时候，那些侍女们笨得让她无法忍耐，不但抓得她头皮生疼，而且让她僵着脖子老半天，梳来梳去，这发型却是越梳越丑，丑得让她无法迈出这个门去让黄歇看到。

芈茵大发脾气，愤怒得无以复加。最终折腾来折腾去，还是在与黄歇约定的时间之前，由一个巧手的女婢，给她梳了一个勉勉强强的发型，但那女婢轻声软语，有一张巧嘴，且梳头又轻，心思又巧，她也折腾得懒怠了，及到最终梳妆敷粉完毕，她才纡尊降贵地瞟向那女婢道："你梳得不错，以后就留在我身边服侍吧，你叫什么名字？"

那女婢本就只是个二等的梳头婢，只是素日怀着心思，处处注意，今日终于得以出头，当下大喜，忙磕头道："奴婢黄鹂，多谢夫人。"

芈茵皱了皱眉头，道："这名字有些拗口，给你改个名字，从现在起，你便叫小雀吧。"

那黄鹂心中一惊，她自然知道夫人原来的宠婢小雀，昨日便由夫人亲手刺死，心中隐隐觉得不祥，但却不敢违拗，反而满脸感激地朝着那芈茵跪下磕头："多谢夫人赐名，奴婢现在就改叫小雀了。"

芈茵嗯了一声，由那新的"小雀"为她披上外袍，心中朦胧地想，不过一个婢女罢了，死了就死了。愿意服侍我的婢女多了，似"小雀"这种婢女，随手到处都是。

心里这般想着，便得意地迈出门槛，这边吩咐道："去石屋把那贱人带上来，关在右边的耳房。"见那"小雀"应了，忽然想起一事，便道："你去……原来那个小雀的房中，有一把匕首找出来，带在身上。到时候听我吩咐，把匕首架在那个贱人脖子上，我叫你杀，你便杀了她，知道吗？"

那"小雀"初听之下，还有些得意，因为原来的小雀是夫人心腹，夫人素日赏赐极厚，权柄极大，也得了许多人的奉承送礼，若是让自己去收拾她的遗物，倒可发一笔小财，及至听到芈茵居然要她杀人，直吓得脸都白了，她只是个梳头婢，哪里有那胆子杀人。可当着芈茵的面却不敢不应，只得应了一声是。

旁边的婢女亦看出她的算计来，佯笑问道："夫人，前一位小雀姐姐的东西，如今也赏给如今的小雀姐姐吗？"

芈茵的脸色忽然变了，冷笑道："凭你也配……"她说了一半，便说不下去了，摆摆手，道："这等小事，还来问我，自然是收拾封存了。"

众婢女诺诺不敢应，忽然外头婢女喘息着跑进来，道："黄歇公子在府外投帖相见。"

芈茵顿了顿足，叫道："你们还不快去。"

众婢女顿时依着吩咐各自行事。芈茵叫道："快，快拿我的琴来……"

整个院子慌乱了一阵，终于依着芈茵吩咐俱都安定下来。

这一日的清晨，将军乐毅率兵入城，与城守商议对齐人的防卫事宜。

而黄歇进入城守府的时候，一行马车，也悄然进入了边城。

黄歇在府外等了片刻，便有一个仆从引着黄歇穿过中堂进入后院。

黄歇警惕地看着左右，后院空无一人，只有几树桃花开放。

那仆从悄然退出。忽然背后传来琴声，黄歇转头，看到芈茵坐在廊下，几案上摆着古琴，轻轻吟唱："青青子衿，悠悠我心。纵我不往，子宁不嗣音……"

黄歇站在那儿不动，听着芈茵将这首曲子后面两段继续弹奏下去："青青子佩，悠悠我思。纵我不往，子宁不来？"

"挑兮达兮，在城阙兮。一日不见，如三月兮！"

芈茵弹奏此曲，原只为勾起黄歇心动，只是一曲弹毕，自己却更勾起心事，不由哽咽，她恐晕了好不容易化好的妆，忙拿帕子在眼边压了一下，站起一步步走下台阶，一直走到黄歇面前，抬头看着眼前之人一身青衣，飘然若仙。上天果然厚爱于他，这些年岁月过去，她早经风霜，他却愈发风度翩翩，气宇高贵。

芈茵哽咽着问他："子歇，一别多年，如果我不来找你，你是不是永远都不会来见我这个被你遗忘的妻子？"

黄歇轻叹一声："七公主何出此言，我记得我曾经寄回信来，劝黄氏助你另嫁？"

芈茵听了此言，脸色顿时有些扭曲，一腔愤怒简直要喷薄欲出，想了想，忍下气，再勉强挤出笑意来，柔声继续上前道："子歇，你以为一封信，就能够了结夫妻缘分吗？我是奉旨赐婚，已经进了你黄氏之门，入了你黄氏洞房，我就是你黄歇的新妇，你这一辈子都休想反悔。"说到最后，她的声音终究还是变得尖厉起来。

黄歇没有说话，只是退开几步，拉开与她的距离，见芈茵又要上前，他终于反问道："那郭隗呢？"

芈茵听到黄歇提起郭隗，顿时露出极为厌恶的神情来，顿足叫道："你别提他，我与他在一起，无时无刻不是在强忍着厌恶，无时无刻不想着逃离于他——"她又上前几步，娇声道："子歇，你带了我离去吧，我们如今在燕国重逢，这是少司命的旨意，教我们再续前缘啊！"

黄歇长叹一声，再退一步，又问："那子之呢？"

芈茵眼都红了，再也装不成柔美，嘶声叫着："若不是你新婚之夜离去，我能落得如此结果吗？若不是你长久不归，无人保护，我能够被逼来到燕国这种冰天雪地的地方，经历那些兵荒马乱，经历那些最可怕的事吗……"她顿足咬牙，叫道："子歇，这是你欠我的，你欠我的……"

黄歇沉默片刻，忽然说："故荆山相传，山中有虎，虎前有伥鬼，原被虎所食之人也，却愿为虎所驭而害人。又有水鬼，原为落水而亡，却千方百计，诱人落水而找替身……"

芈茵满腔柔情蜜意，听到黄歇这两句话，顿时呆住了，好一会儿才反应过来，细品着其中意思，忽然尖叫起来："子歇，你、你居然这样说我……"

黄歇看着芈茵，缓缓道："我与九公主有婚约，所以相约离楚。当日我向宫中求婚的也是九公主，所谓赐婚分明是楚威后欲乱我黄氏，她存心为恶，你明明知道一切却一定要为虎作伥，难道这也是我欠你的吗？"

芈茵被他说得无言以对，她退后两步，绝望地看着黄歇，叫道："可是，我爱你，我爱你啊！"

黄歇摇头："我对你不曾有过一丝示意，不曾有过半句诺言，更不曾应允过任何事情，今日就已经面临如此不虞之境。七公主，你觉得你命运不堪，就憎恨世人，要报复世人，可你扪心自问，今日处境，到底是谁害你？"他并不想这样一开始就与芈茵撕破脸，可惜芈茵注定看不懂客气，而且今天一开始就摆出向他索情的样子来，他不愿意和她继续这样虚情假意，哪怕是敷衍，他也不愿意。

芈茵尖叫起来："是谁害我？难道不是九丫头，不是你这个负心人……"

黄歇忽然道："你为何不敢面对真正的罪魁祸首？害你一生的人是威后，也是你自己！"

芈茵倚着柱子，痛哭失声，这个时候，她的精神几近崩溃，已经完全顾不得自己如今已经哭得妆容乱成一团："我的命拿捏在她的手中，我要为自己而活，我只想爱你，我错在哪里，错在哪里？"

黄歇轻叹："你害人不成，自己心虚成疾，为什么却反而恨上别人？黄家并不曾负你，为你延医治病，让你恢复健康，我写信让族中助你另嫁，若你没有野心，何处不能安居一生？"

芈茵叫道："可是，我怎能甘心，怎能甘心——"

黄歇厉声道："可你为了荣华富贵和野心，又心甘情愿再度为人利用，远嫁燕国。子之死了，你又迫不及待地嫁郭隗为妾。郭隗年纪虽大，却对你十分宠爱。可你害人之心不息，派人放火在前，指使杀人在后，又设计陷害、千里追杀……你手中有多少人命，想来你自己十分清楚……"

芈茵尖声叫起来："那又怎么样？为什么都是庶出的公主，凭什么她就能够嫁了秦王，还有个你痴心相随？而我就这么倒霉，我不服，我争不过八妹妹也罢了，谁叫她是王后生的，我认命，可我不信，她能够比我命好？"

黄歇轻叹一声："她跟你最大的区别，就是她从不怨命，也不认命。"

芈茵叫道："不认命又能够怎样？现在她的性命在我的手中，我可以让她生，也可以让她死，更可以让她生不如死。"她说到这里，心中怨毒已经不可压抑，叫道："小雀，把她带出来。"

她这一声令下，那个新任的"小雀"便阴沉着脸，拿匕首比在芈月的脖子上，推着被捆住双手的芈月走出来。

黄歇见了芈月，失声惊叫："皎皎。"

芈月见了黄歇，急忙先问："子歇，子稷可安好呢？"

黄歇点头："他在一个安全的地方。"

芈月松了一口气："那就好。"她凝视黄歇："子歇，那你为何还要回来？"

黄歇道："因为你在这里。"

芈月闭了一下眼睛，又睁开，看着黄歇点头："好，子稷已经脱险，我亦了无挂牵。能够与你同生共死，也是不枉此生。"

芈茵本以为押着芈月出来可以让黄歇妥协，可是眼看着两人含情脉脉、旁若无人的样子，却令她更加不能忍受，爆发地叫道："够了！够了！"她拉住黄歇的襟口，嘶声问他："子歇，我问你，你想不想让她活下来？"

黄歇看着芈茵，叹息："你想怎么样？"

芈茵含情脉脉向着黄歇偎依过去，黄歇退后一步，表情不动。

芈茵却像没有看到似的，紧紧抓住了黄歇的手，用一种梦幻般的口气说："子歇，你带我走，你带我走，我就放了她……"

黄歇反问："带你走，去哪儿？"

芈茵喃喃地道："我们回楚国去。我陪你泛舟湖上，我陪你弹琴吟诗，我们一起跳大司命舞，我们一起生儿育女……有了你，我再不要什么荣华富贵，我只愿陪着你这样长长久久过幸福的日子。"

黄歇轻叹："七公主，我不知道你为什么会对我如此痴心，但是，至少世间若有人待我有情，我是感激的……"芈茵听了此言，脸上泛起红光，眼神更加含情脉脉，不想黄歇却继续道："但这个人不是你……"

芈茵的笑容顿时凝结在脸上。

黄歇叹道："你爱我也罢，恨我也罢，害我也罢，我都是不会放在心上的。可是，你从小到大，对皎皎的所作所为，我却都是会记在心上的。这世间若有人做了对不起我的事，我都有可能宽恕，可若是害我心爱之人，我却是绝对不会宽恕的。七公主，你说你爱我，可你真是没有觉察到，我一直避你如蛇虺吗？"

芈茵听得浑身颤抖，忽然尖叫："好、好、好，我得不到的，我也不会让她得到……既然我得不到你，那我宁可毁了你，毁了她。"

她一怒之下，便要拔剑，黄歇脸色一变，忽然出手，一把抓起她的手，反手一转，便将她挟持于怀中，将她手中的剑反横到了她的脖子上。

芈茵的侍从顿时惊叫起来，黄歇将芈茵制住，立刻喝道："都不要动，否则你们的夫人就会送命。"

众人皆不敢动。

黄歇又对那"小雀"喝道："放开芈八子，否则你的主人就会送命。"

"小雀"脸色一变，神情游移，手中的匕首便有些垂下了。

芈茵大急，尖叫起来："不许放了她，你这蠢货。黄歇岂敢伤我，他若伤了我，他与那贱人就要死在当场。"

那"小雀"目光闪烁，看看芈茵，又看看黄歇，一时竟不知如何是好。

芈茵不住咒骂："蠢货，蠢货，蠢货，你给那贱人划上两刀，看他还撑不撑得住。你便是杀了她，难道他还能够将我怎样？来人，来人，你们是死人吗？还不快快出来！"这时候她才真的后悔，昨日杀小雀杀得太快，若是真小雀，便能够明白她的意思，又岂会愚蠢得被黄歇要挟？这个时候，拼的自然是谁的心硬，谁更在乎。

黄歇这个人自诩君子，又如何敢真的对她下手，只要在芈月身上划两刀，包管他得弃剑向自己投降。甚至若是真的小雀，大有可能当机立断杀了芈月，难道黄歇还会杀她一个弱女子泄愤不成？

她本以为今日必是胜券在握，不想情绪一时失控，走得离黄歇太近，倒教黄歇抓住机会挟持了自己。可恨这些手下太过愚蠢，竟不知如何反应才是。她一怒之下，便又唤出了原来预先设下的伏兵，顿时将黄歇与芈月等团团围住。

芈茵冷笑："子歇，你看到了，你便是抓了我又能够如何？便是将我与那贱人作交换又能够如何？我便是答应了你，你以为你能够走出这里吗？"

黄歇轻叹一声，道："七公主，事到如今，你仍然执迷不悟，就休怪我无礼了。"说着，忽然撮唇长啸，啸声方落，便见外面涌入一队士兵，将芈茵手下的侍卫反而团团包围，强弱顿时易势。

# 第十七章

# 举周鼎

　　正当芈茵欲以芈月要挟黄歇之时，不料外面却有士兵冲入，将她的手下团团包围。

　　芈茵先是吓了一大跳，再瞧得这些人都是燕军服饰，既惊且怒，喝道："你们要造反吗？你们好大胆子，竟敢对我无礼。你们眼中还有国相吗？祁司马，你是死人吗？如何会教人冲进城守府来？"

　　这祁司马便是此城城守，原是候在院外避风头，却听到芈茵提着他的名字，不得不进来对那队燕军首领一拱手，方苦着脸对芈茵道："夫人拿了国相的令符，下官原是该应命从事的。只是如今乐毅将军持着大王亲笔的诏书来，下官自然是……嘿嘿，只能是先以大王手诏为遵了。"

　　芈茵脸色大变，叫道："怎么可能，他哪儿来的大王诏书，必是假冒无疑，你休要被他愚弄，小心将来难见国相。"

　　那祁司马只是袖着手，一脸尴尬地苦笑，显然就是准备袖手旁观到底了。

　　芈茵只得又对乐毅喝道："你一介边境守将，哪儿来的大王诏书，诏书上又写了什么？你敢假冒大王诏书，小心性命不保。"

乐毅沉着脸喝道："你不过是相府小妾，何以敢对士大夫无礼，你手持国相令符，却无国相手书，这令符到底是否出自国相之令，你敢与我上蓟城与国相对质吗？"这边又将手中诏书一扬，道："此诏为大王三日前亲手所书，派上大夫苏秦日夜兼程，赶往边城，交与某家。我奉大王诏令，救秦质子母子，谁敢阻挡？"

芈茵身边侍卫皆为相府所属，因她持郭隗令符临时召集，听了乐毅此言，顿时心生犹豫，慢慢退后。

霎时间，强弱易势，乐毅手按剑柄，一身杀气，朝着那"小雀"厉声喝道："你还不松手！"

那"小雀"本就只是个小小梳头婢，哪里当得这杀场战将的一声暴喝，吓得顿时匕首落地，整个人伏倒在地，不敢抬头。

芈茵目眦欲裂，厉声尖叫："蠢货蠢货，坏我大事，你如何不去死？我要杀了你，我要将你这贱婢碎尸万段……"

那"小雀"伏在地上，瑟瑟发抖，却是丝毫不敢动。

芈月疾步前行，乐毅眼色一使，便有他身边的侍卫上前，一剑将芈月身上绳索砍断，芈月拾起匕首，叹道："七姊姊，世间似小雀那样待你的人，只有一个。不是你随便叫个侍女，改名叫小雀，她便都能够如小雀一般合你心意的。"

芈茵反反复复，只念叨道："若是小雀在，早就杀了你了；若是小雀在，早就杀了你了……"

芈月得了自由，又闻乐毅之言，惊喜不胜。她原来和黄歇约定，便是她若被抓，便与乐毅想办法潜入城守府暗中来救。她本以为黄歇会是调开芈茵，或者暗夜来救。方才黄歇挟持芈茵，她便暗中担心，如今正值白天，救援不便，谁知道情况突变，乐毅公然率兵来救，而且手持燕王诏令，再听得苏秦的名字，心中已经明白，暗道："孟嬴，你终不负我。"

自己这一生虽然历尽苦痛，但这世间她曾经相助过的人，终究还是在不同的时间，以不同的方式，还报于她。想到这里，心头一暖，连对芈茵的恨意都消了几分。

她与黄歇交换了一个眼光，两人心意相通，黄歇便放开芈茵，与芈月携手而出。

芈茵孤零零地被摔落在地，竟是连个扶她的人也不曾上前，见芈月和黄歇谁也不看她一眼，就这样携手往外而出，她怒极攻心，抓起长剑，便向芈月后心疾冲而刺。

黄歇头也不回，长剑一挥，便将芈茵的剑格挡开来，芈茵用力过头，却比不得黄歇反格的力气，两力相冲，竟又摔了出去。

眼见仇人就要走出院子，走出她的视线，终其一生，再也无法将她抓回来泄愤，芈茵跌坐在地，放声大哭。

却就在芈月和黄歇走到院子门口的时候，忽然外面一声高呼："国相到……"

众人脚步顿时怔住，人潮缓缓后退，分开两边。

一个老者在众武士簇拥之下缓步进来，正是郭隗。

芈茵又惊又喜，跳了起来，叫道："夫君，你来得正好，快快为我报仇——"

芈月与黄歇对望一眼，脸色皆变。今日之事，转折迭起，本以为有意外之喜，不想离自由只差一步，竟然功亏一篑。

那郭隗缓步而入，见了两边兵士林立，互不兼容，再见芈茵脸上哭得脂粉糊作一团，钗横鬓乱，素日艳色一分也不剩下，竟如厉鬼，不禁退后一步，皱眉道："这是怎么回事？"

芈茵手指指向众人，一圈划过，将众人皆划在内，顿足哭道："是他们，他们都欺负于我。他们都不把我放在眼里，不把你的令符放在眼里，便是不把夫君你放在眼里，你若不处置了他们，我便不依。"

乐毅忽然长笑，道："好教国相得知，方才您的爱妾，挟持了秦质子之母，硬要迫使公子歇与她私奔，还说委身于您实是无奈，是无时无刻不是在强忍着厌恶，无时无刻不想着逃离于您——"

芈茵嘶声尖叫起来："你、你这奸贼，我与你何怨何仇，你要这般陷害于我？"

乐毅朗声笑道："青天白日，众目睽睽之下，非但乐某听到此言，便是在场诸人，也都大半听到，可做得了假吗？公子歇是君子，不便斥你。乐某却见不得你这妇人颠倒黑白，信口雌黄。"

方才诸人便埋伏于院外，芈茵自恃院中皆为相府之人，谁又敢告她的密，因此肆无忌惮。诸人又皆屏声静气，她的声音又是极尖厉的，因此这等话语，竟是大半人都听到了。

郭隗脸色微变，凝视着芈茵，长叹一声："夫人，我自知与你年貌不当，委屈了你，所以一直以来都忍让于你，可是没有想到，在你的心里，竟然是如此委屈……你若当真不喜，老夫何敢勉强，你想去哪里，老夫赠以金帛送你如何？"

芈茵尖叫一声，大惊失色，但她随即跳了起来，连滚带爬地飞扑到郭隗的怀中，揉得他的胸前皱成一团，直哭得梨花带雨娇弱可怜："没有没有，我不是这个意思。夫君你一定要信我，我只是太恨九丫头了，我只是为了报复她，想让她看着黄歇变心，所以我才故意对黄歇说假话的。我怎么会喜欢那种无官无爵的士子，我怎么舍得离开你啊……"她一边哭诉，一边有些紧张地看着郭隗的脸色。

郭隗看着芈茵的脸，神情无奈，眼中有光芒一闪而没，他闭上眼，长长叹息道："老夫不管你真心假意，只要你放下过去，不再给老夫惹祸生事，若还愿意继续留在老夫身边，老夫依然待你如旧，如何？"

芈茵不想此番如此轻易过关，不由松了一口气，心中暗道，这老东西终究是舍不得我的吧。想到这里，又得意起来，再看看黄歇和芈月，心中妒火又起，无法抑制，又扑在郭隗怀中哭叫道："我就知道夫君你是最知道我，最疼我的。你既说了这样的话，我岂能不听，我答应你，只要我杀了九丫头，圆了心愿，我就放下过去，一心一意待你。"

郭隗闭了闭眼："你真的执意如此？"

芈茵咬牙："不错。"

郭隗忽然笑了："好吧，你去吧。"

黄歇脸色大变，叫道："郭相！"

乐毅也是脸色一变，叫道："郭相，大王诏令在此……"

郭隗却是叹了口气，摆摆手，萧瑟地道："世间事，瞬息万变，红颜薄命，老夫亦是无可奈何！"

说着，眼边竟滴下一滴眼泪来。

芈茵大喜，立刻转身，拔出身边侍卫的宝剑，一步步狞笑着走向芈月："九妹妹，我本来想，让你好好享受一番再送你上路。如今我没有时间了，只好便宜了你。"

黄歇失声叫道："皎皎……"想要上前相救，郭隗带来的两名侍卫却踏入一步，正挡在他的面前。

黄歇手中暗暗捏紧了短刀，若是当真事情不妙，便要出手伤了芈茵。纵得罪了郭隗，那也顾不得了。

芈茵见黄歇已经被侍卫所挡住，心中大定，纵声大笑起来："我看，这世间还有谁能够于此时救你……"她心中得意，手中的剑越发缓慢朝着芈月慢慢刺过去，脸上带着狸猫戏鼠式的笑容，有心要教芈月在临死之前，也要感受到死亡一步步逼近的惊恐。

芈月面色不动，看着芈茵的剑尖慢慢刺向她的心口，这个时候，她没有做徒劳的格挡和逃脱，而只是一动不动，屹然而立。正当芈茵的剑尖，慢慢逼近芈月的胸口只有两寸的距离，芈月忽然露出悲悯之色，叹息了一声。

芈茵正想说："你此时叹息也已经迟了……"忽然只觉得后心一凉，她诧异地低下头，却见自己的胸口多出了一个亮闪闪的东西，然后就是一阵剧痛……

这是芈茵于这个世间，最后一瞬间的思想。

芈月站在那儿，看到芈茵正自最得意的时候，她的笑容忽然凝结于脸上，只见一寸长的剑尖在她的胸口出现，然后便是血花飞溅，芈茵便缓缓倒下。

芈茵身后，郭隗面无表情地拔出剑，用一条绢帕，轻拭剑尖的血痕。

他这剑一拔，芈茵便扑倒在地，一动不动，显见已气绝身亡。

郭隗却对芈茵连多余的一眼也不看，只是看着自己的长剑，爱怜地轻拭着，长叹："茵姬，我给过你选择的机会，只可惜，你选择了不给老夫退路。"

芈月看着郭隗，她当时手已经解缚，以她的身手要抓点什么东西格挡芈茵的剑也并非难事，郭隗却只让芈茵独自上前而并不是叫侍卫先制住她，芈茵为仇恨冲昏了头脑，竟没注意到这点，她却是留意了。再见到芈茵拿剑慢慢刺向她的时候，郭隗却已经面露杀气举剑刺去，她更是不必再格挡，只是淡淡对郭隗问道："郭相这是何意?"

郭隗拭净宝剑，收剑入鞘，向着芈月一拱手："老夫惭愧，治家不严，以至于放纵了小妾，假借老夫的名义而逞私欲。老夫奉大王之命前往碣石宫迎贤，得知此事，星夜赶到，幸而还能及时阻止。老夫有罪，已经惩治主犯，余下的事情也当一一解决之后，再会自行向大王请罪。来人!"他一转身："不得对公子歇无礼。"

侍卫退开，黄歇已经快步跑到芈月身边，将芈月一把抱入怀中，一时间哽咽出声："皎皎……"

方才这大起大落，由生至死，又由死至生，饶是芈月也不禁精神脆弱，抱住黄歇，热泪盈眶："子歇……"

两人紧紧相拥。

好一会儿，黄歇才放开芈月，转身向着郭隗行礼："多谢郭相大义!"

芈月却站住不动，看着郭隗。

黄歇觉得不对，转头看着芈月："皎皎——"不管郭隗出于何意，终究是救了他们，他们总要有所表示才是。

芈月的脸上却有一种了悟的微笑，看着郭隗，问道："郭相，咸阳有什么新消息?"

黄歇一怔,转头看着芈月。

郭隗这时候才露出进来之后的第一个微笑:"果然不愧为芈夫人……"转而长叹一声:"唉,茵姬真不应该执意视你为敌。"

芈月整了整凌乱的衣服,肃然拱手:"还望郭相相告。"

郭隗肃然拱手:"洛阳急报,秦王荡身受重伤,性命垂危。"

一个月前,洛阳城中。

城门大开,一队兵马旌旗招展进城,"秦"字旗下,秦王荡那张年轻英武的脸,更显得意气飞扬。

这一年,已经是秦王荡继位的第四年了,他自继位以来,便时常以征伐为念,一年多以前,他与韩王仓在临晋城外会盟之时,他曾经对站在他身边的甘茂说:"寡人欲容车通三川,窥周室,死不恨矣。"

甘茂知其心意,但却说自己非为秦国公族,而只是客卿身份,若是执掌大军,会受樗里疾和公孙奭之牵制,秦王荡便与甘茂约誓相信不疑,甘茂于是率重兵与庶长封攻打韩国的宜阳,又恐楚国乘机攻打,再派冯章出使楚国,向楚王槐许诺割让汉中之地。半年之后,秦军攻克宜阳,斩首六万,乘胜渡过黄河,夺取武遂并筑城。韩王仓无奈,只得向秦求和,三川洞开,不敢再挡秦人锋芒。

秦王荡大喜,便亲率大军,引任鄙、孟贲等人巡视,然后直入洛阳,以窥周室。

此时周天子虽名义上为天下共主,实则困居小城,且执政的东周公和西周公互相不合,内斗频频,于是王室气象更加衰微。

周天子派使者郊迎,并向秦王致天子之问候,并称周天子欲在王城宫中盛礼相迎秦王。秦王逊谢,却提出欲在明堂一观九鼎,周室众人听话听音,均是大惊,但眼见秦国兵临城下,素日倚为屏障的韩国也是低头让步,也不得不答应此事。

于是两人便依约在明堂相见。

所谓的明堂，便是王朝先祖之宗庙，在夏朝时称为"世室"，殷商时称为"重屋"，周称为"明堂"，至后世，则称之为"太庙"。

秦王荡率兵进入明堂时，便见周室之人已经在高台之上相候了。

这一任的周天子姓姬名延，史称周赧王，年纪虽与秦王荡相差不多，但看上去却显得苍白虚弱，萎靡不振，虽然高高地站在高台之上，却是一脸的愁苦之相，与正在阶下虽以臣礼相见，但相貌魁梧雄壮，更带着意气飞扬神情的秦王荡形成了鲜明的对比。

两人见礼罢，秦王荡看了看周天子气色，再转眼扫视这明堂之中，建筑陈旧，朱漆掉落，甚至连旌旗也显得颜色残褪的样子，眼底轻视之意更是掩遮不住，对身边的甘茂低声道："周室气数已尽，在这明堂与周天子的脸上，都能够看得出来。"

甘茂也不禁露出微笑，压低了声音道："而我大秦之业，便似大王，如骄阳临空。"

秦王荡哈哈一笑，看着台上隐约可见的九鼎光芒，眼中露出不可抑止的野心，低声道："从来王朝更易，都是以九鼎的迁移，寡人今日，就要把这九鼎给搬个位置。"说罢便昂首阔步，走上台阶。

他上到高台，与周天子再度见礼，相携走到明堂之上，但见殿前九只形状不同、大小各异的铜鼎摆放，但显然亦是久经风吹雨打，显出年代久远的青斑来。这就是象征着天下归属的九鼎。

秦王荡点头轻叹，转而问周天子道："敢问周天子，此便是九鼎乎？"

他站在周天子身边，比他足足高了一个头，更兼之气势凌人，逼迫得周天子竟然如有威压，张了张口，方想回话，却是一阵一阵气虚，喘咳不已。

此时他身边便有一个大夫模样的人上前接口道："正是正是，此九鼎本是夏禹收天下九州之金而铸成，有荆、梁、雍、豫、徐、青、扬、兖、冀九州，上刻本州山川人物、土地贡赋之数。九鼎列于朝，为天子掌九州的象征。"

秦王荡瞟了那人一眼，见他倒是一脸毫不畏惧的样子，不由得眼光在那人脸上多停留了一下，方问道："你是何人？"

那人拱手："小人东周国苏代。"

秦王荡哼了一声，没有理睬，径直走了下去。他却不知，这苏代便是苏秦之弟，虽然不如其兄才智，但于这周室之中，已经算得拔尖人才，见了这秦王荡如此骄横，心中怒气勃发，面上却不动声色，只瞧着这秦王接下来的举动，思忖着随机应变之法。

但见秦王荡走到九鼎之边，一只只看过了，忽然拍了拍一只铜鼎，叹道："此雍州之鼎也，当属秦国。"说着忽然转头问周天子："寡人欲携此鼎归我秦国，大王可允？"

周天子脸色都变了，这种"问鼎"的举动，昔年只有楚国才干过，楚庄王曾问鼎之轻重，楚威王亦曾索要九鼎，皆被策士以列国形势牵制，以计谋破之。

楚人自周建立以来就没驯服过，可这北方六国，却真是谁也没干过这事啊。

当此之际，当然是名臣折冲樽俎之时，仍然是那苏代替周天子发言道："鼎乃天子之器，重达千钧，自此九鼎铸成以来，除奉天子之命合力迁移之外，凡人岂可轻易举起？"

秦王荡转头，嘴角一丝冷笑，厉声道："若是有人能举起呢？又如何？是不是就能够把它给搬走了？"

苏代见他如此无理，险些发作，最终还是忍下气来，瞧了周天子一眼，这句话却只有周天子能答，不是臣下敢说的。

周天子终究是帝王之尊，虽然气虚体弱，但终究不能被人逼到这份上还不能说话，见状也只有壮着胆子道："寡人不信有谁能举得起这鼎。"

秦王荡忽然张扬地大笑起来："那寡人与大王打个赌如何？大王说无人能举得起，寡人却说，有人能举得起，若是寡人赢了，那寡人举得起什么鼎，就把这鼎当成赌注带走，如何？"

此时秦王野心，便昭然若揭，便连雍州之鼎也不再提，直奔九鼎而去。周天子被他这份张狂之态所震慑，整个人站在那儿，气得脸色苍白，身子摇摇欲倒。

苏代亦是气得脸色发白，见状心生一计，连忙扶住周天子，低声道："大王，就让他来举。"

周天子只得壮起胆子，勉强应了一声道："秦王无礼，九鼎非天命不可移，逆天行事，后果自负。"

秦王荡仰天大笑，自继位以来，一步步精心谋划，便是为了这一天，当下将手一挥，喝道："任鄙、孟贲、乌获，你们何人能举？"

站于阶下的秦国诸臣相视一眼，有些人这时候才明白，为何秦王荡自继位起，便将这三个大力士厚赐高爵，却原来是应在今日。

孟贲等三人却是早有准备，当下应声上前到了雍鼎之前，各自轮流试了试力，相视对望一眼。秦王荡既早有此准备，自然在秦国之时，便已经探得这九鼎大致重量，自己在咸阳照此重量也铸了数鼎，由轻到重，教这些大力士日日练举。虽然如今一探这鼎，与素日那最重的鼎略有相差，但自忖便是一人举不起，难道三人都举不起不成。

当下任鄙镇定了一下心神，先上前一步向秦王荡道："还是由臣先来。"说着大喝一声，执着铜鼎的鼎足，就要往上举起。

不想此时苏代忽然阴阴地道："这九鼎乃是大禹集九州之铁所铸，赋王气，系天命。想冒犯王鼎的人，且试试自己有没有这个命，会不会被上天所降罪。"

任鄙三人，本就出身草莽，敬天畏神之心在所难免。骤得高位，素日奉承秦王之时，自信满满，乃至到了这周室明堂，见着这建筑宏伟、仪仗森严的王家气象，已经是心存畏惧。周天子的仪仗，在秦王眼中自然略显衰退，但于这等草根阶层看来，却依旧是高不可攀。

任鄙本就心怀畏惧，且正在举鼎之时，听了此言，心神微分，鼓足的气顿时就泄了一些，这雍鼎重量本就是在他承受范围的极限，这气一泄，顿时觉得鼎如山重，当下把鼎一扔，大叫一声坐倒在地，只觉得双手颤抖，腿软如酥。

周王室的君臣失声大笑起来，却在秦王荡愤怒的眼神中忽然如刀截断一般，都收住了口。

任鄙伏地颤声道："臣、臣气力不济，有负大王所托，臣该死！"

乌获与孟贲两人相视一眼，皆是脸上变色，这任鄙本是他们当中力气第一之人，方才他们都试了试那鼎，暗忖自己未必能够成功举鼎，若有能者，当是任鄙。

任鄙举鼎之时，他们亦是凝神看着，见那任鄙本有举鼎之力，只是被那苏代一说，竟是莫名其妙地泄了气，弃了鼎。两人均是心头打鼓，再转头看看明堂之内，幽暗难辨，香火隐隐，想到里头供着周室开国君王周文王、周武王这等明君英主的英灵神位，如今自己这等人敢在他们面前放肆，岂不是要触怒神灵？

正在此时，忽然一阵莫名的风起，吹动尘沙落叶飞卷，叫人不由得举手遮了一下眼睛，但见怪风过后，一面"秦"字旗帜，忽然倒下。

两边旗帜甚多，间中或有人持旗不稳，也是常理，只是此时两人本就有些惊魂不定，此时一见，更加疑心生暗鬼起来。却又听得秦王荡一指乌获，气急败坏地喝道："乌获，你来。"

乌获听了此言，心头一颤，他是既畏鬼神，又畏秦王，当下不敢违拗，便战战兢兢地上前，两足分开，稳住身形，手握雍鼎双足，运气到了十分，大喝一声，那铜鼎双足缓缓上移，移到斜角之时，第三只足也渐渐离地而起。

秦王荡微微点头，嘴角也由下沉到了上翘。

忽然听得苏代又幽幽地叹了口气，恰于此时忽然又一阵风起，吹得落叶簌簌有声。

秋日本就多风，原也是自然景象，可是乌获本就是神经绷到了极紧处，汗湿重衣，这怪风一起，顿觉后心发凉，他却不敢步乌获后尘，强撑着气再一撑，不想他膀大腰圆，素日最好华衣，这日登天子之堂，特意穿了秦王荡所赐的锦带玉围，这丝绸之带却经不得他这浑身十二分的力气，忽然间他的腰带崩断，落在地上，乌获顿时气泄跌坐在地，那鼎自然也就随着他的手落下而重重砸在地上，这一声重响，似砸在了秦王荡的心上，也似砸在了孟贲心上。

乌获狼狈地抓起锦带，伏在地上，一个字都不敢说了。

周室众人，笑得站都站不住了，几个大臣都笑得跌作一团。

秦王荡恨不得一剑刺死乌获，却不好于此时发作，叫周室中人看笑话，眼睛却恶狠狠地落在了孟贲身上。

任鄙、乌获接连失手，秦王荡的心愿，便只着落在孟贲一人的身上了。孟贲咬了咬牙，不待秦王荡发话，便上前一步，先与手下索了条牛筋带子，换了锦带，又俯下身去检查了一下靴子，将靴上带子系紧，再系紧袖口。如此准备之后，方才走到雍鼎之前，向着秦王荡先施一礼，便双足分开，气运丹田，用力一喝"嗨"，但见那鼎竟缓缓举起，至膝、至腰、至胸口，缓缓过肩……

秦王荡刚要说："好！"

不想孟贲脸色憋得潮红，到鼎至肩上之时，忽然松手，铜鼎重重砸地，发出一声巨响，轰起半天烟尘。

但见那孟贲眼角破裂，口鼻出血，显见已经受了内伤，他跪伏在地颤声道："大王，臣、臣尽力了。"

周室中人，看那孟贲险些要举鼎成功，心跳得都如乱鼓，乃见孟贲最终也是失手，周天子苍白的脸上也显出一阵兴奋的潮红，尖声叫道："秦侯，你输了，看来秦国无人能有举鼎之力啊！"

普天之下，本就是只有周王方能称王，但如今列国自己称王，周天子也就不敢过问，之前两人相见，周天子百般不愿，但迫于武力，只得口中含糊混过，如今见秦王荡举鼎不力，这一声"秦侯"叫得当真又响又亮。

秦王荡指着趴在自己面前的三个大力士，颤声道："你、你们……"他气得说不出话来，素日的图谋、得意，此时全部变成羞愤，直欲将三人立刻拖下去处死才好。

阶下秦将也都噤声，诸将其实早对这三个毫无战功而封高爵的大力士不满，此时快意之下，却更加不敢吱声，生怕教秦王迁怒，也叫他们上前举鼎。

苏代表面上劝着秦王荡，其实却在添油加醋："秦侯错怪他们了，其实臣听说秦国这几位大力士，是真的有千钧之力。只是这九鼎非凡人所能冒犯，所以就算有这个举起的力气，但这九鼎天命所授，又岂是这等血统低贱之人可以举动的。"

周天子听了此言，转头看向苏代，却隐约看到他眼中的兴奋和期待之色，他心头一动，嘴唇颤抖几下，最终什么也没有说出来，脸上潮红退去，苍白更甚。

秦王荡见三人皆是失手，不但图谋落空，这面子上也下不来，再看到周王君臣不屑的表情，更觉不甘，大步上前，踢开孟贲，喝道："没用的东西，不如让寡人自己来。"

孟贲大惊，顾不得这一脚踢过来的疼痛，忙抱住秦王荡惊叫道："大王不可！"

苏代强抑兴奋，轻笑一声："秦侯何必勉强，天命在周，所以九鼎无人能动，你迁怒于他们又有何用？不好意思，今日竟是教秦侯白来一趟了。"

秦王荡被他这样一激，更是忍不住，将孟贲踢开，双手将身上的锦袍一撕，走到铜鼎前，握住鼎足就要举起。

甘茂本是远远站着，见状脸色大变，失声叫道："大王，千金之子，坐不垂堂。大王身系天下，不可以身相试。"

秦王荡脸色微一犹豫，苏代却趁此时机，又发出一声嘲讽的冷笑。

秦王荡终于再也忍不住了，纵声大笑："寡人既然已经来到洛阳，就不能虎头蛇尾。孟贲他们并非举不起这鼎，只是心中胆怯。寡人乃王者之身，自有天命，寡人就不信，天命在他这种人身上，而不在寡人身上。"

说着，不待甘茂急急奔来，秦王荡已经分开脚步，握住两只鼎足，大喝一声："起。"

他本就是大力之人，素日与这些大力士们每日比赛举鼎，亦是有千钧之力，此时憋足一口气出手，竟是使出了前所未有的力气，那只雍鼎竟是被他一气举到肩头。

顿时周围秦国官兵疯狂地高呼："大王威武！""大秦威武！""大王万岁！"

方才三名大力士皆举鼎失败，秦军素来好胜，岂甘这样丢脸，如今竟见秦王举起大鼎，兴奋之下，全军几欲发狂，这样的高呼便如巨浪滔开，震得周室之人，皆竟失色。

此时秦王荡却是已经感觉胸口发闷，一口气竟是已经提不上来，若是素日在咸阳宫中，与力士们举鼎，到这程度他早就扔下鼎了，只是此刻他在将士们兴奋至癫狂的山呼声中，竟不能退让，这鼎在肩头停了片刻，竟是颤巍巍又往上举。

秦军狂呼之声，更是无法抑止，而周室之人，皆尽失色。

苏代睁大了眼睛，一瞬不眨地盯着秦王荡的手，心中默念："砸下来，砸下来，砸下来……"

就在苏代念到第三声的时候，忽然秦王荡身子一晃，整个大鼎在众人的惊呼声中落下……

"秦王荡怎么样了？"芈月惊问。

此时他们已经移座到城卫府正堂，芈月与郭隗对坐，便由一名上大夫将洛阳燕人细作传来的情况缓缓说来。

那上大夫听她问起，便摇了摇头，道："当时所有在场的人都亲眼所见，那鼎落下来，便砸在了秦王荡的身上……后来，便不知道了。"

"不知道？"芈月看了郭隗一眼，"是生是死不知道？还是轻伤重伤不知道？"

那上大夫摇头："皆不知道，秦王举鼎受伤，便被秦军抬走。秦人封锁了消息，周天子几次遣人送医，均不得其门而入。"

芈月又问："既如此，则现场情景，你们如何得知？"

那上大夫脸上显出兴奋之色，道："当日情景详细经过，自然是周王室之人，大肆宣扬，说是列祖列宗英灵在上，教觊觎神器之人自受天谴。"

芈月看了郭隗一眼，抽了抽嘴角："郭相——果然是老成谋国啊。"这个老政客，怪不得会忽然于此时来到此间，当是一知道消息就急忙赶来了，只怕是连燕王和易后都还不晓得此事吧。果然是够狠辣，够有决断。

想来他初时是想保芈茵一命，只是芈茵自己作死，他又不便当着众人之面说出真相来，再加上为了取信自己，便将芈茵的一条性命当成了与自己交好的礼物。

郭隗却一直袖手坐在一旁，笑容和蔼可亲，道："易后、大王与夫人和公子骨肉至亲，老夫亦是一直对夫人尊敬有加。此中虽有误会，但终究云消雾散，亦是好事。"

芈月表情不动，却缓缓站起："那我们如今是否可以离开了？郭相想来不会再留难吧。"

郭隗一怔，微笑："易后已知此讯，欲请夫人相见，等夫人与我们回蓟城见过易后，再行定夺如何？"

芈月话语冰冷机械："我们离开蓟城的时候，有义渠友人相助，他们可无恙？"

郭隗笑道："既然是夫人的友人，自当客气款待。"

芈月便道："妾身妆容不整，明日再与郭相叙话如何？"

郭隗拱手："请。"

芈月转身向内。

黄歇看了郭隗一眼，也跟着走进内屋，却看到芈月并未梳洗，却是神情恍惚地坐在窗边。

黄歇走到芈月身边搂住她，柔声道："皎皎——"

芈月如梦游似的抬头，眼中无神，颤声道："子歇——"她忽然扑进黄歇怀中，紧紧地抱住黄歇，"子歇，你告诉我，我听到的是真的吗？"

黄歇也紧紧抱住她，安抚着她的情绪："是真的，是郭隗亲口说的，如果不是确有其事，他也不会杀了芈茵。"

芈月轻叹道："这么说，一切都结束了，对吗？"

黄歇点头安抚她："是的，一切都结束了，我们安全了。"

芈月终于露出了放松的微笑，忽然晕了过去。

第十八章 归去来

黄歇见芈月昏迷，心中大急，忙出门急叫道："来人。"

一时惊动郭隗，得知芈月昏迷，也不禁着急，忙派了太医来诊脉，太医诊脉之后，便说芈月只是疲劳过度，心力交瘁，但她脉象有力，只要休养一段时间，就会无事。

果然一夜过去之后，芈月便醒了过来，沐浴梳洗过后进了朝食，精神便已经恢复了大半。

郭隗再三请她一起动身回蓟城，芈月但只沉吟未决。到了下午，却听得院中一声童声急呼："母亲——"

芈月猛地站起，不及披上外袍，踉踉跄跄向外跑去，走到院中，已经看到远远的一个小小身影，飞奔过来，一下子扑在芈月的怀中，差点没把她扑倒在地。

芈月强撑着才站稳，抱紧了怀中人哽咽道："子稷，子稷……"

嬴稷见了母亲，顿时满心焦虑恐惧一齐涌上，哇哇哭叫："母亲、母亲，你别再丢下我，你别再丢下我……"

芈月抱着他，他虽然已经渐渐长大，但是对自己的依恋，却一如往日，他抱着自己，却不停地在颤抖，她不住安抚着他："子稷，子稷，母亲再也不会和你分开了。"

此时方看到一人缓缓走近，正是苏秦，却是他刚才带着嬴稷回来。

芈月满怀感激，向苏秦道谢："多谢苏子相助，又送子稷回来。"

苏秦一脸诚挚，看着芈月拱手道："易后知道此事，当即命我持大王手书诏令，赶来救助夫人。幸而能够及时赶到，不至于误了大事，这也是芈夫人和公子稷天命在身，我只是庆幸刚好能赶上。"

芈月站起来，拉着嬴稷的手令他向苏秦行礼："还不多谢苏子。"

嬴稷忙乖乖行礼："多谢苏子。"

苏秦忙逊谢道："我奉易后之命而来……夫人，可愿随我往蓟城一行？"

此时黄歇也跟着进来，芈月看了看黄歇，两人四目交错，芈月点了点头："好。"

当下便收拾行李，准备次日起身。

当夜侍女欲引嬴稷去自己房间，嬴稷却拉着芈月，扭着不肯走，怯生生地问："母亲，我可不可以在你这里睡？"

芈月见了他一脸害怕的样子，想到他虽然自幼便由侍女傅姆陪伴，但毕竟只是一板之隔，还是从未离开过自己身边。秦惠文王死前被带到承明殿去与她分离，但那一次毕竟年纪尚小，对诸事尚还懵懂。在秦惠文王死后，被惠后芈姝带走与诸公子一起守灵，但毕竟又有侍女傅姆陪伴，且人来人往，不曾单独一人与陌生人在一起过。

他这一生最恐怖的两次经历，便是在西市被诬杀人，关入黑狱；转眼逃入山中，芈月却又是困于心魔，险些走不出来。他只当自己行事鲁莽，以至于连累母亲，惹下大祸，一路上强抑着惊恐，不敢说累说怕，不敢再教母亲为他忧心。谁知转眼之间，到了边城又遇上芈月以身赴险，引走追兵，而随即黄歇又将他寄在一个陌生人苏秦之处，便没有再回来。

虽然苏秦相貌温厚，待他甚好，他仍然害怕已极，却又深怀戒心，不敢言讲，直到过了两日，才得苏秦同他说，要带他去见母亲，他将信将疑。及至终于见了芈月，他抱住芈月大哭，及至得到母亲安慰说，一切已经过去，他们不会再有任何危险之时，他绷了多日的心，这才放了下去。

然后那个一直伪装懂事、伪装不让任何人担忧的孩子，终于卸下心中的重荷，忽然间变得比他的实际年纪还要幼小，这一日便寸步不离母亲，连夕食也要她来喂，连洗漱也要拉着她来动手，最终到要回房间的时候，死活就要撒娇耍赖不肯走。

芈月心一软，知道这几日的变故，把这孩子吓着了，不忍再让他离开自己，便叫侍女再收拾出一个榻来，让他睡在房间的另一边。

临睡，嬴稷又缠着芈月讲了三个故事，唱了两个儿歌，这才慢慢睡着，睡着时，仍然握着她的衣袖。

芈月扯了扯衣袖，发现扯不出来，只得作罢，便把衣服脱了，放在嬴稷的枕边，自己更衣解发去睡了。

不想睡到半夜，忽然闻得一声惊叫，芈月一惊，忙点亮了灯，却见嬴稷在睡梦中忽然惊厥，挥舞着手尖叫："不要，不要，母亲，你回来，你回来……"

芈月连忙下榻走到嬴稷身边抱住他安抚："子稷，子稷，别怕，母亲在这儿，母亲在这儿……"

夜色中，嬴稷睁开眼睛，眼神从迷茫慌乱中渐渐清醒，他一把抱住芈月，犹是惊恐未定："母亲，我刚才做了个噩梦，梦到母亲又不见了……"

芈月心头一酸，抱着嬴稷安慰："没事没事，子稷不怕，一切都过去了，你再也不会做这样的梦了。"

便见嬴稷的眼睛闪闪发亮："真的?"

芈月紧紧地抱住嬴稷的头，发自心底地说道："真的，母亲保证。"

嬴稷拉着芈月认真地道："你要答应我，不管遇上什么样的情况，你都不可以再丢下我。"

芈月点头："好，母亲答应你，不会再丢下你。"见嬴稷拉着自己的手不放，芈月拍拍嬴稷："睡吧，母亲坐在这里陪着你。"

嬴稷却怯生生地问："母亲，你能陪我一起睡吗？"

芈月一怔："你要母亲跟你——睡一个榻上？"

嬴稷用力点头："嗯，母亲跟我一起睡。"

芈月见了他的神情，不忍拒绝，这边用手帕擦去嬴稷的眼泪鼻涕，这边柔声道："好，母亲陪你一起睡。"

芈月脱去外袍，挂在木架上，嬴稷已经咯咯笑着把自己缩在榻内一角，见芈月躺进去，嬴稷迅速滚过来，紧紧挨着芈月，兴奋地道："母亲，我好开心。"

芈月笑着点了点他的鼻子："子稷，你都这么大了，还赖着母亲？现在满意了，快睡吧。"

嬴稷忽然道："母亲，你知道吗，其实我最开心的日子，是在驿馆中跟母亲住在一起的时候。"

芈月诧异地道："你这孩子说什么呢，驿馆中，难道不是我们最苦难的日子吗？"

嬴稷却道："我从来没跟母亲一起睡过，只有在驿馆的时候，因为他们欺负我们，只给了母亲和我一个房间，所以母亲天天和我睡在一起，我觉得很开心。后来就算房间烧了，我们挤到女萝姑姑的房间，那个房间又破又冷，可我还是感觉很幸福，虽然一个房间睡了四个人，但我还是跟母亲睡在一起。"

芈月听了这话，心中又苦涩又感动："你这孩子。"

嬴稷此时抱住了母亲，心满意足，他本就是长身体的时候，这几日都不曾真正安心睡着，这时候整个人的精神完全放松下来，顿时倦意袭来，一边说着，一边就开始打呵欠了："母亲，我们要是天天这样该多好？"

芈月失笑："天天这样？睡在一起？"

嬴稷点头："嗯，能够天天被母亲搂着睡，就算我们还过穷日子，我都不怕。"

芈月心中酸涩，抱紧了嬴稷："睡吧。母亲会一直在你身边的。"她方说完，却不见嬴稷回应，一低头，这孩子居然已经睡着了。

芈月吹熄了油灯，室内一片安静。

一声鸡叫，太阳升起。

阳光照着边城一处处大街小巷，一切看上去都是那么有生机。

一队燕兵护卫着三辆马车，驰出边城，驰向蓟城。

芈月回到蓟城，便由大行人陪同，进入了蓟城中一间豪宅，里面婢女侍卫一应俱全，薛荔等人已经在内相候，大行人说这便是燕王为秦质子准备的质子府。芈月等人梳洗之后，次日便接了旨意，燕王和易后母子分别召见她和嬴稷母子。

还是骊虞宫，还是孟嬴居处，两人再度相见，恍若隔世。

殿中置着一只小鼎，一个庖人跪在鼎边，鼎下有火，鼎中清汤沸腾，庖人飞刀削肉，肉呈薄片，一边下鼎，一边就从另一头连汤舀起，放在玉碗中奉上。

芈月接过来只见汤水清澈，香气扑鼻。

孟嬴便介绍道："这是汆飞龙肉，据说仅有辽东才有，别处难得一见。这个庖人也是当地送来，据说非得如此清汤烫熟，否则便要失味。"

芈月点头："果然难得。"

孟嬴看着芈月，不禁有些愧意："此番你受苦了，怪我不应该离开蓟城，连累你母子受苦。"

芈月忙摇头安慰道："这次幸亏你派苏秦及时赶到，保护了子稷安全，我还要多谢你呢。"

孟嬴长叹："可是我也当真没有想到，郭隗竟也会赶往边城，若不是洛阳出事，我真怕你们……"说到这里，心有余悸，不禁拭泪。

芈月叹道："你不必如此，若不是洛阳有事，以郭隗之为人，也不会亲往边城，便是去了边城，有你和大王的态度在，有苏子在，他也不至于就这么非要置我于死地。”

孟嬴恨恨地道："然则那小妇之所为，却是出自他的暗示。若非如此，以他的精明，何以让姬妾拿到他的令符指使下属，甚至是在我们离开蓟城之时动手。他以为装成一无所知，便可以脱离嫌疑吗？"

芈月亦是沉默了，良久长叹："可叹茵姬自以为得宠，可以在郭隗面前兴风作浪，却不知……他让她做这样的事，便是打算要将她当成一个死人了。她虽有取死之道，但郭隗却也……孟嬴，你以后要更加小心才是，我恐你不是他的对手。"

孟嬴沉下脸，冷笑一声："那又如何，我如今有苏子助我，不会再听任他以朝政之事恐吓于我，大王又渐渐长大，权臣秉政之日，也不会太久了。"

芈月不再说话，过了一会儿，又问道："洛阳可有新消息到来？"

孟嬴摇头："没有，不过秦人瞒得如此之紧，我猜……应该是凶多吉少了。"说到这里，不免将这件丢脸的事，归咎到秦王荡的生母身上来，怒道："孟芈愚钝无知，误我大秦新君。不想他竟是荒唐至此。便是庶民之中，也有'千金之子，坐不垂堂'之言，他堂堂秦王，竟亲自举鼎，与蛮夫比力气。他便是想效法商纣王，那也不是什么好名声啊！"

芈月却摇摇头道："他不是荒唐，也不是糊涂，他只是自作聪明、弄巧成拙的愚夫而已。"

孟嬴诧异："自作聪明？弄巧成拙？"

孟嬴不知其中内情，芈月昔年在秦惠文王身边，却是有些明白的，便同孟嬴解释道："天下争霸，从来靠的都是国家的实力一点点积累，否则的话纵然可以称霸于一时，也只是昙花一现。秦国从一个边蛮小国走到现在，用了几百年的时间，才稍有可以与诸侯一争高下的能力。可惜王荡从小生活在吹捧当中，他又天生神力，再加上急功近利的甘茂煽动，走了一条自以为快捷的道路。"

孟嬴一怔："你的意思是……荡去举鼎，有其他的心思？"

芈月叹道:"当年周武王一仗打进朝歌,逼得殷纣王自焚,迁九鼎归洛阳,从此殷商气数尽,周室兴。而新王荡,打的就是这个主意,他集重兵快速进入洛阳,就是想逼得周天子让位,迁九鼎于咸阳,造成既定事实,向天下表示他已经成就霸业。他把霸业当成小孩子玩家家酒的玩具,或者匹夫斗力的赌注了。"

孟嬴猛然醒悟:"原来如此,许多人认为他豢养力士只是喜欢武力,其实,他是为了让那几个力士替他去举鼎吧!"

芈月点了点头:"所以他尽力抬高大力士的身份,甚至不惜为此辱及将士,得罪朝臣,就是打着押宝在这些大力士身上,完成他迁移九鼎的算盘。只可惜,国未富,民未强,想凭着投机取巧求来的功业,只能是建在流沙之上,风一吹就没有了。"她借着酒水,画了一个简易的路线图:"有甘茂为他筹划,以强势之兵,飞快推进至洛阳,只能是速战速决,否则很容易被魏韩两国的兵马反包围。只是没想到,他苦心招来的大力士却举不起鼎……"

孟嬴点头,有些明白:"所以他骑虎难下——"转而又恼道:"可他也不能不顾身份,真的自己去举鼎啊——"

芈月回思着那上大夫说的经过,又加上她一路来又细问过大行人,便已经有些明白:"是周人激他,让他误以为那些大力士举不动鼎,只是因为身份卑贱,没有资格去举鼎。老子曰:'知人者智,自知者明,胜人者有力,自胜者强。'他既无知人之智,更无自知之明,无胜人之实力,更无自胜之控制力。一个比别人蠢的人,却想从天下的聪明人手中取巧,最终身败名裂,也不足为奇了。"

孟嬴恨恨地道:"周人可恶,竟然如此算计于他!"

芈月摇头:"这须怪不得周人,王荡要搬走他们的九鼎,他们岂能坐以待毙?这是大争之世,输就是输,怪不得任何人。"

孟嬴忽然问她:"你现在打算怎么办?是要回秦国吗?"

芈月怔了一怔,有些心动,有些畏惧,有些茫然,也有些犹豫。这些日子来，她反反复复地想过这个问题，到底要不要回去呢？这是个机会，也是极大的危险。历来国君出事，诸公子争位，都将会争得血流成河，尸积如山。

自离秦国开始，自她听到芈姝说到"遗诏"之事开始，她就一直想着这一天的到来，可是现在真的是可以回去的时机吗？她和嬴稷无兵无权，无依无靠，远在燕国，势单力孤，她拿什么回去争王位？在经历了芈茵之事以后，她好不容易与黄歇重逢，几番生死边缘命悬一线，好不容易这一关才过去，此刻她若再回去，她要面对的又将是什么呢？

她看了孟嬴一眼。她知道郭隗毅然下手杀了芈茵，就是抱着在她身上投资将来秦王的打算，而孟嬴如今的殷勤，又何尝不是如此？

可是，燕国能够做到的，也仅此而已。大劫之后的燕国自顾不暇，举国上下最重要也是迫切的事，是应对齐国的压迫，向齐国收回失地，向齐国报仇雪恨。可连这一点，也只是敢想想、叫叫，而没有办法去实行。齐燕之间的武力已经悬殊，没有足够的机会，连这一点也办不到，更毋论派出兵马劳师远征去秦国帮嬴稷夺回江山了，这件事就目前为止，是绝对不可能的。

何况就算是秦王荡真的死了，他还有同母的弟弟公子壮，还有目前还在秦国、有着丰厚封地、军中势力和母族倚仗的公子华、公子恽、公子奂等人，她如今回去，有什么必胜的把握？

想到当年重耳出奔在外四五年以后，其父晋献公就死了，可终究重耳还是在外流亡了十九年，才在国内群臣拥戴下杀回朝去。

嬴稷想要回国夺位，一要秦国重臣大族相请，二要列国诸侯有实力者支持，三要在秦国之内有一支实力强大的军队。

而目前，她这三者都没有。义渠王曾经派虎威来找她，亦带来了秦国的消息，魏冉被孟贲打到吐血不起，白起愤而弃官回了义渠。她忧心如焚，恨不得插翅飞到秦国，把她这两个弟弟带回身边，好好保护。

此刻，面对孟嬴的询问，芈月只是摇了摇头，说了一个字："不。"

孟嬴一怔，问道："你不回去？难道，你当真对黄歇……"

芈月只是微微一笑，没有说话。这些事，又何必解释，既然燕人欲投资她母子的将来，她自是不能将自己的窘境和盘托出。

孟嬴却有些失落，喃喃地道："你不回去……"停了一停，她忽然自嘲地一笑："其实，不回去也有不回去的好。当日若不是因为王儿落在赵国手中，我根本就不想回燕国，做这个只拥有虚名的母后。日日如履薄冰，夜夜心力交瘁，孤枕寒衾、寂寞凄凉，外有齐国虎视眈眈，内有老臣掣肘要挟。为了王儿，我一忍再忍，与豺狼交易，对故友负义，内疚神明，外陷困局……"说到这里，不禁转身拭泪。

见芈月没有说话，孟嬴看着芈月忽然自嘲地一笑："季芈，我如今说这个，倒像是对我自己的洗白。"

芈月摇头道："过去的事，不必再提了。孟嬴，你已经帮过我、救过我了。"

孟嬴叹道："如今荡只怕凶多吉少，若是如此，恐怕国内诸弟争位，到时候会比我们燕国当年更加动荡，你不回去也好。想来惠后此时要面对的事是王位之争，不会再有心思为难你了。再说，她的儿子死了，她能不能再做这个母后，也未可知呢……"

芈月听着孟嬴的抱怨，只微微一笑。孟嬴抱怨了一会儿，却忽然叹了口气："你不回去也好，我也希望你留下来。"说着，她握住了芈月的手，脸上也带着一丝追忆的神情，道："我们还像过去在秦宫一样，结为友伴。季芈，你我都是寡居的女人，自也不必多有顾忌。我有苏子，你亦有黄子。季芈，你助我良多，你若有需要，我也自当义不容辞。既然你们暂时不准备回去，我想给子稷一块小小的封地，你把黄子留下来，也可以把你三个弟弟都接过来。至于这块封地将来如何，就看你们经营得如何，或者你弟弟们为燕国建立多少的军功。"

芈月看着孟嬴，忽然笑了。

孟嬴看着芈月的神情，脸微微一红，道："你笑什么？"

芈月点头叹道："你现在才真正像你父亲的女儿，像一个成功的母后。你这一块小小的封地，可不只是给我和子稷，而且还套住了国士黄歇，也套住了三员战将。"

孟嬴轻叹一声，两人四目相交，她也笑了："季芈，我是有这个打算。但是，最重要的却不是为了他们，而是为了你。"

芈月没有说话。

孟嬴诧异道："你还在犹豫什么？"

芈月沉默片刻，才道："燕国虽好，终是寄人篱下，黄歇说，希望带我回楚国。"

孟嬴摇头道："可你回楚国怎么办？那里可是有一只吃人的豺狼。黄家的势力，不足以遏制住她，不足以保护你。所以，留在燕国，才是你最好的选择。"

芈月苦笑一声："你说得对，留在燕国是我目前最安全的居所，可我最爱的人，他们未必愿意拔起自己的根来燕国寄人篱下。子歇是国士，子稷是秦公子，小戎是楚公子，小冉或许会一直跟着我，但阿起就不一定了……"

孟嬴按住芈月的手："季芈，拿出你对付郭隗的决心，拿出你大闹西市的决心来，我相信，让黄子留下，让你的三个弟弟聚到你的身边来，不会是难事。"

芈月苦笑摇头："你错了，这才真是难事。我对付敌人的时候可以毫不犹豫，可以以死相拼，可是对我至亲至爱的人，我又能怎么办？"

孟嬴也不禁沉默了。


芈月自宫中回来，一直在犹豫着。

黄歇自回到蓟城之后，也一直沉默着，他在想着他和芈月的将来。

芈月在山中曾经和他说，希望能够回楚国，去见夫子。可是在边城当他们以为无法越过的时候，她忽然兴起的念头，让他觉得陌生。她说，她不想去楚国了，她要去齐国，因为那里有更多的机会，她甚至以自己为饵，而要他带着嬴稷去齐国，叫他挑起齐国兴战，征伐燕国。

这样的主意，如果出自一个策士的口，他不会奇怪，甚至连他自己也有可能会有这样的想法。

可是，皎皎她、她说出这样的话来，只能让他心疼之至，那种陡然升上的愧疚之感，更是让他痛恨自己的无能为力。

当日他不在她的身边，以至于她沦落西市，要亲手挣取衣食，甚至受人陷害母子分离，还要受小吏之辱，受无赖欺凌，甚至不得不削发沽酒，决绝劫狱。那时候他抱住她逃出蓟城、逃入山中的时候，他暗下决心，有他在，不会再让她担惊受怕，不会再让她自己一个人扛起一切，不会再让她这个弱女子去殚精竭虑。

是的，他知道她自幼聪慧，也知道她自幼好强，没关系，在任何事情上他都愿意让着她、迁就她、呵护她，但是，看到她变成一个在任何事情上第一时间就自己挺身而出，而完全不曾意识到他已经来到了她的身边，她还有一个他可求助、可依靠的时候，他只觉得心中酸涩难言，痛楚万分。

他怜惜她，虽然她在楚宫中也受过委屈，伤过心，甚至也经历过无数危险，可是那时候她还会对他撒娇、对他任性、对他撒气，见到了他，就习惯性地把事情交给他，依赖着他。

可如今的她，已经太过习惯不撒娇、不任性，太过习惯自己承担、自己独自谋划事情，让他有些不适应。但他没有说出来，只是默默地迁就，无言地保护，恒久地守候。他有信心，只要他还在她的身边，就能够让她渐渐放下过去，放下这些沉重的负担，把一切交给他，她可以安心地做他身后的小女子。

可是他不喜欢燕易后，这个女人凉薄无情，工于心计，真不愧是"那个人"的女儿。芈月当日在蓟城，就在她的眼皮子底下，她居然可以无视芈月曾经予以她的帮助，无视她们曾经有过的友情，甚至无视嬴稷是她的亲弟弟，而袖手旁观郭隗和芈茵对芈月母子的残害、打击、诬陷。她但凡有一点点人心，怎么能够对于芈月母子的遭遇如此无动于衷。

可就是这么一个人，如今在秦王荡很可能举鼎身死之后，忽然间就想起在燕京还有一个异母弟弟，还有一个秦宫故交来，如今频频召芈月入宫，置府赐地，封官许爵，甚至还要让芈月和自己留下，还要招揽芈月的弟弟们到来。

他知道她的用心，她无非是现在看到芈月有可利用的价值，所以才会如此费尽心机地拉拢，甚至还想利用芈月相助，从郭隗手中夺权而已。过去她未必不是对郭隗有怨言，只是她却不愿意为了芈月去得罪权臣。如今她想让芈月助她夺权，若是失败，又何尝不会把芈月抛出去顶罪。

他不愿意她留在燕国，不愿意她再入宫，不愿意看着她再卷入燕国的权力斗争，不愿意看着她再置身于危险之境。

他相信只要他和她之间能够达成共识，那么，凭他们两人的努力，一切将不会再是问题。

终于，这一日，黄歇约了芈月，在蓟城外驰马。此时秋高气爽，正是狩猎的季节，远远看到一群燕国贵族牵黄擎苍，去了山中。

黄歇不欲与他们撞上，拨转马头，驰入一片黄叶林中。

两人在林中驰马，落叶纷纷撒落，秋高气爽，教人心情也为之一畅。

黄歇跳下马，道："皎皎，我们在林中走一走吧。"

芈月含笑点头："好。"

两人牵着马，在林中慢慢走着，谁也没有先开口。

终于，还是芈月打破了沉默："子歇，你有何打算？"

黄歇摇了摇头："我没有打算……"他凝视着芈月："你在哪儿，我就在哪儿！"

芈月微一停顿，试探着说："如果说，我想留在燕国呢？"

从边城回来已经数月，她一直在走与留之间犹豫不定，她知道黄歇也在为此焦灼不安，甚至黄歇对孟嬴的恶感和不信任，也曾隐隐向她透露过。

今天黄歇约她骑马，她心中有数，也许两人之间，的确到了应该深入谈一谈的时候了。她和黄歇，是后半辈子要走在一起的人，彼此之间自当同进同退，心意相通。自那日她因立太子之事与秦惠文王决裂之后，她已经习惯了自己一个人做主，但在蓟城劫狱的那个晚上，黄歇自天而降，带着她逃亡，在山中一席话让她痛苦、挣扎、重生之后，她胸中似乎升起了一种新的希望。

她不甘做樊笼中被豢养的燕雀，由着别人安排拨弄自己的命运。但从咸阳到蓟城，再从蓟城到边城，她一直在苦苦挣扎，于风雨中孤独飞翔。她不希望再回到樊笼中作燕雀，可是她却希望能够有一个人，与她一起飞翔，相互扶持，风雨同行。

黄歇来到了她的身边，他们一起度过了最艰难的时候，也要一起共同走向以后的人生。对未来，她有她自己的设想，可她却能够感觉得到，黄歇对未来的设想，和她不一样。

果然黄歇怔了一怔，露出一丝苦笑，却道："皎皎，你做任何决定，我都不会反对。只是，我以为蓟城会是你的伤心地，没想到你还愿意留下。但不知你是为何而留？"

芈月也苦笑："蓟城之外，还有我的容身之处吗？"

黄歇有些意外，忽道："你还记得吗？我们在山中的时候，你曾经对我说，想回楚国去，去看夫子。"

芈月沉默片刻，回答："是。"

黄歇又道："可你到了边城，却改了主意，想去齐国了……我想知道，如果边城没有危境，你还会再去齐国吗？"

芈月点头："是。"

黄歇有些犹豫地问："那你为何不愿意回楚？"

芈月沉默了，好一会儿才苦涩地道："我以为你明白的……"

黄歇轻叹："因为威后？"

芈月的声音透着深深的厌憎："这还不够吗？"

黄歇的手按在了芈月的肩头，他的声音中充满了怜惜："皎皎，可怜的皎皎……"芈月迟疑中，已经被他拥入怀中，"你受她的伤害太深了。"

芈月想要说话，黄歇却温柔地阻止了她："你听我说，皎皎，威后如今已经不足为惧了。她老了，她的手甚至伸不出豫章台多少距离。我知道你在为莒夫人的事耿耿于怀，可是，她也并非完全没有付出代价。子戎那一场大闹，不管是大王还是令尹都无法再装看不见。皎皎，我能带你回去，就能够保证她不可能再伤害到你了。"

黄歇停了停，又道："皎皎，这些日子我一直在想，我们当何去何从？燕国并非善地，那位易后如今虽然厚待于你，可是一想到你在蓟城苦苦挣扎多年，几番生死边缘之时，她又做了什么？她但凡伸出一丝援手来，何至于让你苦难至此？她如今待你再好，又何尝不是包藏祸心？不是要挟持子稷图谋秦国，就是借你之手从郭隗手中夺权，可她从来不会去想一想，万一失败了，你何以自处？哪怕你为她出生入死，只怕危难之时，她仍然会弃你于不顾。皎皎，我知道你也并非为了助她，而是想为自己、为子稷，也为你的弟弟们谋一个安身立命之处，只是良禽择木而栖，良臣择主而仕，易后此人，不可倚仗啊！"

芈月欲言又止，听着黄歇一口气说完，忽然沉默了。黄歇所说的，她又何尝没有想过。只是她没有想到，黄歇对孟嬴的观感会如此恶劣——或者，正因为他是旁观者，所以能看得更清楚，而她对孟嬴还抱有太过天真的幻想？

然而，前路茫茫，她又该往何处而去呢？她看向黄歇。她知道他的意思，是希望能够带着她归楚。楚国是他和她的出生之地，有他们太多的亲人、朋友、师长。他自信在楚国，能够保护着她和她的亲人。

可是，她无法归楚，不只是因为楚威后，更是因为楚王槐。当年她目睹向氏死去的时候，就在内心暗暗下定了决心：有朝一日，她会亲手杀了他，一定要亲手杀了他！

若是她远在异国，远在天涯，这种恨意或许还能够压抑在心底。可是，若回了楚国，咫尺之间，她的恨意只怕无论如何都无法抑制。在楚国，固然有屈子，有黄歇，甚至连屈子的政敌昭阳都能够成为她的庇护者。可是，父母之仇，弗与共戴天。若是与仇人共处一城，而有仇不得报，她要安身立命何用？！

黄歇见她沉默不语，也知道她这些日子一直筹划着留燕之事，如今受此打击，未免一时无法接受，当下轻叹一声，又道："皎皎，非是我一意要你归楚。只是你这些年颠沛受苦，我竟不在你身边，每每思及此，心如刀绞。皎皎，我希望能够保护你、庇佑你，让你安心入梦，不会再四处流离，不会再无枝可依……"

芈月扑在黄歇的怀中，无声恸哭，如同一个走失了的孩子——再惊恐再绝望都不敢哭不敢崩溃，只能不停地跑着，即使筋疲力尽也不敢停下，怕一松懈就会从此失去整个世界，可却永远会在大人找到她安慰她的时候，崩溃大哭，再无迈动一步的力气。

黄歇抚着她的头，轻轻安慰着。黄叶盘旋着落下，落入发间，落入衣襟，落入裙角……

# 第十九章

## 远客至

自那一日驰马归来之后，黄歇与芈月，就一直商议着来日将何去何从。

此时虎威等人已经被释放，见芈月已经无事，芈月又不能同他们回义渠，便只得自己回去。那些西市游侠们也被赦出狱，芈月择优礼聘几人为质子府的门客，其余之人便赠金而归。

黄歇用最大的温柔和耐心，慢慢说服着芈月。留在燕国，一切情况确如黄歇所分析的那样，孟嬴和郭隗的确都下注在他们母子身上，以博将来秦国的利益，但芈月手中并没有足够支持他们母子回秦争位的力量。而不管郭隗还是孟嬴，待秦国确立了新君之后，对芈月母子的态度很可能会因秦国新君的态度而变化。留燕之举，确实有些悬。

另外，赵国与他们并无关系，唯一的联系就是当年赵侯雍之子平原君赵胜曾与魏冉有旧，还在芈月入燕之时护送过他们母子一段路。但赵胜虽得赵侯雍宠爱，毕竟只是幼子，在赵侯雍面前并无多少话语权。而赵侯雍为人，刚毅多智，胸中自有丘壑，绝对不是轻易能够被旁人左右得了的。芈月母子若入赵国，恐怕更是羊入虎口，只能为赵侯所制，还不如留在燕国，有更大的发挥余地。

若去齐国，黄歇当年在稷下学宫就学时的确有过故交好友，但是齐国新君为人暴戾乖张，不要说策士新投，便是当年齐宣王时代的名士，都已经在纷纷离去了。

"前日有人自齐国来，说了一个故事。"黄歇说道。

"什么故事？"芈月知他这么说，必有用意，当下便问了一声。

黄歇轻叹一声，道："齐国先王，也就是齐宣王在位时，好听竽声，于是养三百乐工齐奏；及新王地继位，却喜欢叫了乐工来一一听其演奏，结果便有乐工，名南郭处士者，偷偷逃走。"

芈月听了，却没有笑，只是低头想了一想，方叹道："这故事皮里阳秋，看似可笑，实则可悲。"

黄歇苦笑一声："你也听出来了？"

芈月点了点头，这故事听起来似乎是齐宣王糊涂不能辨别真假，赞美齐王的聪明不为人所蒙蔽。然而明眼人一听就明白，这故事表面上说的是乐工，可以齐国之富，哪里就容不得一乐工之食俸了，非得逼其至此？且乐工哪有称"某某处士"的，这故事明说乐工，实指士人。显是暗讽齐王地继位，废先王养士之德政，羞辱士人，以致士人纷纷辞去的事。

如今大争之世，各国求才若渴，无不厚币甘辞，以迎士人。如燕王职起黄金台，如赵国平原君、魏国信陵君等大招天下名士，都是为了广纳贤才，收罗人心为本国所用。

这齐王地自逞英明，羞辱士人，当年齐宣王倾尽一生心血所建的稷下学宫如今因他而毁，想齐宣王在天有灵，也会呕血三升吧。

想到这里，芈月不禁默然，她听得出黄歇的意思。在她的计划里，燕国之外，齐国也是她为嬴稷谋划的立身之所。她亦是听过芈姝与芈莯之事，如今芈莯得宠，或是危险，也许是机会。但黄歇极力劝她，对她说齐王地为人暴戾、喜怒无常，不可与虎谋皮。如今他再说这个故事，意图更是明白。

想到这里，芈月看向黄歇："既然留燕不成，去齐亦不成，子歇，你的意思是……我们只能归楚了?"

黄歇没有说话,很多事不能宣之于口。他能明白芈月对归楚的抵触,楚国对于芈月来说,更多的是在楚宫、在高唐台时留下的阴影,他知道她在芈姝和芈茵跟前受过的委屈,更清楚她的少年时代是如何战战兢兢在楚威后的淫威杀机下度过,几番死里逃生的。然而,光是语言上的解释是无用的。他要如何才能令她明白,她如今已经不是高唐台的小公主了,她是秦公子之母,她是楚公子之姊,她更是他黄歇的妻子。她回到楚国,不会在楚宫,不会在高唐台。有他黄歇在,不管是芈姝还是楚威后都无法再伤害到她。楚国不只有她的敌人,更有他的亲朋故友,这些人在朝中上下绝对也是不可轻估的一支力量,绝对让他有办法保护她们母子不会再受到任何伤害。

他知道芈月没有说出口的是什么。她不信任楚王槐,她认为楚王槐是楚威后的儿子,芈姝的亲哥哥,便会像她们一样,对她造成伤害。然而,他要如何向她解释,这只是一个女人的过度担忧罢了。楚王槐并不只是一个儿子、一个哥哥,他是一国之君,有君王的考量,不会愿意为了母亲、妹妹的心头不喜而加害国士黄歇的妻子。

这么多年黄歇作为太子横的好友与辅弼,他了解楚王槐,胜过这些深宫的女子。平心而论,楚王槐做人不够有决断,也不够聪明,且耳根软,性格糊涂,算不得明君英主。但唯其不够有决断,做他的臣属和子民,还是比较安全的。所以就算南后去世这么多年,得宠的郑袖日夜在他耳中对太子进谗害贤,的确令他渐渐不喜欢太子了,可是一旦要让他废了太子,甚至有人诬陷太子、置太子于危险时,楚王槐这种犹豫不决的性格,反而是一种优点。他会不忍伤害太子,遇事不会断然下令对太子进行处置,在太子辩白的时候也听得进去。所以这些年来,虽然太子险象环生,但终究每一次都有惊无险地过了关。所以,当年芈月母女三人能够从楚威后的手下逃出性命,除了昭阳的坚持以外,楚王槐犹豫不决、最终还是"不忍伤人"的态度才是决定她们安全渡过难关的最根本原因。

但如今更不能宣之于口，而他有着更大把握的事，却是在将来。昭阳年纪已经越来越大了，这个人擅权弄政，因为一己之私压制屈子，楚国新政也因此停顿。但是人寿终究有限，昭阳去后，屈子将重新受到重用，而此时太子与郑袖的相争，也到了关键时刻。太子、屈子，都在期待他早日归楚，成为新政的生力军。

楚威后早就是老朽无用之人，而且不管是昭阳，还是楚王槐，亦要受限于人寿有定。将来的楚国，会是太子横的，而他又是太子横最倚重之人。到时候不管芈月希望芈戎、向寿受封赐爵，还是接魏冉、白起合家团聚，甚至是在嬴稷长大之后帮助他归秦夺位，都不会是问题。

他没有完全说出来，只是在话语中半含半露说与芈月，为了能够让她安心，更是为了让她放心。

芈月默默地听着，没有说话。黄歇的话令她心动，但对归楚，她仍然有本能的抗拒。或者，这已经不是黄歇的问题了，而是她能不能突破自己的心障。一旦想通了，也许归楚真的不会是个问题了。

一时，竟无话可说。她所有的顾虑，黄歇亦已经都为她考虑到了。她只是抬手拨了拨火盆，听得外头呜呜风声，便抬头看了看窗外，道："天色黑得真快，这会儿城门恐怕才关吧。"

这日天气忽然转冷，街市上狂风呼啸，天色暗得很快。看着这样的天气，明天一定会是下雪天。

黄歇知道她不想再继续谈下去，也转了话头，看了看外头，道："这蓟城就是冬天特别长。这会儿若是还在楚国，只怕天还亮着呢。"

芈月道："若是在楚国，这会儿还是满树绿叶黄花，衣服也只是穿个夹衣呢。"

黄歇看着芈月，微微一笑，道："那你想不想回去，看看楚国的绿叶黄花？"

芈月笑了笑，扔了火钳，终于道："子歇，我知道你的意思。你一直希望我随你归楚，可是如今冰天雪地，要走也怕是走不掉了。"

黄歇眼睛一亮："这么说，若是冰消雪融，你就会跟我归楚了？"

芈月见他的神情充满了惊喜，也充满了不置信，之前虽然有些无奈推托，见此情景心也软了，低头想了想，毅然道："好吧，子歇我答应你，若是春暖花开的时候没有什么异状，我便向易王后请求，与你归楚。"

黄歇跳了起来，喜道："当真？太好了，皎皎，我们回楚之后的第一件事，便是请夫子做主，为我们……"他说到这里，停了一停，偷眼看向芈月，声音忽然转轻，讷讷地道："为我们……主婚，你看可好？"

芈月心中又是酸楚，又是甜蜜，伸手去拉住了黄歇的手，道："好，我也想见夫子了……"

黄歇抱着芈月，喃喃地道："皎皎，皎皎，我莫不是在做梦？我终于等到你答应嫁给我了……"

芈月也不禁热泪盈眶，哽咽着吟道："摽有梅，其实七兮，求我庶士，迨其吉兮……"

黄歇亦哽咽，接道："摽有梅，其实三兮，求我庶士，迨其今兮……皎皎，我来迟了，幸而，我来得不算太迟。"

芈月轻叹一声："摽有梅，顷筐塈之，求我庶士，迨其谓之。子歇，你老了，我也老了，梅子也到了'顷筐塈之'的时候了，幸好，我们还不算太晚，我们的人生中，还有机会。"

两人紧紧相拥，过了很久，才慢慢松开。


归楚，很快就提上了日程。

薛荔很高兴，她与贞嫂指挥着侍女在忙碌地收拾着东西。

嬴稷的脸色却有些快快不乐，他坐在榻上，手捧着埙吹了两声又放下。

芈月亦在听着薛荔禀报收拾的情况，百忙中感觉到了嬴稷的情况，转头问他："子稷，你不高兴吗？"

嬴稷撇撇嘴，扭过头去。

芈月放下手中的东西，走到嬴稷的身边，轻声道："子稷，我们在蓟城一无所有，但是回到楚国，你可以见到舅舅，还有舅公，还有许多的亲人。"见嬴稷不说话，芈月知其心情，安慰道："子稷，你放心，母亲永远不会离开你，你也永远是秦王的儿子。有朝一日，秦国公子该有的，母亲都会帮你争取到。"

薛荔见她母子说话，忙对侍女使个眼色，教众人都退下了，只留自己在屋中服侍。

嬴稷忽然转过头来，认真地问："我以后会不会还有小弟弟小妹妹？"

芈月怔了一怔，忽然明白这孩子近日来的不安为何而来，不禁失笑。但看着嬴稷一脸的恼羞成怒的模样，她忙收了笑容，温柔地亲亲他的额头，道："会，母亲以后会给你再生许多的弟弟妹妹。但是，子稷，母亲最重要的孩子，依旧是你。"

嬴稷低下头，低声嘟哝了一句，芈月没听清，问他："你在说什么？"

嬴稷却摇头："没什么。"忽然又问："母亲，弟弟妹妹有什么用？"

芈月看着他倔强又天真的样子，心中一软，轻声告诉他道："一个人在世上若没有兄弟姐妹，会很孤单的。兄弟姐妹，是你的手足，会帮着你一起打天下。"

嬴稷眼珠转了转，又问："那子荡、子华，他们也是我的兄弟啊，可他们对我根本不好。"

芈月收了笑容，一时也不知道如何安慰他，只得叹道："子稷，我记得我以前同你说过，就算是同一个父亲生的，也未必就是你的兄弟。"她想到了芈姝、芈茵，甚至是楚王槐，心中冷了一冷。但想到芈戎、魏冉等人，心头又有些转暖，不禁感叹："这世间啊，只有同一个娘生的，才是你的手足血亲。其他人，都是由各自的母亲所生，虽然你们同一个父亲，却都是天敌。只有同一个母亲生的才会相扶相助，同一个父亲生的，只能相争相杀。你看，我和子荡的母亲，还有那个疯女人，都是同一个父亲所生，可是我们却不能在同一个蓝天下生存。可是我跟你过几个月回到楚国就会见到的戎舅舅，还有为了你的将来而留在秦国的冉舅舅，我们是同一个母亲生的，哪怕远隔千里，都互相牵挂，互相帮助，我们才是骨肉相连的亲手足，可以为了对方出生入死，在所不惜。"

嬴稷听得渐渐动容，忽然伸手摸了一下芈月的肚子，道："那我什么时候有自己的弟弟妹妹啊？"

芈月的脸羞红了，拍开他的毛手啐道："谁告诉你这些事的？"

嬴稷头一昂，道："哼，我什么都知道，男人跟女人在一起，就会有小宝宝。你跟黄叔父在一起了，肯定会有小宝宝。"

芈月笑了，弹了一下他的额头："是，我们会在一起的。从小到大，不管经历多少风波，都挡不住我们的生命注定要在一起。可是我们现在还没有……"

嬴稷好奇地问："为什么？"

芈月道："我们要回去见夫子，要正正式式地在夫子的祝福下……"她说到这里忽然省悟，拍了嬴稷脑袋一下："人小鬼大，还不赶紧回去休息。"

嬴稷跑到门边，眨眨眼睛，道："呜，母亲害羞了……"

芈月顿足叫道："这小鬼……"

薛荔却笑了，眨眨眼睛，道："公子提醒得是，夫人，您有件东西可得亲手准备。"

芈月诧异地问道："什么？"

薛荔道："嫁衣啊，女子出嫁，可要有亲手绣的嫁衣。"

芈月怔在那儿，一股甜蜜慢慢涌上心头，忽然红了脸，低声道："我、我女工很差的……"

薛荔拉着她笑："夫人，有奴婢等在呢，夫人只消亲手绣一绣裙边就行。"

芈月红了脸，有些羞愧："早知道，我应该早些准备的，如今春暖花开就要上路了，只怕是来不及……"

薛荔笑劝："只要夫人心意到了，黄子必当欢喜。"

两人正说着，忽然外面传来敲门声。

两人诧异："这会儿，是谁还来？"

薛荔站起来道："奴婢去开门。"

芈月想了想，说道："现在大黑了，不知道来的是谁，你还是请冷向先生先去看看。"

秦质子府门外，一群披着防风斗篷的武士牵着马站着，一个侍卫正在敲门，他敲得极有分寸，先敲三下，停一会儿再敲三下。

门开了，门客冷向半开着门，戒备地看向外面的人道："敢问足下是哪位贵人，有何事寻我家主公？"

侍卫让开，一个人掀开斗篷上的帽子，露出脸来，客气地道："烦请通报芈夫人、公子稷，秦人庸芮——"

另一人也掀开斗篷，道："赵人赵胜，有要事求见。"

冷向脸色一变，连忙还礼道："原来是平原君、庸大夫，请稍候，在下立刻禀报夫人。"

见冷向转头入内，赵胜与庸芮对望一眼，道："没想到质子府一个应门阍者，竟知我二人是谁，看来这芈夫人虽是孤身来到燕国，却颇为收罗了许多人才啊。"

庸芮却摇头道："我看那个人倒不像一个普通的阍者。"

过得片刻，便见那冷向出来，道："夫人有请。"说着将两人让了进去，又问："但不知两位是一起见夫人，还是分别入内？"

赵胜看了庸芮一眼，笑着让道："如此，庸大夫先请。"

庸芮会意，当先而入，但见芈月端坐室内，庸芮大步进入跪倒芈月面前："参见芈夫人，大王驾崩，臣奉命迎公子稷归国，商议立新君之事。"

芈月听得冷向禀报庸芮与赵胜求见，当时心头便是一乱，那种隐隐的猜想似要喷薄而出。可是这个消息在此时到来，实是令她悲喜交错，不知如何是好。然而远客已至，情况迫在眉睫，由不得她不去应对，当下便令薛荔去请黄歇，自己按定心神，于正中肃然而坐。此刻见他一进来就是这话，她心头狂跳，强自镇定问道："庸大夫，你奉何人之命而来？"

庸芮恭敬而答："臣奉庸夫人之命而来。"

芈月一怔："庸夫人……"刹那间思绪纷乱而来。芈姝当日苦苦追问的"遗诏"之事，又涌上她的心头。细一想，她惊得险些站起，又努力摄定心神，缓缓道："庸夫人？我倒不明白了，庸夫人有何事会让你千里迢迢到燕国来找我？除了庸夫人以外，就没有其他了？"

庸芮听出她的意思，重点自然是在最后一句，当下恭敬道："是，还有朝中许多重臣，都期盼公子稷与芈夫人回国。"

芈月神情平静了下来，直接问他："为何？"

庸芮犹豫片刻，方道："大王今秋牧马洛阳，问鼎周室。于周天子面前亲自举鼎，不料却被铜鼎砸伤，药石无效，已经……鹤驾西归了。"

芈月虽已经早料到此事，但毕竟还是第一次得到秦国方面的确认，强按心神，又问道："王驾鹤西去，朝中正需要重臣用力，庸大夫不远千里而来，却为何事？"

庸芮长揖道："臣请夫人和公子归秦，正为商议立新君之事。"

芈月一怔，她虽然有所预料，但是如此直白的话，还是对她的内心造成了冲击，她强按激动，谨慎地道："先王留下二十多位公子，就无可立者吗？"

庸芮面现悲愤之色："朝中如今已经乱成一团，二十多位公子为了争位，谁也不服谁，列国兵马趁火打劫……大秦，眼看就要四分五裂了。"

芈月诧异道："怎会如此，难道惠后与王后两人，竟镇不住局面不成？"

庸芮哼了一声，愤愤地道："惠后与王后两人，各怀私心，就是她们两人在咸阳城中先闹起来，才会让诸公子也起了争位之心。"

芈月诧异："她二人有何可闹的？"

庸芮道："惠后想立自己的幼子公子壮为新君，可王后却说父子相继才是正理，所以执意不肯。"

芈月点头道："若有太子，自当立太子。"

庸芮尴尬地道："并无太子。"

芈月带着疑问看向庸芮。

庸芮解释道："大王出征之前，王后已经有孕，如今也有五个多月了。"

芈月冷笑一声，道："这算什么？五个月，还不知道是男是女，甚至能不能生下来，能不能活，就敢去争王位，甚至不惜祸乱江山。惠后满肚子的能耐，都是用来对付自己人了，对付起别人来，却是如此无能。"

庸芮道："王后身后，有魏夫人支持，公子华又手握重兵，更加上魏国的干涉……"

芈月已知其意，道："惠后身后，又有楚国的势力。而其他的公子身后，亦或多或少有其他势力的支持吧。"

庸芮捶席恨声道："一群蠹虫，我大秦的江山，要被他们分食一空了。"

芈月摆了摆手，声音也低了下去："我不知道你为何要来找我。我的身后，可是什么支持的力量也没有。"

庸芮膝行几步，贴近芈月的身边，低声道："先王临终前曾将一封遗诏托付庸夫人，说是若来日国中诸公子争位，当立公子稷为王。"

芈月怔住了，好半天回不过神来。

庸芮说完，看芈月却没有回声，再看她脸色惨白，摇摇欲倒，吓得扶住她连声呼唤道："夫人，夫人，你没事吧？"

芈月一把抓住庸芮的手，声音也变得嘶哑，道："庸芮，你这话，可是真的？"

庸芮反问："先王既有遗诏，可见属意于夫人、公子稷，夫人为何不肯相信？"

芈月张口，想要答应，她想，她应该是欢喜的吧，可是话到了嘴边，却忽然将手中的帛书一掷，嘶声道："你、你出去、出去——"

庸芮惊诧莫名："夫人，你这是为什么？"

芈月浑身颤抖，发泄似的冲着庸芮吼道："先王当我是什么？你们当我是什么？他把子稷当成是太子荡的磨刀石，把我当成王位变动的赌注，当我信了他的时候，他却又轻易地变换了局势，抛我们于险境之中。若早有这遗诏、早有这遗诏……我与子稷何至于几番生死险关，差点命丧黄泉。在那个时候，又有何人助我，何人救我？"

庸芮沉默了，此中内情，他是深知的。可是此刻，他却是不能退了，犹豫半晌，他只得硬着头皮，又重重一揖："可是如今……"

芈月冷笑道："若是我和子稷没能够活到这个时候，那这遗诏，又叫谁来接？"

庸芮长叹一声："如若是这样，那也是大秦的气数了。"

芈月呵呵笑道："是啊，气数、气数！既然是大秦的气数了，你还来寻我作甚？"

庸芮肃然道："夫人，我知道夫人心中有怨，可是这遗诏，是对夫人的认可。这是大秦气数未绝，也是夫人与公子重返咸阳的机会。难道没有这遗诏，夫人就甘心让公子不回国争位吗？"

芈月摇摇头，冷笑道："那不一样，那是我为了自己争，为了子稷争，却不是……却不是、却不是被人家打了脸，又巴巴地再凑上去，继续做人家的棋子。"她自嘲地一笑，"我是不是矫情了？可是，真情已被践踏，明知道是被欺骗利用，我还要装作无事样凑上去接受，连点矫情别扭排斥都没有的话，人真成了泥塑木雕了……其实这般矫情，与泥塑木雕相较，也只是五十步笑百步罢了。"

庸芮长叹一声，朝芈月长揖到底："世事如棋，谁是棋子，谁是执棋手，未到终局，谁又能够知道。夫人若是能够把这局棋翻了，夫人就不再是棋子，而是执棋之人了。"

芈月惆怅低叹，摇头道："庸大夫，你不必说服我了。我现在怕得很，他的话，我却不敢再轻易相信了。我怕相信了，又是一个陷阱，又是一场大祸。"

庸芮道："夫人总应该信得过我阿姊，信得过我吧？"

芈月努力控制着自己的情绪，渐渐从激动中冷静下来，冷笑道："难道那时候，你阿姊手中没有遗诏吗，难道那时候你不也一样是个君子吗？只是终究敌不过大局。没有兵马，没有朝臣支持，就算是遗诏，无人奉诏，也是无用。"

庸芮道："朝中臣子都是先王亲自提拔，对先王忠心耿耿……"

话音未落，芈月便冷笑一声："人心趋利，他们对先王忠诚，是因为先王能够给予他们恩惠。如今诸公子都在争相拉拢他们，我手头没有足够的筹码同他们交换，谁会理睬我们。这是大争之世，臣子们为了利益，连活着的君王都可以杀戮。遗诏这东西，你说有用就有用，若没用的时候，还真不如当柴烧。"

说到这里，芈月将几案上几根闲散写坏的竹简随手丢入火盆之中，那火顿时烧得噼啪作响。

两人顿时沉默了。

芈月忽然问："樗里疾呢？"

庸芮踌躇了一下，道："他在东奔西走，四处调停，心力交瘁，如今已经病倒在榻。"

芈月讽刺地笑了一声："这就是他一心一意所要追求的政局平稳。内乱不治，外患不平，却打压自己的人才而妄求平稳，如今也是自食恶果了。"

庸芮道："我出京之时，曾见过樗里疾。"

芈月没有说话，只是往炉里再加了几根木柴。

庸芮道："他知道我要来燕国，什么也没说，只是把通关符节给了我。"

芈月眉毛扬了扬，没有再说什么。

庸芮道："阿姊之所以叫我来找你，并不仅仅只是先王的遗诏，更是希望能够借助你，来平定如今的乱局，我想，包括樗里疾在内的许多朝臣也是这么想的。"

芈月把手中所有的木柴全部丢进炉中，火光大旺。她拍拍手站起来，冷笑道："只怕咸阳宫中上下，大秦的朝臣们，真心实意支持我的，只有你和魏冉吧。"

庸芮道："魏冉这些年东征西讨，每条战线上都打过仗，也提拔了许多将校。我庸氏虽然不是重权在握，但好歹也是大秦世勋之臣，与其他家族也有些来往。"

芈月只是低头拨着火。

庸芮看了看室外，又道："夫人就不问问，平原君为何也与我一同到来吗？"

芈月淡定地道："这不奇怪，我当日入燕国时，魏冉就托平原君送我过赵国。我与平原君也共处过一段时日，临行前还谢过赵国相助燕王母子登位的高义。"

庸芮越听越是惊奇，看着芈月的眼神更为惊异，道："原来如此，怪不得我一入赵国，就被平原君寻上门来，还带我入了邯郸。我只道赵人用心已久，不承想还有芈夫人预作打算之功。"

芈月问道："你见过赵侯雍了？"

庸芮摇头道："不曾见，但赵侯却传诏派平原君带着兵马护送我入燕国，并表示赵国愿意支持公子稷继位。"

芈月长长地嘘了一口气，倚在几案上，几乎要靠它来支撑自己的身体，缓缓道："凡事预则立，不预则废。只能把所有的可能预先想到，预先做到。虽然说成事在天，但是终究要谋事在人。"

庸芮点头："如今事情果然如夫人所料。"又问道："夫人可要见平原君？"

芈月看着窗外，风依旧在呼啸，天色越发寒冷了，她点了点头："难得平原君在这样的天气也赶到燕国来，如此诚意，我焉能不见？"

不一会儿，平原君赵胜进来，向芈月行了一礼，道："芈夫人，赵国依约而来了。"

芈月还礼道："赵王高义，未亡人感激不尽。"

双方分坐。

赵胜拱手道："赵国愿助公子稷登基，不知芈夫人需要多少人马？"

芈月摇头，肃然道："秦人争位，不敢借他国兵马入境，否则的话，纵得王位，却输了江山。但不知秦国边境上，有其他国家多少兵马？我只需要赵王能够助我斡旋一二，使得列国兵马不至于进入秦境。至于其他事，那是我秦人之事。"

赵胜肃然起敬道："夫人心胸，赵胜佩服。"

当下，三人围炉而坐，细说入秦诸事……

第二十章

归秦路

赵胜和庸芮走了。

芈月坐在窗前，手捧呜嘟若断若续地吹着。

黄歇已经接到了薛荔的消息，赶了过来。他本在质子府，这日是因为接到宋玉来信，说自己有事已经入燕，近日将到蓟城，便掐着日子特意出城相迎的，不想未迎到宋玉，又与庸芮两人走了个错过。

他走到她的身后，将披风披在她的身上。

芈月停下吹奏，问道："你不问我，他们来是为了什么事吗？"

黄歇沉默片刻，终于缓缓道："秦王死了，他们必是想要接你和子稷回咸阳争位。"当他听到这个消息的时候，心底也是一沉，连忙赶回来时，庸芮和赵胜已走。

有一刹那，他心底真是生出了恨意来。三番两次，他和芈月之间的爱情近在咫尺，却都因为秦王而毁。如今他与芈月归楚在即，可秦王虽死，他的阴影仍然紧紧相随。此时到来的使者，对于他来说，真是致命一击。

此刻，黄歇并不想表态，他怕自己忍不住一开口会说出自私的话来。

芈月却不罢休，扭头问他："你呢，你怎么想的?"

黄歇沉默了。

芈月看着他，心如乱麻，一时之间，竟不知道如何是好。在面对赵胜、庸芮之时，她是嬴稷之母，她本能地知道必须抓住一切的机会，不管是向庸芮正言厉色还是和赵胜言笑晏晏，那都是一种谈判的手段和策略，最终还是要把他们的立场控制在自己的手中。

可是人走了，她独处的时候，面对黄歇的时候，她却又不得不面对那个站在岔路口的自己。

未入秦宫时的芈月，可以抛下万物，头也不回地和黄歇走掉。可是如今的芈月，却犹豫了，不甘心了。她有些不敢面对这样的自己。她看着黄歇，有些希望他能够替她下决断，帮她找回过去的自己。

可是黄歇看着她，神情尽是怜惜之意，却没有说话。他虽然不说话，可是他的眼神，却让芈月明白了他的意思。

芈月心情矛盾，不能自控地迁怒于他。她站起来，按着黄歇的肩头逼问道："为什么你不说话? 你说啊，说啊!"这样的抉择由她来做，太过残酷。她孤飞已久，是因为无枝可栖，是不得已的，已经飞得太累太累了。如今，她终于遇到同伴，终于要落下栖息了，而这个突如其来的讯息，又将让她置身于风雨之中，甚至，要背弃此刻为她遮蔽风雨的同伴。

机会来时，她不假思索地扑上去抓住了。可是等静下心来，她却开始后怕，开始畏怯了，退缩了。这个岔路口，她不想再自己抉择。

因为她清楚地知道，自己会如何选择怎样的方向。

因为抉择一出，她将会是永远地孤独飞翔。

她不愿意做燕雀，她想做鲲鹏，可是鲲鹏面对着的风雨太大、孤独太久，有时候她也会退缩，也会畏怯，也会希望有枝可栖。甚至在某些时候，那些从小到大灌输给她的关于一个"女人"应该如何柔顺贞静、相夫教子的话语又会涌上心头。她也希望有人能够拥有更强大的翅膀引领着她飞，为她遮蔽风雨。

这个人曾经有过。他为她遮过风雨，引领过道路，可也正是这个人，残忍地将她从悬崖推下，教她跌落谷底、翅折心伤，不得不一点点地忍着痛，血肉模糊地重新爬起，一点点重新飞起。

她不敢再有所依赖，她又希望能够有所依赖。

她看着黄歇，眼神是殷切的，也是恐惧的。

黄歇看着她的眼睛。她的心事，她的犹豫和矛盾，他都能够看得明白。唯其看得太明白，他竟无言以对。在芈月的再三催促下，他才苦涩地道："你、你叫我说什么好？"

芈月的情绪忽然变得无法自控，爆发似的说："你同我说，说那些王位之争只是触蛮之争，说秦国这潭浑水我既然出去了就不要再踏进去；说我们已经约定了回楚国，不要为任何事而打乱我们的终身之约；说你舍不得我，说我们经历过那么多苦难为什么还要分开……"说到这里，眼泪已经失控落下。

黄歇将她的头揽入怀中，轻抚着芈月的头发，让她的情绪慢慢稳定下来，心中苦涩难言。他想说的，甚至是不敢说的话，都已经让芈月说完了。此时此刻，夫复何言。

良久，他才艰涩地道："皎皎，你心里明白的，这是一个机会，一个前所未有的机会。上天曾经夺去了你的机会，如今又把它还给你了。那个王位属于子稷，属于你，如果你就此把它舍弃了，总有一天你会怨我，你会后悔的。去了秦国，虽是千难万险，可子稷有可能有机会成为一国之主，你有可能至尊无上。而去楚国，再安全，你也会不甘心的。在楚国，你我依旧是要为人臣，居人之下，命运依旧掌握在别人手中。而去秦国，却可能为人君，决定别人的命运。"

这话，是芈月犹豫反复、心中所想的，但她说不出口。如今，黄歇已经代她说了出来。

她伏在黄歇的怀中，情绪慢慢平复，心头却是苦涩酸楚。为什么造化弄人，以至于斯？这个消息若是早来一年，甚至是半年，哪怕早来一个月，在她未见到黄歇的时候，在她未曾与黄歇有过山中之契、归楚之约的时候，她一定会欣喜若狂。这是她盼了很久，甚至以为终她一生都只能是盼望的消息。她甚至连想都不敢想，它会来得这么快。

天欲令其灭亡，必先令其疯狂。秦王荡会做出这种荒唐的事，简直是上天要证明，他不配为王。而在他身死之后，她本以为"国人拥戴、诸侯相助"这个机会还很遥远，但他那个愚蠢的母亲和妻子在秦国之内大肆争权，弄得国家大乱，反而把秦国的王位送到了她的面前，似乎上天也向她证明这一切都应是她和她的儿子该得的。

可它在该来的时候不来，如今才到来，却更令她恨这天意弄人。

芈月哽咽道："子歇，我现在一点也不想听到这个消息。因为听到了，我就会心动，我就会抛不下……"

黄歇轻抚着芈月的头发，亦是同样的酸楚和苦涩，只长叹道："皎皎，皎皎……"

芈月哽咽："苍天为什么这么捉弄人？每每当我追求时让我得不到，当我抛舍时拉住我，当我看到幸福时远离我……"

黄歇长叹一声："皎皎，你随他们去吧。"

芈月整个人颤抖着，似要把所有压抑着的情绪都爆发出来，道："我不去，不去……"她知道自己此时是任性的、不讲理的，可是此刻世间只有这一个人，可以让她肆无忌惮地任性不讲理；只有这一个怀抱，可以容得她放松警惕软弱一回。

黄歇轻轻抱着她，安抚着她道："好，不去，不去……"

芈月紧紧抱住黄歇，用力之大，几乎连自己的手都开始酸疼起来："子歇，别离开我，别离开我，我害怕……"

黄歇轻抚着她的后背道："放心，我不会离开你的……"

芈月低声问："那么，你说我应该回去吗？"

黄歇轻叹："我不知道，这是你久盼的机会，可也是最危险的选择。皎皎，你数番濒临危境，在去秦国的路上、在西市监狱、在燕国边城，我每次都会害怕，自己若险差一步，就要抱憾终身。我很害怕，皎皎，我怕失去你。对秦国来说，你是有资格继位的公子之母，可对我来说，你是我在这世上独一无二的爱。我可以为你出生入死，也可以远走天涯，默默地想着你，可我不敢面对失去你的世界，你能明白吗？"

芈月伏在黄歇膝上："我明白的，子歇，你也是我在这世上独一无二的爱。只要想着你，只要想着这世界的一头还有一个你在想着我，爱着我，再苦再难，我都舍不得死。可是……"

黄歇轻抚着芈月，他明白她的心情："我明白，可你是子稷的母亲，这是子稷的王国，你无权替他放弃。"

芈月伏在黄歇的身上，忽然不动了。

黄歇轻推她："皎皎……"

芈月一动不动，半晌，忽然发出一个如梦魇般的声音，似哭非哭："不，子歇，不是的！"

黄歇不解："怎么？"

芈月慢慢离开黄歇的膝头，坐起来轻轻地抚平了衣角。她看着黄歇的眼神矛盾而复杂，摇了摇头："不，子歇，我可以对世上所有的人说，我回秦国是为了子稷。可我只对你一个人说，我回去，是为了自己。"

黄歇看着芈月，他觉得自己并没有听明白她刚才的话。眼前的人似乎很近，又似乎很远。

芈月看着闪烁的油灯火苗，神情一时间有些恍惚："我小时候，受了很多的苦，后来我才知道，在我出生之前有一个预言，说我有天命……我曾经很恨这个所谓的天命，它让我受了这么多的罪，却没给我带来一点好处。可是说得多了，反而让我越是在逆境之中，越是想要硬起骨头挺起身子撑下去。我为这个传言受过的苦越多，这个传言却越像是变成我自己的一部分……"

黄歇心头恐慌，他想阻止她继续说下去，他害怕她将要说出来的话，那个她会让他感到陌生。不只是恐慌，也有心痛。他以为他是世间最了解芈月的人，可此刻，他才知道，她的心中还有一些痛楚是自己竟未曾探知的。"皎皎，你别说了……"

芈月摇头："不，我要说。子歇，跟你在一起，是我从小到大的梦想。和你在一起的时光，是支撑着我度过苦难的甘甜。可我的心中，从小还燃烧着一种火焰，是你不明白，甚至是我自己也不敢去直面的火焰……"

芈月伸出手去，轻轻地触碰着油灯上的火焰。

黄歇忙伸手拉住她："小心烫。"

芈月摇头，看着黄歇："不，我心中的火焰，远比这个烫得多，烫得多。子歇，想当年我离开楚国，在边境看到父王留下的国被糟蹋成那样，我愤怒但我无能为力。当年，我只想为了让自己能够活下去而逃开。可是我逃开了吗？我只是逃离了一个宫廷又进了另一个宫廷，然后再度为了活下去而逃开。可是我一次次没有死，我从一个伟大君王的女儿变成另一个伟大君王的妻妾，从一场生死危机辗转到另一场生死危机，但我一直活了下来……"

她倚在黄歇的怀中，慢慢地述说着。

如果说过去的一切是她由着命运的拨弄身不由己，但这一夜的选择，却是她自己做的决定。此刻，她敞开心门，让自己所有的恐惧、任性、犹豫、彷徨都喷涌而出，将自己的希望、索求、痛苦、挣扎都在他面前一一剖开来。此刻，她是一个小女人，眼前的男人，是她此生之爱恋，也是她此生唯一可以全心全意相信的人。

这一夜，她将自己所有曾经被压抑过的软弱情感都说了出来……或许是因为她知道，自此以后，她的后半生，再没有这么奢侈可以放纵自己所有软弱情感的机会了。

过了许久许久，芈月没有再说话，黄歇也没有说话，室内一片寂静。

门吱的一声被推开，打破了室内的寂静。

贞嫂端着食案站在门外："夫人，天色晚了，要不要吃点东西？"

芈月没有动。

黄歇站起来走出去，接过贞嫂的食案："有劳了。"

黄歇关上门，把食案摆到了芈月面前："你吃吗?"

芈月摇头："不。"

黄歇忽然抱住了芈月，抱得是如此之紧，如此之用力。他像是在说服她，又像是在说服自己："不，皎皎，那不是你的命运，没有什么注定的天命，人的命运只由自己决定。"

芈月坐着不动，沉默片刻，忽然说："你看到贞嫂了吗?"

黄歇一怔："怎么?"

芈月喃喃地道："她没有天命，也无人害她。可我见到她的时候，她是个活死人。这里每一间房子中都曾经住着她的亲人，可她却在一场又一场的战争中失去了所有的亲人，活得像一粒尘埃，风一吹，就没了。"

窗似乎关得不够严实，一阵无名风起，吹动室内的尘埃。

黄歇走过去，开了窗子，又重新关上。

风，停了。

芈月轻轻地说："我既然活了下来，就要痛痛快快地爱我所爱，恨我所恨，逞我所欲，尽我所能。子歇，我知道回秦国很危险，内忧外患，杀机重重，但唯其如此，我才更应该回去。濒临危亡的秦国需要我，我知道没有人能够比我做得更好，能比我更能够理解秦国历代先王的抱负和野心，更能够改变秦国的未来。"她朝着站在窗边的黄歇伸出手去："子歇，我们一起回秦国去，当初我柔弱无力，只能逃离，可我现在有能力去挽救秦国，甚至将来我们还能够一起去改变楚国。"

黄歇看着芈月，他没有动，只是站在那儿，远远地看着她伸出的那只洁白手掌。半晌，他有些犹豫、有些迟缓地慢慢走近，拉着芈月的手，坐下来，话语中尽是苦涩："你既然已经决定，我夫复何言。"

芈月看着眼前的黄歇，忽然发现他和自己似乎已经隔了一层，甚至不能再偎依在他的怀里了。她苦涩地一笑，低声说："子歇，我知道，我留下来，我跟你归楚，能够得到宁静和快乐。可是，那就像鲲鹏和燕雀的区别一样。鲲鹏背负千斤，横绝万里，遇见的是狂风巨浪；而燕雀在檐下筑窝看上去宁静安详，可是随便一股风刮过来就像尘埃一样被刮走，不知下落。子歇，我能够做鲲鹏，就没有办法再选择做燕雀。你能明白吗？你能体谅吗？"

黄歇看着她，终于伸出手来，握住她的手，看着她的眼睛，轻轻地说："我能明白。皎皎，你等待的机会终于来了，你为何还要犹豫？上天曾经夺去了你的机会，如今它还给你了。那个王位属于子稷，属于你，如果你把它舍弃了，你一定会后悔的。你天生就是鲲鹏，我再想给你一个安稳的窝，用双翼为你遮挡风雨，都无法阻止你向往天空。我如今才知道，若是做了燕雀，你这一生都不会快乐，不会甘心的。"

芈月感叹："我曾经以为这一生都没有机会接近放肆的梦想，可是情况变化得这么快，甚至秦赵两国的人也会来得这么多……"她没有再说下去，然而，黄歇却是明白的。

黄歇看着芈月，复杂难言："皎皎，皎皎，你即将要成为鲲鹏，我的双翼已经微不足道，我怕我再也无法遮蔽住你，我怕我太弱小了……"

芈月一惊，反手拉住黄歇急切地说："不，子歇，我需要你。我们本来已经决定，携手并肩，共同抚养子稷，去接回小冉和小戎还有阿起来楚国团聚，还有舅舅。我们一家团聚，过自己的日子。等到子稷长大，他有他自己的心思，我们只要为他铺好路，将来的路，由他自己走。可如今，这一切都……"她说不下去了，只摇头："我曾经想过逃避，想过跟你一起关起门来到天荒地老，甚至想拒绝再听到来自秦国的消息，因为听到了，我就会心动，我就会抛不下……"

芈月整个人颤抖着，所有压抑着的情绪此刻都爆发出来。她扑入黄歇的怀中，哽咽道："子歇，别离开我，别离开我，我害怕……"

黄歇轻抚着她的后背："放心，我不会离开你的……"

夜深了，黄歇轻轻吹奏着呜嘟，芈月伏在他膝上听着。一灯如豆，幽幽暗暗，此刻世界安静得如同只剩下他们两人。

室外，月光如水，只余风中呜呜之声。

门客冷向站在秦质子府前院的墙边，踩上墙边的石头，向外看了看，又跳下来。

门客起贾问："如何？"

冷向道："外面赵兵把守，几乎一半的人马都留下来了。"

起贾兴奋地道："好，太好了，这说明我们跟对主公了。"


室内，芈月正沉沉睡去。

黄歇坐在一边，看着芈月的睡颜，并没有动。

薛荔劝道："公子，这里有奴婢，您还是去歇息吧。"

黄歇摇了摇头，心情沉重地道："不，我想看一看她。也许过了今夜，我再也没有这样的机会了。"

薛荔脱口而出："公子可以随夫人一起走哇。"

黄歇却摇头："薛荔，她说她害怕，可是她不知道，我比她更害怕。"

薛荔诧异道："奴婢不明白。"

黄歇长叹一声，站起来道："在我的心中，我与她是共同在云中飞翔的鸿雁，我能够成为她的倚仗，互相庇佑，风雨同行。但是我想不到，她要做的竟是鲲鹏，鸿雁的翅膀如何能撑得起鲲鹏的天空啊！"

薛荔一惊，问他："那您……"

黄歇叹道："我会继续为她做一切的事情，却无法再与她站在人前了。我本以为……"

薛荔问："以为什么？"

黄歇道："我以为，她是为了儿子，那么等子稷长大到自己能够独立执政，我们就能在一起。但如果她要成为一个君王的话——"

薛荔迷茫地问："难道不行吗？"

黄歇苦笑一声："也许这不仅仅是天意弄人，更是……人意逆天吧。"

这一夜，于芈月来说是不眠之夜，于燕王宫的孟嬴来说，也是不眠之夜。

孟嬴得知赵秦两国来接芈月，也不禁惊呆了："这，如何是好，我们应该怎么办？"

燕王职止是来与她商议此事的，此时端坐，神情镇定："母后，秦王已薨，秦国如今诸公子争位，我们不可放走秦公子。"不管是庸芮和赵胜，甚至是其他人，要入燕国，他与执政的郭隗又焉能不知内情，此时到此，自然是有了主意。

苏秦亦道："大王说得是！"

孟嬴已经被搅得六神无主，喃喃地道："可我已允了她归楚……"

苏秦道："此一时彼一时，如今有为王的可能，臣相信以芈夫人的聪明，不会不把握这个机会。"

孟嬴长叹一声，掩面而泣道："如此，我又负了她了……父王啊，你、你也太……"也太什么？也太会折腾你的儿女、你的妻妾了。

苏秦是极聪明的人，从燕王职不断投来若有若无的眼光中感觉到了他的敌意，他朝着燕王职微微一笑，拱手道："大王，臣有个提议。"

燕王职客气地还礼："先生请讲。"

苏秦道："臣以为，这正是我们报齐国之仇的好机会。"

孟嬴也停下哭泣，问："怎么说？"

苏秦道："齐国占我燕国，掠地杀人，燕国深恨齐国，苦于齐国势力，无力报仇。老子曰：'将欲废之，必固举之；将欲取之，必固予之。'只有煽动齐国与诸侯结仇，才能够削弱齐国，以报燕国之仇。而今这秦王一死，正是个机会。"

燕王职眼睛一亮："先生请详说。"

苏秦道："如今的秦国像一个失去头颅的虎王，四邻虎视眈眈都想来啃吃一口。我们正可借这个机会，煽动齐国联合其他国家，反张仪当年提倡连横之说，提倡合纵之说。"

燕王职道："这有何用？"

苏秦道："齐国与秦国相距甚远，劳师远征，获益不多，国必乱之……"

燕王职一拍大腿，叫道："好。"

孟嬴忽然停住哭声，看着苏秦："你、你意欲如何乱齐？"

苏秦道："我当亲赴齐国，游说齐王任我为相。"

孟嬴愣住。

燕王职却感动了，向着苏秦一揖："先生高义，是寡人错怪先生了。"

孟嬴看看燕王职，又看看苏秦，似乎明白了什么，忽然愤怒起来，道："我不许！"

燕王职怔住了，看着孟嬴，想要说话，苏秦却上前一步阻止了他，道："大王，此事由我来向易后解释吧。"

燕王职深深地看了苏秦一眼，点头出去了。

孟嬴脸色苍白，转头质问苏秦："你为何要离开我？难道你对我说过的话，允下的诺言，都不是真的吗？"她的手在袖中紧握成拳，心头悲苦。

苏秦凝视着孟嬴，长叹一声："不，我对你的心，永如当日许诺之时。"

孟嬴的眼泪终于落下："你胡说，既然如此，你为何要走？"

苏秦坐到孟嬴身边，搂着她的肩头，为她拭去眼泪，轻声叹道："孟嬴、孟嬴，如果世上只剩下我们两个人，我们就这么相依相偎，直至天荒地老，那该有多好啊！"

孟嬴听得出他话语中的意思，心中酸涩。她自然知道苏秦为什么要走，燕王职对苏秦的排斥、郭隗对苏秦的忌惮，让苏秦在燕国承受了无穷的压力。苏秦为了她母子而留下，为了她母子而离开，可是她还能为苏秦做什么呢？"你可以不走的……"她哽咽着说。

苏秦轻抚着她的背部，劝道："孟嬴，大王虽然登位，可是燕国危机仍在……"

孟嬴抬头看着苏秦，拉住他的袖子，急切地说："是啊，就是因为燕国的危机仍在，所以我才需要你，所以你才不能离开啊。"

苏秦道："大王倚重郭隗，我能理解，当日大王初回燕国，若无郭隗率群臣拥戴，大王也未必能够这么快就稳定住燕国的局面。且郭隗又辅佐大王，悉心教导他这么多年，大王对郭隗自然信任有加，甚至是离不开他……"他顿了顿，又道："平心而论，郭隗虽然私心略重，但却不是子之这样野心勃勃之辈。有他在大王身边辅佐，对燕国有利，对大王也有利。在燕国之内抚境安民，我不如郭隗；在天下大势中纵横捭阖，郭隗不如我。我去齐国，郭隗留在国内，这才是对燕国、对大王最好的方案。"

孟嬴听得无言以对，只是哽咽："你口口声声燕国、大王，可是我呢，我呢……"

苏秦凝视着她："你是孟嬴，可你更是燕国的母后。你虽舍不下我，但你更舍不下大王。孟嬴，我所做的一切，若非是为了你，燕国与我何干，大王与我何干？"

孟嬴颤抖，伏在苏秦怀中，呜呜咽咽地哭着："可我舍不得你走，舍不得你……你走了我怎么办，我一看到郭隗，我就想到子之……苏秦，我害怕……"

苏秦轻叹道："孟嬴，你放心，燕国已经出过一个子之了，没有人敢冒天下之大不韪，再做第二个子之。而且大王与你母子情深，远胜对郭隗的倚重。只要你有足够强势的态度，郭隗根本不敢对你无礼。孟嬴，你放心，你等着我，待我为燕国建立绝世功业回来，到时候你我并肩而立于最高之位，再也无人会说什么，无人敢有什么意见……"

夜渐深了，一室俱静。


凌晨，一缕阳光照入庭院，带来一天新的气象。

秦质子府外被燕军迅速包围，他们与留在此间的赵国兵队互相对峙。

贞嫂探头出门，看到这一切，吓得连忙跑进内室去告诉芈月，这个单纯的小妇人被吓坏了，她结结巴巴地道："夫、夫人，外面来了许多官兵，打、打、打起来了……"

芈月正坐在梳妆台前，只披着外衣，薛荔正在为她梳头，闻言一惊："谁和谁打起来了？"

贞嫂吓得摇头："不、不知道……"

芈月站起来，披着外衣就要往外而去："我去看看。"

黄歇却已经从外面走进来，说道："没什么，昨日平原君离开的时候，留下一些兵马在外面，今日凌晨，易后派人来接你，两边的兵马如今在对峙着。"

芈月听到这句话才坐了下来，停了一下，才道："继续梳妆，贞嫂，将我入宫的袍服找出来。"

薛荔已经将她的头发绾起一半，闻言又放下来，打算迅速重新梳成大礼服用的高髻。

贞嫂问："夫人，您要入宫？"

芈月点头："想来宫中是得到消息，故而前来截人。这是燕都，若论兵马，必是燕国胜。赵国兵马是因为受了平原君吩咐不敢退让，若等到平原君到来，必会衡量形势而退让。薛荔，你去替子稷穿好冠服，随我入宫。我们要跟燕王和易后好好商谈了。"

贞嫂连忙应是，取了入宫的袍服出来，芈月梳妆之后，携嬴稷走出房间，走出府门，在两名武士护卫下，上了马车，进了燕王宫。

甘棠宫中，芈月携嬴稷坐在一边，孟嬴携燕王职坐在对面，赵国平原君赵胜等三方就座，中间摊着地图，不停谈判。

三方或争执，或笑谈，最终，击掌为誓，把酒言欢。


而此时，质子府外，宋玉终于到来了。

两人见面，宋玉第一句话便是："师兄，夫子出事了。"

黄歇大惊："夫子出了什么事？"

宋玉细述前情道："郑袖夫人欲谋立公子兰为储，对太子横逼迫甚急，三番两次诬告太子，甚至要将太子送到齐国为质。大王又听信谗言，数番穷兵黩武，令得民不聊生。夫子数番上书，却触怒大王，反被流放汉北。可是……"

黄歇关切地问："如何？"

宋玉道："屈子在走到汉北的时候，忽然失踪。"

黄歇大惊："什么？"

宋玉又道："我们几个弟子在汉北流域附近找遍了，也不见屈子下落。太子如今也被郑袖逼迫甚急。师兄，太子让我来找你，希望你尽快随我回楚，一来寻找夫子，二来帮助太子。"

见他焦急，黄歇心中一动，忽然问："你，是何时入燕，路上可有什么阻挡？"

宋玉不解其意，坦言道："我入燕境递交符信时，曾被问过缘由，我如实告知，但不知为何，一直被滞留边城，直至数日前，才让我通过入燕。"

黄歇略一思索，已知其意，心中暗叹，口中却道："宋玉师弟，你且先停下来，待师妹自燕宫回来，再作商议。"

两人等到天黑之后，芈月母子方从宫中回来。知道此事，芈月心头一震，看了看宋玉，便问："师兄如何今日方到？"

宋玉便说了自己自递交信函之后一直未能进入燕都，直至今日方得允许之事，芈月与黄歇对望了一眼，没有说话。

宋玉犹在催促道："师兄，你何时随我动身？"

黄歇看了芈月一眼，犹豫道："这……"

芈月看了宋玉一眼，又看向黄歇，目光殷切："子歇……"

黄歇只有一人，若要随宋玉回国，便不能与芈月入秦。黄歇垂下眼帘，两人都看不清楚他的意向。

宋玉待要说话，忽然心觉有异，欲言又止。

一时寂静无声。

好一会儿，宋玉有些坐立不安，道："我、我先出去，你们慢慢商议吧。"

"不必了，"黄歇忽然说，"我随你回去。"

芈月看着黄歇，震惊地道："子歇……"

宋玉见状，连忙站起来道："我先出去了，师兄、师妹，你们慢慢商议，慢慢商议。"说罢，逃也似的出去了。

室中只剩下两人，忽然间就沉默了。

黄歇端坐不动。芈月看着黄歇。那种突如其来如潮水般的惊怒，又似如潮水般退出，只剩下三个字："为什么？"

黄歇扭过头去，勉强道："没什么。"他似有些慌乱地解释："庸芮大夫和公子胜都是当世才智之士，有他们在，我的作用也没有多少。况且，此番你有燕赵两国重兵保护，想来不会有事的，倒是夫子失踪之事，事关重大，不可拖延。我、我先回楚国……"他说到一半，说不下去了，直直地看着芈月："皎皎，任何时候，你若有需要，只要一封书信，无论天涯海角，我都会赶到你的身边的。"

"可你就是不愿意与我一起入秦，为什么？"芈月看着黄歇，质问。

黄歇沉默不语。

他会为了她赴汤蹈火，在所不辞，做出任何牺牲都无怨无悔。可是，如果说楚国是芈月的畏途，那么秦国又何尝不是他的畏途。

在秦国，他与芈月快要结为鸳侣之时，却遭受劫难，险些生死两途。等到他终于死里逃生，历经艰险再度找到她的时候，却遭遇到了秦王的胁迫，眼睁睁看着芈月在他的面前，选择了他人。

他的心底深处埋藏着对秦王驷的怨恨，是秦王驷，给了他生命中第一次全面碎裂的重击。他的爱情、尊严、自负、才气，被他全面地碾压。他输给他的不仅仅是他的权力，还有他的手段和心计，甚至是他的肆无忌惮和阴暗狠辣。

他可以不在乎芈月的过去，可以把嬴稷当成自己的儿子去疼爱。可是要他如何能在秦王驷的国，和秦王驷遗孀身份的芈月出双入对，对秦王驷的继承人视若亲生？

至少，这时候的他，办不到。

"世事如棋，胜负难料！"良久，黄歇才答，"皎皎，此去秦国，我的作用并不大。我跟着你去秦国，又算是什么人？"他不是苏秦，只能在燕国起步。他还有楚国，还有无限可发挥的征途。然而就算是苏秦，也不能忍受这种压力，宁可冒着偌大风险去齐王地这种疯子身边卧底离间，在建立不世功业以后再回到孟嬴身边，也不愿意再这样不尴不尬地继续待着。归楚，他是举足轻重的国士，若她愿同归，他有能力保护自己的妻子；而入秦，情势险恶无比，就算芈月母子侥幸能够成功，他也永远只能立于她之下，被人当作她的一个情人。

"在楚国，我会帮你照顾子戎和小舅舅。若你在秦国成功了，我会把他们送到你身边。若是你……一时不顺，也希望你记得，你在楚国，永远有个退身之所，有一个我在等着你。"又沉默了片刻，黄歇才缓缓地道。

他的根基、他的人脉、他的抱负都在楚国。他选归楚，在此时看来，远比入秦要明智得多。芈月明白这一切。她选择了自己的志向，而黄歇也选择了他的志向。但面对如此残酷的分离，她却不能不心碎，不能不痛苦。她苦笑道："既然你心意已决，我亦是无可奈何。"她转过身去，肩膀微微颤动，"我以前看庄子文章，总是不明白那句话：'泉涸，鱼相与处于陆，相呴以湿，相濡以沫，不如相忘于江湖。'"

黄歇心中如被一支利箭刺穿。他嘴唇颤动，想说什么，终究还是没有说出来，最终只得叹息一声："皎皎，是我负你。"

芈月轻咬下唇，强忍泪水，哽咽道："不，子歇，是我先负了你。我们说好一起归楚，一起去见夫子，让他为我们……证婚的。是我毁约，是我负你。你回去是对的，夫子有难，我也悬心。你去救夫子这也是代我这个弟子向夫子尽一份心。子歇，拜托了。"说着她跪伏于地，向黄歇行礼。

黄歇连忙将她扶起来，心情复杂地叫了两声："皎皎，皎皎……"一时竟不知道再说什么了。

芈月看着黄歇，似哭似笑道："子歇，我舍不得你去，你我如今各奔险途，不知成败如何，都是如履薄冰，如临深渊。我只怕这一去，你我可能生死两别。"

黄歇摇头，坚定地道："不，不会的，你我都能够活着的，你我一定会重逢的。"

芈月转身，拿着小刀削下一缕头发，用红绳系好，递给黄歇："子歇，若我死了，你把我这缕青丝，葬在我爹娘的陵园中吧。这样我就算死了，千里之外，魂魄也能回归故里，也不算孤魂野鬼了。"

黄歇手握青丝，心头忽然升起一种强烈的念头，想要抛下一切，就这么不管不顾随她而去，也不愿意见她此刻如此伤心。可是话到嘴边，他犹豫再三，终究还是咽了下去，只缓缓摇头道："不，你不会的。"他将青丝收入怀中，强笑道："这缕青丝我会留着，留到再见你的时候，亲手交还给你，好不好？"

月上中天，秦质子府后院中央已经铺上锦垫，摆上酒菜，芈月、黄歇与宋玉对饮。

酒过三巡，芈月停杯投箸，叹道："今日一别，不知何日重逢。"

宋玉也叹道："是啊，你我师兄妹一别十几年，今日匆匆一会，又将别离，还不知何年何月才能重逢。"

芈月道："今日一别，我当为二位兄长歌舞一曲，以助别兴。"

宋玉击案道："好，我来击缶，子歇吹箫，为师妹伴奏。"

宋玉击打着酒坛子，黄歇吹箫，芈月舒展长袖，边歌边舞："秋兰兮青青，绿叶兮紫茎……"

宋玉击打着酒坛子，应声和歌："满堂兮美人，忽独与余兮目成……"

"入不言兮出不辞，乘回风兮驾云旗……"

"悲莫悲兮生别离，乐莫乐兮心相知……"

不知不觉中，黄歇亦已停下吹奏，三人齐歌：

"悲莫悲兮生别离，乐莫乐兮心相知……悲莫悲兮生别离……悲莫悲兮……生别离……生别离……"

《少司命》的旋律犹在回响，芈月母子的马车，在举着"燕"字旗和"赵"字旗的两国兵马护送下，由乐毅和赵胜带队，出了蓟城，向西而行。

蓟城外小土坡上，黄歇与宋玉骑着马，遥遥地看着芈月的车队远去。

黄歇举起手中的呜嘟，轻轻吹着《少司命》的旋律，终究吹得破碎不堪，颓然而止。

宋玉在黄歇的身后，想要劝阻却又无奈地道："师兄……"

黄歇毅然拨转马头，道："走，救夫子去……"双骑向着反方向而去。

芈月坐在马车中，掀开帘子，看着渐渐远去的蓟城。

嬴稷道："母亲，你怎么了，你为什么哭了？"

芈月用手绢擦了一下眼睛，强笑道："母亲没有哭，只是沙子吹到眼睛里去了。"

嬴稷不服道："母亲你骗人，冬天哪儿来的沙子吹到眼睛里，你就是哭了……"

芈月紧紧把嬴稷抱在怀中，带着一丝鼻音道："母亲没有哭，子稷，母亲再也没有可倚靠的肩膀可以让我哭了，所以，母亲不会再哭了。"

嬴稷问道："母亲，子歇叔叔为什么不跟我们一起走？"

芈月道："因为，子歇叔叔有他自己的人生，他自己的路。他已经帮了我们太多太多，接下来的路，该我们自己走。"

嬴稷又问："子歇叔叔会回来找我们吗，他知道我们在哪儿吗？"

芈月道："会，会的！"她抱着嬴稷，心中默念："子歇，永别了，永别了……"

行行复行行，直至赵国边境，赵胜忽然招手让马车停了下来。

芈月掀帘问："出了何事?"

赵胜骑马来到芈月马车边，回道："芈夫人，燕国五万兵马随我们一起走，赵国十万兵马也将来会合，为了节约时间，我们就不入邯郸了。父侯会派兵马在此与我们会合，所以我们要在此稍等。"

芈月点头："原来如此，多谢赵侯了。"

一行人等了片刻，远处尘沙滚滚，"赵"字旗先出现在众人面前，然后是胡服骑射的赵国兵马铺天盖地而来。当前一人，红盔红甲，率先而出，叫道："前面可是秦国公子稷的车队?"

赵胜看到此人，却整个人似呆住了，直到那人又问一次，他才被身边副将推醒，赶紧迎上前去，见了那人，似要行礼，又似不知道如何是好，结结巴巴地道："您、您如何亲自来了?"

那人似笑非笑，看了赵胜一眼，道："秦公子母子何在?"

素来伶牙俐齿的赵胜此刻忽然失去了机灵，呆呆地指了指芈月母子所乘马车，道："就、就是那边。"

那人便道："还请平原君通传……"

赵胜更口吃了："通、通、通传什么?"

那人不再说话，只横了他一眼，赵胜忽然一个激灵，连忙拨马转身到芈月马车边，道："芈夫人、子稷公子，我国兵马已到。"

芈月按住好奇的嬴稷，自己掀开车帘，向外望去。

却见一个中年将军越众而去，他看到了在马车窗中露出半个脸的芈月，在马上一抱拳，道："赵国右将军赵维，见过芈夫人、公子稷。"

芈月一怔，看向赵胜。

赵胜还未从惊诧中回过神来，赵维咳嗽一声，才让赵胜回过神来，见了赵维神情，才转头看了看芈月神情，立刻反应过来，连忙介绍道："赵将军乃是我的……"

对方截断了赵胜的话，道："族叔!"

赵胜忙答:"是是,是族叔。"

芈月心头诧异,这平原君虽然年轻,甚至在芈月眼中略嫩,但性情爽朗、挥洒豪迈,片言可与人交,只语可窥人心,端的是诸国少年公子中的佼佼者,他能够只身代表赵侯雍前来燕国,参与这等重新划分天下权力的大事,可见赵王对他的倚重。可是这等人如何竟在这"赵维"面前举止失措,敬畏十分,当下也提高了警惕,不敢失礼,忙拉起嬴稷,走下马车,郑重以礼:"未亡人季芈,见过公叔维。"这边又叫嬴稷去行礼。

那赵维也已经跳下马来还礼,目光炯炯地看着芈月:"芈夫人多礼了。"

芈月看那人年约四十多岁,容貌与赵胜倒有几分相似,只是举手投足之间,有一种睥睨八荒、吞吐万象的气概,芈月心头一跳,暗道:此人是谁?这一身的气派,竟不下于当年的秦惠文王,甚至豪放之处犹有过之。

当下心中将自己所知的赵国王族俱数了个遍,都无赵维其人。数来能够让赵胜这个赵侯爱子忌惮之人,猜来猜去,唯一的可能便是此人或许是与公子成有关。

若论在楚国的权势之盛,当数国相公子成,他是赵侯雍的叔父,当年赵肃侯长年征伐,国事托于公子成,拜之为相。待赵侯雍继位之后,亦是十分倚重,诸事都要通过他的意见。听说此前公子成反对赵侯雍胡服骑射之事,令得赵侯雍这一计划无法全面铺开,只能在军中逐步缓慢推行。

若是这公叔维是公子成倚重的子侄,赵胜敬畏于他,倒也可能。只是看赵胜的神情,又似与那人敬畏之外,透着亲热,这又有些不像了。

她心头盘算,面上却看不出来,只与对方应答。

当下双方见天色亦是已晚,于是就不再前行,两军会合后就安营扎寨。

当夜,荒原上座座营帐,灯光点点,兵马巡逻往来。

最大的营帐边守卫森严,"赵"字旗下,当与燕人交接,又安置好大军的"赵维"进入营帐,早已经恭敬候在营帐内的赵胜立刻伏地行礼道:

"儿臣参见父王。"

"赵维"坐下，方摆了摆手道："子胜，起来吧。"此人却正是当今赵国国君赵雍，此番却用了半边名字，自称赵维，怪不得芈月想了半天，亦想不到此人底细。

赵胜站起来，惶恐道："父王，此等小事，何必父王亲自出马。而且，父王何以……"

赵雍爽朗地大笑："整日宫中闲坐无事，趁这机会出来跑跑马，透透气。你这小子不必如此聒噪，还没老呢，就学你叔祖一般啰唆。"这却说的是公子成，那位老人家素日对赵侯雍这种天马行空的行事也是颇有微词。

赵胜只得苦笑道："叔祖也是担心父王，父王喜好亲身上阵，又喜欢白龙鱼服，涉险过多，实是……"

赵雍不在乎地道："十万兵马在我身后，有什么白龙鱼服涉险过多。"

赵胜只有苦笑。

赵雍又道："我把兵马带来了，如今明面上，你就是他们的主帅，再过几日，函谷关下与其他国家的兵马会面，就由你出头啦。"

赵胜只得应道："儿臣遵旨。"

赵雍指了指前面席位，道："不必这么拘束，坐下吧，咱们爷俩也有日子没见面啦。"

赵胜素来也得他宠爱，当下便依命就座，又涎着脸赔罪道："儿臣有罪，未能侍奉父王膝下。"

赵雍知他卖乖，当下轻踢他一脚："胡说八道，少年人难道不应该多出去闯闯吗？不要像你的两个兄长，只晓得争斗内宫，这点出息，嘿。"

赵胜见提到他两个兄长，却不敢说话了。赵雍长子赵章是赵雍当年娶韩女为王后时所生的嫡长子。但后来赵雍又宠爱吴娃，于是先以韩女失德为由，废了韩女，又在列国放了一圈再选新后的烟雾，最后却是扶立了吴娃为王后。此时赵国宫中，亦是为了夺嫡之事纷乱万分，吴娃一心想要让自己所生的儿子赵何立为太子，但韩女虽然失宠，赵雍终究对赵章这个长子感情仍深，因此近年来赵国宫中，为了争嫡之事，也颇为纷乱。

赵胜虽然是个得宠的幼子，但却也不敢涉入两位兄长的争位之事，当下只是赔笑不语。赵雍见他神情也顿感失言，遂换了话题："子胜，你看这芈夫人与公子稷如何？"

赵胜坐直身体，兴奋道："以儿臣看，果如父王所料。芈夫人刚毅果断，不下男儿，公子稷虽然聪慧，毕竟年纪尚小，诸事都操纵在其母之手。这天下大势，果然一切如父王所料。"

赵雍点头笑道："那就好。"说着，不禁叹道："女人嘛，若无心计还想什么争权斗势，她有些心机倒好，值得我们押注。嘿嘿，秦人性格彪悍，她的心计手段越厉害，相互之间的内耗越大。若是她能成功，此后母壮子弱，以后的秦国……也就那样了。一个力量削弱又处处依靠我们赵国的秦国，是最好的选择。"他想了想，摊开地图，沉吟片刻，筹划道："倒是燕国可以再加扶植，要扶植到他们一直给齐国找麻烦最好。所以此次燕国大起高台招揽贤士，为父甚为支持。我刚才与燕将乐毅商量了一会儿，既然燕赵联兵已经出动，此番平定秦国之乱以后，我们就可以在回程的路上，再把中山国给灭了。"

赵胜闻听之下，惊喜交加："父王，您真的要灭中山国？"

赵雍嘿了一声，道："中山国处于燕赵交界，依附于齐国，这么一大块骨头，若不吞下，教燕国以后怎么找齐国的麻烦。而且吞并中山国，周围的林胡等戎狄小国，正可成为我们骑兵的补充力量。等到燕国与齐国消耗殆尽，嘿嘿……"

赵胜眼中闪着兴奋的光芒，接口道："秦国势弱，然后长江以北，父王就可以一统……"

赵雍哈哈一笑，自负地道："天下大势，分久必合，合久必分。自平王东迁以后，天下你杀我，我打你，小国被大国并吞，大国又内部分裂，这乱世已经四五百年，天下苍生苦于征战，每日出门不知能不能活着还家，只为了活命挣扎。人心厌战，这一统天下之势已不可挡。只是不晓得，到底是哪一国能够一统啊！"

赵胜奉承道："胜者生存，败者灭亡。有父王这样的盖世英雄在，赵国必是最后的胜利者。"

赵雍哈哈大笑，笑声中透着极大的自信。

# 第二十一章　入咸阳

　　一路行来，眼见快到秦国边城。

　　这一夜营帐内，嬴稷坐在芈月的怀中，看着芈月指点着地图与他解说："再过两天，我们就能够到殽山了。过了殽山，就是函谷关，我们就可以回家了。"

　　嬴稷好奇地问："母亲，殽山是什么地方？"

　　芈月轻叹一声，说道："殽山——是秦人的伤心地。秦国到穆公手中，才开始参与天下称霸，只可惜在这殽山一战，断送大秦百年东进之路。秦人伐晋，在殽山受到晋国伏击，全军覆没，整个殽山当时密密麻麻，尽是白骨露野，无人收拾。秦人至此一战后，经历百年才恢复元气。"

　　嬴稷听着秦人往事，想象秦人当年的失败与痛苦，不禁同仇敌忾，眼泪流下，恨恨地问："母亲，那晋国人呢？"

　　芈月轻抚着嬴稷的头，问道："子稷想怎么样？"

　　嬴稷握拳道："我也要让晋国人尝尝这满山白骨露于野的滋味！"

　　芈月笑了笑，道："傻孩子，那是几百年前的事了，晋国也灭亡一百多年了。"

嬴稷睁大了眼睛问道："是谁灭了晋国，是我们秦国吗？"

芈月摇头道："不是，是晋国自己灭了晋国。"

嬴稷傻了眼："为什么？"

芈月手抚地图，慢慢说来："因为晋国的国君为了开疆拓土，把权力交给了手下的重臣，后来晋国又出了一些昏庸的国君，控制不了局面，于是权臣们的势力越来越大，渐渐地架空了晋国的国君，赵魏韩三家权臣，就把晋国给瓜分掉了。"

嬴稷满腔的宏图大志，听了此言泄了气，沉默片刻，他忽然又抬起头来，眼睛闪闪发光："这就像是母亲说的周天子一样，是吗？周天子把权力分给了诸侯，于是诸侯的势力越来越大，架空了周天子，结果现在周天子连个小国的国君也不如。"

芈月笑了笑，抚着他的脑袋说："子稷真聪明，那么，子稷如果做了国君，会怎么办？"

嬴稷握拳道："不把权力分给臣下。"

芈月又问他："那么，如果有外敌来袭呢，子稷要自己上阵吗？秦国的土地很大，每一处的收成，子稷都要自己去收吗？"

嬴稷愣住了，他的眼珠子转啊转的，却一时说不出话来，转头看着芈月，脸上已经尽是羞愧，低声忸怩地道："母亲……"

芈月却抚着他的头欣慰地道："子稷，你还小，这个年纪能够想到这些，已经是不容易了。"转而又道："《周礼》你都已经学完了吗？"

嬴稷点点头。

芈月打开箱子，取出最上面的一卷竹简递给嬴稷："那么，从今天起，你开始学《商君书》，要跟《周礼》对比，它们之间的区别在哪里，又是为什么要有这样的改变。"

嬴稷双手郑重地接过书，应道："是，母亲。"

芈月又慢慢道："我们这一路行来，都是随着燕国兵马行动，是不是？"

嬴稷道："是。"

芈月问："你有没有留心，燕国兵马如何行事。而今日赵国兵马加入，与燕国兵马有何区别？"

嬴稷皱起眉头思索着："嗯，燕国兵马，是马车还有徒从。而赵国兵马，是胡服的骑兵。"

芈月问："那么你想想，若是两国兵马相同，燕赵两国打起仗来，哪一种会胜？"

嬴稷皱起眉头，苦苦思索。

芈月微笑："这不是看一下子能明白的，你要天天看，慢慢就会看出来了。"

嬴稷看着母亲，点点头。

这些日子以来，他们朝行暮宿，不管是在马车中，还是在营帐里，芈月总是抓紧一切机会，或现场指点，或旁征博引，把关于列国征伐的历史和政治心得告诉嬴稷。

这一路行来，她心中隐隐有着很大的不安，她预感到一旦入了秦国，进了咸阳，他们母子面临着的，将是最残酷的搏杀，前途将是成败难料、生死未卜。

函谷关外，虽然雄关仍立，但离此不远的地方，各国兵马的营帐已经驻得密密麻麻。

当芈月的车队出现在众人的视线中，立刻就有了回应。自"魏"字旗下的营帐和"楚"字旗下的营帐各出来一队人马，迎了上去。

魏国信陵君魏无忌是个英俊青年，他飞驰到赵胜的面前，跳下马便抱着赵胜哈哈大笑道："姊夫，你也来了。我说呢，这般热闹事，赵国岂有不来之理？"赵胜之妻，正是魏无忌的亲姐姐。

赵胜笑着捶了魏无忌一拳，道："你来了，我还能不来吗？"

魏无忌身后，楚国使臣靳尚呵呵笑着行礼道："楚臣靳尚，见过平原君。"

此时马车已经停下，由赵胜和乐毅与诸国使臣交流，当下赵胜便介绍道："这位是燕国上将乐毅。我们是护送燕国质子公子稷回秦，还望几位让开一条道路，如何？"

靳尚这些年仕途得意，甚是养尊处优，人也变胖了，看上去倒是显得和气几分，当下只拱手慢腾腾地道："让路，自然是没有问题的。听说公子稷之母芈夫人，也是我楚国的公主，臣也应该前去拜见一二。"

赵胜意外地挑挑眉："哦？"

靳尚又看了看魏无忌，苦笑道："其余的事嘛，信陵君、平原君，你们郎舅至亲，自然是最好说话了，如何？"

乐毅上前一步问道："那我燕国呢？"

靳尚拱手笑道："自然是一体对待，一体对待啊，哈哈……"

当下这些列国在函谷关外的主事之人，便入了魏国营帐，共商着如何在秦国内乱之机，瓜分列国最大利益的事去了。

芈月等人便先安营扎寨，静候列强的商议结果。

直到月上中天，这列强诸国真正的统帅或者名义上的统帅，这才三三两两从魏国大帐出来，各自归营。

赵胜离了魏营，又钻入赵雍的营帐请示商议之后，才到了芈月营帐外求见。

芈月亦在焦急地等候信息，闻听赵胜到来，忙请了他进来。

两人落座，便见赵胜一脸无奈之色，芈月心头一紧，就自己开口先问道："平原君，今日列国商议，可有什么消息？"

赵胜轻叹一声，道："夫人可知，为何列国兵马都在函谷关外？"

芈月急问："函谷关内怎么样了？"

赵胜摇头道："很不妙。"

芈月一惊："怎么？"

赵胜道："我们原接到消息，说是惠后与王后争立自己的儿子，而诸公子不服。但既然秦惠文王有遗诏给公子稷，那么我们燕赵两国拥立公子稷继位，应该不是难事。可是如今秦国已经内乱了，不但惠后和王后打成一团，甚至全国上下，各郡县封地，都在自相残杀。"

芈月惊得站起："怎会如此？"当日庸芮言道，芈姝与魏颐不和，芈姝有嫡子壮，而魏颐已经怀孕，两人相争不下。但这种毕竟是后宫两个女人的小私心，且也只是嫡庶内部矛盾，有樗里疾在，当可平息。如何竟会引动诸公子之乱？

赵胜叹道："事情还是从原来封为蜀侯的公子恽开始，因为诸公子在咸阳争位，而公子恽自恃握着巴蜀之地，与惠后大闹，结果却被惠后诬其下毒毒害大王，将其夫妻二人赐死。"

芈月脸色铁青，从齿缝里迸出四个字道："愚蠢之至。"卫良人的长子封因为体弱多病，所以留在咸阳，自樊长使之子公子通死后，诸人视巴蜀为畏途，樊长使失宠多年，因此也护不住其子，被封到了蜀国去。不料公子恽竟是不曾死于巴蜀，倒死在惠后芈姝的手中。

赵胜叹息道："不错，诸公子齐聚咸阳，这时候只宜安抚，岂可以为杀鸡儆猴之举能奏效呢。结果这一举动令得诸公子人人自危，一夜之间纷纷逃离咸阳，回到各自的封地，拉拢臣下招兵买马，各拥郡县，与咸阳的王军展开厮杀，而咸阳军中，又分成拥护公子壮一派，和拥护魏王后一派……"

芈月皱眉问道："那樗里疾呢，难道压不住局面不成？"

赵胜冷笑："秦王一死，这边王后便要借秦王之'遗诏'，封公子华为上将军，那边惠后亦借着秦王'遗诏'，封公子壮为大庶长……"

芈月脸色一变，从牙齿缝里挤出个词来："愚蠢！"大庶长位高爵尊，形同国相，芈姝封公子壮为大庶长，那是不待群臣公议，就是先要将权力抢到手，可那摆明是要视樗里疾为无物了。怪不得庸芮说，樗里疾已经气病在床了。

赵胜又道："更有甚者……"

芈月颤声问道："怎么？"

赵胜道："巴蜀之地，因蜀侯恽被赐死，于是蜀中又起叛乱。而义渠那边所占十四县，也一起叛乱。"

芈月跌坐在地，在几案上撑着头，哑着声音问赵胜道："平原君，这么说，秦国已经……"巴蜀已失，再乱义渠，新君未立，诸公子各拥郡县，内忧外患，四分五裂。

果然赵胜亦道："内有叛乱，外有诸侯虎视，以在下看来，秦国已经完了。诸侯兵马在函谷关外不进去，恰是为了坐山观虎斗，不愿意浪费自己的兵马，坐视秦国自相残杀，到最后一刻再进去瓜分秦国，岂不是好。"

芈月颤声问："赵国也与他们商议好了如何瓜分秦国，是吗？"

赵胜无奈拱手道："赵国拥夫人回秦，是为了赵国利益。而此时若有对赵国更大的利益所在，我们亦是不得不改变计划。赵国儿郎亦是血肉之躯，若是能够少死些自家儿郎，何乐而不为呢？如今列国兵马，都列兵于函谷关外，赵国何能与列强相悖。"

芈月的手紧紧按在膝上，此刻她只想一跃而起怒斥这些趁火打劫的强盗们，但却不能发作，尤其面前还是她唯一能争取的力量时，她更要冷静。当下平息了一下心神，缓缓道："兄弟阋于墙，外御其侮，若是列国当真入了咸阳，秦人最是不屈，反而会联手共抵外侮，只怕列国的算计，未必成功。"

赵胜手一摊，无奈道："我们也没打算完全把秦国给抹掉了，秦国这么大，岂能朝夕灭亡，顶多只是列国瓜分大部分的国土，再各扶植一位公子，让秦国分裂成若干小国，继续内战而已。像巴国、苴国，都可以支持他们重新复国，再比如支持义渠等边境上的戎狄部族立国，甚至像庸公子这样原来的小国被秦国所灭成了封臣的，还可以恢复故国，甚至还可以请西周公回咸阳重建周室旧宗庙……"

芈月听得心胆俱裂，颤声道："你们、你们好狠的心，这是要对秦国蚕食鲸吞、赶尽杀绝了。"

赵胜却苦笑道："芈夫人，你别这样看我，我同你一样，也是今天刚到函谷关外，哪能有这么多思量？这是他们几个先到的国家商议的计策，我也不过是听了一耳朵拣几条过来转告于你罢了。"

芈月看着赵胜，缓缓地道："既然你们已经决定，你再同我说，又有何意？"

赵胜同情地看着她，摇头道："以在下之见，芈夫人，你与公子稷此刻已经没有进函谷关的必要了，此事既由赵国而起，我等当负责到底。你若要回燕国去，我便派人护送你们回去。你若不肯走，就留在我军营之中，等函谷关内打得告一段落，估计列国会各扶植一个公子给一座城池。魏国已经带了当初在大梁作人质的公子繇，楚国当是支持惠后所生的公子壮，若是你愿意留下，我赵国也当为你争取一座城池，如何？"

芈月却问道："魏国为何要支持魏媵人所生的公子繇呢？他生母低微，本身也不甚出色，所以才会被先王当成人质送出去。魏王后乃是魏国嫡出公子，她已经有身孕了，她生的儿子是秦王嫡子，魏王的外孙；再不济，魏夫人所生的公子华，也是魏国的外甥啊！"

赵胜一摊手，笑道："夫人，难道您还不明白吗？就因为他们的生母血统高贵，所以会容易成为秦国旧臣拥护的对象。公子繇在魏国多年，已经摆布得很听话了，若是换了公子华，他年富力强，岂不是个大麻烦！"

芈月又问道："惠后虽教子无方，秦王荡举鼎而死，公子壮嬉游无度不得人心，但毕竟也是先王嫡子。既有楚人拥护，恐怕会是赢面较大吧？"

赵胜叹道："是啊，楚人当真愚昧。楚王和他的母亲一味护短，根本不是站在国家角度去考虑，却不知便当真支持惠后母子上位，也对楚国没有多少好处。可若当真再出点什么事，他们必是搬起石头砸自己的脚。"

芈月轻击几案，看着地图，沉吟良久，忽然问赵胜："我若是两样都不接受，而要现在入函谷关呢?"

赵胜大吃一惊:"芈夫人，我虽是赵国公子，但是也必须站在赵国角度去考虑。赵国一个国家是不能和其他国家作对的，所以赵国军队也会跟其他国家军队一样，列阵于函谷关外。你若现在入函谷关，只怕无人护送，纯属寻死啊!"

芈月轻叹一声:"平原君，想来你也知道，我原本是楚人。"

赵胜点头:"是。"

芈月道:"可楚国已经无我容身之地了。但我的夫婿是秦人、儿子是秦人，在情在理，我都不能眼看着秦国四分五裂，被瓜分，被毁灭。我只想入函谷关去，尽我最后一份力量。"

赵胜轻叹一声:"夫人，你此番入秦，只有死路一条。"

芈月却道:"天底下的生路，都是从死路闯过去的。"

赵胜站起来，长揖一礼:"夫人的心胸，赵胜不胜佩服，我与谋臣们再商议一下，明日再答复夫人如何? 夫人也不必现在就决定，这一夜的时间，还请夫人再好好想想，若是改变主意，明日再说也不迟。"说着，他走了出去，急急去寻赵雍商议对策。

芈月独坐沉思着，过了一会儿，薛荔带着嬴稷掀帘进来，嬴稷见芈月一脸沉思，心中一惊，这样的神情，他在燕国时见到过，总是芈月下重大决策的时候才会这样。

莫名地，他从母亲这样的神情中感觉到一丝恐惧，为了掩饰这种恐惧，他扑到芈月的怀中撒娇道:"母亲，你怎么了?"

芈月看着儿子，轻轻地问:"子稷，明天你就要随母亲进函谷关了，你怕不怕?"

嬴稷抬头看着母亲，眼中满是信任和依赖，大声道:"母亲不怕，儿子也不怕。"

芈月遥望前方:"前面或者是刀山，或者是火海，退后一步，一辈子寄人篱下地活着，往前一步，或能粉身碎骨，也可能闯出一片天来。"

嬴稷伸出双手搂着母亲的脖子，叫道："不管前面是什么，只要母亲去哪儿，我便也去哪儿！"

芈月低头看着儿子一笑："是，我们母子不会失败的。"

次日，芈月便由赵胜和乐毅陪同，一一拜会列国使臣，陈说缘由。列强虽然不解她孤身送死的原因，但却也佩服她的胆气，便商议燕赵两国兵马留在函谷关外，由芈月母子在少量兵马护送下，进入函谷关。

自函谷关一路而行，很快便进入咸阳。

一路行来，战乱不止，芈月越走越是心惊。昔年她曾经与秦惠文王所到之处，举目可见农夫忙于耕作，市集秩序井然，军队纪律严明，百姓往来熙熙攘攘。

可如今举目所见，却是无数村寨架起栅栏，挖起壕沟，以邻为壑，戒防甚严，田野中没有农夫，市集上不见人烟，路边荒野到处可见的只有血迹、残尸和断刃，处处昏鸦号叫、野狼出没。

她忽然想到自己离开楚国的那一天，她看到曾经属于楚威王的国，在如今的楚王槐统治之下，边境不宁，百姓苦于战乱抛荒逃难，田野无人耕种，到处枯树昏鸦的状态。

或许在踏进函谷关的那一刻，她曾经是有过犹豫的，甚至曾经产生过后悔，可是当她进入秦境之后，越往里走，看到的场景越触目惊心，心中的决断却是越坚定。

她父亲的国，曾经繁华但却落在一个昏庸之君的手中被糟蹋，她如今无可奈何。但她丈夫、她儿子的国，亦曾经繁华，如今却被糟蹋成这样，她既然有机会可以去拯救，她如何能置身事外。

那一刹那间，她觉得她肩上沉甸甸的，要背负起的不只是她和嬴稷的国，而是他的父亲、她的夫婿，甚至是曾经为大秦付出过的历代先君和无数策士们的国。

"张子，我现在或可明白你当日的意思了……"忽然间，芈月心头浮上了当年张仪对她说过的一句句期望和鼓励之语，这个世间最聪明的人，他的眼睛真可以看破将来吗？当年她不过是个小小媵女，他何以肯定，她将来会承担得起大国之运来？承担得起列国纵横的命运来？

此时诸公子正在争抢地盘，主要就是为了抵御咸阳城中王军势力，虽知嬴稷母子归来，但见她有燕赵两国兵士护送，虽然人数不多，但却是一种象征，且嬴稷舅父魏冉在西北坐拥大军，也是一支要拉拢的力量，所以都不想无谓地多树敌人，人人只想巩固自己地盘，保住自己。所以一路上诸公子互相攻击虽烈，但虽不明嬴稷底细，也纷纷派出使者表达拉拢联合之意。芈月一一周旋，却并不承诺什么。

马车辘辘，进入了咸阳城中。

眼前依旧是咸阳大街，但昔日的热闹已经荡然无存，家家掩门闭户，整个街市上没有商铺，却时不时地见到地上的黑色血迹，街市的坊口高高吊着一具尸体。

芈月掀开帘子，看着这街市如同鬼域，不禁轻叹道："离开咸阳不过几年，却恍若隔世，想当初，这条街上车水马龙，熙熙攘攘，如今却如同废墟一般。想当年先王外拒强敌，内修国政，而如今却是街市横尸，血流沃野，商君之法荡然无存矣。"

庸芮也不禁轻叹，道："商君之法规定，若是私斗者，各以轻重论刑罚。盖因私斗者，非个人意气之争，乃是各封主指使手下兵马，为争田地、水源、财富而斗。国家若内斗成风，不亡亦亡。如今，这咸阳大街上的一切，便足以说明了，唉！"

芈月道："我记得当年与你在上庸城中初见面，你说，秦人不喜欢商君之法，因为恨其太过严苛。"

庸芮沉重地道："再严苛的法度，亦好过全无法度，世间若无法度，则杀人盈野，衣食不保，则世间没有安全之所了。所以……"他转头看着芈月，目光炯炯："若有人能于此时止杀戮，重兴商君之法，必得秦人拥戴！"

芈月停下马车，走了下去，四顾而望，问道："现在城中一片死寂，那原来城中的人，到哪里去了？"

庸芮道："如今王后占冀阙，惠后占蒉阳宫，各纵兵马，原来城中的人都逃到城外去了。"

芈月听了此言，眉头一挑："还称王后吗？看来王荡还没有定谥号？"

庸芮苦笑着摇摇头："都杀红眼了，谁还管得上这个。"又对芈月道："如今我们还是先去见樗里疾吧，然后再去取遗诏。"

两人正说着，听得一阵马蹄声喊杀声传来。

芈月抬头看了看前面，嘴角挂着一丝讽刺的笑容，道："看来，我们暂时无法与樗里疾会面，因为我们的故人等不及要来接我们了！"

只见前面出现一彪人马，向着芈月等冲来，一看便是属于王军之列。此时芈月身边尚有燕赵两国少量士兵以及庸氏家族的私兵，便上前挡住了这些人。

正是且战且退的时候，从两边的小巷中又蹿出一些人马来，交战混乱中，芈月、嬴稷、庸芮等因均被自己身边的护卫包围着与人搏杀，不知不觉便隔离开来了。

此时正是搏杀热烈的时候，芈月虽然心中焦急，三方也是极力企图靠拢，但终究还是太过混乱，反而越来越分开。

就在此时，不知何处又杀出一队人马，竟将芈月与庸芮、嬴稷等人的交战圈给隔断了。

那拨人马为首之人却道："芈夫人，我等奉命特来相救，请与我等冲杀出去。"

芈月此时身边的护卫已经越来越少，虽然不愿，却无奈对方人马太多，只截断交战圈之后，留少量兵马拖住众人，其余之人便裹挟着芈月和身边近卫，不由分说向另一处撤去。

待到庸芮冲杀出来之后，却发现芈月和嬴稷均已经不见了。而先后出现的两股交战势力也都已经撤退，现场只余伤亡护军，残尸遍地。

芈月与身边护卫被那股人马裹挟而去，直至一道冀阙之前，长长的甬道正中站着一排宫人，一乘小轿。见了芈月到来，为首的宫女上前行礼，道："我家主人有请芈八子上轿。"

芈月看了看身边的护卫，道："就我一人？"

那宫女笑道："芈八子但请放心，这些人，我们会有所安排的。"

芈月冷笑一声，掀开轿帘上轿，轿子转向走向冀阙，宫门开了，一行人走进去，宫门又关了。

此时，那队人马的为首之人一声冷笑，手一挥，芈月仅余的护卫便被一阵乱箭射杀当场。

芈月虽然坐在轿中，虽然隔了一道宫墙屏蔽了声音，但她多少也能够猜到那些护卫的下场，心中一声叹息，默念祷文。归秦路，必须多血腥，这一路行来，不知道要有多少人倒下，甚至下一个倒下的，也许就是自己。

大争之世，是最残酷的。


宫女带引着小轿，走在空落落的宫巷中。

小轿停在椒房殿前，宫女打起帘子，道："芈八子，请。"

芈月走下小轿，她脚上的鞋子上仍沾有咸阳大街厮杀时的鲜血，她步步行来，在干净的地面上，在轿子里，都留下了斑斑点点的血迹。

她抬头看着熟悉的宫门，一时竟有刹那的恍惚。

芈月定了定神，在阶前脱鞋，她的袜子上也不免沾上了血迹，那服侍她脱鞋的婢女看着她的袜子，不免犹豫了一下。芈月笑了笑，干脆连袜子也一并脱了，赤着脚走进了殿中。

她走进椒房殿，看到端坐在上首的便是如今的王后魏颐。

魏颐对芈月点头道："芈八子，好久不见了。"

芈月看了看，见魏颐身着素服，小腹微微隆起，依着时间数来，果然似是怀孕六七个月的样子，她行了一礼，道："见过王后。"

魏颐点头道："免礼，赐座。"她虽然怀着孕，但看上去却没有多少孕妇正常发胖的样子，反而比平时还更消瘦一些，显得肚子更加突兀。她虽然贵为王后，甚至可能怀着未来的秦王，但她的脸色似是极差，连厚厚的粉也掩不住憔悴之色。

芈月却不近前，只远远地坐在下首，道："不知王后接我来，却是何事？"

魏颐苦笑一声，忽然落下泪来，她拿绢帕拭了拭泪，道："先王宾天，百草凋零。未亡人苦撑大局，实是左支右绌。若不是舍不下这腹中的孩子，我早随先王去了。"她说着，声音便哽咽起来，再也说不下去了，只低头拭泪不止。

旁边的侍女见状，也陪着一起落泪。

芈月却不为所动，只道："我初回咸阳，发现人事全非，实是不胜惶恐。幸有王后接我进宫，不知有什么可以效劳，还请王后吩咐。"

魏颐挥了挥手，两边侍立的宫女退得只剩两个贴身侍女。

魏颐目光炯炯地盯住芈月："听说你一来，我那母后……"提到芈姝，魏颐就不禁一声冷笑，声音也变得尖厉刺耳，充满讽刺之意："可就寝食不安，非得派出兵马，要把你母子半路截杀。幸而我早有准备，派人把你救下。"

芈月淡淡道："多谢王后相救。"

魏颐看着芈月，逼问道："我听说母后如此紧张，乃是因为先惠文王曾给芈八子留下一封遗诏，不知这遗诏现在何处？"

芈月一脸平静地反问："遗诏？什么遗诏？王后是从何处听来，可知这遗诏是什么内容吗？"

魏颐观察着芈月的脸色，试探着问道："我也是从母后那里听来的，听说当年母后为了追查这遗诏，还毒杀了先惠文王的宦者令缪监。"

芈月却忽然急问："王后可知，那遗诏现在在谁的手中？"

魏颐见了她这副神情，不由得信心也开始动摇起来，将信将疑地问道："你当真不知此事？"

芈月苦笑一声，也掩面哽咽："若有遗诏，我母子当年何至于被赶到燕国为质，险些死于冰天雪地之中。"

此时两人互相做戏，魏颐辨不出芈月的真伪来，不由得陷入了沉思，喃喃道："若是连你也不知道，那遗诏会在谁的手中呢？"

芈月却抬头急问："真有这份遗诏吗？"

魏颐点头："当然。我打听到的消息不会有错，那缪乙说他亲眼见过那份遗诏，只可惜现在不知道在谁的手中。"

芈月又问："那遗诏上说什么？"

魏颐观察着芈月的表情，似乎有些放松了，试探着说："那遗诏说，先惠文王驾崩后，当传位于公子稷。"

芈月霍地站了起来，神情震惊之至，乃至于失控地叫道："那为什么会是这样的结果？先王、先王，你害得我母子好惨，你既然有传位子稷的心，为什么又临时改变主意？"

魏颐看着芈月失态，心中暗暗得意，若是如此，自己这边控制她便好说了，当下假意劝道："芈八子，请少安毋躁，这世间的东西，该是你的，总会轮到你头上的。"

芈月坐了下来，看着魏颐殷切地道："王后要妾身做什么？"

魏颐轻叹一声，忧愁地抚着自己的肚子道："先王早去，未立太子。照理说应该父子相继，母后应该辅佐于我，安定局势，等我生下这个孩子，才能够再立新君。可母后私心太重，欲擅立幼子，才惹得诸公子争位，如今秦国大乱，皆因无人有名分可以继位也。所以我听说先惠文王竟有此遗诏，真是喜出望外……"

芈月怀疑地看着魏颐，一脸不信地问："难道王后竟甘愿让我子稷来坐这个王位不成？"

魏颐长叹一声，道："我知道芈八子未必会轻易信我。可于我而言，先王驾崩，此时若能够平定局势，让诸公子罢争，我何惜让此王位。况且，我腹中孩儿到底是男是女，还未确定，但此时局势不定，杀声四起，我都不知道能不能够让他平安落地。我若助你为王，于你有恩，你我联手总好过其他人得势，伤我母子性命。"

芈月的表情这才放缓下来，露出微笑："王后既真心待我，我何敢不真心待王后。我亦可对王后承诺，王后若能全力相助我儿登上王位，日后王后生子，则当立为太子，十年之后，当传位于太子。"

魏颐微笑道："如此，你我击掌为誓。"

芈月道："好！"

芈月上前两步，两人正在击掌为誓，忽然听得外面有呼啸之声。

一个宫女匆忙跑进来，道："王后快走，缪乙勾结惠后，已经攻入宫来了。"

魏颐一惊，跌坐在席上，叫道："她是怎么进来的？"

那宫女道："宫中有秘道，贼人潜入秘道打开了外面的宫墙之门。"

顿时众宫女一拥而上，扶起魏颐，魏颐顿足道："走。"又看芈月一眼："你可愿与我一同撤离？"

芈月点头："那是自然。"

魏颐顿时松了一口气，便率宫女和芈月转到宫后，自廊桥撤退。

芈月跟随其后，亦自廊桥跑过，忽然间她似觉察了什么，驻足向前看去。

却见廊桥下宫巷尽头，芈姝坐在翟车中，在众人簇拥下刚刚转出来。

忽然间她抬起头，看到了芈月。

两人遥遥想对，恍若隔世。

但见芈月冲着芈姝笑了一笑，忽然便消失于廊桥。

芈姝见状，似要喷出血来，她站了起来，指着芈月消失的方向，厉声尖叫道："给我抓住她，抓住芈八子，我重重有赏！"


魏颐带着芈月，在侍卫们的保护下且行且退。不料就到了西宫门附近的时候，忽然一队内侍宫女尖叫着哭闹着冲出来似要逃避状，乱七八糟的顿时将队形冲散，便是魏颐的心腹内侍大声喝叫弹压也是无效。魏颐被众侍女护着，倒也无妨，只是一转眼间，却不见了芈月。

魏颐失声尖叫起来："芈八子呢，怎么不见了？"

侍女战战兢兢地答："王后，方才奴婢等护着您，顾不上芈八子……"

话犹未了，已经被魏颐一掌掴在脸上，尖叫道："你们这些蠢货，若无芈八子，我们拿什么同那老妇去争？"

宫女们俱不敢答，魏颐心腹宫女清涟忙劝她道："王后，惠后已经攻进来了，事情紧急，咱们先避一避吧。再说，这宫中的控制，有魏夫人在，不怕找不到人去。"

魏颐无奈，顿了顿足，只得放弃。这时候前面的宫门已开，马车在外相候，魏颐急忙上车，会合魏琰去了。

却说芈月在混乱之际，被一群内侍宫女冲到面前，她心知有异，迅速退离魏颐身边，果然一个宫女挨近她的身边，低声道："芈八子，请随奴婢来。"

芈月听出她的声音十分熟悉，恰正是唐夫人的侍女绿淇，当下更不犹豫，随着她在混乱中而去，转了几个弯，到了一间小院中，却正见到了唐夫人。

唐夫人一身黑衣，站在槐树下，看着芈月微笑："季芈妹妹，好久不见了。"

芈月看到了她，心中也平静了下来，看着唐夫人亦是微笑："唐姊姊，好久不见了。"

一阵风吹来，槐花落下，唐夫人张开手掌，托住了几片落花，送到芈月面前，轻叹："花开花又落，故人终回，不胜欣喜。"

芈月拈起花瓣，微笑："故人重逢，不胜欣喜。"

唐夫人郑重敛袖行礼："我奉庸夫人之命，相迎未来国君母子。"

芈月亦郑重敛袖还礼："多谢庸夫人，子稷无恙，在安全的地方。我盼能早见庸夫人，受诏聆训。"

唐夫人点头，转而取出一块令牌，吩咐："玄鸟卫何在？"

忽然听得一个声音道："在！"声音虽然同声，但应答的人都绝非一人，虽然均都压低了声音，但这么多人一起应声，却也令人有些震惊。

随着声音，却从廊下、树后等阴影处，走出数十名黑衣护卫来，芈月认得清楚，这些人果然与当年嬴稷在承明殿时身边的护卫气宇服饰相似。

芈月吃惊地看着唐夫人："唐姊姊，你……"她当真是没有想到，素日在宫中如同隐形人存在的唐夫人，竟然才是玄鸟卫的执掌者。

可是一回念来，心中却是释然，宫中后妃来自各国，鱼龙混杂处，如缪监这样的内侍，就算再有通天的本事，也不能尽防范到。而唐夫人这样无声无息的存在，才是秦惠文王真正放心后宫的原因吧。怪不得当日他要将自己交托于唐夫人。而唐夫人的拒绝，估计也是不愿意将自己从隐形的状态中变得显眼吧。

唐夫人将玄鸟令交与芈月，道："此令原是庸姊姊叫我代掌，如今我把它交给你，让玄鸟卫护你前去见庸姊姊。"

芈月接令，郑重一礼，就要转身忽然想到了什么，停住脚步转身向唐夫人道："唐姊姊，你……"

如今芈姝、魏颐都在搜寻她，她这一走，若是让她们知道是唐夫人相助，那唐夫人岂不危险？

夕阳西下，映得唐夫人一身白衣也泛上一层金边，她微微一笑，郑重敛袖："今日一别，或不能再与妹妹相见，若妹妹得偿心愿，我儿子央，当托妹妹照应。"

芈月心头一震，转身急回拉住唐夫人的手："唐姊姊，我们一起走。"

唐夫人摇头："不成的，得有人拖住她们。"

芈月哽咽："可为什么是你……"

唐夫人镇定微笑："因为只有我，才能够掌控剩下来的事情。"

芈月道："为什么要舍命救我？"

唐夫人道："我不是救你，是救我自己。既然我不可能成为最后的胜利者，那我不如救一个值得我救的人，能够记得住我的付出，善待我儿子的人。"

芈月道："你是为了子奂？"

唐夫人道："我是为了子奂，也是为了庸姊姊，也是为了先王，这三个我生命中最重要的人。"她将一枚玉佩递给芈月，"这一代的墨家巨子唐姑梁是我的族弟，如今你拿这玉佩去见他，他当明白这其中的意思……"

芈月诧异："唐姊姊，他能帮我？"

唐夫人道："既入墨门，世俗的家族交情恐怕于他无用，讲的只能是利益。当日他的女儿唐棣曾入宫与我相伴，大王与他换佩，信物暂留我手。你若许可，就把他的女儿唐棣订为你儿子的妃子，如何？"

芈月点头："既是大王之意，我岂有不遵之理。"当年更换信物，订下的唐姑梁之女与秦公子的婚约，如今事情有变，则这个婚约要变成未来秦王与墨门之约，唐姑梁岂有不愿，岂有不尽力之理。

一名玄鸟卫奉上卫士之服，唐夫人与芈月在厢房更衣，芈月换上了卫士之服，唐夫人却换上了芈月的衣服，她再以面纱相掩，两人身形相似，不到近前，是万不能发现有异的。

天黑了下来，芈月与众玄鸟卫一身黑衣，掩于黑暗之中，更显得无声无息，藏影匿形。

她离开小院的时候，回头看去，唐夫人一身白衣，犹如夏日最后一朵栀子花，开到极盛处，发出最后的幽香，夜幕之后，明日不复存在。

第二十二章　穷尽处

西郊行宫，一队黑甲骑士飞驰而入，一直到了正殿台阶前才停下来。队伍分开，一人越众而出，取下黑色头盔，长发如瀑落下，正是芈月。

魏冉从殿内迎出："阿姊！"

芈月惊诧地看着他："小冉，你如何在此？"

庸芮从魏冉身后走出，道："是我通知魏将军在这里等你的。"他向芈月拱手："芈夫人，阿姊已经在殿内久候了。"

芈月将头盔交给魏冉，往里走去："你们在外等着，我去见庸夫人。"

正殿之中，庸夫人着青翟衣，副笄六珈，端坐正中。

芈月吃了一惊，这身衣饰，显然应是秦惠文王昔年继位为君，她身为君夫人时之礼服，此时穿上，意义不言而喻，她镇定心神，走上前去拜见道："见过庸夫人。"

庸夫人点了点头："季芈，你能够有勇气来，我很欣慰，先王总算没有看错人。"

芈月不语，对于这份迟来的遗诏，她盼望欣喜，更怨恨抵触，她对先王的情感太过复杂，反而不如庸夫人纯粹忠实，只说了一句"先王？"

而表示疑问。

庸夫人点头："先王的确留下了遗诏，传位于公子稷。"

虽然这个消息芈月已经从别的地方听到过，并且心中也有数了，可是真正面临被确认的时候，她仍然受到了极大的冲击。

芈月掩住脸，抑住夺眶而出的泪水，百感交集，是愤懑还是委屈，或者是一个长久以来的悬疑得到了解脱，可是却没有庸夫人想象中的感动和快乐，这件东西来得太晚，只余怨恨。

芈月勉强平定了一下心神，向庸夫人问："我知道，此时问这样的话，已经毫无意义。可是我真的很想问问，夫人可知道，在先王的眼中，我和子稷，到底算什么？"

就算她已经压抑住怨恨，但庸夫人仍然可以听出她话语中的不甘心来，长叹一声，道："你不要怪先王，他也是不得已……公子荡居嫡居长，多年来是他认定的储君，亦是众人眼中认定的储君。公子稷的年纪太小，你的能力被他认可的时候太迟了。他是考虑过你们，并且筹谋过，但最终他的病来得太快，他没有时间去安排更换，他不能冒着让江山动荡的危险。到最终的时候，他先是君王，然后才是众多后妃的夫君，和二十多位公子的父亲。这封遗诏，其实只是他最后的不甘心，留下来也只不过作万一的考虑，但是这种万一的考虑，甚至是连他自己也不愿意发生的。把这个遗诏留给我，但他最终是希望什么事也没发生，到我闭眼的那一天，把这封遗诏给烧了。"

芈月苦笑："一个临死之人的突发奇想，可是却制造了无数的麻烦。他以为留这个遗诏，只是一种临终的不甘心，甚至是无用的。可是遗诏的存在已经泄露了，若无这个遗诏，甚至惠后也不会如此逼迫于我，甚至我与子稷可能与其他公子一样，得到一小块封地……"

庸夫人也长叹："本来这道遗诏很可能永远不会面世。可是莫不是老天也在捉弄人，晋文公重耳流亡了十九年，人生将至绝望，才等到晋国的王位空缺而得以复国。我大秦献公，更是流亡了二十九年，才重返王位。可是谁能想到，年富力强的新王荡，会亲自去做这等市井搏力之事，自己把自己玩死。只区区五年时间，秦国的王位，就空出来等你们回来了。莫非这真是天意吗？"

芈月肃然道："我从来不相信什么天意，天地若有灵，不应该夺我父母，令我流离失所，多年来命悬一线。我只相信，若不能夺我之命，不管在什么样的情况下，就算是天地，我也要与它争上一争。"

庸夫人点头道："好，不愧是先王看中的人。"

说着，庸夫人站起来，缓缓脱下两层的外衣，走到芈月面前道："你把衣服脱了，把我这件衣服穿上。"

芈月惊诧地看着庸夫人手上的衣服，似有所悟道："这件衣服……"

庸夫人眼睛扫过屋内显得纷乱的竹简衣箱，点头道："先王宾天以来，孟芈派人搜过我这里多次，甚至亲自来了两三次，这里的一草一木都被她细细搜查过了。只是我就坐在她面前，她却拿我无可奈何。"

芈月问："遗诏在衣服上？"

庸夫人却将手中的衣服分离，将最外面一套扔在地下，将中间一层白衣递给芈月，道："准确地说，在这件中衣上。所以她每次来，看我穿的衣服都不一样，虽然把我所有的衣服都拆开检查过了，却最终还是没敢真的直接脱我的衣服……"

芈月站起来，脱去盔甲，穿上庸夫人的中衣和外袍，庸夫人帮芈月穿上衣服，在绣着纹饰的衣领处捏了捏，意味深长地看了看芈月。

芈月会意地看过，若无其事地穿上衣服，又帮庸夫人穿上衣服。

庸芮的声音在外面响起："阿姊，孟芈的人马追上来了。"

芈月一急："来得好快……"芈姝来得这么急，莫不是唐夫人已经……她心头一紧，不敢再想下去了，忙道："庸夫人，我们一起走吧。"

庸夫人却道："不，是你走，我不走。"

芈月惊诧地问："为什么？"

庸夫人淡淡地道："我们必须要有一个人留下来，拖住她的注意力。"

芈月道："那也犯不着夫人留下来，夫人，你可知唐姊姊她或许已经……"

庸夫人点点头，道："我知道，欲成大业者，怎么能没有牺牲。你去吧，先王选定的人是你，我盼你早日接位，平定内乱，驱逐外敌，兴我大秦。"她拍了拍手，玄鸟卫们进来，向着庸夫人行礼。庸夫人指了指芈月道："你们见过芈女君。"

芈月诧异地望向庸夫人："夫人……"她为何称自己为女君？

庸夫人道："先王遗诏，立你子为储，你自然算得是女君了。"说着，郑重向芈月施了一礼，道："玄鸟卫乃是先王为太子时，我与先王一同训练的。先孝公驾崩后，先王因曾被流放，亦有诸公子试图夺位，也是幸得玄鸟卫之助，方能坐稳王位。"

芈月道："我曾听说缪乙毒死缪监，除了打听遗诏之下落，其次就是为了夺取玄鸟卫。"

庸夫人轻叹一声，道："玄鸟卫本来就是先王流亡时的游戏之举，芈后已经正位，何须再掌控玄鸟卫。时移势易，连国策都要不断变化，更何况玄鸟卫本就是奇兵偏门，只能倚仗于一时，历代君王都要根据自己的国策而调整。先王的玄鸟卫，自当随先王而散。只是先王遗愿未了，才暂时由我执掌。如今我把玄鸟令暂交给你，希望将来，你能够训练出只属于你自己的亲卫来。"

芈月行礼道："谨受教。"

此时庸芮、魏冉等人亦进来，带着芈月从地道离开。

芈月等人离开以后，庸夫人整了整衣服，端坐下来。

但听得外头的声音越来越响，不久之后，便有内侍急报，说是惠后已经率军前来，到了宫外。


却说芈姝闯入冀阙，却是魏颐已经在护卫拥护下逃走，她大肆搜寻冀阙，寻找芈月，却被唐夫人伪装引向歧途，不但不曾找着人，还与魏琰在冀阙潜伏着的人打了一场，她气急败坏，调来重兵将冀阙重重包围，层层推进，方在一间小院堵上了唐夫人，直至此时，她才知道芈月早已离去，一直牵制着她的是唐夫人。

唐夫人言毕自尽，芈姝大怒，此时甘茂也已经赶来，预料到芈月所去方向，应该可能就是庸夫人所居西郊行宫，当下就先派了快马急行军赶到西郊行宫，将行宫包围。

芈姝方坐了马车，赶往西郊行宫。

此时西郊行宫的大门已经被杜锦率人攻破，缪乙在前领队，芈姝带着大队护卫，杀气腾腾闯入西郊行宫。

一路上杜锦却低声禀报，方才西郊行宫各处都奔出一队黑衣人来，向着不同方向逃离，他已经派人跟了上去。芈姝却问："那庸氏可还在?"

杜锦忙道："庸夫人并未离去。"

芈姝冷笑："这个老弃妇未走便好，我如今要一个个收拾过来，连她也休想再逃脱。"

一路行来，直至正殿。

芈姝在众人簇拥下闯入正殿，见庸夫人端坐在上首，看着芈姝微笑道："孟芈，别来无恙乎?"

芈姝看着庸夫人青翟礼衣、副笄六珈的打扮，忽然笑了，她迈过门槛，一步步朝着庸夫人走去。

缪乙狗腿地上前想表示探察，被芈姝一手推开。

芈姝走到庸夫人面前，坐下，她看着庸夫人恶毒地微笑着："我真是看错你了，我一直以为你只是先王的一个弃妇，没有想到你居然还隐藏着这么大的野心。"

庸夫人表情平静得近乎漠视："我与先王乃是结发夫妻，我与他之间并不在乎是否在一起，也并不在乎他身边那个后位到底是谁在坐着。我知道他这一生，有许多女人，但魏王后也罢，你也罢，都只不过是政治的交易品而已。他真正信任的人，只有我一个。他临终前，交代我一些事情，我现在把这些事情交托了，也可以随他而去。"

芈姝听了此言，如同被扇了一耳光。她整个人顿时颤抖起来，尖叫道："你、胡说、胡说……先王喜欢的人，是我，是我——我才是他的王后，我才是将来百年之后，与他同墓而葬共享配庙的人；只有我和他的儿子，才能继承大秦的江山，传之后世……"

庸夫人轻蔑地笑了一笑："事情真相如何，你心里最清楚，不是吗？"

芈姝忽然冷笑起来："你想刺激我，扰乱我的心神，让我忘记来这里的真正目的，是吗？可惜我是不会上当的。我问你，芈八子在哪儿？先王的遗诏在哪儿？"

庸夫人反问："先王的遗诏在哪儿，对你有用吗？如果真有这道遗诏，你是奉不奉诏？你若是不奉先王的诏令，你口口声声以先王遗孀自命，拿先王来当令箭，又是何等虚伪！你这样的人，又有什么资格，与我论先王的情真和情假？"

芈姝素来骄纵自负，从来不曾将其他的女人放在眼中，可是此时在庸夫人面前，虽然明知自己是大秦母后，对方不过是个弃妇，可是不知道为何，在庸夫人举手投足的强大气场下，竟会产生自惭形秽，甚至愿意俯首称臣的感觉来。这样的感觉，她之前只有在秦惠文王面前才会产生。而眼前的人，怎么可以让她产生这种感觉？！

她痛恨，她大怒，她不能容忍。她猛地站了起来，气急败坏地叫道："你以为这样就能够阻止我吗？我不妨告诉你，我进来之前，整个西郊行宫外围都被我包围了，她就算插翅也飞不出去。来人，给我搜！"

之前，她虽然数次前来寻衅和寻找遗诏，但不知道为何，接近庸夫人的身边，她就会有畏怯之意，所以数次前来，到了关键时候她总会气馁而放弃。而此刻，她已经知道自己一败涂地了，在这个女人面前，她败了。

她真的很想把眼前的人狠狠推倒在地，踩上一脚，看着她脸上的笑容是不是还这么嚣张，她很想让她跪下来向自己求饶，让她崩溃、绝望，让她在自己面前，不要再露出这么居高临下的眼神，她才是惠后，她才是先王正式的妻子，入祖庙，共陵寝，万世列名在一起。

庸夫人漠然闭目，不再理睬她。

缪乙带着随从，在整个西郊行宫进行搜索，各个房间的宫女都被赶出来，站到大殿外，环抱着手臂，瑟瑟发抖，可是搜遍全宫，既没有芈月，也没有遗诏。甚至连他们先头部队明明互相交手过的魏冉和庸芮都不见了。

缪乙气急败坏地将情况向芈姝禀报，芈姝大怒，冲到庸夫人面前，待要发作，但她忽然止住了脚步，似想到了什么，轻轻地笑了起来。一伸手，向侍女道："你们拿镜子来。"

侍女忙奉上镜子，芈姝拿起镜子，嘿嘿冷笑一声，将铜镜递到庸夫人的面前，道："老虔婆，你睁开眼睛，好好看这一面镜子，你知道你自己有多老多难看吗？先王爱你？哈哈哈，先王爱你什么，先王是爱你的鸡皮鹤发，还是爱你的齿摇发落啊？就你这样的老弃妇，随便来个人哄哄你，你就真的上了当，你知道外面的天是什么，地是什么？就算有遗诏又怎么样呢？我的长子已经继位为王，我的次子也将继位为王，我的孙子也快要出生了。你真可怜，抱着一个男人的谎言，自欺欺人，孤苦伶仃这么多年，就算死了，也是个孤魂野鬼，无人祭享。你拿什么跟我比，我正青春年少时，得到君王的宠爱，成为一国之母天下皆知。我的儿子成为太子，成为君王，如今儿孙绕膝。我配享他的庙号，千秋万代在宗庙里成双成对，享受子孙的祭祀……"

庸夫人睁开眼睛，凌厉地看了芈姝一眼，芈姝在这眼光中不禁往后一缩。

庸夫人却又闭上了眼睛，轻蔑地道："你得不到——"

芈姝道："我得不到什么？"

庸夫人道："你得不到子孙绕膝，也得不到宗庙配享。你没有教好你的儿子，让大秦陷入内战，你是秦国的罪人，你最终将什么也得不到——"

芈姝终于忍不住发作起来："好，敬酒不吃，你倒要吃罚酒。我也不必问遗诏在哪里，更不必问芈八子在哪儿，也不必问你有什么算计、什么筹谋。这个世界上，所有的爱啊恨啊，所有的盘算和不甘，都比不上权势，能够把你们一把抹平。"她拂袖站起，走到门口停住，嘴角露出一丝残忍的笑："缪乙！"

缪乙连忙上前应声听命，芈姝的眼光瞟向庸夫人，傲慢地提高了声音道："你听着：西郊行宫因宫人举火不慎而失火，片瓦无存。"

缪乙道："是。"

庸夫人端坐不动。

缪乙便很快行动起来，行宫的宫女内侍们被宫卫们驱赶进了一间间屋子里，又被锁上了门，惊慌失措的宫女们拍打着门，尖叫着，哭喊着。

那些芈姝手下的内侍虽然执行着命令，见此惨状，也不禁脸上露出恻然之色，掩着耳朵匆匆跑开。

芈姝走出大殿，站在台阶的顶端，左右四顾，见西郊行宫周围几处烟火已起，夹着宫女们远远飘来的尖叫声，哭骂声。

芈姝回头望去，缪乙手持火把，向着殿内掷去，一会儿殿内的帷幔已经烧着，远远可见庸夫人端坐在正中，闭目不动，大火很快将整个正殿吞没。

庸夫人的侍女们伏在她的身边，一动不动，俱是垂泪。

忽然间，为首的白露抬起头来，轻声歌道："阪有漆，隰有栗。既见君子，并坐鼓瑟……"

众侍女也止了哭声，抬起头来，跟着白露轻轻和声："今者不乐，逝者其耋……"

歌声传出正殿，渐渐传开，那些被关在房内哭叫咒骂的宫女们也听到了这歌声，也都慢慢地停下哭叫，跟着和歌：

"阪有桑，隰有杨。既见君子，并坐鼓簧。今者不乐，逝者其亡……"

芈姝已经步下台阶，忽然听到歌声，她惊恐地回过头来，看到大火已经将庸夫人和她的侍女们吞没，可是庸夫人的脸上，仍然保持着一丝轻蔑的笑容。

歌声越来越响，歌者越来越多，声音汇成一道合流，在火光摇曳中，更显得飘忽不定：

"既见君子，并坐鼓簧。今者不乐，逝者其亡……"

芈姝尖叫一声，整个人软倒在缪乙身上，闭上眼睛不敢再看现场，颤声道："走、快走……"

缪乙扔掉最后一根火把，匆匆跑下，扶着芈姝上了马车，仓皇离开了西郊行宫。

行宫秘道中，几名黑衣玄鸟卫在前面举着火把引路，庸芮紧随其后，中间是芈月、魏冉手执长剑，随后护卫，最后面又是几名玄鸟卫执刀警戒跟随。

众人一边走着，一边有土粒掉下。

魏冉挥开掉在芈月头发上的土粒，一边问："走了这么久，还没走出吗，这秘道有多长？"

玄鸟卫首领道："这条秘道原是预防行宫被人包围，用来脱身的。只挖到行宫外并不保险，所以要挖更长。"

芈月点头道："这秘道要走多久？"

玄鸟卫首领道："大约要走一个时辰左右。"

芈月点点头，忽然皱了皱眉头，问道："什么气味？"

魏冉也闻了闻，道："好像是着火了的烟味。"

玄鸟卫首领脸色一变，抬头看了看，似乎想到了，面露痛苦，却没有说出来，反而加快了脚步，道："芈夫人，我们快走。"

庸芮却忽然站住，扶着秘道的手也颤抖起来，他深吸一口气，咬牙也快步前走："走、快走！"

芈月也已经想到，失声道："庸姊姊——"

她站住欲回头看去，庸芮却一把抓住她的胳膊，近乎粗暴地挟持着她快步向前走，道："快走，快走！"

不一会儿，秘道后面也开始传来一缕缕青烟，众人顿时一齐奔跑起来。

也不知跑了多久，芈月扶着墙边大口喘息，庸芮也在喘息着。

魏冉走到芈月面前蹲下身子道："阿姊，我背你走。"

芈月摇摇头，道："地道太矮，你背着我走更不方便。"

一名断后的玄鸟卫忽然说道："烟气没有了。"

这秘道虽长，但每隔一段路程便有通风口，若是西郊行宫着了火，这烟气自然也是要透过通风口进来，如今这烟气已经没有了，玄鸟卫首领便判断道："我们已经离开西郊行宫有一段距离了，夫人，快点走，前面应该离秘道出口不远了。"

芈月回头望去，也不知道离开行宫多久了，从这烟火气中，她也能够预料到庸夫人和西郊行宫的人遭遇了什么，她跪下来，恭敬地朝着来时的方向行了三礼，方站起来，一咬牙，继续往前走去。

也不知道走了多久，眼前秘道仍然朝前行去，那玄鸟卫首领却道："且慢。"他在壁上抚摸了一会儿，扒开土堆，一推开却是另一扇门，道："夫人，请走这边。"

魏冉诧异："前面不是还有路吗？"

那首领道："前面的路是通到咸阳城中的，这条路，才是离开咸阳的。"这边引了芈月进入这条岔道，又留下两人，让他们将诸人行踪掩盖了，然后继续沿着这条路前行，一路上留下痕迹，引开追兵。

一行人又走了一段路，这路越行越窄。不久之后，那首领便推开顶上的木门，一跃而上，先观察了一番周围情况，方道："夫人，外面没有人，可以出来了。"

于是前面几个玄鸟卫也跟着一跃而上，依次拉庸芮、芈月、魏冉上来，最后殿后的其他玄鸟卫中人出来。

芈月举目看去，这秘道出口却是一间农舍的杂物间，一块破草席胡乱铺在泥地上，此时已经掀开，露出洞口来，旁边却是扔着几件旧锄破犁之类的农具，还有大堆乱柴。

最后一名卫士出来之后，便用木板合上洞口，盖上泥土，又掩上破草席子，再将那些农具劈柴堆上，便掩了众人痕迹。

芈月走到窗口，向外望去。农舍外面是一个小农庄，散落着三三两两的破草棚泥屋。远处几个老农在晒太阳，有一些孩子跑来跑去。

更远的地方，黑烟升腾，火光熊熊。

一夜过去，天色已亮，那玄鸟卫派出几人，悄悄打探回来，说是王宫禁军在这一边来回搜查，只怕要多加小心。

正说着，那派出去的几人俱都回来了，说村口来了禁军，众人便躲在柴堆后面观察，却见一队秦兵驰入农庄，惊得几名老农伏倒在地，小孩才哭了一声，就被老农紧紧地掩住了口。

秦兵在整个村子驰骋来回，将村子中的老老少少都从屋子里赶了出来，细细盘问，可有陌生人出入村庄，又到各屋子里去草草搜查一番。

村人自然是不知道所为何事，答得也是茫然一片，那秦将又细细将村口出入痕迹看了，也无印迹，咸阳城外这样的村庄甚多，自然也不多问，便走了。

玄鸟卫首领伏在窗口，紧张地看着外面秦兵远去，才站起身来道："夫人，他们已经走了。"

魏冉道："他们必然还在附近搜索，我们等到晚上再出去。"

芈月点了点头，道："子稷怎么样了？"

魏冉道："已经依阿姊吩咐送到安全的地方了。"

芈月点了点头，道："你的兵马何在？"

魏冉道："孟芈和魏氏防我甚紧，我的营帐只能驻在大散关一带，这次只随身带了一些亲卫过来。唉，不晓得他们有几人能够脱身。"

芈月转头向玄鸟卫首领问道："我们如何离开？"

玄鸟卫首领躬身道："等天黑以后，我们会护送夫人和将军前往大散关。"

芈月转向庸芮道:"庸大夫,你呢?"

庸芮道:"等你们走后,我先回咸阳,再带人去西郊行宫,为我阿姊……收殓。"

芈月默默向庸芮行了一礼。

夜晚,整个农庄寂静一片,只偶尔几声狗叫。芈月等人悄悄潜出农庄,分头没入黑暗之中。

荒原上,芈月和魏冉等人骑马飞奔,数日之后,便已经到了魏冉预定的接应地点,就有一队校尉等候,见了魏冉便急忙道:"魏将军,不好了……"

魏冉勒住马,惊问:"怎么了?"

那人禀道:"惠后派人将我们前往大散关的必经之道给封了。"

魏冉跳下马来,连声咒骂。

芈月问魏冉:"现在还有何办法?"

魏冉踌躇道:"若是只有我一个人,无非杀出一条血路来罢了。只是我们这么多人,只怕无法通过……"

芈月叹道:"我们先在这里休息一下,再作商议。"

众人也都跳下马来,拉着马避到小树林处。

芈月坐在地下,抬头看着月亮,玄鸟卫首领取出水壶来准备递给芈月,却犹豫了一下,才道:"夫人,天寒地冻,此处又不敢生火,这水恐怕寒得很,您要不要……"

芈月苦笑一声,道:"这时候哪里讲究得这么多?"

芈月正欲接过水壶,却被魏冉挡住,魏冉从怀中取出一只水壶递给芈月,道:"阿姊,你喝这个。"

芈月一怔,看了看魏冉半敞开的胸口,倒吸一口凉气。她不接水壶,反而先替魏冉牵好衣襟,责备道:"你这孩子,你当阿姊是什么人,喝冰水又能怎么样? 你若受了寒, 可怎么得了?"

魏冉笑了笑, 在黑暗中露出一口大白牙, 道: "阿姊, 我在军中, 若遇上埋伏, 伏在雪地里几天也没事。倒是阿姊你……"

芈月一瞪眼, 道: "我怎么了?"

魏冉不敢再说, 只是憨笑着又把水壶递给芈月, 道: "阿姊喝一口吧, 要不然又要冰冷了。"

芈月接过壶, 却先递到魏冉嘴边, 道: "你先喝吧。"

魏冉只得喝了几口, 又递给芈月。芈月喝了两口, 将水壶放入自己怀中。

魏冉急了: "阿姊你……"

芈月看着他: "下次若再这样, 阿姊也会同样做, 听到了没有?"

魏冉垂头丧气地道: "是, 阿姊, 我再也不敢了。"

芈月坐了下来, 拍拍地上, 道: "你也坐吧。"

魏冉坐下, 却又说: "阿姊, 我还想再喝两口。"

芈月看出他的心思, 将水壶又还给了魏冉。

魏冉喝了两口, 又递给芈月说: "阿姊再喝两口吧。"

芈月拍了拍魏冉的脑袋, 抬手又喝了两口, 才把水壶扔给魏冉: "喝完了, 你的小心思也收了, 是不是?"

魏冉憨笑两声, 转了话题: "阿姊, 你可有办法了?"

芈月看了看远处, 道: "当务之急, 就是要你回到军营中, 要不然, 只怕芈姝会派人接管你的军营。"

魏冉冷笑一声: "我的军中, 除了我, 谁能接管。"

芈月沉吟: "看来, 她要堵的是我。干脆你我分头行事, 你一个人可能冲过重围回你的军营?"

魏冉自信地道: "哼, 就凭妖后的手下, 还无人能挡得住我。"

芈月道: "好, 剩下的人护送我继续走。"

魏冉道: "阿姊要去哪儿?"

芈月怔了一怔："去哪儿?"她的脑海中，忽然想起临行前黄歇的话，若是你万一不利，还可以回楚……

她咬了咬牙，将这句话用力抛开，不，她不回楚，她绝对不可能这样回楚。

此时就听得魏冉道："阿姊，你是要去见义渠王吗?"

芈月一怔，忽然问他："义渠王的军队，是否已经逼近萧关了?"

魏冉见她如此一问，眼睛一亮，喜道："阿姊，你是不是……"

芈月点了点头，忽然自嘲地一笑。

自秦惠文王死后，义渠王便有些不甘臣服的样子，只是嬴荡一心东进，无意西征，所以甘茂息事宁人，赠以厚礼，才安抚住了义渠王，只是扰边掠民之举，在所难免，也只能当看不见了。

到秦王荡一死，义渠十五县俱都拒绝再称臣，甚至义渠王还坐拥雄兵，一路东行，大有趁火打劫之势。

此时赵燕两国军队在函谷关外，只凭魏冉手中兵马，芈月难有必胜之局，但若是加上义渠王的人马，那就可以改变格局了。

当下两人分头行事，魏冉先去大散关军营，调集人马，而芈月去萧关外，去见义渠王。

一路上，历经艰险，遭遇伏击无数，终于遥遥见到义渠营寨，不想就在此时，芈姝派来的兵马也已经追至。

一行人且战且退，直往西边而行。此时芈月身边除玄鸟卫外，还有魏冉分出的小股兵马，但终究人数悬殊，渐渐人数越战越少。

眼见义渠军营将至，后面追随的秦将乐池勒马，将手一挥道："放箭!"

副将一惊，阻止道："将军，若是活抓，功劳更大!"

乐池斜看他一看，冷笑道："若是逃脱，就什么也没有了。放箭!"

顿时箭如雨下，芈月身边的护卫纷纷倒地。

芈月惊呼道："玄九、玄十七……"

玄九中箭，一口血喷出，却用尽全力嘶叫着道："夫人，快走！"

眼看着身边一个又一个的护卫落马。

芈月心胆俱摧，却咬紧了牙关，继续催马。

箭继续飞射着，她身边的护卫一个个落马倒下，最终所有的护卫都伤亡殆尽。

芈月的马中了一箭，长嘶着加快了奔驰，连她的手臂也中了一箭，只能伏在马上随马而驰，已经无力驾驭马匹。

忽然一阵箭雨自反方向射来，追击的秦兵纷纷落地。

芈月的马长嘶一声倒下，芈月被这一摔，才有些清醒，勉强抬起头来，她蒙眬的视线中，只见前面一片营帐，没有旗帜，旗杆上面挂着成串旄尾。

几个义渠士兵在她眼前晃动。

芈月提起最后的力气，勉强说了一声"带我……见……义渠王……"，就陷入一片黑暗中。


义渠王帐，油灯中的灯芯晃动着。

芈月睁开眼睛，看到的就是满脸络腮胡子的义渠王。

义渠王咧开嘴笑了："你醒了。"

芈月有气无力地笑了笑："我就知道，运气在我这边，我就能活着见到你。"

义渠王道："胡说，你只是受了小伤，哪里说到死啊活的。"

芈月嫣然一笑，忽然道："你想不想我？"

义渠王怔了一下，还是很直爽地点头："想。"

芈月招了招手，义渠王不解其意，但还是把头伸了过去。芈月用手撑着身体坐起来，伸手揽住了义渠王的脖子，轻轻地吻上了他。

义渠王愣住了，只能凭着身体的本能热烈地还吻，好一会儿，两人才分开，芈月喘息着倚在义渠王的怀中，轻轻地笑了一下，道："我还活着，真好。"

芈月伏在义渠王的肩头，眼泪流了下来，她张口在义渠王的肩头咬了一口，咬到渗出血来，义渠王"哎呀"一声，拉开芈月道："你疯了吗？"

却见芈月抬起自己的胳膊，对着自己的手臂又咬了一口，举着渗着血的胳膊，流着眼泪笑着道："你会痛，我也会痛，我们都还活着。活着，真好！"

义渠王倒吸一口凉气，将芈月紧紧地抱在怀中，道："你怎么了？"

芈月轻声说道："把我抱得紧些，再紧些，我很冷，很冷……"她一边笑，一边眼泪却不停地流下。

义渠王没有说话，只是一只手将芈月紧紧地抱在怀中，另一只手却将帐中所有的毛皮都拉过来，一层层地盖到芈月的身上。

芈月抬头，吻上义渠王。

当追兵将至的那一刻，她看着身边的人一个个倒下，死亡的阴影笼罩在她的头顶，离她如此之近。她的手臂中箭，血不断流着，身上渐渐变得寒冷，整个人对身体的控制渐渐失去。那一刻，她发现自己是前所未有地软弱和前所未有地畏惧，她跌下马，她昏迷，她醒来，可是她甚至不知道，自己是否真的活着，自己是否还在噩梦中，是否她太期望见到义渠王了，所以产生了幻觉。

她感觉到寒冷，她迫切需要热量取暖；她感觉到死亡，她迫切地想抓住什么，想用什么事来证明自己还活着，她需要生命的感觉。

她紧紧地搂住义渠王，撕扯着他碍事的衣服。义渠王也在热切地回应着她，让她真真切切地感觉到，那有热量的身体，那有着生命力的肌肉与她紧紧相贴。他的心在跳动着，然后她才感觉到了自己的心跳。

他们撕扯着，搏斗着，如同两只原始的野兽。此刻天地之间，只有这种最原始的生命力在跳动着。


凌晨，阳光射入王帐，也射在芈月的脸上。

芈月睁开眼睛，似乎一时有些错愕，不知身在何处。她环视周围一圈，然后看到睡在她身边的义渠王。芈月的眼神变得复杂，她看着义渠王，伸手想抚摸他，手却在接近义渠王脸颊的时候停了下来，她掀开盖在身上的毛皮，拽过自己散乱在外面的衣服，一件件穿了起来。

义渠王不知何时已经睁开眼睛，看着芈月穿上衣服，却没有动，也没有说话。

芈月没有找到自己的中衣，翻开毛皮堆找着。义渠王忽然在芈月背后开口道："你在找什么？"

芈月的手僵了一下，声音冷静地道："我的衣服。"

义渠王坐起，一边披衣一边问："为什么不等我醒来？"

芈月没有说话。

义渠王道："昨晚……"

芈月忽然打断了他的话，急道："昨晚只是一桩意外罢了。我只是……"

义渠王却道："我知道。"

芈月一动不动。

义渠王已经站起来，走到芈月身后，抚上芈月的肩头，轻声道："我明白。我第一次单独带兵出去打仗，跟着我的弟兄死了好多，我难受得很，也怕得很，一闭上眼睛看到的都是他们的尸体……"

芈月的手有些颤抖。

义渠王从身后将芈月揽入怀中，叹道："只有实实在在地抱住一个人，才能确定自己还是活着的，是不是？"

芈月坐着不动，好一会儿才说道："我要走了。"

义渠王问："走，你想去哪儿？"

芈月道："回咸阳。"

义渠王道："为什么要回咸阳？"

芈月道："我从燕国回来，就是为了回咸阳。"

义渠王道："咸阳有很多人想杀你。"

芈月自嘲道："是啊。"

义渠王道："这里离咸阳很远，你特地跑过来，难道什么也不说，就要走吗？"

芈月轻叹道："我本来想说的，可现在不想说了。"

义渠王问："为什么？"

芈月缓过头去，抚着义渠王的脸，苦笑道："我已经深陷泥沼，不能自拔。但是，你没有，你可以置身事外。"

义渠王忽然笑了："这天下是一个棋局，每个人都是棋子，谁又能置身事外。"

芈月道："那么，你想怎么样去做呢？"

义渠王道："你想要什么？"

芈月道："大秦的江山。"

义渠王沉默不语。

芈月站起来，看了看帐内，问道："我的衣服呢？"

义渠王问："什么衣服？"他似忽然想到了什么，恍然道："你昨天身上又是血又是土的，我让侍女帮你换了，换下来的衣服应该是拿去洗了。怎么，有东西？"

芈月脸色一变，急了："快去找回来！"说着，她已经冲了出去。

她跳起来，就向外冲去，义渠王只得匆匆裹上衣服，也追了出去，正看到芈月在营帐之中乱转着，忙拉住她道："你如何能找得到，我带你去吧。"

说着便召来近卫，问得芈月的衣服昨日换上，刚才正由白羊和青驹两名侍女拿到河边去洗了，当下两人忙赶了过去。

此时，白羊和青驹两名侍女正在小溪边，边洗衣服边说闲话。

青驹不耐烦地道："秦人就是娇惯，这么冷的天，洗什么衣服。哟，好冷。"

白羊抖开衣服劝道："大王喜欢那个女人，又有什么办法。啧啧，这种衣服一扯就破,根本就不能御寒,还经不得脏,一脏就要洗。哪像我们穿毛皮,一年四季脏了拍拍就是,都不用换,更不用洗。"

青驹哼了一声:"那个秦女的胳膊腿儿细得跟芦柴一样,我一拳就能打断。真不知道大王喜欢她什么。"

两个侍女一边发牢骚,一边抖开衣服,一件件地放下去捶洗。

芈月远远地看到那白羊正抖开那件庸夫人的衣服准备去洗,连忙尖叫一声道:"放下,放下那件衣服。"

白羊不妨这一吓,她的手一抖,那件衣服竟然落在小溪中顺着水流漂下。

芈月飞跑过来,见衣服顺水漂走,她直接跳下小溪,就要跋涉过去抢那衣服。水流湍急,险些滑了一跤。

义渠王此时已经赶到,忙道:"你站着别动,我去帮你拿回来。"说着,便解下腰间的鞭子,挥鞭将已经顺着水流漂走的衣服卷了回来,又跳下小溪,将芈月抱起,转身上岸。

芈月抱住衣服,重重地打了个喷嚏。


义渠王抱着芈月进了王帐,芈月跳下来,拔出义渠王的小刀,将衣领挑开,拉出长长的一卷帛书来,仔细看了后,才长吁了一口气,道:"还好。"她拿着诏书,小心翼翼地在火炉边烤了一会儿,直到烤干了诏书为止。

义渠王好奇地看着芈月捧着帛书发怔,从她手中接过诏书,仔细看去,见诏书只是湿了左下角,有点墨迹晕开显得发黄,几个字显得模糊了,但仍依稀可辨。诏书右下角的大红印玺和左上角的"传位于嬴稷"等字样依旧清晰。他扬了扬诏书,问道:"这个,就是遗诏了?"

芈月"嗯"了一声,回过神来,反问道:"你怎么知道的?"

义渠王放下遗诏,道:"惠后早派人来过义渠了,她说,如果杀了你,或者把你交给她,就给我一千车粮食,一千匹绢,一万金子,还割让五个城池，准义渠立国。"

芈月冷笑一声："她倒是很慷慨。"

义渠王道："老巫派人打听过了，听说是因为秦国的老王，给你留了什么遗诏，想来就是这个了。你们周人真奇怪，争王位靠的是兵马，留这么一块布，有什么用？"

芈月接过遗诏，苦笑道："是啊，它若是有用的时候，敌得千军万马，若是无用的时候，也不过是一块破布罢了。"

义渠王诧异地道："你不会以为，有了这个东西，就可以去争秦王的王位了吧？"

芈月道："若再加上你的兵马呢？"

义渠王忽然不说话了。

芈月看了义渠王一眼，道："我知道，一个勇士可以为了心爱的女人去做任何事。可是一个王者，却没有什么事，能够比他的部族更重要。若是为了他的部族，他可以让心爱的女人去死。"

义渠王却冷笑道："那是你们那些无用的周人才会这么做，一个男人若保护不了自己的女人，连男人都不配做，更何况王者？"他目光炯炯看着芈月："你若是留在义渠，这世上若有人敢伤你，除非踏着我的尸体过去。"

芈月道："可是，我若要离开义渠，要你帮我，却是不能，是吗？"

义渠王忽然站起来，走了出去。

芈月看着义渠王的背影，手中不自觉地将诏书揉成一团。


芈月在义渠营帐中慢慢养伤，那几个中箭未死的玄鸟卫也让义渠人救了回来，亦在养伤之中。

义渠王仍然未曾做出答复，芈月便也不催他，就在义渠营帐中慢慢看过来，见义渠人弓马娴熟，举止悍野，的确是草原雄师，不同凡响。心中暗叹，这样的兵马，与同样数量的普通秦兵来作战的话，只怕秦兵难是敌手。

只有这些年唐姑梁为秦人装备的弩弓，或可对义渠兵马起到一定的阻击作用，但是光凭以前的车战，只怕是远远已经落后于这些马战之师了。

她慢慢地逛着，看着，走着。

义渠老巫佝偻着身躯，倚着营帐边，眯着眼睛晒太阳。晒着晒着，他感觉面前的太阳似乎被什么挡住了。

老巫睁开眼睛，看到了站在他面前身着胡服的芈月，他看了一眼芈月，又闭上了眼睛。

芈月蹲下来，与老巫平视。

老巫睁开眼睛，张着嘴咿咿呀呀地说着义渠老话，芈月一句也听不懂。

芈月却笑道："老巫，您别装了，我知道您听得懂我说的话。您要是不懂周人的话，这么多年来，您又是凭什么给义渠王出主意、做判断？"

老巫没有说话。

芈月又道："告诉我，义渠要什么？芈姝能给的，我一样能给，甚至更多。而且，我相信我对于你们的诚信，应该比芈姝来得高。"

老巫忽然笑了，他挂着拐杖吃力地站起来，蹒跚地走着。

芈月站起来，跟在老巫后面走着。

老巫却忽然站住，用变调的雅言，嘎嘎地笑道："你又何必问我，其实你自己早就知道，是不是？"

芈月怔在那儿，看着老巫一步步走远。

她知道，这一场较量，她没赢。


草原上，两骑飞驰，天边一行大雁飞过，义渠王张弓搭箭，射着了一只飞着的大雁。

芈月也张弓而射，另一只大雁落在地上。

义渠王夸奖道："你的箭法不错啊。"

芈月笑道："不能与你相比，是你先射中前一只大雁，后一只大雁却是为了想救前一只大雁而飞低了，才让我射着的。"

她自那日与义渠王提起相助之事以后，义渠王没有答应，她也没有催。

她试探过老巫，但同样也被老巫试探。

而她与义渠王此刻的僵局，却是急需打破。嬴稷在咸阳城中，生死未卜，而魏冉在大散关外，也在急切地等着她的消息，她必须要有所行动。

但见义渠王骑马过去，拾起两只大雁，举在手中看了看，道："这大雁一大一小，想来不是母子，便是父子。"

芈月轻叹道："禽犹如此，何况于人。"

义渠王道："你又在想什么？"

芈月道："我在想我的儿子。"

义渠王道："你可以把他接过来，我会把他当成我的儿子，甚至我还可以答应你，我能帮助他当上义渠人的王。"

芈月道："他是秦人的王，也只会做秦人的王。"

义渠王没有说话。

芈月拨转马头，大声道："如果你不愿意帮我，我现在就走，不会再在这儿浪费时间。"

义渠王沉默着。

芈月挥鞭，骑马跑开。

跑了很远的一段距离，义渠王仍没有动。

芈月又拨转马头，跑回义渠王的旁边，冲着他大吼道："你在犹豫什么？你臣服了秦国又反叛，你趁火打劫占据了秦国的城池，为什么你不再进一步，为什么你又驻兵在这里不动？你就是想和诸侯国一样，隔岸观火，想看着秦人自相残杀，想看着秦国真正四分五裂不可救药以后，再出来瓜分一小块地盘。可你为什么不想想，只要你伸出手来，跟我的手握在一起，就能够得到更多。"

义渠王忽然开口道："那又怎么样？我可以跟这个世界上任何一个人做交易，可我不想跟你做交易。"

芈月怒问："为什么不能？"

义渠王道："因为我从来没把你当成交易的对象，或者对手，或者伙伴！我只想……让你做我的女人……"

芈月怔住了，她一句话也不能再说了，此刻，多一句话，都是对两人关系的越界。

她拨转马头，飞驰而去。

夜晚，义渠王睡着了。

芈月看着义渠王的睡容，他睡得毫无心机，睡得毫无防备。她裹上厚厚的毛皮，走出帐外。

芈月站在帐外，看着点点星空。

如果说来义渠之前，她的确是有借助义渠王之力的心思，而这份心思中，多多少少是有些恃着义渠王对她的感情的话，那么就在她死里逃生之后，出于对生命濒死的恐惧和活着的确认，而和义渠王发生了感情之外的关系后，她不想这么做了。

因为此刻再拿感情去请义渠王相助，那就已经不单纯只是感情了，那是玷污。

可是义渠王却从那一夜之后，对她的感情有了一种新的企图，这是她无法回应的企图。她想努力把他们之间的感情推到原来的位置，所以她宁可和他谈利益，谈交易。

可是他却不愿意。

但是，他是义渠王，他不能任性地只拿感情去做豪赌。就算他想，她也不敢承担。就算他想，整个义渠也不能答应她。

不知何时，老巫已无声无息地出现在她的身后。

芈月却不意外，只轻叹一声，道："老巫，听说草原上的规矩，一个大部族的族长死后，如果娶了对方的遗孀，就等于接收了这个部族，对方的儿子，也成了自己的继子。对吗？"

老巫像虾一样弓着身子，低低咳嗽。

芈月轻叹："我一直不知道，原来你想要的，是整个秦国。"

老巫的声音嘶哑："苍天赐给我们草原，却赐给你们城池。草原上勇猛的武士，一个能够敌得过三个周人，可是草原的民族，就像草一样，今年的草再旺盛，一场风暴，一场干旱，就什么都没有了。没有了草，牛马就会死去，部族就会挨饿，勇士也要向弱者屈膝。又或者，整个部族都会消失掉。但周人却永远有麦子可吃，永远能够在城池里活下去，一个部族又一个部族消失了，但周人却仍然越来越多。"

芈月道："你想让部族和周人一样，草场枯死了，还有永远的粮仓，勇士们走进城池，一代代延续部族的血脉，对吗？"

老巫没有说话，只是一直在咳嗽。

芈月看着老巫，心情渐渐平息了。如果这是义渠的要求，这是老巫的要求，甚至这就是义渠王最终的要求，这对于她来说，反而更容易答应。任何时候，利益总是比情感更好还。

义渠王轻叹一声，掀开帘子走了出来："怪不得老巫说，你跟他一样聪明。"

芈月抬头看着义渠王，问道："我们要成亲吗？"

义渠王道："你做我的妻子，我帮你儿子成为秦王。"

芈月看着义渠王，一颗心终于慢慢平静下来，点了点头，却道："不过，我要留在咸阳。"

义渠王点头："我知道，你要代你的儿子，管理你的部族。"

芈月看着义渠王，一字字道："大秦会是你永久的粮仓，你还能得到兵甲和铁器，有了这些东西，你就可以统一草原。"

义渠王微笑，握住芈月的手，两手相握，心手相连，郑重地道："是我们一起，统治秦国，统一草原。"

芈月点头："好。"

义渠王忽然纵声大笑，抱起芈月，转了好几个圈，笑声几乎令得全营帐都听到了："太好了，哈哈哈，我终于等到你答应了……"

根据老巫卜得的吉日，这一天在义渠营地外，搭起了一个小小的土堆，妇女们采来鲜花摆放，勇士们将猎到的鹿羊兔等放到土堆下面。

黄昏的时候，长长的牛角号吹起，义渠王和芈月穿着义渠特色的盛装，各自被身边的武士和侍女们簇拥着，在老巫的指挥下走上高台。

老巫咿咿呀呀地念着芈月听不懂的祝词，芈月照着义渠王的动作，跪、起、再跪、拜、起、三跪。

侍女和武士各捧上一碗烈酒，分别送到义渠王和芈月的面前。

义渠王割破手腕，将血滴在碗中，芈月也依样割破手腕，将血滴在碗中。

义渠王将自己的酒喝了半碗，递给芈月喝下。芈月也将自己的酒喝了半碗，递给义渠王喝下。

老巫喃喃念着，手中用人骨敲着响鼓。

义渠王将酒一口饮尽，拿起芈月的手，将她手上的伤口合在自己手上的伤口处，与芈月两手相握，高高举起。

他们四目相对。芈月眸光闪动，似喜非喜，眼神里有深思、有信任，也有真诚的欢喜和一丝不易觉察的哀戚。义渠王紧紧地握着她的手，注视着她的眼睛、她的唇角、她的面颊，眼里灼亮得像有火在燃烧。

两人贴在一起的手腕上血仍在流出，混成一团，到伤口凝结的时候，她的伤口中有着他的血，他的伤口中也有着她的血。自此，他们血肉相连，结为夫妻。

土堆下的义渠部族男女老少们一起高声欢呼。

鼓乐声起，天色暗了下来，一团团篝火燃起，义渠部族的男女老少们围着篝火跳起舞来。

　　义渠王拉起芈月，也加入到跳舞的人群当中。老巫观察着芈月，她跳着和大家一样的舞步，带着一样欢悦的笑容，似乎已经融入义渠人当中了。

# 第二十三章

# 太后始

一队秦国兵马奔驰入义渠营帐。

义渠王帐里，一抬抬的黄金和锦缎抬上来。

乐池抱拳道："小臣乐池，参见义渠君。"

义渠王点点头："乐将军少礼。"

乐池在一边介绍道："惠后说，一万金先奉上三千金，五百绢，余下的等芈八子入了咸阳以后，再行奉上。这是五个城池的印玺和地图，请义渠王查收。"

义渠王面前的一个托盘里，放着五个印玺和五卷地图，他翻着手中的竹册，道："好，我们收了礼物，自当把人犯交给你们。"说着拍了拍手，后边的帘子掀开，四名武士押着戴着铁链的芈月出来。

乐池眼睛一亮，道："多谢义渠君。来人，把人犯带走。"

义渠王却道："慢着。"

乐池一惊，提防道："怎么？义渠君想反悔？"

义渠王却道："人可以送到咸阳，但东西没有到手，就必须要我们的人押送。到了咸阳时，等我们的人马驻进了这五个城池，我就把人交给你们。"

乐池犹豫道："这……"

义渠王道："人跟着你们一起走，你们还怕什么？你们周人一向诡计多端，我们只是以防万一罢了，所以要亲自押送人去，如果你们反悔，我就把人给杀了。"

乐池苦笑道："可是……"

义渠大将虎威却伸出厚实的大掌，拍了拍秦将的肩头，低声劝道："你真笨，你们那个什么后的，是不是还缺少兵马啊？"

乐池一震，转头看向虎威，眼睛一亮："虎威将军之意是……"

虎威咧嘴憨厚地一笑，低声道："我们带着兵马去，帮你们打架，好不好？等打赢了，也不多要，再给我们五个城池，一万粮食，怎么样？"

乐池眼珠子不停地转动，犹豫半晌，终于对着虎威伸出的手一击掌，大声道："好!"

当下双方议定，由义渠人押着芈月等人进咸阳，一方面是方便当场交割，另一方面也可以作为芈姝争位的助力。

次日，义渠营帐拔营而起，秦军和义渠人的兵马押着马车，长长的马队穿过草原，直驰向咸阳。


咸阳殿。

芈月锁着铁链，在义渠王和乐池的押送下，一步步走上台阶，走进殿中。

芈姝和魏颐分坐于上首两端，看着芈月一步步走进来，站到阶下。

芈姝掩盖不住发自心中的愉悦，大笑起来："好妹妹，你终于回来了，我可等了你很久啊。这阶下囚的滋味如何？"

芈月抬头，看到脸色惨白的魏颐，看着得意洋洋的芈姝，笑了一笑，道："看来，惠后您已经制服魏王后了。"

芈姝得意地摸了摸魏颐的脸，故作慈爱地道："我们本是一家人，她还怀着我的嫡亲孙子，就算是有什么争执，可是真正到了最关键的时候，我们还是会联手的。"

魏颐躲了一下没躲开，脸色更是难看，她捂着肚子敌视着芈姝，却不敢说话。

芈月却笑道："是吗，那魏夫人呢，公子华呢？还有公子奂、公子池、公子雍、公子㻫等许多其他公子们呢？"

芈姝挥挥手不在意地道："只要咸阳在我手中，只要我儿能够登基，其他人的势力，不过灰飞烟灭罢了。"她站起来，一步步走下台阶，走到芈月面前，道："只要你儿子死了，只要遗诏没有了，那我就不怕任何人了。"

芈月讽刺地道："阿姝想得太天真了。以为把咸阳城一闭，就可以自己称王了吗？"

芈姝咯咯大笑起来，道："妹妹可知，你已经被押进咸阳好几日了，为何我今日才要见你吗？"

芈月淡淡笑道："自然是为了与义渠人交接五个城池之事了。"

芈姝忽然大笑起来，笑得捂住了肚子，喘不过气来："可怜啊可怜，世间最可怜的人，莫过于妹妹这样已经身处悲剧，却不自知的人。"说着直起身来拍了拍掌，缪乙便送上来一个木盒，她指着木盒恶意地道："妹妹可知，这盒中是什么东西？"

芈月不动声色，问道："是什么？"

芈姝道："这是今天早上才送过来的，好教妹妹得知，蒙骜将军前天破了你弟弟魏冉的营帐，魏冉兵败逃走，可是你的宝贝儿子却……"

芈月脸色一变，道："子稷，子稷怎么样了？"她转向缪乙手中的木盒道："难道是……"

芈姝拖长了声音道："缪乙，将这心肝宝贝，还给他的母亲吧。"

缪乙端着木盒走到芈月面前，掀开盒盖，赫然现出一颗少年的头颅。芈月只看了一眼，立刻脸色惨白，转过头去扶柱而吐。

芈姝冷笑一声，得意地道："妹妹怎么了，是不是后悔了？就凭你，也想跟我争？从小时候争父王，到争先王，到争儿子的位分，你哪样都输给我，不是吗？"

芈月抬起头来，看着芈姝，眼中悲愤，也有怜悯，道："你把别人的儿子杀了，还拿孩子的人头给母亲看，做这样残忍的事，有没有将心比心地想过？"

芈姝冷笑一声："成王败寇，夫复何言？"

芈月却忽然道："那么，你有没有看过，这人头究竟是谁？"

芈姝一惊，急冲上来，一看人头，脸色立刻变了，尖叫起来："缪乙，这人头是谁，我叫你拿的人头呢？"

殿后忽然传来一声讽刺的笑声。魏琰大摇大摆地走出来，身后的侍女采萍也捧着一个木盒。

魏琰一指道："把这个送过去吧。这个，才是公子稷的人头。"

采萍端着木盒，走到芈月面前，将木盒放到芈月面前的地上，打开盒子，道："芈八子不必着急，这才是你的人头。"又抬头对芈姝笑道："好教惠后得知，公子壮如今正在我们营中，与公子华兄弟友爱，必无大恙。"

芈月坐在那儿一动不动，似乎被眼前的事情打击到还未回过神来。

芈姝却已经大惊失色道："你说什么？我的子壮，我的子壮如何会到了你们手中？"

魏颐木然坐在上首，看着芈姝，表情尽是讽刺。

芈姝看到魏颐的表情，似乎明白了什么，忽然站起来，直冲向魏颐道："是你，是你这贱人——"

她没有冲到魏颐身边，就被缪乙拉住了。

芈姝不能置信地看着缪乙道："你、你这狗奴才，你竟然背叛我——"

芈月冷笑一声："看来，缪乙你出卖主子，一次比一次熟练了。"

芈姝忽然明白过来，指着缪乙颤声道："你，莫不是你出卖了我的子壮？"

魏琰纵声大笑起来，指着缪乙笑道："惠后啊惠后，你能予他的，不过是富贵；可是富贵之外，这个人贪求的可多呢。"

缪乙亦恭敬道："惠后，大王已去，公子壮亦是难以扶植。不如魏夫人有公子华，魏王后怀着先王子嗣。您大势已去，何不垂拱而坐，颐养天年。"这个滑头的内宦，却是心里早有算计。他毕竟投靠芈姝已迟，虽然惠文王宾天前后，芈姝倚仗他的地方甚多，可是自芈姝与魏王后相争以来，屡屡怪他不够出力，甚至已经准备叫人替换他。他到这份上，为了自己的利益，也不得不另作打算了。

且他的短处捏在魏夫人手中甚多，而公子华与魏王后等也私下给他不少利益，更兼他与公子壮身边的心腹寺人缉不和，若是公子壮上位，他岂不是要看寺人缉这个后辈的脸色，他又岂肯甘心。因此在魏夫人拉拢之下，他就果断地出卖了公子壮，顺便拿寺人缉的人头来出出气。

方才送上来的，便是寺人缉的人头罢了。

魏琰哈哈大笑，毫不客气地登上主位，走到魏颐身边坐下，慈爱地抚着她道："好孩子，委屈你了。"

魏颐冷笑一声，没有说话。

芈姝看到魏琰，忽然从疯狂中冷静下来，尖叫一声道："来人——"

随着她这一声呼唤，从殿外冲进一大队武士，举着刀枪剑戟围了上来。

魏琰身后，也涌出一大队武士，双方形成对峙。

芈姝忽然转身一掌打在拉着她的缪乙脸上，又重重地啐了一口。缪乙嘿嘿冷笑，抹去脸上的浓痰，却放开芈姝，恭敬地朝魏琰行了一礼，退后。

芈姝披头散发，拔出剑来喝道："你以为这点人马就能跟我斗吗？义渠王，将这两个贱人拖下去乱刀分尸。"

魏琰却笑吟吟地搂住了魏颐道："惠后啊惠后，你还是这种老脾气，遇事只顾撒气，却不思后路。"

芈姝脸色铁青地问道："什么后路？"

魏琰的手轻抚着魏颐的肚子，笑道："惠后，先王虽然死了，可你还有孙子，你照样是最尊贵的惠文王后。你也别怪我，我和王后这么做，只是为了自保而已。"

魏颐虽然在王位争夺上也不由自主地卷入，但本性的直率还是让她厌恶地拂开魏琰的手，道："杀人的是你，别扯上我。"

魏琰笑吟吟地道："惠后，太医说了，王后这一胎必是男的，再过一两个月，我们的新王可就要出世了，如何？"

芈姝木然坐下，愤然道："你、你好狠毒的心。"

魏琰的神情掠过一丝悲凉，转眼即逝，笑道："惠后，是你步步紧逼，我也是不得不为。子华被你派的杀手所伤，如今生死不知。你毒死蜀侯恽，又派人去魏冉军中劫杀公子稷，甚至你若不是顾忌我，只怕连阿颐母子都不想留下来吧。你这么疯狂杀人，都只是为你儿子公子壮继位铺平道路吧。我若不控制住子壮，你又如何会停止杀人。"

芈姝含恨的眼神，看向魏颐的肚子。魏琰暗自心惊，连忙提醒道："王后腹中，可是先王之子，您的孙子。如今公子壮不愿意继承王位，若再没有这个孩子，您打算让子华继位吗？"

芈姝疯狂大笑，笑得眼泪都出来了："好、好，魏氏，你够狠。你挟持子壮，想让我无路可走；你挟持着怀孕的王后，又让我投鼠忌器，不得不听你摆布……"

魏琰冷笑道："你不也是一样吗？你挟持着阿颐，用来克制魏国，你派人暗杀子华，也是为了断我后路。你做初一，我做十五，谁也别强过谁。"

芈姝看向魏颐，冷笑道："好，王后，你也不是个软弱的女子，也不用摆出这样一副任人摆布的样子。你肚子里还有一个儿子，你为了他也得刚强起来。"

魏颐瞪大眼睛看向芈姝道："你说什么？"

芈姝道："我答应你，可以等你儿子出世，立他为新王。你能活，你儿子也能活，但是，魏琰不能活。"

她忽然扯下腰间悬的玉佩，在地上用力一摔，帐后侍卫尽出。

魏颐身边的侍女忽然出刀，魏琰向后仰去，她身后的侍卫连忙挡住，就这么一会儿工夫，魏颐的侍女已经挟持魏颐站到芈姝身后，而缪乙也被另一名侍女重重踢下台阶，迅速被芈姝的侍卫制住。

芈姝和魏颐站在一起，魏琰站在另一边，双方护卫迅速交起手来，直杀得血流遍地。

魏琰且战且退，忽然间一指芈月道："把她抓起来！"

魏琰身边的侍卫就想去抓芈月，义渠王上前挡住，冷笑道："这人还是我的，你们却动不得。"

魏琰急红了眼，叫道："义渠王，孟芈许你什么，我便也加倍许你！"

义渠王呵呵一笑："只可惜，她许我的，却是你不能许我的。"说着挥剑一砍，便将芈月身上的锁链砍断，又递了一把剑给芈月。

义渠兵亦是应声而上，将芈姝和魏琰的人马逼到了角落尽头。

忽然间外面一声断喝："大王到——"

芈姝与魏琰惊诧地回头，却见殿外涌入一队武士，拥着樗里疾、甘茂、庸芮、司马错等人率文武群臣走上殿来。

芈姝扔下长剑，放开魏琰，竭力做出威仪的神态来，道："樗里疾、甘相，你们为何而来？"

樗里疾手中捧着锦盒，道："臣奉惠文王遗诏，迎新君继位。"

芈姝望向魏颐，脱口道："新君尚未出世，哪儿来的新君？"

樗里疾却转向殿外，率众鞠躬道："臣等恭迎大王登殿。"

咸阳殿外，武士如海潮般分开，魏冉、唐姑梁拥着身着玄衣纁裳、头戴冕旒的嬴稷一步步登上台阶，走进咸阳大殿。

群臣朝着嬴稷一起行礼道："臣等参见大王。"

芈姝和魏琰的表情都如同见了鬼一样。

芈姝失声惊叫道："你、你不是已经死了吗……"说着，不由得看向芈月脚边的木盒。

芈月却冷笑一声，此刻已经有两名宫女，为她披上了锦袍。

嬴稷走到高高的台阶上，居高临下看着芈姝、魏琰等人下令道："送惠后、先王后、魏琰回宫。"

芈姝满脸不甘，但面对武力悬殊，却只能眼睁睁怒视嬴稷，绝望地挣扎着叫道："你们放开我，我是惠后，魏王后腹中的才是储君，才是储君……我绝不承认，绝不承认……甘茂、甘相，你们都哑巴了吗……"

甘茂一脸无奈地看着芈姝，拱手道："惠后，大势已去，您，就回宫去吧！"

芈姝脚一软，就要倒下，被身边两名兵士扶住。

芈姝、魏琰等被押下。

芈月亦退到侧殿之中，卫良人率众宫女迅速为芈月披上翟衣，插上副笄六珈。

当芈月走出侧殿，准备登殿之时，宫殿的另一侧，侍卫们押着芈姝、魏琰、魏颐等出来。

芈月与芈姝的眼光遥遥相遇，芈月微笑颔首，芈姝咬牙切齿，满心不甘地被带走了。

芈月与嬴稷端坐大殿之上，接受群臣参拜。

樗里疾率群臣跪拜行礼道："臣等参见夫人、参见大王——"


天气越来越冷了，雪花开始飘落。

内侍和宫女们拥着芈月的车驾经过宫巷。

此时，在一间宫室内，芈姝和魏琰披头散发，各据宫室的两端，如野兽守护着地盘般互相恶狠狠地看着。

半晌，魏琰忽然大笑起来："想不到啊想不到，你我争了大半辈子，最终，却都为他人做了嫁衣。"

芈姝冷笑道："那也是我楚国女人赢了，你们魏国输了。"

魏琰讽刺道："是吗？那你如何和我一样，也成了囚徒？"

芈姝强撑着气势道："哼，那又如何。我才是嫡出正室，就算她儿子登上王位，也要奉我为嫡母……"

魏琰嘲笑道："真是难得。"

芈姝虽然知道她必说不出好话来，仍然不禁问道："难得什么？"

魏琰冷笑道："人年轻时一时愚蠢不打紧，能蠢上一辈子，才叫难得。若有谁敢像你待芈八子一半的手段对我，我都恨不得咬死她，你怎么如此天真，以为谁活该一辈子对你屈膝低头，逆来顺受？"

芈姝大怒道："哼，我怎么样不用你来操心，我却是知道，你是死定了的。"

魏琰反讽道："未必，我的子华还活着，我就还有机会。况且魏国兵马在函谷关外，我便是魏国的人质，这个时候的秦国，可没胆子跟魏国撕破脸。倒是你，楚国只要有一个人在秦国代表楚国的利益就够了，既然芈八子已经上位，你就没有再活着的必要了。"

芈姝被激怒，扑上去与魏琰撕打起来，一边骂道："你这贱妇，胡说八道，我先杀了你这贱妇。"

魏琰也还手与芈姝撕打起来，叫道："你这恶妇，你如此愚蠢，居然还能压在我的头上，我忍了你这蠢货大半辈子了，现在不需要再忍了。"

两人正撕打着滚成一团，门忽然开了，芈月站在门口，看着撕打着的两人。

两人同时停住。

魏琰轻轻推开芈姝坐正，忽然笑了起来："芈八子，看着我们这样狼狈，是不是觉得这样很开心啊？"

芈月走进来，看了身边的侍女一眼，两名侍女上前，扶起芈姝和魏琰。

芈姝推开侍女，走到自己刚才坐的锦垫上，坐直，气势汹汹地看着芈月。

魏琰也推开侍女，如芈姝一样地坐直看着芈月。

芈月挥手令侍女退下。

薛荔不放心地看了芈姝和魏琰一眼。

芈月道："退下。"

众侍女退出后，芈月也坐了下来，与芈姝、魏琰形成三角之势。

芈姝忽然问："我不明白，我明明已经杀了你的儿子……"

芈月摇头道："子稷从来就不在魏冉的军营之中，因为我知道，军营之中虽然人多，但是如今诸公子争位，封臣林立，军营中还是鱼龙混杂，不可信任。子稷，一直在墨门唐姑梁的保护之下。那个你杀死的人，只不过是魏冉找的一个替身罢了。"

芈姝羞愤交加，愤然道："我才是王后，我才是王荡之母，唐姑梁脑子有病吗，他为什么要助你？"

芈月淡淡地道："你可知你杀死的唐夫人是唐姑梁的姊姊？更何况，子稷登基，会纳唐姑梁的女儿为妃。"

芈姝羞愤交加，无言以对，但终究还是心犹不甘，咬了咬牙，怨道："我只恨天道不公，我本来应该是高高在上的，你应该是卑微无助的，可为什么今天站在这儿，我们会颠倒了过来？我想问你，为什么？"

芈月冷冷地道："一日之内有白天黑夜，一年之内有春夏秋冬，天地之间有沧海桑田，这个世界上本来就没有什么是永恒不变的。你会收获什么，只能看你自己种下什么。"

芈姝怨恨交加，伏地恨声道："我做错了什么？我是元后，我生下了太子，继承了王位，成了母后……为什么天地变易？为什么、为什么先王要留下这么一份遗诏？"她的话语中，充满了不甘不忿，更有对秦惠文王的无尽怨念。过了片刻，她忽然抬起头来问："遗诏呢，遗诏在哪儿？"

芈月问芈姝："你想看遗诏吗？"

芈姝咬牙："是，我死也要看一眼，否则我不会甘心的。"

芈月从袖中取出遗诏递给芈姝："这就是你一直想要找的遗诏，你为了这个，杀死了庸夫人、唐夫人以及这么多的无辜之人，现在我把它给你，你可以好好看看!"

芈姝接过遗诏，忽然疯狂地大笑起来，她用力撕扯着，甚至用牙齿咬着，把遗诏撕得一条条的，又扔到地下用力踩着，最终无力跌坐在地，呜咽着："先王，先王，你害得我好惨……"

芈月静静地看着。

芈姝意识到了什么，忽然抬头看着芈月含恨地问："你赢了，你高兴了，你得意了?"

芈月反问："赢了你，有什么值得得意的? 不，我从来就没有把你当成是对手……我也并不高兴，因为这个过程中，死了太多的人。庸夫人、唐夫人、樊长使、公子恽、公子封……甚至是缪监、女萝，还有许许多多的人。从函谷关走到咸阳，我所看到的都是血，都是死人……"她轻叹一声，这一场内战，死掉的人，太多太多了："如果说，我从来没想过跟你们斗，你相不相信?"

芈姝愤然地道："到了此刻你还来说这样的话，也未免太过可笑，你以为我会相信吗?"

魏琰忽然笑了："我信。可是我们这些人，又有谁是想着斗的，只不过进了宫，进了这个蝈蝈缸，不斗也得斗。不斗，就是死。斗，就要斗到至死方休。"

芈姝恨恨地道："我又何尝想斗，我当年认识先王的时候，甚至不知道他是秦王，不也将终身许给了他。不是我想斗，我嫁过来就是王后，我又何必跟谁斗，是你、你——"她双目喷火，指着魏琰、芈月道："是你们不自量力，想跟我斗。"

魏琰也尖叫起来："我认识大王在先，你们才是后来的强盗。"

芈月却反问道："若魏夫人这么说，那庸夫人呢，难道你们不是强盗不成?"

芈姝冷笑道："那得怪她出身不够高。"

魏琰也冷笑道："谁教她不够手段，拢不住男人，斗不过我阿姊。"

芈月道："那我呢，我没有阿姊你这样的出身身份，我也没有魏琰你这样的诡计多端，手段毒辣。"

芈姝恨恨地道："你不过是仗着先王的遗诏罢了……"

芈月道："当年先王宾天的时候，遗诏已经有了，可我母子还是被逼得去了燕国为质，天寒地冻差点死在燕国。当年群臣对我要踏上远途视若无睹，而今天却拥立我儿登位，你想过，为了什么吗？"

芈姝不禁问："为了什么？"

芈月道："这个世界很不公平，有人以出身凌人，有人以诡计算人，似乎一时之间，都可以得占高位，横行无忌。但这个世界又是公平的，不管是以出身凌人，还是以诡计算人，最终决定胜负的是你自己本身有多少能力，能让多少人心甘情愿地认同你、和你站到一起、为你效命……"

魏琰轻笑道："你说的是你？那些游走列国、从不会对任何君王忠诚的策士们；那些世官世禄、坐拥兵马、连君王也拿他们没办法的封臣会认同你，为你效命？"

芈月道："我说过，我从来没有想过跟你们斗。因为……"她长吁一口气，看着窗外的天空道："这个宅院太小，小得让我感觉很憋气。在这个院子里，赢又如何，输又如何？就算是赢家，也一辈子只能看着这四方天，数着日子等年华老去，然后让另一个女人占据你的位置，去争，去抢。"

魏琰哈地一笑，只觉得完全不能理解，甚至觉得芈月的话很可笑："呵呵呵……你说这样的话，当真可笑，我们女人，还能走到哪里去？你又想怎么样，你想走出去？走出去的都是失败者，你走到了燕国，落魄穷困，最终还是回到这四方天来。"

芈月摇了摇头，肃然道："我要斗的从来不是你们，我不屑斗，也不会斗。我一直想离开，小时候想逃离楚宫，长大了想逃离秦宫。最终我回来了，因为我领悟到，真正的自由不是逃离，而是战胜，而是让自己变得强大，大到撑破这院墙，大到我的手可以伸到楚国，我的脚可以踩住秦国，那时候，才是真正的自由。夫唯不争，故天下莫能与之争。我不与你们争，我要与天下的英雄争，与这个世道争，与这个天地规矩争。"

芈姝看着芈月，忽然有一种不祥的预感，道："你想做什么？"

芈月看着芈姝，摇摇头道："我不会对你怎么样的，因为我要杀的人不是你。"

芈月转身欲走，芈姝忽然尖叫道："那你要杀的人是谁，是谁？"

芈月凝视着她："你应该知道的。"

芈姝忽然颤抖起来："你、你、你要杀的，莫不是我的母后?!"

芈月轻轻击掌，两名侍女迅速进来，将魏琰押了出去，室内又只剩下芈月和芈姝两人。

芈姝只觉得浑身冰冷："看来我的预感是对的。我一直觉得你不可信，一直觉得你对我，并不是那种真正的姐妹之情，是不是？"

芈月凝视着芈姝，缓缓道："我是很想把你当成姐妹，只可惜，我们注定做不成姐妹。因为你越来越像你的生母……"

芈姝忽然狂笑起来，笑得无法停住，好半日，才恨恨道："我以前觉得，母后很没道理，现在才觉得，她所做的一切，真是太有道理了。这个世界上，没有仁慈可言，心慈手软只会给自己制造麻烦。"

芈月摇头："你太自负了，你以为你能杀得了我吗？其实，这么多年我对你处处忍让，处处迁就，只不过是因为投鼠忌器，因为我的弟弟芈戎在楚国，在你母亲的手中。现在，我不必忍让了……"芈月轻轻地靠近芈姝，低声道："我告诉你一个秘密……"

芈姝看着芈月，忽然感觉到了恐惧，本能告诉她，她不应该继续听下去，因为芈月接下来说出的话，会是很可怕的，但却无法抑制心中的渴望和好奇，还是问道："什么秘密？"

芈月低低地道："你知道我的生母，是怎么死的吗？"

芈姝诧异道："她不是殉了父王吗？"她将这话脱口而出，说完才忽然意识到，这种说法，或许只是楚宫的官方说法而已。当日玳瑁曾经对她说过，楚威后将芈月的生母配与贱卒，要她小心，恐防芈月知道此事，会怨恨于她，对她不利。她本不以为意，如今看来，芈月果然是知道此事的。

却听得芈月道："不，她是想殉了父王，只可惜你的母亲不肯，她把我的生母，偷天换日嫁给一个贱卒，让她活在地狱中，生不如死。我弟弟魏冉，就是她后来生的孩子。"

芈姝惊骇地看着芈月："我以为他只是你母族的表弟，原来真的是……"说到这里，不禁气恼起来："你、你居然把你母亲和旁人生的孩子，这般公然带在身边，简直是、简直是……"简直是给楚威王的在天之灵抹黑啊。

芈月冷笑："对不起父王的人，是你的生母，我母亲一生善良，小冉更是无辜，你母女不羞愧，我们有什么可羞愧的？父王在天有灵，你说，会责罚谁？"

芈姝瑟缩了一下，又恼怒起来："就算当日是我母后所为，可是你把这个野种带进秦宫，难道不是存了攀附王室之心吗？"

芈月不再理她，却又缓缓地道："我十岁的时候，发现我的生母未死，我以为可以母子相逢，于是我约了母亲在南郊行宫相见，结果，你猜怎么着……"

芈姝道："怎么……"

芈月的脸离芈姝很近，几乎是紧贴着她，低声道："在那间小屋外，我亲眼看着你的王兄……他强暴了我的生母，然后我的生母就自尽了，我看到她全身都是血，都是血……"

芈姝惊叫一声，推开芈月，恐惧地缩到角落里颤抖不止，她看着芈月的眼神，忽然间就明白了："十岁那年，十岁那年你不是遇上了黄狼，你受惊是因为这件事……亏得我还可怜你，帮着你说话，甚至不惜为你和七姊姊吵架……可是那时候的你，那时候的你就对我母后、对我王兄怀恨在心了吧。"她想到往事，越想越怕："你、你那个时候、你那个时候对我好，对我千依百顺，原来全是假的，全是假的，原来我们从来都不是真正的姐妹……"

芈月坐回原处，看着芈姝，点头道："是，我们从来都不是真正的姐妹，天底下哪儿来的姐妹会是一个人完全满足另一个人的要求，不管有理还是无理。你只是习惯了我的退让，习惯了我的迁就，宫中庶出的姐妹这么多，你为什么就喜欢我，因为不管是谁，总有受不了你的任性和无理的时候，只有我，为了活下去，可以一直迁就你，用一种你没有发觉的方式讨好你。当你快乐嚣张地享受你的童年、你的少年时，有一个人，却因为时时活在你母亲的屠刀下，活在你的气焰下，连呼吸都不敢重一声。这到底是你们欠我，还是我欠你们？"

芈姝的眼泪流下，喃喃地道："原来如此，原来如此。"

芈月道："是，我倚仗着你活下来了。我欠你一条命，可我还了你三次。在上庸城，我救你一命；在义渠王伏击的时候，你要我当你的替身引开追兵；在和氏璧一案中，我还你清白。我还过你三次的命，我不再欠你了。"

芈姝愤怒地指着她："你清了，可我还没有清。你夺我夫婿，与我儿子争位，难道这也是你清了的方式吗？"

芈月摇了摇头："我说过，我从来没有跟你抢过，如果我真心要对付你，你以为你还能活到今天吗？我本以为忍让退步可以避免灾难，直到我去了燕国我才明白，这个世界上，想要避免灾难，只有把让你陷入灾难的那个人战胜。阿姊，我本来要离开秦宫，是你和魏琰迫使我留下，迫使我成为先王的妃子。是先王拉我入棋局，拿子稷当成磨刀石，去打磨你的儿子。可是，我是个人，终究不是个棋子。你其实最恨我的，最不能忍受的事，是因为你发现自离开楚国以后，我不再是那个生活在屠刀下不敢呼吸的小奴才，而变成自己想要展翼高飞的鲲鹏了。所以你要把我拉过来，锁在秦宫，锁在你的脚下，为你效力，任你摆布。阿姊，你是威后最娇惯的女儿，从小就把对这个世界的俯视当成正常，所以一旦你不再占据上风的时候，你就会惊慌失措，就会怨恨交加，甚至会疯狂残暴。你跟你的母亲，其实是同一种人。"

芈姝咬牙道："如果我的子荡还活着的话，如果我的子壮不是落在魏氏手中的话，还能有你什么……"

芈月摇头叹道："上天给了你最好的筹码，是你自己的任性，把它一枚枚输光，你却一定要迁怒于人，认为是别人抢走了你的筹码。可是没有我，你真的能够守住你自己的筹码吗？你肆意妄为，失去了先王的信任；你娇纵儿子，让荡儿胡作非为举鼎砸死了自己；你争权夺利，大开杀戒，又让人把复仇之手伸向子壮；你容不得人，让你的儿媳魏王后，也变成了你的敌人。就算今天你杀了魏夫人，可是你真的以为你能控制住魏王后吗？咸阳从繁华都城变成杀场，群臣早就厌恶怨恨你了。秦国诸公子割据一方，明眼人都能看到，它将四分五裂。你以为楚国军队驻在函谷关是来支持你吗？那是为了瓜分秦国而来。群臣拥护我，因为我应允将平定秦国；唐氏卫氏拥护我，因为我应允能够让她们的儿子活下来；义渠拥护我，因为他们能够得到利益；我能让列国退兵，因为我会让他们知道，继续待下去，占不了秦国的便宜。这些，你能做到吗？"

芈姝放下手，失神地看着芈月，想要说什么，却发现已经无话可说。

芈月转身，向外走去，道："还记得你从前跟我说过的话吗？你说，媵的女儿永远都是媵，你和我都将重复我们母亲的命运，你为主，我为奴，你高高在上，我沦落尘埃。可是，时代不同了，历史不会重演，我们永远不会重复母亲这一辈的命运。我和你之间的一切，到此已经全部结束了。"

芈月走出了屋子，抬头看着天空，天空一片澄清，万里无云。


次日，群臣齐聚大殿，举行新王登基的第一次大朝会。

芈月携着嬴稷走上咸阳殿，坐下，台阶下群臣行礼如仪。

芈月先问："今日议立何事？"

樗里疾便上前一步，道："先王在洛阳宾天，梓宫已经回到咸阳，却因为宫变，迟迟未曾落葬。此时当葬先王灵柩，并议谥号。"

芈月点头道："先王荡既已正位，当葬入王陵，你们拟了何谥？"

甘茂抢上前一步奉承道："还请惠王后示下。"

樗里疾沉声斥道："甘茂，先前已尊一惠王后，何以又尊一惠王后？"

甘茂辩解道："孟芈失德，当废尊位。如今大王正位，当尊圣母为正位，为母后，附先王谥，为惠王后，有何不可？"

庸芮上前道："臣以为，孟芈以惠王后身份行令已经五年，为免混淆，当为季芈再拟一尊号。"

樗里疾见甘茂还要说话，已经上前一步道："臣附议。"

魏冉上前道："臣也附议。"

甘茂本欲与樗里疾相争，见魏冉附议，知道他既然说话，必是符合芈月之意，自己本为奉承芈月，倒不敢再说了，连忙也转过方向道："这……庸大夫之言有理，臣也附议。"

芈月点头道："不知诸卿拟何尊号？"

魏冉与庸芮等早有商议，当下再上前一步道："先王以君王之尊，而效匹夫之举，因之殒身，而令得秦国大乱，此乃孟芈有失母德也。想当年周武王英年而逝，遗下成王年幼，幸有母后王姜辅佐，匡正王道，而成就周室江山数百年，至今不灭。周室三母，皆以'太'字为尊号，称'太妊、太姒、太姜'，臣以为，当以'太'字为尊号，称太后。"

庸芮亦跟着道："'太'者大也，也作'泰'字，而以为形容未尽之意，古以'太'字为最尊，王之储为太子，王之母当为太后。臣以为，孟芈有失母德，太后当尽母职，代王摄政以匡正王道，行古人未行之政。故引建议，从今日起，王之母当不附前王谥号，而另行单独称太后，不知可否。"

芈月缓缓地看向樗里疾和甘茂。

甘茂被芈月眼神一逼，连忙上前道："臣以为，魏冉将军、庸芮大夫之言有理，臣亦附议。"

芈月看向樗里疾道："樗里疾呢？"

樗里疾隐隐觉得不对，但此刻国事艰难，他想了想，还是忍了下去，道："臣，但尊王意。"

芈月便看向嬴稷。

嬴稷会意，开口道："既如此，自今日起，尊圣母为太后。寡人年纪尚小，为了大秦王业，当由母后临朝称制，代掌朝政。"

魏冉率先跪下道："臣等参见太后，愿效忠太后，凡有所命，誓死相随！"

群臣一起跪下道："臣等参见太后，愿效忠太后，凡有所命，誓死相随！"

咸阳殿外，台阶上下，站着的朝臣武士们一起跪下，山呼道："臣等参见太后，愿效忠太后，凡有所命，誓死相随！"

殿内殿外，形成一股极大的回声道："臣等参见太后，愿效忠太后，凡有所命，誓死相随！"

芈月庄重地站起，道："愿与众卿携手，兴我大秦王业。"

众人皆高呼道："大秦王业！大秦王业！大秦王业！"

中国历史上第一个"太后"自此而始，芈月开始了长达四十一年的执政生涯。

## 图书在版编目（CIP）数据

芈月传. 5，燕燕于飞／蒋胜男著. -- 北京：作家出版社，2022. 7

ISBN 978-7-5212-1845-9

Ⅰ.①芈… Ⅱ.①蒋… Ⅲ.①长篇小说－中国－当代 Ⅳ.①I247.5

中国版本图书馆CIP数据核字（2022）第048060号

## 芈月传. 5，燕燕于飞

| | |
|---|---|
| 作　　者： | 蒋胜男 |
| 策划编辑： | 刘潇潇 |
| 责任编辑： | 单文怡 |
| 封面题字： | 李雨婷 |
| 装帧设计： | 书游记 |
| 插画支持： | 书游记 |
| 出版发行： | 作家出版社有限公司 |
| 社　　址： | 北京农展馆南里10号　　邮　　编：100125 |
| 电话传真： | 86-10-65067186（发行中心及邮购部） |
| | 86-10-65004079（总编室） |
| E-mail:zuojia@zuojia.net.cn |
| http://www.zuojiachubanshe.com |
| 印　　刷： | 唐山嘉德印刷有限公司 |
| 成品尺寸： | 152×230 |
| 字　　数： | 323千 |
| 印　　张： | 24.5 |
| 版　　次： | 2022年7月第1版 |
| 印　　次： | 2022年7月第1次印刷 |
| ISBN | 978-7-5212-1845-9 |
| 定　　价： | 50.00元 |